李骏

/ 著

成长如蜕

中国言实出版社

图书在版编目(CIP)数据

成长如蜕 / 李骏著 . —— 北京：中国言实出版社，
2023.6

ISBN 978-7-5171-4517-2

Ⅰ.①成… Ⅱ.①李… Ⅲ.①短篇小说 – 小说集 – 中
国 – 当代 Ⅳ.①I247.7

中国国家版本馆 CIP 数据核字（2023）第 109242 号

成长如蜕

封面题字：莫　言
责任编辑：王蕙子
责任校对：邱　耿

出版发行：中国言实出版社
　　　　　地　　址：北京市朝阳区北苑路180号加利大厦5号楼105室
　　　　　邮　　编：100101
　　　　　编辑部：北京市海淀区花园路6号院B座6层
　　　　　邮　　编：100088
　　　　　电　　话：010-64924853（总编室）010-64924716（发行部）
　　　　　网　　址：www.zgyscbs.cn　电子邮箱：zgyscbs@263.net

经　　销：新华书店
印　　刷：徐州绪权印刷有限公司
版　　次：2023年8月第1版　　2023年8月第1次印刷
规　　格：800毫米×1230毫米　1/32　9.875印张
字　　数：290千字

定　　价：56.00元
书　　号：ISBN 978-7-5171-4517-2

让小说人物伴随写作者一起成长

大约是在1998年，也就是26年前，我应邀到原总后勤部一个笔会上讲课，知道了李骏。

他站在人群中，貌不惊人，话不出众，加之作者成堆，说实话，我并没有记住。即使后来在各种文学会上，见到他也只是觉得面熟，到底是谁，写了些什么，并不清楚。只知道他在医院工作，看上去人缘还不错，一开会四处都有人与他打招呼。青创会、改稿会、培训会、作家班，甚至在参观展览等活动上，也能偶尔遇见他。他仍然是那样，上前来报个到，说他是李骏。我也呵呵一笑，如此而已。

不料，在2009年鲁迅文学院举办的十一届高研班上，我们被选定为学院导师时，实行抽签制。我偶尔抽中了他，那个曾是干事的李骏，一直在机关要写大量的材料才能生存下来的李骏，还赖在文学圈中没走，这才与他慢慢熟络起来。

而此前，他也许给我主编的刊物寄过稿子，也许没有。十几年中，都生活在北京，他似乎远离文坛之外，并不与人拉拉扯扯。依稀记得有一年，他写了一个小说寄给了尚在《人民文学》工作的我，那个写军营的小说，我觉得有点意思，写出了军营中出现的一些新现象新人物，原来是准备发稿的，但他有一天突然发信息说，那个稿子由于我们长时间没回复，他以为不用，就给了别的刊物，现在别的杂志要登，所以我们也就不要用了。我当时觉得，他是个实诚人。鲁院实行导师制我抽中他后，去给他们上课，有一次我讲到，当作家是要有天赋的，如果不是这块料，劝大家千万别往里面扎堆。李骏听了，似乎给我发过一条短信，问我是不是在讲他。

我回没回信息不记得，但我知道，这一定刺激了他。他后来写的越来越多，发表的也越来越多。若是再遇到，身边没人时他也会偶尔对我提到他的创作成绩。我也只是啊啊啊，表示知道。他知趣，并不多说。但他对文学的这份执着，却让我记住了。二十多年来，他从认识时的一个中尉干到大校，从一杠一星干到两杠四星，无论多忙却一直没有放弃写作，也让我刮目相看——文学让人怀揣梦想，只有坚持不懈的人才能远行至此：从发表第一篇作品至今，李骏居然在省以上刊物发表了近500万字。出版的书，包括这一本，已是整整二十本了。数量如此，质量也说得过去，因为他的作品多次被选刊选载转载，还获得了诸如《小说月报》"百花奖"、全军文艺新作品一等奖、解放军文艺奖等多项大奖。作为他的导师，虽然有挂名之嫌，但每次听到他恭恭敬敬地称我老师，无论起到的作用多少，还是小有欣慰的吧？

具体说到这本以"成长"为核心的小说集，我并不认为这些都是李骏写得最好的小说。但他将近二十多年间关于成长主题的小说结集出版，这也差不多是我们从开始认识到现在的时间。从他个人的成长，到小说中人物的成长，这不正是成长的最好诠释吗？这部小说集中所写到的成长，既有农村孩子的跋涉，又有小镇少年的叛逆；既有县城青年的变异，又有都市人们的欲望，还有成年人内心的挣扎……"成长"无刻不在，无时不在发生"蜕化"。一切的偶然因素，都有可能导致人生道路的偏移、性格的扭曲、未来的转向，由此，我们可以看出，其实成长是一件非常艰难的事。这让我想起李骏所走的路。他在一个走出了两百多位将军的革命老区长大，再到大漠戈壁高原深处从军，军校毕业后进入城市大大小小的机关工作，至于经历了什么，遭遇了什么，不得而知。但从他小说中写到的人物，可以看出他个人成长的心路历程，不管是上个世纪末到世纪初的懵懂、青涩、反叛，还是日渐成熟、圆润、妥协，既可以看出他在不同环境中的思索思考，亦可看出他自己性格、风格与气质的形成。前期的小说技巧略为粗砺，但真诚朴实；后来的小说技术娴熟，但难免流于世故。好在他为人真诚，文字真诚，让文章自有味道。这让我想起有一年，他曾将一本带有自传性的长篇小说《穿越苍茫》拿给我看，但我办公室各种各样的书堆积如山，天长日久也就忘了。后来他开玩笑说有一天要写一篇长文来"批评批评"我，估计就是由此引发的。因为此前我听说，他曾写过一篇长文"批判"著名的评论家朱向前兄，围绕"文人为什么当官"这个问题，来剖析向前兄当年的心路历程，没想适得其反，该文竟被向前兄高度认可，还收入其评论集中予以推荐。那么对我的"批评"，姑且拭目以待吧。

还有件小事值得一提。有次出差，曾遇到熟人与我东拉西扯，不知怎么的就谈起李骏，说"如果他不写文学作品，在仕途上会走得更远更好"。但我并不这么认为。如果他不是写了那么多的作品，未必能在繁华的都市中，始终保留着为文做事的坚守与操守，未必能在千军万马中，为自己的今天赢得一席之地。所以坚守理想，终归是一件非常美好的事情。李骏曾在一次座谈发言时说，他其实是一个边缘人，在官人眼里是文人，在文人眼里是官人，似乎每个圈子都融不进去。我想，不论他是什么人，至少在我认识的人中，大家都说他是个好人。我认为有这些就够了，坚守初心本心，坚持热爱挚爱，坚信理想信念，坚定做一个好人善人真诚的人，还不够吗？

本来，我好久都不为人写序，忙是理由，亦可作为借口，但想到认识他二十多年，虽然君子之交淡如水，但朋友之谊总还在，也还有些话可说，便为大家称之的这个"菩萨书记作家哥"写上几句。

就此打住罢。

李敬泽

2023 年 6 月 7 日

（作者系中国作协党组成员、副主席、书记处书记，兼任中国现代文学馆馆长）

目 录

随风飘荡

1

陈静穿上军装第一次坐上汽车离开小镇时，阳光很好，风和日煦，空气中飘荡着浓重的热烈。但不知为什么，在汽车启动的那一刻，陈静突然有一种强烈的失落感，仿佛人生全是空空荡荡，内心灌满了冷风……

父亲挤在人群中看她。父亲本来笔直挺拔的背，好像也有点驼了。父亲穿着军装，站在人群中很显眼，所以他尽量也站得笔直。

操场上欢送的人群太热烈了。各种各样的声音，就像母亲曾经的厨房，酸甜苦辣样样俱全。周围都是晃动的脑袋，到处都是闹哄哄的嘈杂声。

穿上军装之初，陈静很兴奋。她坐在卡车上，仿佛一切都很新鲜。其实汽车还是老解放，用绿色的帆布篷包裹着，看上去密不透风。但掀开篷布上小洞的帘，陈静看到外面送行的人不停地往前挤：父母、兄弟姐妹、同学、亲戚，个别的甚至还有恋人……大家推推搡搡，仿佛把空气都挤爆了。

本来，坐上汽车的那一刻，陈静觉得与平时没什么异样。不就是离开这个熟悉的地方？她甚至对能够离开这个山沟小镇充满了期待。从记事起，随着父亲工作的多次变换，她的人生之舟便堆满了一次又一次的远行。母亲不得不带着她，随着父亲多次搬家，从青丝如瀑搬到头发渐白。虽然，这在清一色的军营，其实是一个非常正常事件——哪家哪户随军的，不都是这样？军营里，不是常常上演着生离死别吗？干部战士如此，左邻右舍如此。父亲说，军人以服从命令为天职。从此，陈静的家庭便遵循这条天职，从无改变。从小便见惯了搬家的陈静，甚至觉得从今天坐上汽车奔赴另一个军营开始，周围的一切将会变得新鲜。毕竟，这是她将要迎接的新生活，让她对未来充满了期待。

随着一个军官吹响了"出发"的哨子，几辆汽车同时按响了汽笛。车子突然开动起来。那些站在"一人当兵，全家光荣"大标语下送行的人们，迅速将锣鼓家什全部击打起来，虽然有些杂乱，但气氛拿捏到位，让人一下充满伤感。当挥动的手就像空中竖起的一片森林，叫喊声骤然响起来；当奔涌的人群跟着汽车奔跑起来，当父亲随着拥挤的人流被挤散开来，当路边的树毫无表情地往后退去……那一刻，仿佛有一发高速旋转的子弹，忽然击中了陈静的心脏！她突然想站起来对父亲挥手，但人还未站立，眼泪却刹那间如大海决堤般奔涌。摇动的车子掩盖了一切……

那一瞬，一直坚强与自律的陈静，才发现隐藏在自己内心深处的脆弱，就像一团随时可以捏碎的干面包。

她最终忍不住把头挤出窗外，拼命地挥着手喊："爸爸，爸爸……"

但汽车跑得飞快，父亲的影子迅速消失在人群中。后面飞奔的人群，已变成无数个小点……

陈静忽然拥抱了人生的第一次孤独，她瞬间觉得背后变得空空荡荡。那些送行的人们，无论是大人小孩、老人妇女，还是中年青年、叫的哭的……一个跟着一个，全都尖叫着在车轮子后奔跑。从此，汽车上伸出的脑袋与亲人们现场奔跑的场景，伴随着哭声、叫声与欢呼声，构成了陈静后来记忆长河里永远难忘的一幕。

那一年，陈静刚满十六岁。

此时，距离母亲去世，已过了整整六年。六年中，没有人知道那种突如其来的孤单，像风一样灌满了陈静的五脏六腑。但她从未对人讲过——在父亲服役的山沟小镇，也没有可以讲的人。

2

汽车到了营地后停了一夜。陈静她们那批兵，又迅速坐上了闷罐开始往更北的地方奔驰。在飞奔的列车上，大家坐在黑暗中，看不到车外的任何景象。新战友们都席地而坐，叽叽喳喳。只有陈静不说话，她坐在黑暗中，任泪水像决堤的大海一样流淌。

无限的往事，排山倒海一般的压来。像黑暗中一排排的树，从眼前晃过，一切看上去非常熟悉，可想抓，又永远抓不住。漫长的孤寂感沁入了陈静内心的柔软。从什么时候？自己仿佛永远只是一个人？为什么自己的生活，常常好像只是一个人？

从记事时起，出现在陈静家庭生活中的，永远是母亲。瘦弱柔软的母亲，像一团巨大的火，燃烧着整个家庭。

那时，她们生活在父亲工作的小镇。几年前父亲移防至此。那时的军队营房，全都散布在这样旮旮旯旯的地方。从地形上看，这些有着驻军的小镇看上去都非常重要。即使并不重要，也要把它当作非常重要。因为那些天南海北的人们，年轻的与年老的，自从穿上军装，有的便永远把生命交给了这里。他们在这里扎根奉献，年复一年，当兵、提干、恋爱、结婚、生孩子、过日子，最后只有少数提拔上去的人离开了这儿，而提不上去又调不走的，便永远把第二故乡当成了第一故乡，再也没有回到原来生活的地方。

父亲陈虎也是如此。陈静从记事的时候起，父亲仿佛永远是在她睡着的时候回来与离开，永远是一大早离家时亲她一下的温柔，是每天很晚才回家再次亲她一下的喜悦。父亲的忙忙碌碌，让母亲偶尔嘟噜："天下太平，又不打仗，你爸他们不知道忙啥哩。"母亲虽然这样说，但母亲对父亲非常崇拜，从不埋怨。

父亲忙什么，小时候的陈静也不知道。她只知道父亲偶尔在休息时，会抱着她到镇上的河边散步。父亲穿上军装很好看，陈静有时还把父亲的军帽戴在自己头上，嘻嘻哈哈笑个不停。

父亲爱孩子，虽然他在她们身边的时间是永远有限的，但只要见到他们，再严肃的父亲，脸上也布满爱意和笑容。很快，陈静与母亲一样，习惯了没有父亲的家。父亲不在家时，她和后来出生的妹妹，永远绕在母亲温暖的怀抱下，享受着外地镇上的自然风光。

是的，是外埠的小镇。因为陈静他们的老家不在这儿。

母亲说，他们的老家在唐山。

父亲陈虎，就是从唐山入伍的。

一直到自己当兵离开小镇上的家后，陈静才有机会彻底理清了父亲的过去。要说，这时间可能有点长，但也只有她当兵后进入真正独立生活时，她才在慢慢理清父亲的过去中理解了父亲的一切。

其实，关于父亲的过去，大多是母亲讲的。有一些也是父亲偶尔从嘴里蹦出来的。

父亲当兵时仅十七岁。父亲的父亲对他说："去吧，去当兵吧。部队就是组织，就是党。有了党，你便有了一切。"

那时的陈虎还不理解党的含义。党是什么呢？他对父亲嘴里的党充满了好奇。以为党就是一个人，就是一切。

不管怎样，那时大家生活都非常困难。当了兵意味着有饭吃。陈虎听了父亲的话，真的报名而且真的穿上了军装。

当了兵的陈虎，先是在南方的一个部队服役。可能因为长相清秀，他先是被选中到团里的卫生队，当了一名大家都羡慕的卫生员。那时候的部队，公务员、警卫员、卫生员、通讯员，都是基层深受大家仰慕的工作，一是相对自由，二是在机关可以随时接触到首长，进步的空间相对较大。当然，也有个别的主要是想享受在机关的虚荣，机关与基层毕竟有些差别。机关永远衣衫整洁，有模有样，而基层始终摸爬滚打，一身汗水一身泥。

陈虎被选到卫生队，有人说是因为他长相英俊。的确，长得好看的兵优先被挑到机关或首长身边工作，这在部队是一种非常正常的现象。男的找对象，这条件那条件，有一个条件大家心照不宣，就是看女方漂亮不漂亮。如果漂亮，那就有进一步发展的可能，嘴上说有缘。如果稍差一点，男人有一万种理由委婉地选择拒绝。男女之间这样，男人之间某种意义也是如此。长得好看的帅男优先受欢迎和被挑选。所以在部队每次分兵时，有的选技能，有的选业务，有的选表现，但多数接兵干部不太了解一个兵时，常常主观上就是挑长相。虽然那时还没有颜值这个词，但颜值产生的效益是显而易见的。当然，部队里也有人说，新兵陈虎之所以能进卫生队，是因为写得一手好字。

那个时候，不认识字的兵很多，别说会写字且字写得好了。写得一手好字的兵，如同稀罕物，受人待见。因为这在部队里，就算是文化人了。文化人当年有发展前途，这是大家都知道的。但接着问题来了：既然陈虎的钢笔字写得好，完全可以去机关给首长当公务员呀，为什么到卫生队了呢？

此事说来也简单。当时这个团的卫生队里，有一个老军医。老军医是个老革命，年轻时就上过战场，虽然是土郎中出身，但在天天打仗的革命队伍里，也算得上是"军中圣手"了。一般的病，都不在他话下。新中国成立后，部队本来是想安排他去当领导的，但他不干，非要干本职、干专业，由于他年龄偏大，上面的医院没法安排，加之他又要求到基层去为官兵服务，所以到团卫生队了。虽然是卫生队，但他的年龄、军龄、党龄以及享受的技术级别，都比这个团的团长、政委还高，团长与政委平时见了他都得先敬礼，因此，老军医在团里也算得上是个人物。

陈虎便是老军医选来的。老军医之所以喜欢陈虎的原因，说来同样很简单。多年的革命生涯，老军医有个习惯，就是喜欢早起床锻炼。无非是跑会步，打一会拳。跑步是慢跑，拳是自创的，都不奇怪。但令他奇怪与感动的，却是每天早上都能见到一个年轻帅气的兵，穿着肥硕的军装，一大早就拿着扫把打扫食堂与卫生队门口的地。这个区域，原来都是属于在这里上班的家属们来打扫的。多年来如此。家属们都是随军的，开头积极性很高，时间一长，知道自己的丈夫们都在部队上当官，自己去打扫卫生好像面子上过不去，便渐渐地"懒"了，不再主动打扫了。卫生队门口的那块地还好说，总有几个战士帮忙打扫，但食堂门口却常常特别脏。每次遇到上面来人检查，都需要警勤连的战士去帮助打扫。多少茬兵来了也去了，这块地始终疲疲沓沓的，打不起精神。但自从来了这个年轻而帅气的兵后，这块地从来没有像现在这么干净，仿佛灰姑娘一下子成了公主，看上去舒心无比。老军医一连观察了多天，看到一天如此，两天如此，一个月如此，两个月依然如此，那个小伙子始终一早就起来扫地，而且从不马虎。于是，老军医便上心了，注意上这个兵了。分兵时，老军医向团长提出："今年我要一个。"团长就笑了："那还不是您自己选的事。"老军医就到新兵连来选人。许多人知道他是卫生队长，都想去学个技术。但老军医走了一圈，站在那个帅气的兵前，对当时的团长说："就是他了。"团长又笑了："还挺会挑的，你这是挑卫生员还是挑公务员呀。别好看不好吃。"老军医说："我早就盯上他了。"

老军医盯上的这个人，就是陈虎。

仿佛天上掉馅饼，陈虎就来到了卫生队。刚一报到，老军医便让他写点新兵连的新训体会。陈虎伏在床头上，当天晚上写了洋洋洒洒五大页，送到老军医的案头。老军医笑了："呵呵，文字不错，关键是字写得也好。"老军医觉得自己选对人了。

来到卫生队，陈虎特别喜欢学习。他从抄方开始，跟着老军医学了不少东西。老军医越发喜欢他，也便将自己所有所得所悟倾囊而授。第一年，抄方的陈虎能记住方子上的药；第二年，他开始跟着老军医出诊巡诊，一般的病，老军医还未说话，他已将药配好或备好；第三年，再下训练场巡诊，老军医基本上不出面了，陈虎基本上可以对付了。第四年，老军医把团长、政委找到家里来喝酒。只有一个要求："这个叫陈虎的娃，必须提干。我们要保留人才！"团长很为难："提干，也是训练场上的尖兵才能啊，他未上训练场，也没有当班长，怎么提？"老军医说："必须提。我给军区打个电话。"团长说："军区给个指标最好。"老军医说："这是我的事。"说完，就当着团长政委的面打电话。总机转接了半天，真的找到军区领导了。领导一听是老军医打过来的，原来有些公事公办的口气，马上就变得热情了："呵呵，是您呀，无事不登三宝殿。这么多年，你也不找我个事。下指示吧。"老军医说："求你个事。"对方一听说保留人才，给战士提个干。马上就表态说："哎呀嗬，您从来不求人，这事要说难也难，说不难也不难，我们多给你们团一个指标不就行了？"

有了这句话，第四年兵的陈虎，穿上了四个兜，成了一名干部。这在同年兵里，少见。大家见了，都羡慕得了不得，纷纷要他请客。陈虎第一次用存下的津贴买了两瓶酒，来到老军医家里，一杯热酒下肚，一把眼泪落下："从此，你就是我的再生父母了！"

老军医扶起他："可不敢当！再生父母是党，伟大的党。"

陈虎哭了。他就这样理解并拥抱了他父亲曾经所说的"党"。原来，党是这么好这么温暖啊！

这一年，他被送到军医学校深造。几年时光过去，面临毕业，他本来要求还是想回到原来的团里继续为大家服务，但不知为什么，在宣布命令时，他却从南方分配到了北方！

为此事，老军医差点要去上访。他培养与看好的人才，怎么能飞呢？但这里就由不得他了，学校不归军区管啊。他拐弯抹角地找人问原因，上面解释说："北部防线有动静，先支援北方。等情况缓了，以后再说。"

当时中苏边境吃紧，这可是大事。大事面前，老军医一直是服从。但心里还是舍不得这个好苗苗。

团长劝老军医说："到哪里都是为兵服务，天下当兵是一家。"

老军医开头想不通，慢慢地，他也便想开了。

陈静长大后才听说，老军医之所以希望父亲陈虎回来，是想招父亲为婿。但在这支军队里，组织的力量与利益永远高于一切，个人的想法不过是一条大河的枝枝杈杈。传说只是传说，究竟是什么，原因总是湮没于历史的风中不得而知。

但一纸命令，陈静的父亲陈虎，从此便生活在北方张家口的一个山沟里。

那是一个小镇。当年的小镇的确是小镇，人少，村子不大，四处是山，也不热闹。但这个小镇，构成了陈静童年的全部生活。

父亲分到这个山沟里时，也到了应该结婚的年龄。从当兵四年，再到军医学校又培养三年，一晃七年时光便过去了。

这七年中，父亲只回了一次老家。家人们那时都还健在。没想，这一次探亲，父亲却顺便和顺利地捡了一个老婆。

父亲那次回来，本来就是个正常的探亲活动，还带点衣锦还乡的况味。毕竟，那么一大车皮的唐山兵一起出去，穿四个兜回来的人不多。所以，父亲的家族都以父亲为傲。家里的欢歌笑语不断。

母亲后来对陈静骄傲地说："你父亲回来探家时，穿着干部服军装，走到哪里都特别显眼。"

是啊，当时人们投射的目光里，多是羡慕的神色。那是那个时代的底色。不是么，那个年代，有着这样的顺口溜流传：

> 解放军好，解放军好，
> 穿皮鞋，戴手表，
> 领着阿姨满街跑……

而母亲，就是在父亲探亲时，两个人突然偶遇在唐山的一条大街上。这次偶遇，便决定了他们俩此后一生的航向。

母亲与父亲曾是高中同学。

"啊，那不是陈虎吗？"母亲站在街头上，忽然看到父亲时，一下子惊住了。

父亲穿着军装站在那儿，的确有些显眼，四处的人都能看到。父亲不觉得，但当他看到穿着裙子的母亲时，忽然一下心跳起来，觉得呼吸很急促。几年不见，曾经暗中喜欢的那个小女孩，一晃便长大了。

父亲站在那儿，脸红了。

他们唠了一会，并沿着街道上又走了一段，一直走到路的尽头，再折回来。两个人的话匣子打开，都是父亲在说，母亲在听。他们感觉原来城市那漫长的路，此时显得很短很短……

分手时，父亲的故事还没讲完。父亲便试探着问她："还能再见到你吗？"

这次是母亲的脸红了。她盯着自己的脚尖，脸也红了："能……"

母亲的声音像是一阵风，游丝般地掠过，却像一股热流，扎在父亲的心头。"好，你想听，那明天我们去公园玩。"

第二天，父亲换了一套便装，一大早就出现公园边。母亲来时，换了一身衣服，两个人再次见面，心都在狂跳。于是，父亲带着母亲，专挑没有人的地方走。他们从早谈到晚，从晚上谈到深夜，在告别时，父亲终于鼓起勇气，拉住了母亲的手。母亲挣脱了他的手，跑了。上楼时，母亲回头，给了父亲一个意味深长的微笑。

这个微笑，鼓励了争强好胜的父亲。父亲的性格，就是什么事都认真，较真，都想争第一。

于是，他们在相约的第三天，母亲在猝不及防的情况下，被父亲吻了额头。

其实说起来，父亲与母亲在读书年代里，虽然青梅竹马，但那时人们单纯，并无直接的想法。两个人在父亲当兵的日子里，也并无信件交往。但就是这一次，父亲义无反顾又毅然决然地认定了母亲。

很快，他们结婚了。

父亲后来很少讲起这事。这些事，都是陈静小时，父亲不在家的那些日子里，她陪伴着母亲走在小镇里，母亲像挤牙膏般挤出来的。母亲每次讲时，脸上都挂着幸福的笑意，有时还不好意思，不好意思时脸便红了。一股红晕般的光，闪现在母亲的额头上，陈静觉得那就像山那边初升的太阳……

这些细节，陈静记得清清楚楚。寒风中的母亲，笑得像太阳一样灿烂。

在陈静成长的记忆里，与父亲虽然见面的机会很少，他在外面永远是那么威严，但只要回到家里，父亲便会换了一张笑脸，在母亲与孩子面前，父亲一直言听计从，乖得像猫。

而在此之前，母亲没有随军，一东一西，相隔并不远，但他们一年到头也见不到几次。这是军人们的常态，过去如此，今天如是。

两地分居的日子，就是思念的日子。思念像窗外淅淅沥沥的小雨，无穷无尽。特别是父亲结婚一年后，随着陈静的出生，母亲一个人带她，三更半夜起床，连个帮手也没有。母亲有时忙得焦头烂额，往往一急就一个人喜欢哭。但母亲爱面子，还生怕左邻右舍听到，总是偷偷地抹泪。陈静小时不知道母亲为什么喜欢抹泪，她只是隐隐约约地感到，别人家的孩子都是父母一起，而自己家，永远只有母亲。

陈静出生时，父亲回来过一次。母亲说，那时父亲高兴得像个孩子，不停地亲陈静的脸，说："我做父亲啦，我当父亲啦。"

但很快，父亲又像一阵风似的走了。母亲的记忆里，父亲就是一阵风，来无踪去无影。陈静的记忆里，父亲也是一阵风，这股风什么时候刮来，什么时候飘走，一切都是未知数。

好在第二年，母亲随了军，终于可以与父亲团聚了。

她们来到了河北遵化。

在这个小镇上，陈静晃晃悠悠地度过了三年时光。从家里到学校，母亲几乎包揽了一切，她是那样能干：洗衣、做饭、上班、种菜、施肥、做衣服……母亲仿佛无所不能。

她们在每天雷打不动且准时准点的军号声中，起床，睡觉，与军营的战士们一样准确。每天，陈静被军号拉醒，母亲就已开始起床，为父亲做饭。到了夜里，随着熄灯号响起，一个白天就这样走了。

父亲回到家时，陈静早已睡着了。

那是多么幸福的时光啊。

后来母亲每次都这样说，母亲说这话时，眼睛微闭，仿佛陶醉在酒中一般。陈静虽小，也能感受到母亲周身洋溢的幸福。

本来，母亲随军后，是要安排到军人服务社工作的。但父亲说，一个来自农村的军官家属没工作，家里又困难，就把机会让出去了。母亲听父亲的，父亲说啥就是啥，她便安心在家。

后来，陈静无数次都在想，一个人要父亲干什么呢？他那么忙，想回就回，不回就算了。而母亲呢，虽然没有上班，但仍然也忙得不可开交……

那时她还小，想不明白，便常常搬了一把椅子，坐在自家门前，看着那条有时布满泥泞的土路，对着天空胡思乱想。

但没有人知道路边这个少女的心事。所有的蓝天白云，都是她的朋友。而背后空荡荡的原野与山谷，布满了无穷无尽的风。风从脸上掠过，让小小年龄的她，心里产生了一种异样的感觉。这种感觉是什么，她说不上来。

许多年后，她才觉得，那是无常。无常的命运，安排着世间看上去有常的一切。

3

陈静去当兵的地方，在北方更北的内蒙古。

下了车，进入了茫茫的戈壁滩，陈静一下子傻眼了。

十六岁的她，看着冬天茫茫的大雪，还有不停刮过的寒风，第一天女兵们全体都哭了。

原来的兴奋，被残酷的训练所替代。无论是谁，只要穿上了这身军装，就少不了这个环节。强化训练三个月，熬不过的人，坚持不下来的人，无论你有什么背景，都会永远被军营淘汰。经历了这三个月苦与难的，从此都会对军营怀有一辈子的感激。

漫天的雪花飘舞，漫天的朔风吹拂。陈静发现，只要一天不涂上雪花膏，手上与脸上都会开裂。

陈静的班长，是个大嗓门的东北人。脸上很少有笑，任何一个动作，都必须有板有眼。站姿、坐姿、卧姿、睡姿，班长要求："从今天起，你们不再是普通的老百姓，必须站有站相，坐有坐相，吃有吃相，睡有睡相。你们是光荣的军人，一切都要从今天彻底告别过去。"

陈静不明白班长为什么要自己告别过去。过去的一切，相反在严酷的训练下，愈加清晰。

齐步、正步、跑步，日子在一天天的腰酸体痛中度过。

三公里、五公里甚至十公里，岁月好像一天天都过得特别难熬。

卧倒、瞄准、击发，兴奋与失落反复交织。

陈静像所有的战友一样，咬呀挺着。是啊，从她十岁那年，母亲在一个深夜撒手而去，漫长的日子都是这样挺过来的。

帮厨、打扫卫生、唱歌、拉练、紧急集合……每天班长都把她们安排得很满，满到一躺下，她们便能安然入睡。

但漠北的风沙，常常吹得陈静半夜里醒来。

一醒来，听到外面的风声呼呼，耳朵里响起风沙落在房顶的声音，陈静突然就想哭。毕竟，那年她只有十六岁。

但她强忍着。即使流泪，也永远流在没有人知道的地方。所有过往的故事，都装在她小小年龄的心底。

她恨风声，如此强烈的风声，像是母亲在远处呼唤她。是啊，自己走前，因为兴奋，竟然忘了去母亲的坟头上哭一场，告诉母亲自己当兵了，以父亲的话说，是"从此找到了组织"。

父亲一辈子生活在组织之中，他是那样热爱和相信组织。至于组织是什么，陈静小时不知道。她问父亲，父亲只是笑，不回答。

现在，她终于隐约地知道什么是组织了。

刚好，班长在一次训练间隙，就问了这个问题。许多女兵都面面相觑，回答不了。

班长把目光投向陈静。

陈静站起来，大胆地说："组织，就是管你思想、管你吃喝、管你衣服管你住宿，管你工作生活和一切的机构……"这话，好像是父亲对着战士们讲的。陈静记住了。

大家一听，都哄然大笑。但班长表扬了她："陈静同志，说得很形象，尽管不全面，但很具体。大家记住，组织就是党，就是军队，就是爱你一切、也希望你能成才的单位。"

是啊，父亲说："等你有了组织，就什么都不用操心了。"

陈静当时不懂，现在好像懂了。但她忍受不了夜半，在滴水成冰的北方，自己夜里不知为什么会常常醒来。而且，只要一醒，她就特别想家，想父亲母亲，想过去生活过的一切。

　　小时候，母亲曾是陈静的一切。作为军人，父亲在他们的生活中总是若隐若现。正因为如此，偶尔回家的父亲，便成了陈静想要探究的秘密。

　　其实，在陈静的记忆里，他们最早生活的遵化驻地，只是一个非常普通的北方小镇。小镇坐落在山脉与平原的相交处，看上去就像是睡着的一个村庄。而他们生活的地方，除了一溜溜稀松平常但整齐划一的平房外，镇上其他百来户人家四处散落，像是点缀军营的外墙。

　　日子过得很快，几年后，陈静又有了妹妹。

　　对于她们的到来，父亲除了高兴，就是高兴。但父亲毕竟还有他的事业，有他的队伍与他牵挂不下的兵。他们虽然从此一家团聚，但她平时也很少见到父亲的面。父亲就是一阵风，说来就来，说去就去；父亲又像一阵雨，说下就下，说停就停。

　　而至今，谈到自己出生这件事，陈静总是耿耿于怀。

　　那时，父亲在外地，只有三天的假。而来来去去的火车加汽车，也得两天的路程。所以，当母亲有了胎动要生下陈静的时候，父亲的假期到了。当她哭着来到这个世间时，便只有母亲和母亲的一个远房姑姑待在身边。

　　如果说孤独，这便是她出生时的孤独。许多年后，陈静通过种种渠道，才搞清自己出生时的时辰。因为母亲走后，父亲从来没有问过这个事，只记得出生的日子，而忽视了时辰这个细节。

　　"你知道，军人以服从命令为天职……"许多年后，父亲试图这样对她解释。

　　她却站在远处看父亲，像是看一个陌生人。

　　母亲不这样想。

　　那时的母亲，总是抱着幼小的她，站在自家门口翘首以望。父亲什么时候回家，什么时候走，都由电话决定。一个电话，可以把父亲从半夜惊醒，然后迅速穿上衣服便消失在黑夜中。那一段时间，一直说北方要打仗，但弄了半天，除了不少地方的人们在不停地内斗，外面的战争始终没有爆发起来。

父亲是军医出身，从事的还是医疗卫生行业。来到北方，由于父亲表现良好，他仅当了两年医生便被机关选中了，当了一名医疗助理员。一个旅的医疗工作，除了处长抓全面的外，具体的都由他来协调和落实。为此，父亲经常要出差。因为一个旅有十几个连，每个连都有操不完的心。父亲像是时间上的发条，总是在外面转来转去。他常常对母亲说的一句话就是："穿上了这身军装，身不由己，一切都要靠你了。"

母亲很幸福。她似乎习惯于站在父亲背后享受这种幸福。她不怕累，也不惧苦。任何事仿佛都难不住她。她把父亲的大后方理得井井有条。同一个院落的女人与男人们都很羡慕："你们看看陈助理家当家的，人长得好看，做事还细致。家里永远是干净的。"

这话父亲听了很受用。受用的父亲回到家里，便常常给母亲带一朵花，或者给她带一个小礼物。顺便，父亲也给陈静带点好吃的。这让陈静一直盼着父亲每天回家。不为别的，就为父亲带的好吃的。说是好吃的，在今天很普遍，但在当时，一小块饼干，一只糖块，都很不易。

关键，父亲还为陈静做了一个小书包。这个书包，成为陈静第一件属于个人的财产。她把自己喜欢的东西，全装在里面。先是玩具和吃的，最后变成书本。随着年龄的增长，书本变得越来越厚。

她上学了。她认识了更多的陌生人。她笑，也偶尔哭。但父亲都看不到。

因为，三年后，由于父亲表现突出，他突然又被调到了师部，在卫生处当医疗科长。这次，不是仅管一个旅了，而是一个师的医疗卫生。一个师，当时满员编制，好几千人啊。

新的工作地点在承德。

父亲走了。这一走，有时半个月，有时半年。没准。父亲像客人一样，一年回不来几次。父亲每次回来，都要向母亲说对不起。

母亲说："你忙你的。没事。"

父亲说："等一切安稳了，再把你们接过去。"

那时，母亲开始在旅里的军人服务社工作了。旅里觉得，随军的家属必须就业，否则会影响军心士气，父亲就答应了。母亲上班后，不仅把工作干得出色，而且把家里的一切料理得井井有条，理解并尊重父亲。母亲关心那些年轻基层官兵，遇上谁有困难赊个账买个东西，母亲总是予以满足。个别忘了赊账的，母亲还自己掏钱补上。由于她对官兵们非常好，官兵便写信表扬她。她因此受到上级表扬无数。本来，父亲离开这里时，也想把母亲带到新的工作地，但母亲说："这里需要我，我还在这里干吧。"

这里天天进进出出的，大都是兵。一茬接着一茬。从新兵到老兵，再换一批新兵。大家都爱上小卖部里来，因为大家都传说，"这里有一个美丽的嫂子"。

是的，母亲不仅是小镇上公认的美人，而且是军营里令人瞩目的美女。这曾让父亲很骄傲。这也让陈静很骄傲，她小时走到哪里，哪里便有兵哥哥给她好吃的。她圆嘟嘟的脸，很讨那些战士们喜欢。她常常坐在他们的肩头上，从一段路驮到另一段路。

但即使如此，陈静还是感到心里空空落落。兵们不是父亲，永远没有父亲肩头那种温暖。没有了父亲的肩膀，没有了父亲做靠山，陈静始终觉得背后缺少点什么。这种感觉，就像小镇那边空荡荡的山风，风过之处，背上总有些凉。怎么凉，她说不清楚。有一点陈静是明确的，那就是她总是觉得，自己背后好像缺少一堵墙——一堵实实在在的可以用来依靠的墙。

但父亲给不了她。

母亲的怀抱再温暖，但母亲也是一个女人。从小懂事的她，看到母亲偶尔在没人的时候流泪时，就心如刀割。时间一长，母亲偶尔会倚在家门前，望着门口那一条长长的山路，泪水往往就会无端地奔涌。

"妈妈，你哭了？你为什么哭？"

"我哭了吗？我没哭啊。那可能是眼里进了沙子。"

母亲的说法最初是合理的。因为小镇那边的风一年四季没有规律，说来就来。但时间一长，陈静感受到了，母亲的哭是不正常的。特别是有了妹妹之后，母亲一个人带着两个孩子，起早贪黑，真的是像连队里的日子那样——两眼一睁，忙到熄灯。

母亲没有抱怨。半点也没有。她觉得，嫁给了军人就是嫁给了军队，就是嫁给了共和国。那时共和国在她们那一代的心里，是至高无上的。

即使母亲病了，她也不对人说。母亲选择硬扛。在军营里，有什么苦是吃不了的？再说，他们家里与别人家不同，由于父亲是学医出身的，家里因此总是备着一些药。父亲都用文字标好了。什么情况下吃什么药，用多大剂量，都写得一清二楚。母亲总是按图索骥，对症下药。父亲不在，一家三口人有时连卫生队也不用去。

在陈静的记忆里，仅仅这些是不够的。有一天，外面刮起了大风。半夜屋顶漏水了，水滴在床前，甚至把被子都淋湿了。母亲起来弄了半天，也没弄好。

陈静说："妈，我们找解放军叔叔们吧。"

母亲说："三更半夜，找谁也不合适啊。"

于是，母亲捣腾半夜，也止不住雨水。最后母女三人，只好挤在一个不漏水的角落里过了一夜。第二天，母亲还亲自捣了泥土，上屋去糊顶棚，差点从房顶上摔了下来。幸亏旁边有一棵树，关键时刻母亲拉住了，不然后果不堪设想。

母亲很坚强，陈静看到母亲胳膊上的血在流时，却"哇"的一声大哭起来。

母亲说："哭什么哭？这点小伤，算得了什么？"

于是，陈静第一次跑到解放军的营区里，要通了父亲那边的电话："妈妈摔伤了，你还不回来！"

父亲在基层蹲点，那边的信号很弱。根本听不清什么。一直到她放下电话，父亲也没有听明白。

她委屈地哭了。

回来的路上，陈静觉得孤单像某种寒潮一样，突然浸入了身体里，再也不曾甩掉过。她感觉到一种冰凉，从头到脚，甩也甩不掉。从那时起，她便觉得，身为军人的父亲只是一个概念。所以，当父亲再次回来，用胡子扎她的脸时，她开始躲得远远的。她甚至觉得，父亲除了给予了她们生命外，好像与这个家庭毫无关系！

　　一种莫名其妙的凄凉感，就像自己成长的身子一样，从此相依相伴。她与父亲之间，好像从此便有了一种莫名其妙的东西隔离着，像雨，像风，又像雾。有时有，有时没有。更多的时候，是有。特别是每当看到班上同学们中，别人的家庭父母都在，开家长会在，一起参加课外活动在，开联欢会时在……而自己常常是孤单的母亲陪伴着时，有一种说不清的东西，始终在陈静的脑里、耳朵里和骨子里飘荡。

　　母亲不这样想。母亲站在家门口，每每看到父亲的身影，终于从山外的那条路上出现时，她便像突然变了个人似的，笑容满面，笑靥如花。父亲回家少，应该像别的男人那样忙里忙外才对，可母亲却不让他干活，让他坐着，自己却什么都大包大揽。过去，陈静还帮母亲的忙，但父亲回来，她不愿帮了。因为父亲回来的日子，不是吃就是睡，好像永远有睡不完的觉。而母亲，还要上班，还要回来给他和她们做饭。

　　陈静说："为什么他这么懒？"

　　母亲笑着说："他是俺们家的客人。你要让客人做事吗？"

　　陈静撅着嘴说："客人？他吃我们家的，喝我们家的，还睡我们家的，却像个没人似的。"

　　母亲笑了说："哈，还吃你爸的醋啊！你身上穿的，是谁买的？"

　　陈静把漂亮的裙子脱下来说："我才不稀罕呢。"

　　父亲听到了。父亲说："哟嗬，公主还生气了呀。"

　　父亲便对她和妹妹讲山外的故事。讲那些奇形怪状的事。妹妹听得津津有味。但她不喜欢听。她觉得父亲拿这些来骗她哄她，是不可能的了。她要证明自己在长大。但离开了父亲，特别是父亲离开家后，她的眼睛像母亲那样，不争气地涌了出来。父亲在离开时挥手，仿佛每一次都像是生离死别！

　　那些场景，从此永远铭刻在了她的记忆里。

　　这种情况，一直持续到1976年。那一年，唐山突然发生地震。地震的那一夜风雨大作，整个中国都知道了在祖国的北方，一个城市一夜之间成为瓦砾。仿佛世界的窗口一夜打开，从一场地动山摇与人们的惊恐中，母亲第一次感觉到了恐惧。半夜醒来，四处都是哭泣的人群。连她们生活的遵化，也感受到了大地的震动！

长大后的陈静才知道，唐山那里曾经有过这样的一场大地震。那场地震，把父亲在老家的全部都震没了：自家的房屋，全部的财产，还有许多亲人……

因此，父亲在接受命令参加救灾之后，利用自己学到的医术，救了不少人。

也就是在这一年，当救灾任务结束，父亲回到遵化，毅然决然接走了母亲。

"走，我们走。坚决走。"父亲说。

"那边都办好了？"

"办没办好都要走。再不能分开了。"父亲斩钉截铁地说。

陈静发现，当父亲刚说完这句话时，眼泪从母亲眼里流了下来。好像下了一阵倾盆大雨。

终于，他们来到了承德。那是她曾梦幻多次的美丽的承德。一座文化名城。

4

新兵连的生活是紧张有序的。苦点累点的生活，对陈静来说，算不了什么。母亲在时，独立惯了，教给她的便是独立。遇到事情，总是要她自己学会处理。学习、与同学和老师之间的关系、洗衣、做饭，甚至于种菜、买东西……

"自己学会做，以后任何时候，就不怕任何困难了。"母亲说。

为此，母亲活成了大家眼里的强人。什么都会做，什么都能干，只有父亲回来的时候，母亲才像一个小女人。

在内蒙训练的艰苦日子里，陈静想起母亲，就会流泪。那些在一起的日子，虽然清苦，但多么幸福啊！

她们被父亲接到承德以后，日子在陈静眼里开始有了亮色。以往在张家口恼人的雨、厌烦的风、流动的云，此刻都染上了一层特别的味道。父亲与母亲的声音，此时此刻都变得格外温柔。陈静与妹妹陈琳，从此便让笑声充满了承德这座曾经的皇家后院。

父亲此时已是医疗科长。工作仍然忙得不可开交，且经常出差，回家的机会虽然也少，但终究比过去多了。母亲从来都不批评父亲，还是像往日那样。陈静虽然见到父亲的机会仍然不多，但毕竟能够见到了。父亲每次回来，都要先拍拍她的头："今天学了什么？学校有新的知识吗？"

她说："有。"

父亲便与她坐在沙发上，检查她学会了什么。遇到不会的，父亲还会指点一下，更多的，父亲还是批评。

"这字，要像做人一样，写得工工整整。"

"这道题，还有别的解法，再想一想。多一种思路，便多一条道路。"

"吃饭不能留米粒，农民伯伯种田多不容易。谁知盘中餐，粒粒皆辛苦。"

这些话，每天都会有，每天都会说。

妹妹对此不屑一顾。妹妹陈琳比较活泼，性格也开朗。父亲说什么，她就要反对什么。比如，父亲说，作业的字要写大一点，陈琳便偏偏要写得很小；父亲说吃饭时不能出声，陈琳便故意一边吃一边咂着嘴巴；父亲说见了人要打招呼，陈琳便昂着头不理；父亲说说话时尽量要小声，陈琳便将声音改成扩音器，一开口就要吓人一跳……

父亲拿妹妹没有办法。相反，陈静却自愿钻入父亲的牢笼，听话，乖巧，懂事，自立……

唯一不满的，就是总觉得与父亲之间，隔着一堵墙、一条河、一座山，甚至于一个世界。

父亲出差前，都要语重心长地叮嘱她："多帮你妈干点活，多照顾一下你妹妹，多听老师的话……"

父亲每次说这样的话时，陈静就想：这不是谁老实，谁就担得多吗？

母亲总是在一边笑。母亲是父亲的崇拜者，父亲说什么，母亲听什么，而且，要求陈静与妹妹都无条件执行。陈静偶尔也想反抗，但母亲总是制止了。妹妹不在乎，她想怎样便怎样。还故意气她说："姐，我是最小的。当然就是被你们宠着。哼。"

陈静无可奈何。

她们生活在军队的大院里。大院里四处都是口号声、歌声与哨子声，一年四季如此。清一色的军装，不变的歌声与口号，如果不是每年四季更替，战士的脸庞定期更换，你很难想象世界上有这样的一个地方，看上去一切一成不变……

变动的是父亲。承德再好，在陈静眼里也只是新鲜一阵。父亲却像是生活在地球上的另一种生物，总是出差在外。他风尘仆仆地离开，又满面风尘地回来，仿佛他在别人眼里特别重要，仿佛别人都离不开他，长年在外，即使回到家里，也是把办公室当家，总是要处理这事那事。因此，在妹妹与陈静的眼里，父亲只是家里的过客，而母亲才是永远的主人。

母亲很满足。在母亲眼里，父亲把他们从张家口的风与沙中接来，是对她们的负责和重视。父亲出差时间再长，终归也是要回家的。在陈静心中，母亲在哪里，家便在哪里；而在母亲内心深处，父亲在哪里，家才在哪里。

陈静很不理解。

她时常一个人放学走在路上，看着周围热闹的人群，偶尔也想这个问题。只有妹妹陈琳啥也不想，总是乐呵呵的，自得其乐。

父亲又走了。他仿佛有永远出不完的差，有永远惦念着的兵。他常常把微笑留在家门口，然后转身不见。时间一长，父亲在陈静眼里，好像只是一个符号。特别是在承德慢慢长大懂事之后，陈静猛然发现，她与父亲之间，有时虽然很近，但实际上隔着一条长沟！

这样一想，她便觉得后背凉飕飕的，有冷风掠过。从此，她便渴望有一座山，在抵挡身后的一切。那是什么呢？她想啊想，想到最后，她突然明白，她需要的，是一堵坚实的后墙！

对！是后墙。只有身后有一堵坚实的牢不可摧的后墙，才能抵挡住心中的冷。

在内蒙古新兵连，陈静又一次有了这样强烈的感受。

而此时，她已是孤身一人。就像父亲一样，也是孤家寡人一个。面对广阔无边的大草原与茫茫的戈壁滩，她似乎更加孤单、孤寂和孤独！

在寒冷的夜里，陈静拿着枪，独自站在雪地里值勤时，忽然对父亲有了强烈的思念与怜悯。而母亲留在生命中最后的影像，像水草一样让她在梦里不得脱身。

意外总是突然来到的。

那是到了承德的第二年，在陈静跨入初中二年级的时候，母亲突然倒下了！

那真是不堪回首的一幕。

以后每次想起这件事，陈静的记忆便特别清晰与开阔。往日里的一切，好像穿越了岁月的山山水水，总是那么清楚，犹如发生在昨天。

好像命中注定那天要出事。一早，陈静去上学时，便觉得天气不好。过去总是蹦蹦跳跳的，但那天早上吃饭时，筷子不知怎么的拿不住，掉在地上两三次。母亲说："你什么时候能长大呀，做事要认真点啊。"她也觉得有点怪，没多想，拿起书包时，不知怎么的，书包里的书一下全掉在了地上。原来书包没拉拉锁。母亲弯着腰，帮助她把书从地上捡了起来。她与母亲打了声招呼，母亲啊了一声，站在门口送她。平时，母亲都要笑一下。这天，母亲没笑，只是对陈静说："你什么时候能长大啊。"陈静说："长大后干啥，我不愿长大。"母亲说："长大后，要照顾好你父亲啊。"陈静觉得母亲这句话有些词不达意，但她没有过多别的想法，只是觉得有些奇怪。照顾父亲？那很遥远，自己还小着呢。应该是父亲照顾自己才是。

陈静也没多想，便跑去学校了。奇怪的是，在那天的课上，陈静一反往日那样专注，总是心神不定，老师点名让她回答问题，她都答非所问，精力不集中。老师还批评了她几句。到了第三节课，突然有别的老师走进教室，对陈静的任课老师讲了几句。老师停下来，脸上闪着一丝惊讶。于是，进来的老师叫出陈静。

陈静出来后，老师说："有个事告诉你，不要慌张，你家里有点事，让你回去一下。"

家里能有什么事？陈静也没多想。过去，这种事从未发生。她大大咧咧地啊了一声，心里还有点不想回去的意思，但老师的话不容置疑，说必须回去一下。她还迟疑着，最后老师只好说："你妈生病了。"

陈静心里顿时暗了下来。她也没有顾得上拿书包，就直接往家的方向跑去。

老远看到家门口，围了一堆人。其中，穿白大褂的夹在里面，非常显眼。

陈静心里慌了起来，母亲怎么了？她的心跳开始加速。

到了家门口，陈静听到了哭声。一个邻居上前便抱住了她："娃呀，你妈走了！"

走了？陈静不明白这句话的意思。妈妈走了？她的老家在唐山，能走到哪里去？

还没想清楚，听到穿白衣服的人说："晚了，救晚了，心肌梗塞，错过了黄金救援时间，可惜呀，这么年轻。"

这句话像雷一样击打在陈静头顶，她的头瞬间嗡嗡作响；也像钉子一样，从此便永远钉在了陈静的身上。初中的孩子，能听不懂这句话么？

陈静挣脱抱着她的邻居，突然哭着冲进屋里。

母亲躺在床上，安静得没有一点声音。

屋外的人开始听到，陈静的哭声撕心裂肺。

"可怜的伢啊。"外面的人开始纷纷叹息。不少人都在抹眼泪。

母亲就这么走了。等平静下来，陈静才知道，早有人给父亲打了电话。父亲还在外地出差。

那天夜里，父亲要了一辆车，连夜赶了回来。他一进门便号啕大哭，哭得让人撕心裂肺。最后，他索性跌坐在地上，像个孩子一样，哭得昏天黑地。

整个世界仿佛塌了。

那是陈静第一次见到父亲哭。也是她第一次见到原本温和的父亲突然因暴怒变得失控。最后，父亲居然把家里的东西全砸了！

"我对不起你啊！对不起你们啊。"父亲一边砸一边哭。

陈静吓坏了。这个与自己记忆中的父亲相差太远了。过去的父亲，总是温文尔雅，风度翩翩，笑容可掬，可眼前的父亲，一把鼻涕一把泪，完全不像个男子汉。

众人上前拦住了父亲。

从那以后，在陈静的眼里，父亲一下子像是失去了军人的气势，不再那样高大威武。他话少了，但对自己与妹妹的关心却多了。父亲说话时，又变得特别温柔。更重要的是，陈静觉得，自己和妹妹以前被父亲禁止做的和需要买的，父亲一改过往，只要不离谱不出格，父亲多半答应了她们。

父亲为什么变了呢？

陈静读不懂大人的世界。总之从母亲走后，她更加感受到了背后的空空落落，仿佛有一座雄伟的大山，一下子被人移走了；仿佛有一堵厚实的墙，一下子就空荡荡的了。走在上学的路上，坐在书声朗朗的教室，这种空荡的感觉包围着她。而每到一处，几乎却都有着母亲的气息：她的笑，她的话，她的脚步，她的声音，她的气味……

陈静有些不知所措。她没有对父亲说，也没有对妹妹说。在母亲走了并不太长的时间里，她学会了独立思考，学会了把心事藏起来，更重要的，是她学会了坚强，开始自己处理身边的一切。她在感觉自己失去了后墙的同时，也慢慢尘封了心灵的世界。

无人可以倾诉。

无语可对人言。

小小年纪，她便感受到了生命的无常与短促。少年的心事，开始孤单地在天空与大地上飘荡，最后慢慢浓缩成自己内心的秘密。从此，她的心扉，就很难轻易向人打开。

父亲从此出差少了，他回家的次数多了，开始像母亲那样承担日常的一切。但是陈静与妹妹感觉到，父亲的关心与关怀多了，可话语却少多了。没事时，父亲开始抽烟。他常常一个人抽着烟，一根接着一根，生活在一片烟雾萦绕中，心事重重。

从那时起，陈静不知为什么产生了一个强烈的想法：逃出去，逃离这个地方！

可她能到哪里去呢？她那样的年龄，去不了远方。再说，远方在哪里？她不知道。

直到有一天，她看到军营中一群女兵快快乐乐地走过身边时，她的心便一动：何不当兵去？

有一天，她吞吞吐吐地把想法对父亲讲了。父亲眼里闪过一丝忧伤，没有吱声。

又一次，在吃饭时，她再一次对父亲郑重地讲了自己的想法。

父亲说："这么小，为什么要去当兵？"

她说："我不想让你为我和妹妹两个受累。我去当兵，至少你会好一点。"

父亲说："我受得了这个苦。如果我受不了，或者你们俩有什么闪失，我怎么对得起你娘？"

父亲的话让陈静心里一酸，眼泪差点掉了下来。

但越是这样，她的决心便越来越坚定。她开始多频次在父亲面前提起当兵的事。每次父亲都会说："是我做得不够好，你才想走的吗？"

她说不。她无法表达自己内心那种复杂的心情。父亲不像母亲，她有话可以直接与母亲说，但有些话与父亲沟通起来还是困难，不知怎么开口，开了口也不知道怎么表达。

直到那年征兵的消息传到卫生处，父亲面对她一再的询问与坚持，终于松了口："如果你能体检与政审合格，那就去吧。"

没想到，接下来一切顺利，她什么都合格。

穿着军装回到家来，告诉父亲第二天要走时，父亲站在那里，眼里盈满了眼泪。

那一夜，她兴奋，与妹妹叽叽喳喳一整晚。快天亮时，她才发现，父亲一宿没睡。

第二天，她在兴奋中出发了。在列车开动的那一刻，她回头在人群中寻找父亲，突然感觉父亲的背有些驼，父亲好像有些老，头上不知什么时候开始有白发，她一下子转过身去哭了。

5

内蒙古的戈壁滩很广，风很大，雪很深。

新兵连的岁月，陈静一直沉浸在离开父亲后的忧伤里。

班长问她："陈静，你为什么当兵？"

为什么？她忽然说不出为什么。

到底是逃避什么？逃避曾经有过的三次搬家的军营生活？可自己还不是最终选择了军营吗？逃避父亲的影子？但父亲似乎无处不在呀。她虽然远在内蒙古，但总有人前来看望，似乎总有人在背后默默关照着她。这种关照，不是训练上的，也不是学习上的，同样不是生活上的，而是心灵上的。父亲以军区卫生处长的身份，总在托战友让她能有一个好的环境。她似乎逃脱不了父亲的掌心。

那时的父亲，由于工作出色，已由科长升为副处长，尔后处长之位空缺，他还代理了处长。送走陈静后，除了照顾妹妹，父亲有更多的时间腾出精力，放在曾经永远忙不完的工作上。他像军营里一个永不疲惫的机器，一心扑在自己的业务中，并且很快在全军干出了成绩，卫生系统部门不断地在父亲的一亩三分地上开现场会，他为此声名大震。

妹妹来信说，父亲似乎只有工作，才能磨平与抗御对母亲的思念。

妹妹渐渐大了，开始揣摩父亲的心事。她的信，开始由简单几句而慢慢拉长，让这个在内蒙古当兵的姐姐，能够及时收到关于家与父亲的消息。而陈静自己，也在军营中像一棵树一样，成长，再成长。所有父亲曾经有过的军旅生活，她都重新经历了一次，所有苦与思念，她都慢慢熬至滴水成冰。直到有一天，她肩上的军衔由列兵、上等兵到下士，她觉得自己渐渐理解父亲了。走在茫茫的大戈壁上，她在觉得眼前开阔、身后空旷的同时，也反问自己：父亲难道不是一样吗？不是一样孤单孤寂吗?

这样一想,她蹲在戈壁滩上突然无声地哭了起来。好在戈壁滩上无人,她的哭,已由过去的放声大哭变成了啜泣。是啊,父亲曾面临与经历的一切,现在轮到她自己要去学会如何从容地应对。

她便像一棵坚强的树,在戈壁滩上迅速成长起来。在班里,在队里,她拼命工作,努力表现,勇于吃苦,甘于吃亏,赢得了大家的一致称赞。于是,她多次被授予嘉奖,并被评为入党积极分子。她最后还当上了班长,每天带着一大群通信专业的女兵,奔波在戈壁滩的电线桩上。

那样的日子,有辛酸,更有欢乐。当然,还有危险。

有一次,她们去执行任务,在修好电线准备返回时,恰好遇上罕见的大雪,她和七个女兵被风雪包围在一个山谷,风大雪大,不见五指。大家惊慌起来,以为会死在这里。只有她在鼓励她们:"我们要走出去。我要让你们每个人都活下来,活得好好的。"

在漫天的风雪中,连队也在找她们。在雪花纷飞的雪原上,为了防止大风把她们吹跑,她把她们用背包带和电线绑在一起,连在一根线上。

她告诉她们:"沿着电线杆往回走,就不会迷失方向。"

她们往连队的方向走,连队的人也往她这里来。但雪的确太大,根本看不清方向。她告诫自己一定要镇定。天慢慢黑下来了,风雪更大了。四处都看不清路。她甚至也在内心悲哀地想:"就这么光荣了?"这样一想,她忽然变得坦然起来。光荣了也好啊,正好去陪母亲!

一想到母亲,她忽然又觉得有了力量,她觉得母亲就在天上看着她。母亲的目光充满着爱与悲悯。

"我要为母亲活着!"一个坚定的念头在她心中升起。于是,她走在最前面,一步一步地在深雪中艰难地挪动脚步。风打在脸上,像刀割一般,每走一步都十分吃力而艰难。有的女兵开始哭。她先是安慰和鼓励她们,但到最后,她怕哭的女兵影响士气,就生起气来:"哭什么哭?难道我们不是当兵的吗?这点困难算得了什么?再说,连队肯定会派人来找我们，我们不能让他们多耗体力，尽量往中间地带赶。"说到这里，她甚至自己也在鼓励自己："同志们，即使我们牺牲了，我们也是为国而死的，至少算是烈士！祖国不会忘记我们的。"

这一说，她感到周身有了力气，女兵们受到她的激励，也一个跟着一个，大家互相搀扶，连滚带爬地在冰天雪地上艰难前行。

"记住，如果我们牺牲了，我们也是为伟大的祖国而死的。这种死，死得光荣！"风雪中，大家重复着这句话，一下子有了无穷的勇气与力量。

一小时，两小时，三小时……每一小时仅能前进几百米。到了后半夜，天冷得让她们全身打寒颤，脚实在是迈不开步了。她们围在一个突起的石头下面，互相拥抱着，说是不怕，其实觉得死亡原来离自己是这么近。

陈静说："同志们，如果有最坏的结果，遇到什么不测，我希望大家在平时有什么想对对方说的话，现在可以说出来。"

见大家不再言语，陈静说："先说我，大家要批评的，现在尽管批评。"

风很大，她需要大声说话，其他人才能听见。

一个新兵说："我对你没有意见，你对我们挺好的，像一个知心姐姐。"

一个两年兵说："我有一点，就是你看上去很厉害，但刀子嘴豆腐心，以后对我们说话声音要小点。"

还有一个新兵说："我感觉，你有点……像我妈，天天婆婆妈妈的。"

风这时更大起来，大家说什么也听不见。

陈静忽然掉泪了。她们抱成一团，蹲在雪地里。

又是一小时过去了。她教她们跺脚，不能冻伤了，更不能冻死了。于是，她们便一会儿蹲上一阵，一会儿又站起来跺一阵脚。

陈静说："各位战友，我们是生死与共的战友们，希望大家永远记住今天。无论今生来世，我们都是最好的姐妹。"

说完这句话，她带领大家突然在风雪里唱起来歌来："团结就是力量，团结就是力量，这力量是铁，这力量是钢……"

唱着唱着，陈静忽然看到了远处的灯光。对，是灯光！强烈的灯光在雪地上直晃眼。

陈静哭了："同志们，战友们来救我们来了！"

是的，是连队的老兵们来了。他们也是沿着电线杆走了差不多七个小时，最后听到了她们那嘶哑的歌音，并顺着歌声找到了她们！

连队里所有的人都哭了。那是戈壁滩上，男子汉们与女孩子们一起流过的泪。

她们得救了。这事后来还上了军区小报。陈静为此立了三等功。她一下子成了军营中的名人。父亲知道后，发了个电报，只有四个字：骄傲，平安。

她拿着电报，忍不住又掉了泪。她觉得，自己能够得救，完全是母亲的庇佑。正是母亲的目光，让她在风雪中坚强，在细雨中奔跑，在人生中坚强。而父亲，永远就像是一个影子，他似乎无处不在，却又永远不在。说他在吧，他一直远离着她；说他不在，她的生活却四处都是父亲的气息。

第三年七月，当陈静即将要戴上下士军衔的时候，她收到了军校通知。

这一次，她跑到戈壁滩上真正地放开自己，大哭了一场。她觉得一纸通知书，就是母亲曾经希望的全部慰藉。因为母亲曾经说过："如果有一天，你能像你父亲那样穿上军装就好了，交给部队，我就放心了。"她从来没有把这些话对父亲讲，现在她跪在戈壁滩上长哭："娘，你看见了吗？"

茫茫的戈壁滩寂静无声，只有风声一阵接着一阵呼啸而过。

经历了两年多的风霜雨雪，她已由一个小姑娘，成长为一个坚强坚定的革命战士。

而此时，她不知道，在她高兴地坐上火车往天津方向的军校奔驰时，父亲由于工作突出，已被提升为军区卫生部副部长。

6

军校的生活无疑是激越与激情的。作为一个要强的姑娘，虽然陈静年龄尚小，但她在学员队却表现出惊人的成熟。或许与军营成长经历有关，或许与家庭熏陶有关，或许与她在内蒙古边防的艰苦生活有关，她是队里当之无愧的骨干。

那时，医学专业属于混编，有男有女。这一点不像指挥专业，指挥专业号称清一色的"和尚"，全是男性。陈静在医学专业的学员队里，自然受到了大家的瞩目，这不仅是因为她干练和出色，还有一个重要原因，就是漂亮。

不知从什么起，她也觉察到了这一点。因为男生们躲闪不定的目光与她不停收到的纸条，直接证明了她在男生心中的魅力。但那时候的她，觉得学习就是学习，读书就是读书，自己必须一心一意，对来自周围的暧昧与爱慕，便都不屑一顾。因此，当时间一长，许多同学成双成对开展"地下工作"时，她却一心扑在学习上。即使有空余时间，她也按照队领导的要求，带头去做义务劳动——帮机关搞卫生，帮厨房包饺子，帮新生搞军训，上敬老院给老人们送温暖……日子很充实。只是偶尔，看到别人在树荫下喃喃私语、山盟海誓时，心里还是难免刮过一阵异样的风。那也仅是偶尔才会有的风，让她想起母亲走后那个空荡荡的下午，让她想起父亲送她走时那个冬天的原野，让她想起在内蒙古的戈壁滩上当兵时的茫然与失落……好在，这股风刮得突然而又猛烈，来得快去得也快，生活还有许多有意义的事情在等着她。她就忘了内心深处的风声再起，尽其所能去干那些自己认为值得干的事。正因如此，她毕业时，没有父亲的庇护，而是凭优异的成绩，分到了北京的一家部队医院工作。

此时，与她一样一心一意扑在工作上的父亲，由于业绩显著，已被提拔到总部的卫生部当了部长，调了正师。自己的妹妹陈琳，又选择走了她的道路，去基层部队当了兵。

按说，一家人的生活，开始重新走上正轨。陈静自己也时常在想，过去自己和母亲所希望的一切，似乎都是触手可及，还缺点什么呢？

这时，给她介绍对象的人，一拨接着一拨。虽然此前，她对恋爱没有一点经验，也没有半点感觉，她没有喜欢过的男生，尽管追她的男生不断，她却感受不到拒绝或者冷漠带给别人的失落与惆怅。只是到了一定年龄，她不得不面对情感上必须要接受的一切。父亲说过，"男大当婚，女大当嫁。到什么年龄，就得干什么年龄的事"。

到了新单位半年后，一些热心人开始张罗着她的终身大事。这是部队单位的特点，别说是个女的，就是来了一个男的，只要是单身，一堆人就开始上心了。何况，陈静还那么年轻漂亮，性格开朗，往单位人群中一站，是那么鹤立鸡群！一拨又一拨关心关爱她的人，盯着她的恋爱——有的想肥自家的田，介绍给自家亲戚；有的受人所托，想把她介绍给领导的孩子；有的爱屋及乌，干脆想让她当自家的儿媳……

陈静也不急，谁介绍她都说谢谢。偶尔觉得还可以的，便去见一见。但见归见，常常是一面之交，也不当面拒绝别人，不伤人家的心，但后来不回复，或者以工作忙为由头，人家也知道是怎么回事了。这样时间一长，大家都觉得她眼光高，但介绍的人却并不减少。

直到，她遇到了张高，一个社会上的新青年。

张高首先是个子高，一米八，站在人群中，立马便像通天塔；其次是帅，一张年轻的脸，鼻梁高耸，双眼皮，眼睛还老大，五官却协调，人见人爱；最后是嘴甜，能把哭的说笑，把死的说活，把钝的说平，一句话，走到哪就把笑脸和笑声带到哪。

陈静就是被最后这一点征服了。

那时，陈静在医院做的是技术活，干的是临床检验工作。这项工作比较单纯，不像医生那样与各种各样的人打交道，也不像药房那样天天人来人往。她所面对的，就是一台又一台机器，来医院所有的血、便、尿，都要在这些机器上筛查，得出人体内各种基因与比重最科学的结论判断。

有一天，陈静轮转值夜班，是急诊班。正在采血，忽然窗口一个响亮而又悦耳的男中音传来："美女，帮个忙，这个血液做个加急呗。"

按平时要求，即使是急诊，出个普通的血样怎么也得半个小时。陈静头也没抬说："你先等等啊，半个小时就出来了。"

小伙子急着说："美女，请加个急啊。这是我母亲，请理解。"

陈静听到"母亲"二字，习惯性地跳了一下眼皮，于是从操作台上抬起头来看了对方一眼。就是这一眼，她忽然觉得在茫茫的人群中认识了他，好像是一辈子想要等的那个人。

爱情这种东西来得非常奇怪。小伙子看到陈静长得漂亮，窗口刚好又没有他人，话也甜起来了："还是个大美女啊，一看你面善，必定是个有福之人。"

陈静脸红了。随着小伙子的话越来越多，越来越顺，她的心开始跳了。直到结果在最快的时间内出来，她都佩服这个张高有本事，居然在半个小时内套走了她的电话。而她，却不知自己为什么要给他……

有了初一便有了十五。从此，每天盼望下班并准时会见，似乎成为生活的一部分。张高性格开朗，谈吐诙谐，话语幽默，好像一下子打开了她的心灵闸门。似乎二十多年来，从来没有人这样从她的心里走过，包括父亲，包括妹妹。父亲总是威严式的，命令式的，家长式的，很少有柔情能够这样平等而又平和地对待；而妹妹呢，毕竟还小，只是不经世事风雨的白纸，洁白一片，有了心事也没有交流的时刻。而现在，无论是走在长安街上，还是徘徊在单位周围，无一处不是欢乐，无一处不是新生。

陈静隐隐约约地觉得，背后那片总是觉得空旷的地方，似乎有了可靠的肩膀。

他们小心翼翼地交往着，开开心心地约会着，快快乐乐地相处着，像是天空打开了扇窗，像是大海翻起了浪，像是山峰裂了缝，一个全新的世界在陈静面前徐徐展开了。

她沉浸其中，乐此不疲，感到无限地踏实。好像除了他，身后的一切都是无谓的，多余的。

直到有一天，他主动告诉她，自己没有固定工作，问她是否介意。

她问他干什么。

他说，就是做些小生意。什么赚钱就做什么。

她并不在意，甚至连心灵上一点波澜都没起。

"能过日子就行了。我有工资，你也能养活自己，有什么不可以的？"

他感动了。终于有一天，向她求婚。

她亦感动，泪水哗哗流下。似乎，这世上又多了一个亲人，而且比任何亲人还亲。

她答应了。

答应之后，就要去见家长。男方家里好说，一听说她是部队的，还做医疗工作，又是个大美女，高兴得了不得。男方的父母说："哪个时代，社会不需要医生啊？特别是现在的大城市，看病贵不说，看病多难啊。家里有一个医生存在，幸福一家人甚至一个家族！"

然而，忐忑不安的时候来了，她要带他去见自己的父亲。

父亲起初听说陈静谈了个对象，心里是高兴的。男大当婚，女大当嫁，是自然规律。特别是孩子的母亲走后，他南征北战，对孩子也怀有内疚与愧疚，关心得太少，找一个好的婆家嫁了，也是父亲心里最大的愿望。

在没有见张高时，父亲问她有关对方及对方家庭的情况。知道是北京人，而且上一代也是移民过来的，他觉得还可以。但问到对方工作时，陈静如实回答说："没有固定工作，做点小生意。"

父亲的脸沉下来了。他说："大学毕业了，做点小生意？以后你们怎么生活？"

陈静说："我有工资，他能养得活自己，怎么就不能生活？"

父亲从心里叹息了一声。然后说："像我们这样的家庭，都追求平静、稳固和按部就班的生活，一个男人没有正儿八经的工作，我总是觉得不可靠。"

父亲那一代人，都抱这样的观念。

陈静不在乎："我们相爱，我们性格合得来，我们自愿组成家庭，过自己的生活，您就放心吧。"

父亲不放心。他多么希望女儿能永远幸福啊。她懂事早，独立早，但并不意味着她能接受一切随时可以变化的事物。因此，他更加为她的未来着想。特别是在见了男方一面后，作为一个在军营里服从命令、听从指挥成长起来的正师职领导干部，他的生活向来有板有眼，因此希望一切人都这样。但张高却自来熟，一见面便没大没小，喜欢开玩笑。

父亲固执地认为，"这个张高靠不住"。

在父亲眼里，似乎老北京的男孩都靠不住，好像一个个只会耍嘴皮子，满口京腔，吹牛不上税，好高骛远。

陈静不听。她觉得自己喜欢的，必须是自己的，所以得按自己的来。多年的独立生活，已养成了她决断一切的果敢。

父亲不太同意，这让父女俩几次都谈得不太愉快。陈静性格倔强，她甚至住在单位的单身宿舍，以不回家来表示反抗。

父亲知道女儿的性格。女大不由爷，他也管不了了。最后，几经交战，他最终还是选择了妥协。既然女儿认为对方就是自己一生的幸福所在，新社会婚姻自主，父亲也不好再拦阻她了。好在张高除了说话好像有点不靠谱外，其他的都还不错。女儿非要坚持，那就由她吧。

他们领证那天，父亲久久地沉默不语。在他们走了之后，妹妹对陈静说："父亲一晚上似乎都在叹息！"

陈静放下电话，心里涌过无数的波澜。但最终，她认为自己所选的，一定是对的。她相信时间会改变父亲的认识。属于母亲那样的时代，已经成为过去时了。

到了结婚那天，当婚车来时，所有人都喜气洋洋，欢声笑语。在送陈静上车的那一刻，父亲却禁不住落泪了。特别是在把她交给另外一个男人时，父亲说："你要对她好！如果你对她不好，我会打断你的腿！"

大家听了，觉得这是一个老军人式的玩笑。但父亲的脸绷着，一点也不像开玩笑，把张高弄得挺紧张。

开宴时，大家轮番上前给父亲敬酒。父亲脸上也开始洋溢着笑。

但等婚宴结束，父亲回到家时，他忽然号啕大哭！

沉浸在喜欢中的陈静，听妹妹打电话来说父亲在哭时，不知怎么的，自己的泪水也跟着流了下来！

那一刻，她完全没有感觉到新婚的充实。相反，在人群的祝福声中，她老是觉得背后似有凉风吹来，令人感觉像是回到了在内蒙当兵时的荒原那样空旷……

而张高，笑呵呵地搂着她说："看把你高兴的！这下你不就永远是我的、我也不永远就是你的了吗？谁也别想跑！"

陈静的泪流得更厉害了。

<h1 style="text-align:center">7</h1>

幸福的生活似乎总是过得很快。

与张高结婚两年后，陈静生了个女儿。

两家人都高兴得了不得。

那几年的生活中，陈静在工作上如鱼得水，顺心应手，很快成了单位的业务骨干。在家庭生活中，她与张高也是举案齐眉，琴瑟和谐，夫妻恩爱，让家里时常充满了欢歌笑语。

张高似乎不是父亲所忧虑的那种北京青年，他虽然贫嘴，但处处表现出对陈静的真爱，总是把小日子弄得很浪漫、很温馨。

陈静觉得，从小到大，这可能就是自己想要的生活。从与母亲相依为命的生活，到四处搬迁的动荡不安，再到自己走向茫茫戈壁深处的空洞，自己虽然像母亲那样坚强，但总是有风似乎从哪里穿过心头，有雪似乎要落在心上……而现在，那曾经老是觉得空荡荡的后背与后墙，忽然就厚实了起来。风来，有墙挡着；雨来，有伞撑着。更重要的是，因为有了张高的存在，她心里的空荡突然被幸福充盈着，这是怎样快乐的生活啊。

陈静有时这样想。在满足的同时，她为母亲感到遗憾。父亲那动荡的生活，虽然看上去荣光，但没有给母亲带来足够的幸福感。

但叹息终归过去。时间在慢慢磨平一切，也让人淡忘一切。现在，原本为她担心不已的父亲，看到她生活得很幸福，加之自己又做了外公，心头上的焦虑像一块石头那样，慢慢就沉入了水底。此时的陈静与张高，也经常回家来看望他，让他感受到了精神上的慰藉。

三年后，父亲陈虎被提升为后勤部副部长，像所有当兵者无限渴望的理想那样，他从一杠一星干到两杠四星，最后终于干到了一枚金星，跨入了将军行列！

这个喜讯，还是别人告诉陈静的。她连忙赶回家向父亲祝贺。父亲喝了点酒，但并没有表现出特别兴奋的样子。

父亲说："只要你和你妹妹过得好，我就满足知足了。"

此时，妹妹也在另外一个医疗单位工作，嫁了人。日子过得很不错。

陈静说："我们都挺好的。你要把自己的日子过好才是好。"

怎么好，陈静与妹妹也不知道。

直到又过了一年后，当外孙女都快四岁时，父亲陈虎经人介绍，认识了一个阿姨。接触了一段时间，决定结婚了！

父亲由于是将军，为人又好，周围不少人关心他甚至胜于关心自己。因此，在好事者与部下的反复劝说之下，父亲与那个女人交往了一阵，觉得可以结婚了。对方也是高知，有自己的工作，并不图他的地位与金钱。

父亲与陈静谈这件事时，陈静心情很复杂。

一方面，她为父亲高兴，终究得有一个人陪伴他。因为父亲是孤独的，虽然在火热的军营中生活，但回到家里，他总是独自一人，冷热没人关心，饱饿没人知道。但是，看到一个陌生人走入父亲的家庭，她又似乎隐隐约约感受到了一种失落，好像另外那个人，要夺走父亲对她们姐妹的爱……

无论怎样，父亲结婚了。陈静和妹妹都感到高兴。

可以看出，结婚后的父亲是幸福的。这从他脸上越来越多的笑看得出来。新婚妻子对他关心备至。而且，她对陈静姐妹和陈静的孩子也很好。一家人偶尔在一起，还是像原来一样。

陈静忽然感到很幸福。

但生活总会有些意外。而且，意外有时比幸福来得还要快。

随着婚姻的时间拉长，孩子渐渐占据了陈静的主要业余生活。不知从什么时候起，夫妻之间的一些距离便悄悄产生。也说不上为什么，过了七年之痒后，火热的激情像是被冰块升腾起的凉雾覆盖，陈静偶尔也会觉得张高变了，变得不像从前那样关心自己了。起初，她觉得这是正常现象，激情的生活终将被平淡替代，这是人之常态，因此她并不在意。可张高回家渐渐变晚，总是说有生意上的应酬，遇到陈静有微辞，他就说生活不容易，必须在外打拼，希望陈静理解云云。陈静试图接受并理解这种生活方式，但她觉得张高越来越不太对劲，比如，喝得醉醺醺地回来，衣服上还有香水味……

陈静恍然觉察到了什么。她问他，他立即表态，什么事都没有。他还怪她疑心重，疑神疑鬼的。直到有一天，陈静无意听到了张高躲在厕所里接电话，好像对方是个女的，还在威胁他。陈静的心一下掉进了水里。那天夜里，她装作睡着了，等张高真的睡着时，她还是忍不住偷看了他的手机！

一切真相大白。他在外面有情况了！

不管这个情况到底有多深，但这个突如其来的打击，震惊得陈静有些天摇地动，五脏六腑都受到了震动，仿佛被什么击碎了！她没想到，自己深爱的他，居然会变，而且变成了她最不希望看到的那种人！

陈静是那种眼里掺不了沙子的人。她做事也干脆利索和果断，既不争也不吵，只是提出两个字：离婚！

张高怔住了。他没想到，陈静在提出这个问题时，是如此冷静！他想不承认，但为时已晚。他乞求她原谅，她说此事不可原谅！

在万般无奈之下，他们走进了民政局。

办好了一切手续出来，张高站在街道上哭了。

陈静当时没哭，可当张高搬离家时，她看着两个人共同的孩子，用小眼睛紧紧地盯着她，她忽然觉得一阵发虚，赶紧钻进自己的房里，哭得稀里哗啦！

她想起了父亲曾说过的话，父亲的担忧终于变成了事实，这让她如何开口对父亲讲啊……

哭了三天三夜，懂事的女儿一直站在房门外，不忍心去敲妈妈的门。

一周之后，陈静像换了个人似的，开始了另一种生活。她一人拉扯着孩子，无论受了怎样的苦，再也没有向人诉过一次。她似乎觉得，有些人的命，就是天生注定的。一个人要经历什么，迟早会来。既然该来的会来，还不如坦然地接受它。母亲离世时，她也曾这样想过。但没想到，现在她的生活也充满了变数。

她一直没有告诉父亲，她与张高已经离了婚。由于偶尔还回家去看父亲，怕父亲担忧，她便让女儿约上张高一起去。等张高再找一个合适的理由先走后，她便和女儿一起，陪着父亲做饭、说话，拉家常。

父亲沉浸在自己的幸福中，常常望着帮忙打扫卫生的陈静，一言不发。

直到父亲退休，她都没有告诉过父亲，自己是一个人拉扯着女儿过的事。

父亲的眼神迷离，似乎对退休还不适应，偶尔一家人相聚，话也越来越少。本来，父亲就不是一个善于表达的人。除了母亲去世时，父亲曾当众号啕大哭过一次外，无论在谁面前，父亲不都曾轻易表达过感情。就是她出嫁的那次，父亲也仅是在家里一个人偷偷地哭。

这一点，陈静觉得自己与父亲有些相似。父亲不对她讲自己的内心世界，她又何曾向父亲坦露过心曲？有其父必有其女，古人说得多对啊。陈静想。

她一想就迅速打住了。因为无休止的冗长又琐碎的生活，让她应接不暇。工作上她屡创佳绩，生活中她要关心女儿成长与学习的点点滴滴，虽然忙而杂乱，但倒也充实无边。有时，看到身边的人为生活奔波，陈静就想，这个世界，除了那些永远得天独厚的人外，谁的生活容易过呢？

这样一想，她就全身心地扑在工作与女儿的生活上，什么也不想了。

8

直到，父亲突然倒下的时刻。

父亲倒下时毫无征兆。因为父亲一生行伍，锻炼的习惯也坚守了一辈子。父亲再婚后，他生活得很幸福。继母知情达理，贤惠慈蔼，与父亲也是感情很深，相互依靠。

没想到，父亲退休后，一闲下来，竟然身体上出了问题。

陈静起初真不知道父亲得了病。过去，一般的小病小痛，父亲不讲，甚至继母也不愿让孩子们担心，便不对她们姐妹说，反正自己能应付得了。没想，父亲有一天突然感觉到腹部疼痛，他曾任过卫生部长，知道自己有问题，便去了医院。到了医院一检查，居然是胰腺癌，而且到了晚期！

父亲这一住院，连继母也不让陪床。一直说自己是小病，反正医生说也不能手术。期间，陈静还带着孩子去看过他。他与孩子有说有笑，一点也不像大病的样子。陈静还私下找了医生了解情况，但医生也没有告诉她实情。因为父亲请求医生不要讲，还以病情必须保密为名，要求医生不能说。

所以，直到父亲弥留之际，陈静才确切地知道父亲的病情。

此时，父亲几乎已经说不出话来。虽然他享受的是一流的医疗条件，但病情的变化，让人无力回天。

继母也在现场，哭得一塌糊涂。

有一天，父亲清醒过来，用力地招了招手，示意陈静上前。

陈静走过来，拉住父亲的手，控制着感情，尽量不让自己哭出声来。

父亲只对她说了短短的几句话。

第一句话是："我对不起你，付出太少了。"

陈静拼命地摇头。

第二句话是："我知道你的事了，一个人带孩子不容易，但不管怎样，把小日子过好。"

陈静很震惊，父亲是什么时候知道自己的事呢？他洞若观火？如此洞察秋毫？但此时，她没有问，她其实也相信父亲迟早会知道的。知女莫若父，只不过，父亲的爱，爱得深沉而矜持。

父亲的第三句话是："你继母是个好人，如果有可能，就尽量关心她。"

陈静连连点头。她相信自己能做到。继母把爱与关怀给了父亲，她一样可以把爱与关怀予以继母。

那天，父亲还对她说了这样的一句话："把我与你母亲埋在一起，今生没有关照到，就让我去服侍她吧。"

陈静听到这句话时，忽然失控，忍不住哭了。仿佛几十年来储藏与积压在胸中的泪水，突然像决堤的海，奔涌千里万里，奔赴千山万壑……有关童年，有关母亲，有半自己的种种生活细节，竟如潮水般涌来，推动情感的大海毫无顾忌，毫不吝啬，骤然间让她肝肠寸断，生离死别，引得她哭得死去活来！

一向坚强的父亲，眼角挤出了泪水。

几天后，父亲回光返照，拉了拉她，最后微笑了一下，便头一歪，竟自走了。他微笑下的眼角，还挂着几滴泪，晶莹而透明。

陈静突然号啕大哭。

继母走上前，看到丈夫已经永远地去了，也是突然泪流满面。

9

一个月后，陈静把母亲的骨灰从外地取了回来，葬在了父亲的坟墓边。

墓地是陈静选的，虽然花了些钱，但她觉得值。父亲一辈子虽然轰轰烈烈，但他喜欢安静，因此，墓园选在了比较靠边和比较偏的那一头。

到处鲜花盛开。

陈静领着女儿，站在父亲与母亲的墓前。女儿已上初中了，她衣着整洁，亭亭玉立，但站在外公外婆的坟前，泪水也在悄悄滑落。

陈静很想一个人在墓前静静地坐一会，她让女儿先走。女儿却不走，固执地拉着她的手，两人无声地站立着。一刹那，好像有一种非常坚硬而又脆弱的东西，击中了陈静柔软的内心深处，她的身子晃了一下，但她还是站住了。

阳光从墓地那边射过来，穿过花草树木，很快陵园便花香四溢。透过阳光的间隙，世界一片暖洋洋的味道。

在最后一次向父母鞠躬之后，陈静拉着女儿的手向外走去。在短暂的饱满之后，忽然平地一股风吹来，让陈静觉得背后似乎有一丝丝的清凉。她隐隐约约地感到，对于她和父亲这样一心只在不停坚强地向前奔跑的人，背后似乎总是被一股又一股的冷风催着和吹着，虽然目标一个接着一个变为现实，可最终总是让人感觉到空空旷旷……

她忽然想起了后墙。母亲独自带着她时想过，自己独自上学时想过，母亲去世后想过，在内蒙大草原上当兵时想过，婚姻解体后想过，父亲走后想过……如今，自己坚实地拉着女儿的手，怎么还会去想这个呢？她觉得自己瞬间变得特别脆弱、孤单与无助。是啊，如果自己身后始终能有那么一座坚实的后墙可以倚靠或者依靠，有一棵结实的大树可以抵风或者挡雨，有一个厚实的肩膀可以凭借或者拥抱，一切会不会是另外一种样子呢？

但谁知道呢？每个人的命运，上天就是这样安排的。或许，无论是自己曾经经历的所有，还是当下自己拥有的一切，才是最好的安排与归宿。

陈静走出陵园，一只手拉着女儿，一只手一抹眼睛，竟然全是泪。

（发表于《广州文艺》2023 年第 8 期》）

老万的饭局

1

老万春末的时候来过一次北京。

老万来北京的时候，我们几个同学一起喝了一次酒。

这是毕业后我们第一次与老万吃饭。

酒桌上，老万说，他二十多年来就没有来过北京，他就是想同学们了，想趁过节前来看看大家。

老万说得很诚恳。但是我们不信。我们不信老万作为地方官，二十多年中不可能没有来过北京。

同学老江说："他肯定来过。只是那时他觉得我们没有用处，没有告诉我们罢了。"

我也表示怀疑。

但那一晚，老万说他喝醉了酒。

可同学老刘也不这样认为。老刘说："如果老万喝醉了喝，他一定会逼逼叨叨的，惹人烦。"老刘是我们在北京工作的同学头，他的话比较权威。我们仔细一想，觉得也是。

但老刘这话是后来说的，等我们想搞清时已事过境迁。人生的饭局太多，不管是同学之间还是朋友之间的，谁多饭局就像阵风一样，吃过了也就风过了。谁记得！

同学老黄又不这么认为。老黄说："同学来北京一次，你请了他可能他不会记得，但如果他告诉了你，你没有请他，那他一定会记得。"

老黄说这话让我们有些害怕，生怕哪个同学来了招待不周，会影响同学情谊，还怕被同学记仇。所以，每次来了一个同学，只要我们在京的同学中任何一个人接到电话，都要与其他同学相告，来确定吃饭的人数、位置和吃的内容。

老万来的那次，我们是在后海边吃的。那里本来是属于年轻人的世界，所以六个中年男人聚在一起喝酒，还有说有笑，仿佛有些异类。但这里是北京，北京的年轻人与老年人都不会管你这个，只要你有钱，你想上哪吃就去哪吃，与别人没有半毛钱的关系。

老万来的这次，聚会地点是同学老黄选的。老黄每次选好了地点，就说一不二。这是因为老黄在我们几个同学中最有钱，他选什么地方我们就去什么地方。这些年，同学们但凡来北京又告诉了我们的，一般都要借机聚一下。过去为了表示公平，大家每年每人出一万块钱作为接待同学资金，算是接待 AA 制。但有一个同学不太愿意，因此很快就不参加任何同学的聚会了，也不与同学们联系。到了后来，慢慢地变成了都是老黄掏钱请客。因为老黄辞职下海后挣了大钱，他说他包干，避免了我们预算紧张。我们开头有些不适应，但很快就慢慢变得习惯了。除非老黄不在北京，才会轮到我们善后，一般采取首接负责制。即哪个来京的同学与在京的谁联系，谁就负责请。所以，这个重任一般都是老刘最多，而我排名最后，因为我是北京工作的同学中，唯一一个不会喝酒也没有私房钱的。所以，在京的同学们往往会交给我的一项光荣而伟大的任务，就是在他们喝完酒后，开车把他们一个个安全地送回家里。

因此，每逢同学聚会，我总是最后回家的那一个。好在我老婆与他们也是同学，只要听说是同学聚会，再晚回来都不查岗、不怀疑。

老万来北京，却给我们每个人都打了电话。过去，其他同学来京后的电话，一般都是打给老刘和老黄。老刘是学生时代的头，第一个入党的，老是在班上当领导，因此毕业了同学还是习惯把他当领导。而老黄呢？由于当老板，平时又喜欢在同学群中咋呼，一会儿公司开业，一会儿公司大会，都要往群里发照片，所以同学们都知道他的实力。我们的同学群，就是老黄鼓捣着建立的，当年一个班60多名同学，能联系上的有50多个。另外十几个，老黄不管费了多少周折，要么是找不到，要么是不愿意加入同学群，特别是毕业后回到小地方工作的。老黄每拉进一个，就号召大家在群里欢迎，然后会主动发红包。老黄发的红包很大，不抢的人很少。特别是女同学，遇到逢年过节，还动员老黄在群里发红包。到了我们这个年纪，大家混得怎么样，同学圈中都一目了然。所以，后来每逢外地同学进京，大家便直奔主题，纷纷给老黄打电话。老黄再通知我们某月某日某时，奔赴某地与某某某参加聚会。而曲终人散，平素如果没有老黄，我们在京的同学也是各忙各的，聚会也少。有事就打个电话，没事就像一滴水消失在人海中，你想捞都不知上哪个胡同去找。

一般来说，大家对同学聚会还是有热度的。除了某同学由于不愿出"招待基金"而从此和同学们谁也不来往外，其他人遇到同学来，见上一面也是很高兴的。特别是随着年龄的增长，我们小刘小黄小李逐渐变成老刘老黄老李后，大家其实见一面少一面。不少风华正茂的同学离开了这个世界。所以，有生之年还能从天南海北脱身见到，也是缘分。对于我呢？还是有点害怕同学聚会的。这倒不是因为出钱的事，况且老黄在财务自由后，也不需要我们出钱。而是每次聚会完后，我作为不喜欢喝酒的那一个，还得开车一个个送大家回家。每个同学家住哪里，我都一清二楚。问题是我平时胆子较小，总是害怕他们在喝酒时会喝死一个，或者喝多后在送他们的路上，害怕中间某一个会一命呜呼，让我要承担连带责任。所以，我每次在送他们回家时，必须把每个同学亲自送到家里，敲开门有人接应才离开。遇上同学们有老婆不在家的，我又害怕他们喝多了半夜出了什么岔子，往往还得在人家屋里陪上一夜，直到第二天安然醒来才走。如果你把人家往家里一扔，其他同学们又不在场，出了问题怎么办？所以，每次我必须把常年参加聚会的四个同学送到家，确保绝对安全后才能离开。天长日久，同学们都喊我"李劳模"。只有我老婆，虽然与来的人和送的人都是同学，她对我三更半夜才归来甚至夜里也不归来慢慢地就表示不满。过去她还偶尔参加同学聚会，后来就以家务事太多为由，派我为代表，再也不参加了。好在后来，老黄有了专车司机，我的任务也就慢慢减轻了。

2

1996年我们从湖北某大学毕业时，开头只有四个同学进了北京。这其中，属于部委大院的有两个干部子弟，一个是老刘，一个是老江。还有一个，是军队大院长大的老段。他们三个都生在北京，长在北京，分回北京天经地义。换毕业入伍并且顺利提了干的老段的话说，"在大院里，我随便碰到一个人叫声叔叔伯伯，啥事都办了。毕竟，他们是看着我长大的"。

老段说这话时很有底气。老刘比较厚道，又有点知识分子气味，听后总是笑而不语。可老江不这么认为，老江私底下喝多了时说："老段那点关系，算个球！老子的哥们姐们，哪一个是省油的灯？他们随便一个人的父母，出现在新闻联播中，都会吓得老段流尿。"话虽这么说，每次见了老段，老江面子上还是客客气气的。

至于老黄和我，都是外地的。老黄毕业时进京下了一番力气。他有次曾在酒桌上笑着对大家讲故事说："当年我进京时，我爸爸去京城找人，那时都还是土老帽。我爸爸听说老领导喜欢吃王八，便到乡下专门收购了十几只超过五斤以上的野生王八。那时野生的王八多稀罕多贵重啊。但王八毕竟有大有小，我老爸怕送人时搞错了，便按要找的人官职大小，在每只王八背上都贴了纸条，写上了要送的人的名字。结果上了火车，装王八的塑料袋不知怎么弄开了，让一堆王八在车厢里满地跑，吓得一车的人大声尖叫。但乘客们看到王八的后背上，竟然还写着张三主任李四部长王二麻子秘书，一个个笑得前仰后合……"

老黄毫不避讳地说，他就是靠着那十几只王八，进了北京，并且进了事业单位。这在他老家人眼里，可是烧了八辈子高香，祖坟上冒青烟了。

老刘、老江、老段与老黄，一毕业就进了京，让我们班上的同学都很羡慕。至于我，唉，是在他们都有了孩子的时候，才遇上那么一个偶然的机会，选调进京的。由于上车晚，我在他们眼里的称呼，开始还只是"小李"。当然，那时候，他们的称呼前也没有个"老"字，还是小刘、小江、小段与小黄。等他们人到中年，过了四十岁，大家才开始互相在称呼前加上了个"老"字的时候，他们却还称呼我为"小李"。直到我开车送他们的次数一多，他们才慢慢改口称我为"李劳模"，后面有次可能是同学老刘不太好意思，主动称我为"老李"，大家才慢慢也改口叫我老李了。

我们那一届从湖北毕业后至今留在北京混生活的，就是我们六个。六人之中，我们五个联系得比较多。那个不愿提供"招待基金"的同学，也是后来调入的。调入的手段与方式我们并不清楚。因为在学校时，我们与他交往也不多。只听说他到北京后迅速与房贷和车贷绑在一起，所以他不与大家来往，同学们也不勉强。至于成天混在北京人流中的我们，五个人的基本情况是这样的：

老刘，大名刘跃进。父亲是国家某部的副部长，母亲是大学教授。老子英雄儿好汉，老刘干事沉稳，又继承了母亲的优点，爱读书，所以话不多，但处处说到位，滴水不漏型的。

老江，大名江世柏。父亲是某企业的董事长，一把手，享受的却是正部级。母亲原来是职工，内退多年服务于他父亲。他在北京属于路子广、朋友多一类的，爱聚会，喜欢包揽事物。常常胸一拍，"这事我来办，放心"。属于社会活动型的。

老段，来自军人世家。父母都是从外地当兵后调进京城的。父亲是师职干部，母亲是技术干部。老段从小生长在军队里，哥们义气重，有点爱吹牛，大学毕业穿上军装入伍提干，服从命令型的。

老黄，世代经商，家境优渥，父亲是江浙一带有名的民营企业家，母亲也是典型的家庭妇女。然而，偏偏就是这样的家庭，老黄的父亲老老黄，却非要家里的孩子们进体制，所以老老黄在儿子毕业时费了九牛二虎之力，一定要让小黄们进京，并且让每个孩子都比较顺利地进入了机关公务员或事业单位。但安排到老黄时，不知哪个环节出了差错，最后老黄只在街道办弄个了职位。这让老黄多年来一直愤愤不平。他在街道办干了三年后，找准一个机会主动辞职下海，没想到会继承父亲的基因，在金融圈和建筑圈混得风生水起，属于开拓进取而又土豪型的。

至于他们眼中曾经的"小李"，也就是现在的"李劳模"我，就根本不值一提了。我来自南方山区小镇，与大城市没有半毛钱的关系。只不过在2000年的世纪之交，由于会写材料被上面赏识，调我进京来坐冷板凳，熬更守夜地制造文字垃圾，属于讨日子过生活型的。

五个同学的基本情况就是这样。除了我，看上去就像是城市风中的一片树叶外，他们同学几个，日子都还过得不错。这让外地的同学很羡慕。在外地同学的眼里，能生活在首都北京，那是牛逼的N次方。

3

老黄通知我说老万来北京，并准备召集大家一起吃饭时，我正在改材料。从年轻时白加黑、五加二地写材料，到现如今的审材料、改材料，甚至于自己要上主席台讲，我的头发也稀了，发髻线也高了，脑袋上开始走农村包围城市之路。

老黄打电话提到老万时，我当时还没反应过来，不知道是哪个老万。因为毕业二十多年过去了，同学中有的会有联系，有的人却从来不联系。老万就属于从来不联系一类的。直到老黄说："你不记得了？就是我们上学时，上课前老给教员递烟、考试时老给教授送西瓜的。"我说："我哪知道这事？"老黄又不怀好意地笑着说："就是曾经想追你老婆的，这你不会忘吧？"

老黄这一说，我马上就想起来了。

老万的确是这么一个人。大学期间，平时不怎么太爱学习，动不动就说"六十分万岁"，但与人套近乎、拉关系很有一套。四年本科下来，他虽然不怎么学，但从来没有补考过。方法手段就是老黄说的那一套。至于说想浪漫地追我老婆那个桥段，我问过我老婆多次，老婆就是不开口。

于是，我问老黄："老万现在干什么？"

老黄说："你这个书呆子，真是孤陋寡闻啊。他现在是西部某县的县长呀，准备竞争县委书记。"

我心中一震，吓了一跳，我们同学中，还有当县太爷的呀。那太了不得了，我也太孤陋寡闻了！

老黄说："他来京办事。我们聚一下。我定好了吃饭的地址发给你，你负责通知大家。"

这成惯例了。每次同学聚会，有几条不成文的规矩。一是由老黄定地方并且买单，二是由我通知在京的同学并在餐后送同学们回家；三是大家聚会一定得到，到不了的，要给同学老刘请假。

老刘平素常说的一句话是："只有大家都到了，才能体现我们在北京的同学很团结。"

我们为此一直团结在老刘的旗帜下。他在学校时就入了党，是我们的党小组长。老黄再有钱，在老刘面前也不敢太放肆。因此，老刘说话就很具有权威性。由于老刘对我一直很尊重，我对他也有些惺惺相惜。一般遇到大家意见不一致时，同学们都各说各的，所以有次在饭桌上我就多了句嘴说："北京的同学，干脆就让老刘当头。大事小事由他定夺。"

我说完这句话时，本来争吵得热热闹闹的酒桌，一下子沉寂了起来。我看到同学们的眼光在交碰，大家半天不说话，最后，还是老江开了口："我觉得可以。总得有人当个头。老刘是我们中年龄最大的，又是学校时期的党小组长，大家不反对吧？"

老江话音刚落，老段就快人快语："不反对不反对，支持！坚决支持！"

老刘有心想推辞，老黄见状连忙也表态说："我也同意，老刘是老北京，上上下下都熟悉，办个什么事，还得老刘出马嘛。"也是，老黄办公司，没少麻烦老刘疏通关系。

于是，老刘当老大的事就这样定下来了。其他人都没意见，只是那时还是称为"小黄"的老黄，有一次酒后在我送他回家时，他说："你就爱咋呼！同学们来都是我买单，我应该说了算。你凭什么提议让老刘当个头？"

我说我就是随便说说。

老黄说："不是我批评你，你写个材料还可以，玩个文字游戏还行，但江湖上的事，你还得多学习。"

老黄说话喜欢直来直去，我也习惯了。他说什么，我并不在意。最后，不管我学不学，反正老刘约定俗成，便成了我们在京同学的牵头人，这事板上钉钉了。老黄想夺权，也没有办法。所以一来二去，虽然他实际上成了说话算的人，但表面上，他还得听老刘的。这才有了上面的那三条不成文的默契。事实上也不得不这样，因为在京的同学各自负担都很重，上有老下有小，房贷车贷，居京城大不易啊。遇上外地的同学进京，或是开会，或是路过，或是旅游，接待任务就是同学之间的政治任务。你稍微马虎一点，好像就对不起"同学"这两个字。但你受的委屈，还不能说出来。

所以，当老黄把老万来的消息告诉我，让我通知大家聚会时，我首先就是告诉了在国家机关工作的老刘。

老刘说："老万来了？那个老滑头。"

我说来了。

老刘说："好的，我尽量参加。不过我手头真的有点事，看能不能推推。"

老刘所说的手头有点事，就是他参加了中央巡视组，即将到全国巡视。那持的可是尚方宝剑，谁敢懈怠？

我又通知老江。老江在国企工作，由小江这个称呼干到老江这个称谓后，他已是国企下二级公司的老总，时间也不像还是小江称呼时那么自由。

老江说："狐狸老万来京，我们要见上一见。"

放下电话，我通知老段。老段这时在某部当副参谋长，电话里信号不好："什么？老万来了？哪个老万？啊，是那个老被点名的老万？那个聪明不可一世的老万？如果我能挤出时间，我要去会上一会。"

老段不说来也没有说不来。因为从小段变成老段后，他在部队越来越不自由了。特别是十八大之后，他也提了副师，是我们60多个同学中唯一在军界的宝贝，是我们的骄傲者之一。但他老是强调，现在工作日不能喝酒，到了休息日又可能要值班，也是没白没黑的。以他自己的原话说是"两眼一睁，忙到熄灯"。

挨个通知后，我又向老黄报告。这是惯例，因为老黄有时也有点看人打发，与他关系好的或者是混得好的同学，他有时会安排位菜；关系一般的或者他不喜欢的，聚一下就是个仪式感。但每次，老黄的话却说得特别到位："同学来了，换个口味，今天吃个家常菜，叙叙家常情。"遇上他安排特别高档的，就会说："同学一场，难得一见，略表心意，奢侈一回。"每次都把大家说得笑了。吃了人的嘴软，我们也就听之任之。反正有吃的，还不用自己掏钱，又把同学情展现出来了，何乐而不为？

这次老万来，老黄决定安排个中档的。我说："干脆到你们公司吃算了，你们内部厨师做的苏菜也很不错。"

老黄说："算了。到外面吃自由些。"

老黄不愿同学去他公司吃，是因为有次老江看上了他公司餐厅的服务员，老发信息骚扰她。服务员又是老黄媳妇的亲戚，所以老黄媳妇知道后不高兴，说老江不正经，让老黄离老江远点。老黄听后一笑，但还得听媳妇的。至于他说的自由，就是他们吃完饭后，有时还安排别的活动，也就是唱歌、洗脚、炸金花。一般到了这个环节，我就会以加班的理由主动离开，替他省钱。老刘也一样，不太喜欢去那些活动场所。老江最喜欢，次次都去。老段呢，虽然喜欢，但十八大后他不敢去了，说是纪律有规定，常常让老黄笑半天。

过去，这些都是例行节目。如果遇上"有活动"，我就不送他们回家了。常常送的，只有老刘。他与我往往一起离开。路上，老刘就会说："同学一场，也不容易。大家来京一次，有的人可能一辈子就那么一次，有的拖家带口，又得给个面子，所以累一些，也能理解。"

我说："理解理解。"

老刘说："你清高，还能来参加，表现不错。其实我知道，听说你去外地出差或旅游，从来不找同学安排，这样也不好。"

我说:"我经常是来去匆匆,怕打扰到大家。"

实际情况是,我觉得多数同学在外地也是普通人,如果贸然去打扰他们,吃饭住宿如果不安排吧,好像面子上说不过去;如果给你安排吧,一切费用他们还都得自己掏。而有几个男人,能在家里实现财务自由的?所以我不愿给别人添麻烦。除非在校期间玩得特别特别好的,才约上见个面吃个饭聊个天。

老刘说:"唉,我也知道。像我们在北京生活吧,是驴子屎,外面光。大家还不是主要靠工资过日子?但我们又好面子、讲排场。总想把大家安排好,是踮起脚装长子呢。"

老刘说了一声叹息。接着他又讲:"另外一点呢,我不太满意的,就是有些机关工作的人,去了外地,是外地人请客。而外地人到北京来了,还是由外地人请客。凭啥啊?这不公平呀。所以说,我们对同学嘛,还是要格外重视,充分体现同学情,应该我们请才对。"

我说那是那是。

老刘笑了说:"别看总是老黄出钱。其实也有老黄不出的时候。你我都清楚,有的同学到北京来,也不一定想见老黄,这样就得我们掏钱了。"

我们相视一笑。

4

老万吃饭的地方,安排在顺途。顺途原来是个高档酒店,过去一个人没有个千儿八百的吃不饱也吃不好。进入新时代,有了中央八条规定,高档酒店少了公款吃喝,为了自救,便降下身段自保,价钱比过去至少低了三分之一。但饶是如此,价格在周围还是相对较高的。

吃什么,在哪里吃,和谁吃,成了不同人吃饭时的选择。同学之间,可能不在乎"和谁吃",解决了政治问题;也不在乎"在哪吃",解决了面子问题;至于"吃什么",就纯粹是个经济问题了。

那天我提前下了班,先去安排菜。这是老黄定的规矩。老黄讲过,一是有他出现的地方,我们不用出钱,那就得出力;二是我这个人还比较务实，不喜欢定太高档的菜，也为老黄省了钱，老黄心知肚明。

有次一个陕西的同学来了，老黄当着大家的面说："李劳模，你订这么普通的菜，就不能怪我小气哈。"

我说："菜够吃呀。这也不错了，老同学来，不在乎吃什么喝什么，在乎是大家一起热闹热闹，叙叙旧呗。"

老黄说："同学来了，不用省钱。该花花。"

等同学走了，我开车送老黄时，他虽然喝多了酒，但还是不忘对我表示感谢："我知道你为我省钱呢，但我不那样说，又怕同学对招待有意见。"

接着，他又向我吐苦水："别看我人前风光，其实也是辛苦钱。不是吃吃喝喝求来的，就是卑躬屈膝挣来的。现在拿个项目，太他妈的辛苦辛酸了。"

我说："那就别装不就行了？"

老黄说："我倒是想。但人走了这条路没法，开头装逼了，就得硬着头皮一直装到底。"

我说："你开名车住别墅，还会没钱？同学们都打你的土豪，均一下财富，也对。"

老黄斜了我一眼说："不当家不知油盐贵，公司那么多人养。疫情几年，收入大幅下滑，现在每个月想到的就是怎么样把工资发下去。"

我呵呵一笑："大家说你没钱时你拼命说你有钱，说你有钱时你又说没钱。到底哪个是真的，鬼知道。"

老黄说："我这一生，估计吃亏就吃在爱面子上了。"

我看了他一眼，发现老黄已在车上睡着了。等我把他送到他家的四合院时，车里已一堆恶心的秽物。原来，不知觉间，老黄又吐了。我想起他说的话，一个人在夜里坐了很久，才启动车回家。回家对老婆讲了这事，老婆说："他人还是善良的。"

现在老万来了，还是老黄安排。我来到顺途大酒店时，太阳还未落下。我让服务员来定了菜，然后给老黄发信息，报了菜名，再给每个同学发定位。

老黄看了信息，回信说把位菜中的"小米炖海参"换成"狮子头"。我当时就笑了，心想他又心疼钱了。这时，老刘、老江很快回了信息，说收到。只有老段没回信。

不一会，老江就打的先到了。只要喝酒，老江从来不开车，也不让司机送。一见面，他头一句话是："好久没见了，你又瘦了啊。"

我说："衙门单位，还能不瘦。"

他哈哈一笑，说："都是衙门单位，你比我们过得清闲。你至少不像我那样，每天都要看报表，想着项目。你最多是看字，看与报纸对得上表不，我得看数，看数字上涨能为国家挣钱不，累得头昏眼花的。"

我说："你们国企拿年薪，一年顶我们好几年，累点也是应该的。"

老江说："唉，各有各的烦。挣点钱也是让媳妇把工资收走了，荷包里啥也没有。抽个烟也不敢买好的，好烟只留着有客户时用。"说着，他看了看菜单，问道："这位菜是不是简单了点？"

我说这是老黄让改的。

老江笑了："狗日的又想省钱呢。也是，疫情几年，大家生活都不容易。"

话一转，老江又说到疫情上面，说自己的公司这几年也很受影响。见我对这个话题不感冒，他便又说起了老黄："你看老黄吧，过去脖子上都挂着大粗链，现在也小气了。说明公司是有困难了。不过他爱面子，嘴硬罢了。"

我说："你这拿年薪的，也可以请一下兄弟们啊。"

老江立马诉苦："嗨，你还不知道你嫂子？有点钱都搜刮得一干二净。不信你看我的包，里面除了一包烟、一袋手纸撑着，最贵的就是个手机了。"

我听了会心地大笑起来。

这时，老刘也进来了。老刘精瘦精干，连笑也总是含蓄的，他说："你们笑什么啊？是不是又回忆起大学时追女生的事了？"

我说没有没有。

老江说："那倒也是。当年追女生，我还是要坐头把交椅的。"

老刘说："得了吧，善后的事都让我去做。你让人家肚子大了，却让我去医院陪着，那时要多尴尬有多尴尬。"

老江笑了说："那我也不是请你吃饭喝酒了嘛。"

我说："还有这事？我咋不知道啊。"

老江说："你那时是个书呆子，几年尽读圣贤书，与我们不是一条道上的。"

我想想也是，如果不是后来调到了北京，老江可能也会像在学校时那样，基本上不会正眼看我的。

老刘善解人意，见状马上把话接过去了："老万还没有到呢？二十多年不见，估计这小子也没变什么。"

老江说："变肯定是变了。至少变胖了嘛。你想一个地方官，吃吃喝喝还不是常事？"

老刘说："十八大后，至少要约束一下吧，不敢胆大妄为吧。"

老江说："我因为项目去过一些地方，山高皇帝远呀，有些地方还是该吃吃，该喝喝，不过手段隐蔽了一些。比如有个地方接待，把茅台酒装在矿泉水瓶里，把吃饭的地点变在家属区的私人屋里，就是一桌菜。"

老刘说："我马上就要和领导下去巡视了，抓的就是这个。基层风气建设不刹住车，就会败坏形象，让几年的成绩付之东流。"

老江说："你们抓得越严，我们国企日子就难过呀。过去那个时代，一去不复返了。"

老刘说："你还想着复辟怎么？"

老江说："不敢不敢，这样清爽，下班就可以回家，老婆意见小多了。"

正说着，有人敲门。服务员把门推开，人还没见到，只见一个圆形的大肚子从门缝中挺了进来。接着一个洪亮的声音先传入耳里："同学们好啊，无比想念你们的老万来了。"

话毕，一个宽面大脸、身材短小但又肚大方圆的人进来了。

来人正是老万。多年没见，我还没有认出他来，却见老江就伸出了手："呀，真是智多星老万。变了变了，像个官样了。"

老万哈哈大笑，紧拉着老江的手："可别这样说，那时的天下还是你们的。班里的女生看不上咱们，还是你与老刘魅力大！"

老江说："你谦虚了。你的地下活动搞得不错嘛。"

老万哈哈一笑，过来分别与我们握手。握到老刘时，他说："呀，到底是党小组长，这么多年还是这样青春四射。"

老刘说："老了老了。"

接着，老万握到我，突然一愣："你……你……你也调到北京来了？"

我说："你还记得我啊。我怎么就不能来呢？"

老万说："那怎么不记得？你是我们班的笔杆子嘛，是我们的秀才嘛。不认识秀才，就相当于不认识我们的班花。"

我脸一红，不知道说什么，这时善良的老刘赶紧打岔说："快坐快坐。"

等大家坐下来，老万问："老黄与老段呢？"

我说："每次聚会，老黄一般都是最后一个到。至于老段，还没有回信息呢，最近部队搞改革，他们天天谋打仗，训练场上练兵忙。"

老江说："老万，你这肚子也大了，最近怎么样啊？"

老万说："你们不知道呀，这基层的工作太难干了。上面千条线，下面一根针，就是抓落实的命。这不，班子里的成员都八零后甚至于九零后了，我这个七零后还在坚守阵地，惭愧呀。"

老江说："老万，不怕你生气哈，就你，能有今天，已烧了高香了。当年在学校，你可是门门难及格呀。"

老万不但不尴尬，还哈哈大笑："社会才是大学校嘛，大浪淘沙，淘出了几个县长？还是有点水平的不是。"

老刘笑着说："难怪，同学们聚在一起谈起时，都说你这个人有官命。"

老万说："啊？大家是怎么说我的？肯定是说我坏话比较多。"

老江说："大家说你不是在升迁，就是在升迁的路上。这话多吉利！"

老万笑了说："这就是抬举我了。一个七零后，还是个县长，快退休啦。有的七零后都干到省部级了。"

老刘说："你有这个潜力，不能急。"

老万说："我急也没用。当官除了实干，有时还得靠运气，官运官运嘛，对不？"

老江说："你那是谦虚。"

老万说："我倒是想谦虚，但实力不允许啊。"

老刘说："这次是出差公干，还是来休假旅游？"

老万说："公私兼顾嘛。公事呢，是到住建部商量一个挂钩帮带的项目落地；私事呢，就是想同学们了，顺便与各位老同学商量商量办点小事。"

老江说："你满嘴跑火车，还有小事？牛皮经常吹得震天响。"

老万说："你这是拿老眼光看人，俗了不是？呵呵呵。"

老万一边说，一边打了一个电话。收了线，门外迅速进来个年轻人，一边向大家点头，一边恭敬地对老万叫了声"万县长"。

老万一瞥桌上的菜单，说："今天的这些菜要换一换，我请老同学们吃个饭。菜要全部改为位菜，酒要喝茅台。同学聚会，二十多年不见，我自己买单，也不算违规吧？"

年轻人连忙称是，说："不违规不违规。"

我看老刘，老刘低头不说话。

老江插话说："好好好，好久没喝茅台。土豪请个客，只要不回去报账，同学之间不存在违规。"

老万挥手让年轻人出去，然后对我们说："唉，带个秘书不方便。这是老家一个小老板，在北京做事，是我亲戚。大家放心，不违规不违规，账单当然不会让公款报，你们放一万个心。"

老江说："好好好，这事就这么定了。"

正说着，门外传来一个更洪亮的声音："什么好事，让人放一万个心？"

我一听，就知道是老黄驾到了。

5

老黄这个人，天生走路都带风。

他进来时，一如往日做派，嘴上还叼着根雪茄，一看就是他常抽的古巴货。

他斜了大家一眼，说："都到齐了哈。对不住对不住，公司有个谈判会，来晚了来晚了。"

老刘说："嗨，每次都这个理由，你就不会换个词说。"

老黄笑了，首先与老万握手："呀，这么大的领导光临，稀客稀客呀！来晚了对不住了。"

老万擂了他一拳说："啥领导，还指望你去我们那里投资呢。听说你做得大，守着京城就是不愿意到我们乡下去。"

老黄说："早就听说你在那主政，早就想去了。但怕影响你的前途呀。这回可逮住你了，必须到你们那去挣点零花钱。"

他们两个竟然热烈地拥抱了起来。两人都是大肚子，肚子顶着肚子，就像两个球顶着球。

老江说："既然到齐了，上桌呗。"

老黄说："老段呢？老段怎么没来？"

我说："老段没回电话也没回信息，估计又在搞推演。"

老黄说："呀，他们老是在搞推演搞训练。不过这样好，搞好了把台湾收回来，大家都省心了。"

老万说："疫情几年，大家见一面不容易。我来个京得报备，到京后又要隔离。你们说我容易吗？"

说完，老江就招呼大家上桌。

老黄照例往主位上走去。因为每次是他买单，他就习惯了。没想到老江拦住了他说："今天就破例了，请老万坐主位吧。老万二十多年没有来一次，又是地方官。"

老黄怔了一下，不过脸上马上堆起了笑容："好好好，让老万坐。"

说着挨着老万坐下了。另一边是老刘，老刘边上是老江。

我坐在老万对面，这才是个买单的位置，不过大家习惯了，也就不推辞了。我对服务员说："上酒上菜。"

服务员先开酒，老黄一看是茅台，脸上就变了色，拿怀疑的眼神瞄我。我装作没看见，想让他先心疼难受一会，心里暗暗地笑。

接着服务员上了第一道菜，就是小米炖海参，这又让老黄瞪大了眼睛。我甚至看出，他眼里有些火焰在燃烧。我还是装作没看见。

老黄酸酸地说了一句："今天李劳模点的都是大菜呀。看来，知识分子也是对官场上的人高看一眼哈。"

我知道老黄在讽刺我，也不理他。

他们便喝酒。第一个酒是老万提的："同学们，二十多年不见，难得聚一次。不容易。过去虽然我也到北京来，但来去匆匆，也没敢打扰各位。今天一见，大家都神采奕奕，满面红光，我很激动，很开心，很高兴。看到各位都事业有成，我很骄傲，很兴奋，很自豪。今天，我们必须不醉不散。"

说完，他将酒一饮而尽。

接着其他人也都干了。看到我不喝，老万说："秀才不喝酒啊？也不知道当年小马怎么看上你了，呵呵。大家都梦里梦着的班花，居然让你拱了，你说你命好不好。"

他一说，大家就笑。我也跟着笑。想当年，老万给我老婆小马写了那么多情书，最后小马不知搭错了哪根神经，偏偏喜欢我，搅黄了他的梦。在座的除了老刘，老江、老段、老黄和老万，都向我老婆表白过，但我老婆硬是扛住了压力，最后跟了我。这让他们既不甘又吃醋。有次我问过我老婆："你看我们那些同学，都有显赫的背景，又有过人的能力，你怎么就看中了我呢？"我老婆反问说："是呀，我怎么就相中了你呢？"我问她后不后悔。她笑着说："世上没有后悔药呀，后悔也迟了，不如不后悔。再说，你这么听话，不是挺好的吗？"老婆一说，我的心里就有点小激动了，所以对她是爱着护着，一切按她的意愿来。偶尔有拌嘴，一会儿就好了。

第二杯酒，还是老黄提的。老黄说："今天喝这么好的酒，喝得我心痛，但同学们喝，就不心痛了。大家吃好喝好，为昔日的友谊干一杯。"

由于我一直没有告诉老黄今天是老万准备请客，所以我估计老黄心里还是有想法的。因为他坐下后，再也没有看我一眼。随着一道又一道的位菜上来，我估计他想杀我的心都有。但老黄还是城府很深的人，他表面上的东西别人也看不出来。再说，反正上都上了，无非是他出点血，还不如表现出豁达和坦荡点。果然，他刚喝完几杯酒，便哼了一段：

> 昨日的朋友悄悄地离去，
> 就这样无声无息离开你，
> 仿佛在你眼里，
> 感到无限的悲戚，
> 好像夜雾层层笼罩你的心里……

这歌，是我们当年分别时唱的。那时校园一别，大家仿佛从此天涯海角不再相见一般，每个人都无比忧伤。老刘说："怎么才喝两小杯就唱起来了。来来来，第三杯。"

老刘说完，自己先把第三杯喝了。

老江说："对呀，当年道别时，就是与爱情分手时。想来二十多年，许多同学混得不错还有联系，但有的同学再也不联系了，还有的同学离开了我们，人生有几个二十年呀。来来来，再喝一杯。"

老刘提醒说："共同科目搞完了，剩下的就自由活动吧。喝好可以，可别搞醉了。搞醉了最辛苦的是李劳模，得一个个又送到家。"

我说："我倒是不怕送，就怕送到家后，有的同学家里的母老虎发起威来，让某些人原形毕露啊。"

我这一说，老江就接上话："唉，你嫂子平时人挺好的。主要是看不惯我老是喝多了为我身体着想嘛，偶尔耍个脾气或性子，也是正常的。你还记仇呀。"

我笑着说:"我又没有说你。"

其实呢,我心里想,当年每次送老江回家,他媳妇都会当我的面骂他,也挺不容易的。但老江就是老江,挨骂归挨骂,挨批归挨批,但只要有同学聚会,他几乎是次次驾到。

老黄也接上话了:"嗨,那你就是说我了?我媳妇是批过你,但你要理解啊。她老是担心我们在外做生意,会像生意场上的人一样,喝得找不着北,去了不该去的地方,上了不该上的床,干了不该干的事。"

大家听了都哈哈大笑起来。

老刘说:"我媳妇应该没有骂过。不过,应该让纪委的好好查一下老黄的通讯记录和行程记录,每天晚上总是回家那么晚,到底干啥去了。"

老黄说:"哈哈,不就是洗个脚唱个歌打个牌吗?十八大后,你们几个家伙又不敢去。我只好与生意上的伙伴一起行动。"

老万说:"那都是放松放松,也没什么。人活着到了这个年纪,再不享受一把就老啰。"

老刘说:"看来万县长没少干这些。"

老万说:"在过去,那还不是个常事?不过八项规定出台后,不敢了。偶尔在内部餐厅吼几句,可没那气氛了。"

接着,大家便互相敬酒。先是给外地来的老万敬,然后同学们之间互敬。

老刘一般都是最后向别人敬酒的,这已成了惯例。所以老黄便举起杯敬老万,老万把老黄拉到一边,两个人一杯酒鬼鬼祟祟地说半天。老江拿起酒敬老刘,两个人都是天子脚下长大的,平时私下里聚得最多,往往就是杯子一碰,"咣当"一下就一起干了。

我坐等他们敬完,不喝酒的,就不能多事,也别太主动。

果然,老江接着也敬老万,老万又是把老江拉到一边,还是鬼鬼祟祟地咬着耳朵说半天。

老黄便趁机敬了老刘一杯:"敬一下党小组长,当年我能在学校就入党，与你的支持帮助分不开。"

老刘微微一笑说："当年我在你入党时提出过一句话，不知你记得不？"

老黄说："当然记得，你说的是'不能只在形式上入党，而且要从思想上入党，更不能因为进了党的门，就有船到码头车到站的想法'。我没记错吧？"

老刘咧开了嘴说："亏你还记得。希望你能不忘初心、牢记使命啊。"

老黄说："每个人入党，你都要说几句，耳朵当然听起茧了。我说老刘，你要相信我这个老党员，虽然我不在体制内工作了，但却在公司专门建立了党组织，认真抓党建，这个你放心，我们在北京离党中央最近，最听党的话了。"

老刘说："这话我爱听。不久我就去巡视了，你要是在我的巡视范围内，我还得好好巡视一把。"

老黄说："报告党小组长，我老黄合法经营，按章缴税，请党放心。"

他一说，我们全笑了起来。

按惯例，过去一般都是我先敬老黄，他最后才会回敬我一个。没想到，这次他非常主动，倒了一杯茶过来与我敬酒："李劳模，你辛苦了。安排这么好的菜这么好的酒！我就不用酒敬你了，你劳苦功高，用水敬也一样。"说完，他来到我的身边，一边举杯，一边还使劲在我的脚背上踩了一下。

我小声说："是不是心痛了？"

他也低了声说："我去，你今天怎么胆子大了，搞这么高大上？一个老万值得么？他又不领导你。你不记得当年他在学校里，把我们谁都不放在眼里？"

我说："你他妈就放心吃放心喝吧，今天老万说他请客。"

老黄马上笑了，高声说："今天必须敬李劳模一个，你平时送我们，让我们心里都不安。这杯茶不算，还得用酒敬才显得诚意。"

说完，老黄又回去倒了杯酒过来敬我。一边敬他一边又低声说："我去，我请客请惯了，今天没想到杀出个程咬金来了。好好好，你安排得好。我得好好喝一回。"

我说："不是我安排的。是老万要求的。"

老黄说："不管谁安排的，喝好算数。"

说完，老黄返回座位，开始拿着酒，又一个接着一个敬，一杯接着一杯干。

在大家正觥筹交错时，门又被咣当一下推开，一个光头出现在电灯泡下，让电灯泡更亮了。一个身材魁梧的人大步进来，先是一个标准的军礼出现在大家面前，然后一句洪亮的话像机枪一样扫来了："大家好啊。保卫祖国和你们安全的同学来了，还不热烈鼓掌？"

原来，是老段中途赶来了。

6

老段穿着一身运动服，敬礼完毕才放下手说："这么好的酒水，这么尊贵的客人，怎么能少了我呢？我坚决听从党的号召，这不征尘未洗，立马赶来了。"

说完，他上前与老万热烈拥抱。这是老段的固有方式，无论谁来，都得在行完军礼后再行拥抱礼。

老万说："好多年不见，我们同学中还有守国门国土的，我为你骄傲自豪呀。有你们在守着祖国的安宁，我们人民才有幸福的生活。"

老段说："你这话我爱听。不像老江，老是笑话我们又不打仗，还搞得像在世界大战一样忙。"接着他一惊一乍："我说你们同学也太势利了吧，我不在你们就吃位菜、上茅台。我在时你们老是喝二锅头，太不够意思了吧。你这个老黄，是看人打发，是不是看老万是地方官，你想巴结巴结，去他那里拿个项目什么的？"

老黄也不辩解，说："你有本事就放开吃放开喝。"

老段满了一杯酒，说："这个必须喝好。在部队一年四季管得严，喝不了。即使可以喝，也喝个蒙古王、剑南春、古井贡啥的。今天得解解馋。"

老刘说："别怪我没提醒你，今天是星期五，你好像得过了十二点才能喝哈。"

老段本来把酒杯放在了嘴边，一听老刘的话，猛地把脑门一拍："你看我这记性，还是老刘这个党小组长当得好，差点违规犯错误了！现在不能喝不能喝，军规不能违，否则怎么给你们打胜仗？今天我说哈，大家一定要喝到十二点。过了十二点，我就可以品尝一下，满足心愿了。"

老江说："谁会陪人喝到十二点？你做梦吧。不能喝就别喝。"

老段说："那对不住了老万，只能以茶代酒了。茶是茶，酒是酒，但喝茶与喝酒一样啥都有。这感情全在茶里面了，我喝一杯茶，你干一杯酒。"

老万说："那恭敬不如从命了。"说完，他拿起壶，里面还有半壶，竟然一下干了。放下杯，老万说："我就喜欢喝酱香型的，喝了一条线下肚，醒来还不怕上头。"

老刘说："看来你在地方上没少腐败。"

老万说："唉，哪比得了你们京城，我们过去陪客只喝土酒，茅台一年的产量就那么多，小县城里十瓶有九瓶是假的，再说谁又喝得起啊。"

老黄知道今天是老万买单，就讽刺他说："那今天你为啥要喝茅台呀？是不是找了人买单？"

老万说："刚才进来的年轻人吗？那是我的一个侄子，在京做点小生意。他买我买，还不是一样？再说，同学们，我老万也是无事不登三宝殿呀。这次来京，明人不说暗话，也有事求助同学们！同学们之间，友谊最珍贵，所以我就说白了，说开了，不绕弯弯啦。"

老江说："又打什么鬼主意呀？"

老万说："这次吧，有几件事都与在座的同学相关。我就打开天窗说亮话了！第一件啊，是找老刘。你不是要到我们那巡视吗？我们地委书记听说你去巡视，希望你能关照关照。过去的行规陋习、整个风气那样，哪里没有一点错误呀？同学们，平心而论，一个池塘的鱼死了几条，是鱼本身的问题；但一个池塘的鱼如果都死了，那就是水的问题啊。我们那里，穷是穷一点，但大家规矩意识还是有的，不过难免有些地方做得不周全。有一次我去地委向书记汇报工作，因为熟悉嘛，言辞间便说起巡视的事。因为我听老江在电话中无意中提到过，说老刘要去我们那巡视。我就把这事顺便对书记讲了一嘴，没想到引起了我们地委书记的高度重视，专门派我先进京与大家交流一下感情。老刘没意见吧？"

老刘脸色一变，气氛顿时凝重了。

老刘说："同学之间，喝酒归喝酒，工作归工作，这事放一放，酒桌上不提工作的事。你这样一说我还不敢坐在这里吃饭了。"说完，他看了一下老江，老江不敢迎头看他。

老万此时有些上头，装作没听见老刘讲的，自顾自又说了第二件："第二件事呢，就是与老江和老黄有关啦。我负责县里的招商引资，现在疫情防控常态化，HD 集团在我们那开发了新兴小镇与医养结合项目，说是投资上百亿，协议都签了，我们千辛万苦地做工作，把老百姓的房子都拆了，地也腾了，可突然间，HD 说公司的资金链断了！老百姓不干了，准备酝酿大规模的上访，这可怎么办？我们找了许多国企，但不知道到底国资委允许让哪些央企国企接盘。听说老江的兄弟单位有这方面的开发公司，可得介绍一下关系。而老黄呢，你们民营公司我们也欢迎啊。"

老江说："我说呢，你果然是无事不登三宝殿啊。世上就没有无缘无故的爱。"

老万说："管你爱与不爱呀，谁让咱们是同学呢？我也不怕你们笑话，如果这几件事办好了，我这个县长也算功德圆满，就可以名正言顺地扶正了。一个县里，大事小事还是书记说了算啊。眼看着就要换届，书记听说要提拔，我必须当仁不让继续接盘服好务嘛。"

老万一边说，一边倒了个满杯，对大家说："诚意与感谢全在酒中了，我先干为敬，你们随意。"说完便一饮而尽。

老刘说："党管干部，不是你想怎样就怎样的。"

老黄见老刘又要较真，连忙打岔道："你小子，这些年倒是把酒量练出来了，糟蹋了人民多少粮食呀。"

老万说："这个你可说错了，我在我们县当县长，至少有这样几件功劳。一是守住了土地红线，坚决不破这条红线。房地产开发的效益再好，也不寅吃卯粮，破坏子孙万代的地。二是坚决不让土地荒芜，虽然县土地一片接着一片变成荒地，我提倡互帮，坚决不能让肥沃的土地就那么空着，而且一坚持就是八年。兄弟们，快赶上抗战了啊。三是积极促进粮食增产，大胆发展林业果业，促进经济良性循环。四是终于摘掉了贫困县的帽子，要知道，我们这个县是最后一批摘掉的，成果都是实打实的啊。这功劳，不是你们在大城市大机关能做到的啊。"

老万就是老万，向来不忘表扬与自我表扬。

老刘缓和了一下气氛说："你别唱高调了，在读书时，我就说你满身江湖气。哈哈。"

老万说："我们同学一场，虽说各走各的路，各唱各的调，但有一说一，对你们，我还是一样的情感，一样的热爱。所以有啥说啥，别见怪别见怪，同学之间，如果做不到心怀坦白，那白同学了一场！"

说完，他给老段又敬了一个，开口就说："我知道你最忙，军人嘛。军人忙，老百姓才能不忙。但今天你不能喝酒，虽说有些遗憾，可正说明你们守纪律有规矩。一支守纪律有规矩的部队，一定能打胜仗！我听说你马上就要调副师了，在地方上就是副厅副局级干部。这在我们同学中，也是荣耀啊。来来来，喝个水表示我们对你的敬意。"

老段说："你在忽悠我呢。再提不上，就转业和你一起干去。我们呀，改革到了关键时刻，部队不再是过去的部队，完全是转型重塑，涅槃重生。终于开始谋打仗想打仗练打仗了，老子也想好好干干，毕竟当年从军的理想就是这样的嘛。可在用人这个问题上呢……"

老段没说完，就被老刘打断了："部队上的人，有家国情怀。国在家之上，我们相信你。"

老段又想说，话头又被老江抢走了："有人说呀，你们现在不少单位出现部队需要的人走了，需要部队的人留下来了。你可要千万站好岗，别为了几个钱来到地方与我们抢饭碗啊。"

老段说："绝对服从上级命令！进退去留，一切服从安排。我的老领导就说了，提了不客气，不提不生气，放心吧同学们。"说完他倒了一杯茶水说："以此敬各位老同学，从我不喝酒就可以知道部队在变嘛。你们说的，只是少数人。军队是个大学校，什么样的人才都有。留下来，就好好干，走了也不留遗憾。"

老黄说："能打胜仗，才是军人的标准。想到这个社会还有你们这样穿军装的人，我们做生意也就放心了。多纳点税，也是应该的。"

老段说："那是那是。我们就是吃纳税人的饭，必须站好岗，不怕那些觊觎我们的野心狼。"

在给其他的人都敬完之后，老万最后才走到我身边说："来来来，我给我们的秀才也敬一个。"

我说："还是我敬你吧。我看到你在忙，没有开口的机会啊。"

老万说："同学之间，谁敬谁还不是一样？"然后，他压低了声音说："你媳妇可好？"

我说："好着呢。"

老万说："我敢说，这一桌子同学中，大家都对你老婆有过想法。可你小子命好，最后她居然相中你了。不过也没错，今天你混得也不错嘛。回去一定代我问她好啊。就说老万还想着她。"

我骂了老万一句，说："你们都是吃着碗里的，看着锅里的。小心犯错误，晚节不保。"

老万说："我做人做事，还是有分寸的。你就放一万个心吧。"

我们两个杯子一碰，他又一口干了。我正准备坐下来，没想到老万说："老李啊，我也有事求你啊。你不是在机关政策研究室嘛，站的位置高，文字水平高，我们有个经验总结的东西想在某杂志上发表发表，宣传一下。杂志也有意，但疫情之下，四处受限，他们派不出记者，我们只有自己采写。你知道，我们在基层，哪有你们那么高的站位？一是你得帮我们改改，二是呢，听说你与某杂志的副主编熟悉，还得你出面推荐一下啊。"

我一怔："你怎么知道我与他熟悉？"

老万哈哈一笑："你以为这顿饭好吃？我可是作了前期调查研究的。没有调查，就没有发言权，这是毛主席讲的。你们不要老把我们基层的当草包啊。"

我说："这个杂志上稿难，大多是省部一级的领导，你们一个县的东西，要看在全国有没有代表性。"

老万说："这不就找你了吗？只要成绩有，代表性可以找可以挖可以总结可以提高的嘛。你在别的方面不行，在这方面，那还是要超出我们多少倍的。"

我不太想揽这个事，但老万说："同学之间，不许拒绝。一生修得同船渡，几生修得同学情。拒绝了，就是对基层群众不关心。"

说完，老万握了一下我的手，不等我表态，又回到座位上与他们打哈哈去了。

大家又开心地喝起来。

7

老万来的那顿饭，我们一直吃到十一点半。大家聊来聊去的，都是同学们之间的事，无外乎哪个同学原来怎么样，现在又如何；哪些同学在学校时存在哪些秘密，现在又藏着什么样的心事。然后，又从同学聊到社会，从社会聊到经济，从经济聊到政治和军事，特别是聊到疫情对当前经济和民生的影响……

由于我没有喝酒，所以看上去似乎只有老万才是同学中最清醒的。老刘虽然一贯清醒，但经不住大家反复劝酒，也喝得差不多了。犹是如此，他还是保留了学生时代的老样子，嘴里从来、绝对不会说一句过头话。所以同学们总是称他为"伟光正"。

聊到十一点时，老段突然又接到一个电话。他说声"不好意思"，就出去聊了一会。等进来时，他说："各位同学，不好意思了。接到通知，上级要采取'四不两直'的方式前来检查，我得马上回去了。军务在身，多多包涵。"

老江说："现在也不打仗，搞得你日理万机似的。"

老段说："不打仗不意味着没有仗打。至少台海还不是那么稳定，中印边境虽然暂时平息，但俄乌听说又要起事端了，美国佬唯恐天下不乱，天下并不太平啊。"

老黄说："你好好准备，争取把台湾早日收回来。"

老段敬了个礼说："那是必须的。到时领袖指到哪打到哪，绝不惜命。"

老黄说："你们打仗，我捐公司一半的财产。但不能老是打嘴炮。"

老段说："为了祖国统一，我愿捐出这条命。"说完又向大家敬了个礼，转身就往外走。我说去送他，他说："太远了。不必了。我打个的省事。"我们握了个手，老段的手粗糙有力，我像握在了一块坚硬石头上。

回到桌边，老万说："今天的任务，都布置下去了。希望各位同学，都要回去认真抓落实哈。"

老江说："你以为北京还是你们县里呢？落实？谁抓落实？落实个球！"

老万脸不变色，哈哈一笑："同学们，关键时刻就靠你们了。这是最纯真的友谊，不掺杂任何水分的同学情，拜托大家了！"

老刘说："大家差不多了吧？我看可以散了吧？让万县长早点回去休息。"

我首先表示赞成。因为考虑到还要送每个同学到家，每次回去晚了都要挨媳妇批评。

老江说："不喝了？就这样算了？"

老黄说："不喝就不喝，但我感觉万县长的茅台，好像有点问题。"

老万说："那怎么可能？我表弟一个朋友就是开茅台专卖店的。酒是从他那拿的，不会有假。"

老江说："难怪，我也有点头痛。真茅台下肚，应该是一条线，而不是往上走呀。老万，你说，你是不是把别的酒掺到茅台瓶里了？"

老万乐呵呵地说："我哪有那本事？有那本事我早致富了，还跑到北京来求你们呀。"

老刘手一挥说："兄弟们，散了吧。"

大家站起身来，准备撤。

老万走到门口说："各位兄弟，我给大家各自准备了一份土特产，请各位笑纳，不值钱哈。"

老万的表弟赶紧上前，准备给大家分发。我看到，他表弟面前，摆着一大堆礼包。

老江说："都搬到李劳模车上，他送我们。"

老刘还是清醒的，他说："我就不要了。家里经常不做饭，心意领了。"

老江说："你不要就给我了。我是统收。"

老万的表弟正要往车上搬，我说："老黄自己带了司机，他的那份不用搬了。"

老黄说："我也不要了。车上放不下。"

老万说："那怎么行？见者有份。千里送鸿毛，礼轻仁义重。真的是我老家的土特产，这可是我自己掏钱买的。"

老江说："你自己掏钱买的？"

老万说："是呀。我也怕惹事呀。这么多年，同学们不见，一点心意嘛。让别人买，为这点小事去惹个作风问题不值当是不？"

老黄上了自己的车，说："走啦。投资的事，到时让办公室的人对接。如果你的项目太大，我也帮不上忙。我就是个小本生意糊口。这事还得老江出马。"

老江说："你看你，人还未走就开始推呀。好啦，我会尽力的。"

老刘说："老江这个人吧，嘴上虽然损了点，但对同学的事还是上心的。这点我们都知道。"

老万说："有同学们在，我有什么不放心的？即使一千年不见，我也放一万个心。"

大家一边寒暄着，一边就在夜里散了。月色如水，其乐融融，大家心情不错。老江说："又是一个和谐同学聚会，一个胜利的同学聚会，一个圆满的同学聚会。"

这是他每次同学聚会的专有名词，他一张口大家都笑。

由于老段先走，老黄又有司机，我只剩下送老刘、老江了。上了车，老刘感慨地说："没想到老万这个人，回到老家还挺有出息的。当时，他可是想削尖了脑袋往大城市里钻呀，听说没弄成，还大哭了一场，说二十年后再看。二十年后，他果然是个人物。"

老江说："基层还是腐败呀。一上来就喝茅台，走了还送土特产。"

老刘说："你这是典型的'拿起筷子吃肉、放下筷子骂娘'呀。不过，你也别这样说他。我看到，他中间借口上厕所出去了一次，真的把账结了，还没有开发票。"

老江说："你这么细心啊。"

老刘说："他那个所谓的表弟，也就是帮他拿着东西，账不是他结的。老万亲自付的账。我还问了服务员，服务员说没有开发票。"

我说："老刘你这是职业病呀。"

老刘说："那你们也不看我是干什么的？看样子，老万还真是想为他们老家做点事，老江你就把你家的关系用上，帮他一下。"

老江有些奇怪地说："你也怪了。以往同学们来找我们办事，你总是说要小心警惕，老万看上去一脸官僚相，你倒还帮他。"

我也觉得有些奇怪。

老刘说："老李呀，你也帮他们把那个材料润色一下，争取帮他上了。我看老万的心里，是想提拔呢。"

我说："你这平时不太热衷这事呀，怎么今天吃了人的嘴软了？"

老刘说："不知为什么，上车时看到老万的背影，觉得他也挺不容易的，动了恻隐之心。"

老江哈哈一笑。

我先把老刘送到家。他家的灯一直亮着，可以看是媳妇在等。我们很羡慕。老刘从来也不喝多，因此不必把他送上楼。等他下了车，老江想把老万给他的一份土特产拿下来，老刘阻止说："我是真的不要，你拿着回去孝敬老人吧。"

老江说："那多不好意思，你经常给老人买礼物，他们都把你当自己的儿子了。一直念叨你好。"

老刘笑了笑，挥了挥手，上楼了。

我又开车继续送老江回家。老江虽然当了官，但仍与父母住一起，就住在万寿路的部长大院，老江说："我妈说这样显得一家人团结，其实我媳妇早想搬出来。"

我没接话。进门时，由于门岗要查验健康宝，颇费了一番周折，半天才通过。

我把老江送到楼下，将车上的三份土特产全拿了下来。老江说："你给自己留一份啊。"

我说："我也向老刘学习，算我孝敬老人的。"老江推辞了半天，才同意了，我把东西搬到电梯里，送上楼，敲了敲他家的门，看到他媳妇出来了，她正想开口，一看到一堆的土特产，也就不说什么了，我赶紧办理交接手续，就溜下了楼。

回来的路上，老万又打来了电话，说是稿子的事还要多费心，一定要上他们指定的那个杂志。老万说："老同学啊，我知道你比较清高，要不然你老婆当年也不会嫁给你。你就赢在清高上呀。但我在基层工作，真的有万般苦处，千般无奈，你多担待吧。"

我呵呵地笑了一下，挂了电话。

回到家，媳妇还在等着。她说："又送他们了？"

我说："是呀。他们还念叨起你了，问你为什么不参加。其实你应该参加啊。"

媳妇说："我参加，谁给你管家里的事啊？"

我说："那倒是。"便又开玩笑说："老万还很想你啊。"

媳妇掐了一下我的胳膊："你又来了！吃醋了不是？你都得到了，还吃什么醋。"

说完，我俩都笑了。想当年勇敢的厚脸皮的老万在上大学时，曾经点了99根蜡烛，抱着999朵玫瑰，跑到女生宿舍楼下高喊着我媳妇的名字，大声说"我爱你"时，那真是需要多大的勇气啊。要是我就做不出来。可我媳妇呢，当时根本就没有理他。这让老万在学校里好长时间抬不起头来。

8

老万离京的那天，又给每个同学发了短信。

老万的短信非常热情，具有煽动性和鼓舞性。我估计他发给每个同学的内容，应该都是一样的，无非是复制一下。只不过在发我的信息中，加了一句问候我媳妇的话而已。

老万走了几天，大学时的班主任突然来了电话，他退休在家，聊了好多其他的事。不知怎么又说起了老万，我说老万前不久刚来过北京了。

班主任说："这家伙，在基层干得不错。我有次开会路过那，本不想找他。但到了那个县城，听到不少人表扬他，而且很真诚，我便给他打了个电话，他半夜从乡间开车赶到我的宾馆，我们聊了一晚上，我觉得他变了，变得有情怀、有担当了。"

我想起胖胖的老万，觉得情怀这个字用在他身上有些浪费。不过，我也没有反驳班主任。每个人在别人的印象里不同，没有必要因为自己对人印象不好，就去破坏他在别人眼里的印象。

不过班主任提起老万，让我想起了老万走时交办的事。我连忙从电脑邮件中把老万发的稿子打开，原来以为就是个歌功颂德的东西，没想到里面许多观点，却引起了我强烈的兴趣。越往深读，我不由得佩服起老万来。想起那个大腹便便的肚子里还是装了点真东西的，不禁感慨社会真是一个大学校，大浪淘沙，把每个人塑造得如此不同。

我把老万提供的稿子，重新归纳了一下，增加了与新时代有关的新成绩，并且重新从逻辑上梳理了一下内容，就发给了老万希望刊登的某杂志的副主编。没想到，一周之后，副主编便给我打来了电话："老李啊，你这个稿子不错呀，对当下新农村建设有许多借鉴与指导的意义，我们决定下半年刊发，不会太迟吧？"

我说："真的啊？"

他说："真的呀。你别以为我们好像总是发关系稿，好的稿子总是欠缺，这是你知道的。特别是基层的鲜活的东西，我们更希望得到一手的材料。"

我连忙说谢谢，觉得基本上算是完成了老万交代的任务，也并没有自己想象中的那个难。但这事，我先是没有对老刘讲，因为他刚好到老万那个省巡视去了。而且巡视的重点，就是老万所在的地区，包括老万所在的县。

在这期间，老江倒是给我打了一次电话，在聊别的事时，又顺便说起自己介绍了两个央企准备上老万那儿去接盘。

我说："你行呀，这样大的事也能办成。"

老江说："不是我行，是时代使然。现在央妈放款给央企，央企不知道怎么用，贷款放不出去，钱又转回央妈了。但央企的责任与使命在那，他们又不得不找好项目，这个新兴小镇符合新农村建设，又契合中央精准扶贫的要求，还是革命老区，未来可期，他们派一个班子去考察了一番，说项目不错，准备上马，没想到救了老万的急。不然，他那个县城的农民，会起来把他给煮着吃了！现在都怕上访闹事呀。"

我说："你们都是办大事的，佩服，佩服。"

我又问老黄有没有一起去投资。

老江说："呸！他个老滑头，才没理这个茬呢。他觉得老万的县在革命老区，赚不到什么钱。"

我说："老黄的公司不大，他要投资大的，还得动用他爸爸公司的钱。他爸爸未必干呀。"

老江说："那也是。老黄他爸老说他是个败家子。"

我们两个人在电话里笑了一阵。

后来的事，大家便都知道了。老万引来的投资，正好填补了前期招商时留下的坑，老百姓高兴，政府也满意，听说所在的省委领导还表扬了。

至于老万托我修改的文章，真的在他希望刊出的那个大刊上以基层来信的方式正式刊登了，这让老万名声大振。要知道，那个大刊上登出的文章，一般都是司局级省部级领导以上的。一个小县的经验突然出现在大刊上，哪怕只有两个页码，也让老万在该省出名了。于是，我们曾经都不太看好的老万，在秋天的选举会上，竟然就地升官，由县长改选当了县委书记，成为所在县当仁不让的一把手了。

至于老万提到的他们地委书记要他与老刘建立联系的事，也很快有了结果。老刘这个人较真，去了以后，真的是大刀阔斧抓反腐，浓墨重彩喊打黑。他这不经意这一弄，却反而把地委书记给牵扯了进来，使地委书记成为当地最大的老虎而被留置！

这一爆炸新闻，据说连老万都有些懵。

老刘后来对我讲，他与巡视组离开时，与老万谈了一次话。当然，又是同学式的。

老刘说："老万同学啊，你知道我到了巡视组后，不知逮了多少人进去！每次不是高兴，而是痛心和失落。这次到你们这个地方来巡视，我特别担心会把你牵涉进去，没想到最后发现你还是个清官，不容易啊。"

老万说："那还得老同学照顾嘛。不过说真的，我虽然身在基层，却还是处江湖之远则忧其君，基本的东西还是守得住的。"

老刘说："说真的，我开头还担心你，如果牵扯到你怎么办？心里一直是悬着的，好在随着调查的深入，你却越来越清晰，让我的心慢慢放下了。来来来，我今天必须敬你一杯。"

老万说："让我们敬人民群众一杯吧。没有伟大领袖，没有人民群众，我就啥也不是。"

老刘说："哈哈，你这又不像同学之间说的话了，这话从你的嘴里说出来，让人觉得怎么也不可信。"

老万把酒杯一端，又是一口干了说："我说的是真话。不管别人信不信，我老万就是我老万，就像你老刘就是你老刘一样。在上学时，你的形象就一直是这个样子的。"

他们坐在靠街边的小饭店里，一边看着街上热热闹闹的人群，一边喝着当地的土酒，看着街道上的灯火闪烁，慢慢聊慢慢说，仿佛那人间烟火，将他们两个人都灌醉了。

（发表于《当代》2023 年 6 期）

沉默是黄金下的蛋

大约是从我开始学会说话时起，我在我父亲的眼里就不是一个好人。而大约从我记事时候起，我父亲最想做的一件事就是让我如何闭嘴少说话。

按说，一个男人多嘴多舌的确不是一件好事。但放在一个孩子的身上，至少可以原谅一下，一个孩子，没有经过世事，没有碰墙碰壁，怎么能够控制住自己的嘴呢？

我爱说话的毛病好像是与生俱来的。从遗传学上看，这一点不符合我父亲的性格。我父亲那样一个沉默寡言的人，怎么会生出我这样一个爱说话的儿子呢？但事实证明，我是父亲的种子，从基因到DNA，除了产生一些变异，基本上算得是完全复制。南方人的鼻子又扁又平，我与父亲几乎是一个模子刻的。

其实我也不知道自己为什么爱说话，如果我知道我爱说话会惹我父亲不高兴或者换来一顿打，识相点的早就不这么干了。但我小时候最喜欢做的一件事，就是和我父亲对着干。后来还形成了一种习惯，觉得与父亲对抗是件很过瘾的事情，因此我把全部的精力都放在如何对付他和如何逃避他的打之上，所以等到我后来上了学，学习成绩变得一塌糊涂非常正常。

我妈妈说，我从小便是一个多嘴的孩子。这种多嘴，可不是为了吃东西。小时候家里根本没有东西吃，属于赤贫家庭，因此嘴巴完全可以不花在这上面。我就是喜欢说话，只要身上还有一丝说话的力气，我的嘴便会叫个不停，连我自己也控制不住。比如说吧，我姐姐不小心摔破了一个碗，她完全可以撒谎说是家里的猫弄掉打碎的。但我在场，我便说，不对，是姐姐打碎的。我姐姐挨了我父亲的打，自然会在他走后把我的耳朵拧得吊起来，暴打一顿。对此，她知道我父亲不会同情。而我父亲最初恨我多嘴的原因呢，是由于他饥饿难忍，在劳动的时候，顺便从地里挖了一个红薯吃。我们黄安城的红薯是非常有名的，而且那里的人不把它叫做红薯而叫"黄安苕"。我长大离开家后，还在武汉的市面上见到一两个卖薯的，挂一个牌子，说是"正宗黄安苕"。有人看了便笑，有人看了骂，说是污辱黄安人全是傻货。可我父亲不傻，他当时吃了那块苕后美滋滋的。那天他为生产队挑着两百多斤重的担子，饿得头昏眼花，吃完苕后开始觉得走路有了力气，很快把那些与他一起劳动的人甩了身后。那些人中有磨洋工的，当然非常不高兴，于是把我父亲告了。很快上面的工作组便为这块红苕来调查我父亲，我父亲虽然老实巴交，可看到那些吃过生产队东西的人挨打时的那种样子，害怕得要命，便再三说没有吃。其实他不承认别人也没有办法，因为我父亲一向老实，从来不撒谎的，撒一次谎别人也会相信，再说，那块苕反正吃到肚子里去了，消化掉了又有谁能再从我父亲的大便里认出来呢？

但那天我父亲不走运，他带着我一起出工，还要我帮他拿帽子，并且让我挑了一小担草头，说是要让我从小便得到锻炼。我当时不想挑那担草头，父亲便给了我一巴掌。我父亲的巴掌上全是裂纹，因此那一巴掌打得我脸上生痛，起了好几道印子。我当时想哭，不过想着要与他对抗到底，一直忍着没让眼泪掉下来。这时遇上工作组来问我时，我正处在想报复的阶段，便说他吃了，而且吃的不止一块而是两块。这一下工作组可找到我父亲的毛病了，他们让他在黑夜里提着马灯挑塘泥。可以想见，我父亲在漆黑的夜里，深入池塘里挑泥时，肯定对我恨得咬牙切齿。因为他弄得一身泥回来后，第一件事不是洗澡，而是把我按在凳子上，一顿暴打。要不是我母亲怕把我打死，弄得绝了后，我想凭我父亲的脾气，他肯定是要把我打死算了的。

父亲一直骂我是败家子，不肖子孙。

我看着他，用敌视的眼光，一点也不哭。

从那以后，我父亲规定不许我多嘴说话。我在这一点上与我父亲极度地不配合。我喜欢说话，喜欢在人群中表现自己。因此，每当有人说话或者聊天时，我肯定是要插进去搅和一下的。可那年代，我们黄安人说话也是奢侈品。这倒不是我们黄安人不会说话，黄安人连国家的江山都舍命打下来了，还不会号召不会做宣传吗？笑话！那黄安人为什么把说话当奢侈品呢？因为穷呗。每个人活着吃不饱穿不好的，看上去要死不活，而说话可是要费力气的事。要说黄安人都聪明，可饿着肚子还要喊口号的傻事是不会干的；再说，黄安人虽然打下了江山，可性子太直，说起话来口没遮拦，没准一句话便让人抓住了辫子，划了派性也是不好过的。而妇女们不同，妇女们不像男将那样势利，聚在一起，么事话都敢讲。我们这一代黄安人长大后到外面，讲起某个笑话来没有输给外地人，我想可能就是过早在妇女们中间听惯了笑话的缘故。女人们总是在白天讲起黑夜里才能发生的事，一讲便笑得前仰后合。别看劳动那么沉重，可讲起笑话后，妇女们感到劳动也轻松多了。再说，虽然村里都吃大锅饭，唱集体歌，干集体活，说集体语录，但斗争里也没有规定男人们收工后不准亲自己的老婆呀。亲了老婆，老婆肯定要拿到劳动上说。女人们都会说，一个比一个生动。我跟在她们身后，她们只把我当作一个孩子，可没想到我全听见了，全记住了。比如杨定荣与老婆干坏事时，他儿子杨小荣总是捣乱；比如村长跑到别人家睡觉，结果让人家老公发现了，他说自己是天黑看不清钻错了门；比如工作组的年轻小伙子看见村里的大汉刘吃老婆的奶，看得正紧张时，却被大汉刘打了一个耳巴子，等等等等，妇女们讲得非常生动，我都记得一清二楚。到了开斗争会那天，说到清思想时，村长正在上面大讲特讲得正起劲，我坐在他后面的主席台上玩，忍不住放了一个响屁。他回过头来盯了我一眼。我又忍不住放了一个，比刚才更响。村长转过身来踢了我一脚，那一脚正踢在我的膝盖上，一个孩子的膝盖应该是比较脆嫩而又宝贵的，它没法不引起一个少年的怒气。于是我说，你都钻错了门还讲个鸡巴。我的这句话通过扩音器传遍了整个会场。开头大家还没注意，后来明白了，于是会场一片哄笑。革命年代的会议本来是非常严肃的，这一阵子哄笑，打乱了要斗批的紧张，打破了要将阶级进行斗争到底的烘托。于是会场的气氛没有了阶级的仇恨。村长气得转过身来寻我，我非常得意地看着他。他便用手指卡我的屁股，我却没想到疼。多嘴的毛病又在瞬间爆发了，为赢得更多的笑声，我又揭发工作组的人看人家吃奶。这下全场的人没人敢笑了，村长抓我的手也不由自主地松开了。工作组的那个戴眼镜的小年轻吓得连忙站起来，说我是个孩子，胡说。我父亲也紧张起来，他从男人堆里走过来，一把抓起我，便是重重的两个耳刮子，打得我眼冒金花。

我父亲说，吃屎的孩子，就知道瞎说，你们可别认真啊。

我父亲一边说一边脸上赔着笑意。可一回头，我看到他脸上全是要杀死我的念头。于是我便挣脱他跑了。那天我不敢回家，没办法只好钻到稻场上的谷堆里睡了一夜。我母亲在外面找了几次，高声叫着我的名字，我也没有答应。第二天，他们还上山找，仍然没有找到。我还是待在打谷场边的谷堆里，并且意外地发现了几只鸡下的蛋，好大一窝，我高兴得差点叫了出来。要知道，那时能尝到一点蛋味，可是难上加难啊。鸡蛋也是那些国家干部凭票才能买的。我也顾不上它是否放坏了，打开一个便往嘴里倒，总之吃了个饱后还剩下一大堆，完全够我吃上两天的。要知道，那时我家里经常是吃了上顿无下顿，肚子饿得做凉水响。

当我在稻草堆里享受着美好生活的时候，我却不知道那两天里我父亲也开始着急了。在骂骂咧咧之后，他终于也参与了寻找的人群行列。我听到村庄里所有的男人女人都在外面叫：小话小话你在哪里？你快回来啊。

小话是他们送我的小名。就是话多的意思。我平时不喜欢他们那样叫我，所以我还是不露面，吃喝都在稻草里。我甚至感到了一个人的扬叉已捅到了我的身上，但我一动不动。幸亏他们也只是捅了一下便放弃了。我在里面后来也就迷迷糊糊地睡着了。当时天气还不太冷，有严严实实的草包围着，感觉得挺舒服。

到了半夜，我突然被谷堆旁的草丛里异样的叫声惊醒了，吓得连忙坐了起来，全身的毛发都竖直了。从小听惯了大人们讲神仙鬼怪的故事，当然心里是蛮高兴听的，但每次听完之后，没有一个人敢去睡觉。但很快我便放心了，我听到说话的人是工作组的组长和村长的老婆。

女人说，你这个流氓，白天开会，晚上还寻开心呢。

组长说，你男人搞别的女人，我就不能搞他的女人？

女人说，你这个死鬼，真是会享受。

组长说，不会享受我也生产去了，还能当上组长？

接着两个人的怪叫声上来。夜很黑。一会儿我便听明白了。于是坏点子也就上来了。我从草丛中摸到了一根木棍，猛地捅了他们一下。

男人说，你捅我干什么？

女人误会了，说，是你捅我还是我捅你啊，得了便宜还卖乖！唉哟！

我又用棍子狠狠地捅了一下。这次估计捅到了女人的身上，她大叫一声后说，别乱动，碰到木桩了。

男人有些害怕说，嘘，你小些声好不？

女人说，你们男人是又流氓，又胆小。

男人说，你男人要是晓得，还不割掉我的宝贝。

女人说，我可舍不得哟……

接着我听到草丛里一阵乱动，便狠狠捅了一下。

男人说，你做么事啊，你！正在劲头上，你看你多扫兴。

女人气呼呼地说，你看我的腿，啊呀，流血了。男人说，亲娘，你小声些好不好，叫人听见我可完了。

女人说，有心又没有胆，你们男人没一个好东西。

男人说，我看看，我看看……

说着电筒亮了。我在暗处，看到他们上身都没穿衣服，便又用棍子对准工作组长的屁股使劲地来了一下。

女人尖叫了一声，鬼！

男人吓得身子发抖，颤着声说，在哪儿？在哪儿？

我便笑了起来。村长的女人一听是我的笑声，便骂着说，你这个挨刀杀的，看我不整死你？她一边说一边把手伸了过来抓我。我们其实只隔着一层草。

我说，你搞流氓，不怕我说出去？我要对村长说你偷人。

女人的手差点抓到了我，听我说话她的手又停在半空中了。我又笑。工作组长却一下子跪在地上说，小老爷，小太爷，你可千万别说啊……

女人说，你怕什么，他敢说我不打死他。

组长说，这个小孩我是知道的，他连他老子做的事都敢说啊，现在正是整风，他要是说出去可全完了。

于是女人也惊慌起来。男人和女人一下子沉默了。半晌，他们开了灯，一起跪在了我的面前，要我千万别说出去。

我本来想开他们的玩笑。一见这样，坏水又上来了。我说，要想我不说也容易啊。

男人说，只要你不说，什么都答应。

我说，你天天吃罐头饼干，喝白糖水，抽纸烟，背着手，只要别人干活，那你得答应我，给我买一斤肉、一个罐头、一包红砂糖。

女人说，你是狮子大张口啊。

要知道，那时别说是一斤肉，就是一包红砂糖，一般的人也吃不起，买不到。

我说，你不答应，那我可要对村里的每个人说。

工作组长一听急了，磕起头来说，我全答应，答应就是了……

女人说，你这个遭杀的！我给你一次，你才给半包糖，对一个毛孩子，倒是大方起来了。

男人不应声，女人说，杀了他。

我害怕了。但我说，杀了我？杀了我你们得坐牢的。

一听坐牢，女人又害怕起来了。她说，小不死的，好，你狠，老娘这次栽了，走着瞧。

工作组长却捂住了她嘴说，依他算了，孩子嘛，不就是为了吃么？

我送过来就是。

第二天，我揣着一斤肉、一个罐头还有一包红砂糖，得意扬扬地回了家。我母亲眼红红的，一见我便心肝宝贝地哭起来，儿呀，你跑到哪个地方野去了啊，我两天两夜没睡啊。我父亲沉着脸跑过来要打我。我往母亲身后一闪说，你不能打我，你打我我要让你绝后。我父亲抓起我的耳朵时，我手中的罐头一下子掉在地上，摔碎了。他怔了一下，喝道，这些东西是从哪得来的？我本来很害怕，一听我父亲这样说，坏水便挤出来了。我说，这是菩萨给的。我到菩萨那里去了。我父亲非常迷信，一听菩萨，抓我耳朵的那只手迅速软了下来。我母亲也停止了哭。她说，你到哪里去了，这些东西是从哪里来的？我父亲的一个耳光跟着抽过来了，他说，你偷人家的东西了？我说，不是的，是菩萨送的……我父亲不相信，我说，这两天我不是没有饿死吗？菩萨说，你再打我，她便要罚你苦工。我母亲说，你真的……看到了……菩萨？我点了点头。我母亲便信了。她那时对世界上的什么都不相信，就是相信菩萨。于是她双手合十，说，两天没饿死，真是菩萨保佑啊。

母亲说完，我父亲的两只手便像面条一样垂下来了。正不知如何收场的时候，工作组的组长正好进来了，估计是来探听消息的。

我说，我遇见了菩萨，他们说我撒谎。工作组组长不知说什么好。我便说，组长，你是不是做梦也遇见了鬼啊？他脸红了说，那是，那是……我说，你是不是还梦见了菩萨要鬼给我送好吃的？工作组长说，这个，这个，是啊是啊……我母亲这才相信。而我父亲，却还狠狠地盯着我。这时村长也跟进来了。他说，哈，还有钱买肉啊，招待我们吃饭？好好好！接着他又问，哪来的钱？我父亲非常尴尬，正不知说什么好，我说，组长送来的，是不是？组长一脸苦笑说，啊，是是是，改善一下，听说这孩子两天不见了，补补身子嘛……村长便阴森森地一笑，甩手出去了。

他们走后，我父亲又把门关起来，准备收拾我。我母亲说，你就知道打他，想把他打死是不是？我父亲说，就是打死了，也不能让他骗人。我说，上次你吃了红苕，我说了实话，也是挨打；今天这样做，又得挨打，你再打我便跳井跳河死了。我父亲怔住了。我母亲则一把拉过我，温和地问，你是不是看到什么了？我说，我看到组长和村长的老婆在谷堆里……我母亲连忙捂住了我的嘴，我父亲也不敢打我了。他说，你可千万别瞎说，说了要出人命的。我说我没有瞎说。我母亲说，天王老子啊，你就安静吧，惹的祸还不够吗？我父亲说，难怪组长今天这么客气，他从来不上我们这些穷人家来的。我母亲说，他理亏，当然就这样了，吃了也白吃，一年到头闻不到肉腥，就吃一回死了也值……于是那天，我们一家除了我父亲，大家痛痛快快地享受了一次。我父亲说，你们吃吧，你不信走着瞧，他这张嘴巴子，总有一天会害死他的，哼！

从那以后，我每次碰到组长或者村长老婆，他们都要低下头。他们不惹我，我也觉得没有意思，再说，吃了他们买的肉，喝了他的糖水，享受到了好处也就不好意思再说他们，所以目标又转到了我父亲的身上。我父亲看不惯我，三天两头不打我一顿，他便觉得心里不舒服。在我父亲的眼里，黄安人的所有好处我都没有学会，倒是把黄安人所有缺点都集于一身。他对我越来越看不惯，认为我懒散而又油滑，总想抓住机会对我实行专政。

那时我父亲虽说没有读过什么书，可听多了广播，知道了"专政"这个词，总想用在我的身上，动不动就拿一句"专政"来吓我。因此，每当看到我父亲的影子出现时，我总是在想办法逃避他的打，又要想办法来报复他一下。

有一天，我刚好又挨了父亲的打，看到工作组组长走了过来，便对他说，我父亲刚才骂你呢。

组长立住了，说，你父亲那么老实，怎么会骂我呢？

我说，他真的骂你，骂你是个乌龟王八蛋。

组长气红了脸，说，他真的这么骂？

我说，他真的这么骂，你应该惩罚他一下。

我父亲紧张起来了。组长沉着脸走到我父亲身边，提高了声音说，你竟然敢说林副主席的坏话？林副主席是我们黄冈地区人，是革命领袖，你竟然敢骂他？

　　我父亲有些吃惊地张大眼睛说，我？我哪里敢骂林副主席？他是伟大的统帅，伟大的导师，伟大的……我没有骂林副主席。

　　组长说，好，你不承认，罪加一等。明天卷起铺盖到公社来反省。

　　我父亲的脸马上变白了。我装作无事似的走过他的身边，准备逃跑。

　　工作组长叫住了我说，喂，你父亲是不是骂过林副主席？

　　我说，他好像没有这个胆子吧。我父亲只是骂你。

　　工作组长说，你父亲有这个胆子，只是你没有发现。你应该勇于站出来揭发。

　　我说，那就是骂过吧。

　　我父亲听后气得脸都变形了。他抄起手中的扁担就想打我。我说，我可是革命的小卫兵，你敢打我？

　　组长说，打革命的小卫兵，这还了得，等会我叫几个民兵来，你走着瞧。

　　我父亲马上软了下来。他打我的那双手一下子又变得像面条一样，软绵绵地垂在腰间。他挤出笑脸对组长说，我真的没有骂那个吊人……

　　我们那里的男人说话都喜欢带脏字，父亲不知怎么的就用了"吊人"二字。说完他们都吓了一跳。

　　果然组长如临大敌地说，你竟然敢说首长是吊？你不要命了你。

　　我也被父亲这句话吓了一跳。我看组长，组长说，明天，明天八点，你到公社报到。说完对我挤了一个笑脸，扬长而去。

　　他一走，我父亲便跳起脚来追我。他认定是我捣鬼想整他，一脸要对我专政的意思。我撒开腿就跑，父亲在后面骂骂咧咧的，但没有追到我。

　　当天晚上，我对母亲撒了谎，跑到亲戚家住去了。第二天中午回来时，我父亲不在家。我母亲正在家里哭。一见我回来，我母亲就是一个耳光。这个耳光把我打傻了。我说，你做么事打我咧？我母亲说，做么事？你得问你自己。我说，我没做错事呀。我母亲说，你父亲到哪里去了，你知道吗？我说不知道。我母亲又是一巴掌，骂道，你把你父亲弄到公社挨斗去了，你知道他们会怎么样打他吗？我心里有些慌了说，还真挨打呀？我母亲说，不挨打你以为请去吃肉呀？我说，广播里不是说要文斗不要武斗么？我母亲哭哭啼啼地说，如果你父亲回来少一根汗毛，断一根骨头，你看我不打死你才怪。我嘀咕说，我现在明白了，原来你爱父亲比爱我多得多。我母亲不说话，只是哭。

到了晚上，没想到我父亲又卷着被子回来了。我母亲感到特别奇怪，她说，你怎么样回来了？我父亲指着我说，你问他。我母亲又把奇怪的目光转向我，我吃惊地说，问我？我父亲哼了一声，然后重重地在我脸上来了一耳光说，你这个小坏蛋，只晓得干坏事！我说，你还打我，是不是又想去反省了？我父亲举起的手突然停在半空中，他怔怔地望着我，半天没有放下来。

但最后，我母亲却在我嘴上，重重地来了一巴掌。这一巴掌打得贼响。我昂起头，吃惊地看着我母亲。我母亲还准备打我，我说，你再打我会告你！

我母亲说，我有么事错怕你告的？我不打死你才怪。

我用手擦去嘴角流出的血说，你别忘了，你那天出工时骂了政策……

我母亲说，你……你……怎么生了你这个畜牲……

接着她蹲在地上，用双手捂住了脸，号啕大哭起来了。

我爱我的母亲，她一哭我便觉得难受，所以决定不多嘴。有时觉得不说难受，就使劲地咬着下唇，甚至用一块布把嘴巴从前到后捆起来。但我毕竟是个调皮的孩子，因此一块布也管不了一个不安分的灵魂，捆得不舒服我马上就扯掉了。

也许我天生就属于一个多嘴的孩子，没有办法管住自己的嘴。一个多嘴的孩子在没有碰墙碰壁之前，哪里会知道人生说话越少越好的道理呢？一直到我上了小学的时候，这个毛病还是没改掉。我也因此在老师们的眼里，不是一个好学生。

老师们不喜欢我的原因，还是因为我多嘴多舌。比如说吧，我总是在上课时忍不住要看一下前排女生的后脑勺，为此老师说我长大后一定不是一个好东西，这么小就喜欢看女孩，好色成性；再比如说吧，老师讲错了时我就高声地喊不对，老师闹了一个红脸后说我这孩子不听话，只会扰乱课堂纪律；还比如说吧，老师为了让同学们听话，总是虎着脸，从来不笑，让我们天天感受阴天。而我想让大家轻松点，于是找理由讲怪话，大家便轰的一下笑起来，等老师转过身，大家却又没有一个人敢笑了。老师知道是我，总是要用粉笔掷过来，打在我脸上或扔在我的头上，弄得我头上或脸上白白的一片，像个奸臣。所以下了课后回家，我母亲看到我脸上的白灰问我怎么回事时，我便挺起胸说，老师让我上台做习题了，大家都不会做呢……

我母亲一听很高兴。由于我每年的考试成绩总是说得过去，所以她没有不信的。话虽如此，在我的整个小学年代，我还是吃了不少苦头的。尽管教师们一边教我们做人要老实，可一边还不喜欢我们说实话。那时，我已处在老师与父亲的双重领导之下，压迫之深是可以想见的。比如说吧——以一个典型的例子为证——我们年终考试时，老师为了得到上面的重视，好让自己能当上行政领导，于是教我们考试作弊，好让我们班能够在分数上超出其他的班。而作弊的方法，全是五花八门，有写在桌子上的，有写在大腿上的，还有的写在纸条上，还有放在厕所的某一块砖头里的——考试中装作要上厕所，然后打开偷看。而监考的老师，只在出门时象征性地搜一下身——要是今天，这一点也许会被人告个性骚扰。

我那时当然不知道人权是什么概念，就爱玩点小聪明，因此平时尽管老师不太喜欢我，可我每次考试成绩总还在前五名，这是没有办法的事。即使个别"板脸"老师对我意见大着，也没有其他的招，只好顺着我一些。

但那次考试不一样。那次考试遇上全区的测验，决定老师当不当行政领导，所以他非常重视。他要是当上了行政领导，就能由民办转正为公办老师——那是多少农村老师的梦想啊。所以为了让全班的人考好，他决定要男同学们每个人想一种办法，使自己考上最高分。至于女生，在一个重男轻女的地方，成绩不好的家里肯定不让再上了，所以她们基本都在中等以上，老师还是放心的。

在得到每个男同学的肯定回答后，老师最后才把目光投向从不放心的我，盯着我的脸问，你会想什么办法？

我说，我不想想什么办法。

老师的脸沉下来了。他说，你怎么不想办法？你如果不想办法，没有考好明年我这个班就不要你。

我说，我相信自己，为什么要那样？你不要我，我还不想读呢。

老师气得把粉笔又掷了过来。这次我头一躲，粉笔打在后排的一个女生的眼上，她突然受到惊吓，加上痛，马上哭了起来。

老师走过来，我知道我的脸上没准要挨两下，推开凳子便想开溜。但老师一把抓住了我的脖子，把我提了起来。当时他的手肯定挺痒，看样子要甩过来一巴掌。

我立即说，你要打我，明天工作组来，我第一个不考试……

他的手马上放下来了。他把我按在椅子上，脸上马上露出笑容说，小李同学，我为么事要打你呢，明天你一定会考好的，对不对？

我不想吃眼前亏，就点点头说，我当然想考好。可是我想不出事好办法。

老师说，先上课，下课再说。于是他接着讲课。我也接着做了一个鬼脸，老师转过头来发现了。不过他没有发火。等下了课，大家都走后，老师对我说，你到我办公室里来。

我说，你不会揍我吧？

老师笑着说，我当然不会。

我说好，你说话算数。于是洋洋自得地跟着他走。

等进了他的门，他拿出一盒糖果来说，如果你明天想法考好，只要拿到了全区第一，我免掉你下学期的学费。

他这句话让我怦然心动。因为我父亲一直想让我在家多干活，不想让我读书。所以每学期跟他要钱比登天还难，幸亏我母亲总是说没有知识会吃亏，所以我才有上学的机会。听老师说下学期可以免我的学费，我当然高兴。于是我说，我想办法。

老师说，你想么事办法？

我说了好几种办法，比如说回头呀，比如说翻抽屉呀，比如说写小张条呀，比如说把答案刻在桌面上呀，等等等等，可老师直摇头。他说，这些方法都不保险。我说，老师，我不这样干也会考好。老师又摇头说，说了不算，必须做些准备，这样更好，你看再想个事办法？

说完老师递给了我一颗糖果，我放在嘴里，直甜到心底和皮肤里去了。全身甜得痒痒的。我坐在那里想了半天，最后眼里一亮说，老师，我写在胳膊上好不好。

老师说，不行！你写在胳膊上，一抬不就露出来了吗？

我说，那我只好写在肚子上了。

老师说，那也不行，你穿的是你姐姐曾穿过的衣服，太短了，写在肚子上容易让人看到。

我说，那我实在没招。

老师说，你再想想，你这么聪明的孩子，一定会有好办法。

最后看到我实在是没法可想，老师便说，要不这样吧，你在考试的时候，我中途去喊你，就说你家里来人，你爷爷病了或奶奶病了，然后我可以趁机告诉你答案……

我心里不高兴地想，你爷爷奶奶才病了呢……

我真骂他笨蛋，因为我爷爷奶奶死了好几年了。不过想到他会免我下学期的学费，也就认了。说这方法行。

放学后，我和大家一起回家。在路上，大家纷纷地说起老师告诉他们作弊的方法时，同时又说起老师说过，如果考得好，他就免谁谁谁的学费。我问张三，老师对你也这样说过了吗？

张三说，是的是的。

我问李四，老师这样对你讲过没？

李四说，当然当然。

我又问王五，对你也提过？

王五说，肯定肯定。

我想，这狗屁老师，原来是想骗我们，还得治治他才行。于是我对大家说，我们干脆用一种方法得了，用那么多方法，要是让监考的抓了，多丢脸，如果用一种方法，监考的发现了也没办法，因为大家都这样嘛……

大家听了很赞成。隔壁的小胖子问，那到底写在哪里？

我说，不如都写在身上，写在我们的皮肤上，这样监考的难得看见，即使看见了，能把我们的皮揭下来不成？

同学们都很赞成，说这方法好。

于是那天晚上，他们聚在我家里，决定在各自的身上写满与考试有关的内容。结果有写在胸上的，有写在肚子上的，有写在胳膊和大腿上的，还有的写在脚掌上的。等大家都写得差不多了，小胖子问我写在哪里，我说，我写在背上和屁股上。小胖子笑着说，写在那儿，你么样抄啊？我说，我根本不用抄，我就是为了证明我不抄也能考好……

小胖子说，老师要问起来么办？

我说，他要问，我就说写在背上，把衣服一提，后边的人能看到，反正监考的老师都坐在前面……

小胖子说这个办法还真好。

我说，好你就帮我写吧。想写么事写么事。

小胖子平时挨老师的打也不少，坏着呢。他说，那我帮你把课本抄一篇在上面。

我说好。

于是我趴在床上，小胖子在我的背上和屁股上抄课文。中间他因下手太重，把我的背和屁股弄得痒痒的。我说，别把我的皮刺破了啊。小胖子说，不得。

他一边写还一边笑。我说，你笑什么？他说，好好玩啊。

那天夜里，我母亲又要我洗澡。我最讨厌洗澡，便说，洗过了。

我母亲说，么时洗的？

我说，刚回家时就洗了。

我母亲说，读了几年书，你倒还真乖了不少。

我嘿嘿嘿地笑。我父亲在一边看了说，你看你笑时那样子，一股坏水像要流下来似的。

我想，你这次可真说对了。可我不敢这么说，这么说不是招打么？

第二天考试前，老师问我们，复习好了吗？

我们都整齐地回答说，复习好了。

老师意味深长地看着我们走进教室。可以看出，他的脸上很是得意。我从他身边走过时，他还拍了拍我的脑袋。

第一门是语文。正是老师教的课。满头白发的监考老师说，大家考试多次了，都是老考生，要注意考试纪律，我就不多说了，不要左顾右盼，交头接耳，搞小动作。听清楚了吗？

我们高声地回答说听清楚了。

监考老师坐在前边，睁大了牛眼睛看着我们。开头大家还真安静，过了半个小时，估计监考老师也真是年纪大了，或者是老师私下里请他吃饭了，反正半个小时后他便耷拉着头，像睡着了似的。我由于平时被列入不听话的孩子，所以坐在最前面。趁老师眯眼的时候，我回头看了一下，除了女同学，大家都露出会心的笑。我摸了摸后脑勺，大家知道是警报解除，便会意地笑了起来。于是男生们开始掀衣服，摸肚皮，露胸脯，提裤腿，脱鞋子……

没想到，一个男同学由于没有和同桌打招呼，一露肚皮，就把同桌考试的女同学吓得叫了起来。这一叫，坏了，监考的老师马上就走过来了。他问，么事？么回事？

女同学说，他……他……他耍流氓……

男同学说，我没有……我没有耍流氓……

女同学的脸红红的，眼泪流了下来，直哭。

监考的老师说，他么样耍流氓……考试还耍流氓，你是不是不想考了？

男同学说没有没有。监考的老师说，那你是在破坏考场秩序。

男同学又说没有。说着还狠狠地盯了女同学一眼，女同学便哭出声来了。这样一哭，考场便乱了套。监考老师要是就此打住也就算了，偏偏他对此事很感兴趣，便又问，他么样要流氓？

女同学说，他掀衣服……一边说一边哭得更厉害。

监考老师一把把男同学的衣服提了起来，说，你年龄小小的，怎么学坏……

结果他的话还没说完便打住了，因为他发现男同学的整个前身，都密密麻麻地写满了字，仔细一看都是一些与考试有关的内容。这下可坏了，他马上把这位男同学揪了出去。

趁他出去的这工夫，大家都开始飞快地抄了起来。没想过了一会，监考的老师又走了进来，宣布大家全体起立。我们还不知怎么回事，就进来了一大帮老师，把教室围住了。

这时我们校长也进来了，他说，女同学到另一个房间里去，男同学留下。女同学们便慌慌张张地走了。

我们站在那里，不知该么样办。这时监考老师说，刚才那位同学招了，你们身上都写有考试答案，现在大家一个个地接受检查。

他这一说，我们傻了眼。于是在校长的命令下，我们大家把衣服全脱了。

这一次考试，让监考老师大开眼界。因为每个学生的身上，全是文字内容，写得歪歪扭扭的，像是今天的人体艺术展览。结果翻到我的身上时，监考老师更是奇怪，因为我前身上没有东西，而后背上除了一大堆乱七八糟的画外，还有一首诗：

> 老师是个大坏蛋，
> 考试要我作弊玩。
> 你教学生吃白饭，
> 我要让你掉饭碗。

这个坏小胖，居然在我背上来了这么一下，把我和老师都出卖了。监考老师非常生气，把我们男生全叫到操场上，让我们脱光了衣服进行

"展览"。那时我们还不知道这叫做人身侵犯，也不懂么事叫做人权，所以便免费当了一回模特，让我们班成了全校参观的靶子。每当有人走过我身后时，大家便捂着嘴笑起来——教育组的领导在，没有人敢高声大笑；而等他们一走开，大家笑得腰都直不起来。

这事很快传开了，整个区里很快都知道我们学校考试作弊，于是那两天我们全部休考，让全校老师都来参观，而我们，也被勒令不许洗掉背上的内容，接连做了两天的义务展览……

我们年龄小，当然没有什么了不得的。可我们的老师，却被辞退了。下个学期的学费不但没有免掉，学校还要我们多交两块五毛六分钱，说是要勤工俭学费……

我们老师被辞掉时，到我家来，打了我一个大耳巴。

我父亲自然也是火上加油，把我的屁股都打肿了。

学校校长后来查出原因，虽然我没有抄，可把账都算在了我的头上，说我破坏了学校的名誉，把我父亲叫到学校谈话。我父亲无所谓，高兴得很。他想趁这个机会请老师开除我，让我回去干农活，校长也有这个意思。可教育组下来检查的老师不干，说我是唯一一个保住了名誉的人，要不不会把答案写在背上，所以坚决要求保住。于是我才在老师更加严厉的眼神和更多的巴掌中上完了小学……

因为这个，我在小学毕业时，我父亲对我母亲说："他的话好像少多了，不惹是生非，我就放心啊。"

我母亲附和着说："是啊是啊，身稳嘴稳，到处好安身。"

在他们的眼里，好像我变得乖多了。我可不这么认为。

许多年后，我在黄安的家乡小镇上碰到了当初那位要我们作弊的老师，他后来开了一家工厂，生产着一种不知名的农药，卖得很火。可老家的人都说，他生产的是一种假农药，根本不管用，当然对农作物也没有什么坏处。据同学介绍，他在我们那里，是一个很吃香的人物，与我们当地政府的某些官员混得烂熟，换黄安人的话说是，后台硬得像山一样。黄安人并没有因为他过去的品行而骂他，相反，看到他有钱，大家还挺羡慕他，想到他的厂子里去帮助造假。

这位老师，后来成了我们小镇上的第一个大款。他像那个年代全国各地许多地方生产的大款一样，有了车，离了婚，又娶了当初他曾教过的一个学生做老婆，我们黄安人也像全国人民一样，称那个可以做他女儿的女孩为小蜜。我和这个小蜜曾经还是同桌，没准小时还暗恋过她，不过后来见了面，我们也就淡淡地打了个招呼。那时我大学毕业，在小镇人的眼里，算是终于混出去了。那位老师，见我回来了，还开车专门跑来看了我一次。他说，我得感谢你呀，要不是当初有了那么一档事，我还是个穷教书的，还在为多分一块钱少分一个水果闹得不可开交……

然后他坐在我家，喝着我妈为他沏的好茶，感慨了一番什么叫命运。

不过他也未免高兴得太早，后来，他生产的农药由于买得太多，恰恰赶上那一年黄安田地里的虫子闹得特别厉害，于是全县一年有一半农田的收成打了水漂，众愤难平，黄安城里的乡亲们像当初搞黄麻起义一样，拿着铁锹冲担锄头棍棒，杀上门来。他早已逃之夭夭，于是愤怒的乡亲们把他告了，他的农药厂只有关门，好在他县城的后台硬，与某位从未返乡的老革命还能扯上一些关系，迅速地跑到北京去找人……此事后来也就不了了之。而他，凭着他的混世本领，在省城里又迅速生产着另一种叫不出名字的染色试剂，迅速地又发了财，成为黄安人中最早暴富的那一类。据说他又甩了我们那位同学，在武汉又找了一个更年轻更漂亮的……

我母亲说，好在他还有点良心，捐了一笔款，把我们当初就读的那个危房小学重新修了一下，盖了两层楼，让学生安心读书。

据说，我们那里的老师，还专门在新楼落成典礼时，请他来参加，并且在教学楼下，立了一块碑，把他的大名和功德刻了上去。他的要求也不高，只是希望学校在每年新生入学时，背诵那块碑文上的东西就行了，大家记住他的功德了，他便每年再为学校捐一万块钱……

当年的老校长后来没有转成正，不再当民办老师了，年轻的老师一来，他便改为回家种田。每次，他挑着马桶路过学校时，就要抽上一支烟，对着学校感慨半天说，世道变了……

可没有人听他的。因为乡下人不关心这个，也不懂这个，而我们这些懂得的人，早已离开了故乡，在外面疲于奔命地生活，懒得再多懂什么了。我父亲倒是同老校长挺谈得来，他们碰到一起，总是要聊上好半天。两个老人，坐在那里，抽上一支劣质的烟，回忆记一段往事，总是有许多共同的语言。

我母亲说，老校长有次对我父亲讲，他早就看出我会是个人物。可我父亲听后呸了一口说，他算老几，看不上……

两个人毕竟是老了，碰到一起，总是陷入对往事无穷无尽的回忆。

虽说父亲看不上我，我却顺利地以第一名升入中学。

要说，我们中学的生活提起来没有一点意思。那时我们乡里已不太重视教育，或是太重视教育，于是我们的学校总在不停地搬家。整个中学的生活在我的记忆中就是搬来搬去，我们像我祖父那个打仗年代转移阵地似的，几乎几个月就要换一个地方。可是非常遗憾，我祖父打了一生的仗，最后还是死在外面，连尸体也没有收回，最后还没有评上烈士。我们也便在这种搬家过程的读书中最后败得一塌糊涂，初中毕业时我们班一个也没有考上中专。那时中专便是上师范，师范在我们眼里是多么热烈的期望但又是多么遥遥不可得的事情啊。可以说，那时我们大家的学习糟透了。好在我还有点小聪明，还能为学校考试争得一点名次，证明了中学生活还存在的一点价值。而中学留给我最深的记忆就是一位老师追求我们的一位同学，之所以这件事在我的心中记忆深刻，就是因为我也曾对她心仪过。

说起来，那位老师的头发不可谓不亮，皮鞋不可谓不光，走起路来踏在路面上的皮鞋钉掌不可谓不响。他扫视我们这些穷学生的目光不可谓不阴冷。但是，他居然同学生谈恋爱，在我们有限的人生经历里，觉得这真是一件极不道德的事。当时我们生活在乡下，在山区里，孤陋寡闻，觉得他这样做是大逆不道，这使得我们后来对他的种种刻画也很不客气。多少年后同学聚会，提起他来不时有人还要骂上一句。要知道那时我们都已成家立业，过了而立之年，对世事应该看得更透了一些，再去骂一句自己的老师的确有些不恭与不敬。按说人到了一定的年龄，不该再为当初的东西而计较什么，但我们偏偏还是计较着他，说明他的确不得人心。谁让他从事为人师表的事业呢？

这位先生吧，说起来个子长得也并不是太高。但他的架子端得特大，那时他教某个学科，对于某学科那些无穷的变化，他好像就是其中的一个分子，讲起课来头总是高高地仰看天花板，从来不把眼光落在我们的身上。要知道，我们上初中时，身上还穿着打满补丁的衣服，是乡下的一帮穷小子。这一点严重地伤害了我们的自尊心。因为他的目光要是非常有幸地落下来，肯定是落在那个女孩子的身上。而那个漂亮的女孩子，曾是我们大家心目中的偶像。对此，我们每个男生，心都愤愤然。更让我们气愤的是，每天傍晚，他还要领着那个女生散步，并且还特地向我们的班主任声明是单个教学，谈心。我们说，谈什么心，有什么好谈的，是在勾引她吧。

那时的老师都喜欢找同学谈心。这在学校并不是什么新鲜事。但问题是，我们的班主任却悄悄地告诉我们几个班干部：要小心点，这位老师好像的确不太正常。班主任是教政治的，具有政治敏感性。他这样一说，不啻于把这件事定了性。他后来也为此付出了代价，那位老师联合起年轻的老师们，总是和他对着干。一个班有六七门课，一个老师罢工便不得了，何况把他们联合起来呢？而后来我们知道，那些老师之所以也愿意加入反班主任联盟，是因为班主任这个人太优秀。木秀于林，风必摧之，古人把话说绝了啊。最终，由于他们的联合和学校对年轻的正规院校毕业人才的需要，我们的班主任便做了这件事的牺牲品。

同样牺牲的还有我。当班主任与我们谈了之后，我表现得比任何人都积极。这中间的原因就在于我也暗中喜欢这个女孩，还有一个借口是我认为一个老师不应该追自己的学生。我那时的观念就是这么狭隘。我不知道爱情是要穿过时间与空间的，不懂得"年龄不是距离"这个道理，要是懂得了，我肯定也会追求年轻的一代。因此工作组来时，我们被找去谈话。学校的主要领导都在场。工作组一个年纪大的人对此事特别感兴趣，对每个细节问了又问。

他说，你们平时注意到了吗？

我说，注意到了。

注意到了哪些东西？他的眼睛放出亮来。

注意到了拉拉扯扯。

我说这个时，我看到我们班主任的眼睛亮了一下，向我投来感激的目光。我仿佛记起了班主任对我们的种种好处来，真的便顺着工作组的人说了。

什么叫拉拉扯扯？

就是那个呗。

什么那个？拉手还是其他？

我正想说下去。我们校长咳嗽了一下。他说，你要仔细想想，不要瞎说，学校的名誉第一。

我便不敢说了。但工作组的老同志还是要我说。他一直在问什么是拉拉扯扯。我说，我们考试前，监考老师要我们不要拉拉扯扯，就是那个拉拉扯扯。工作组的老同志还想知道更多的东西，我便沉默。因为校长已经私下里警告我，再说下去损害了学校的名誉，就要将我开除。那时我们学校开除一个学生就像踩死蚂蚁一样容易。这使我父亲多年来对权力充满羡慕。后来我才知道校长之所以不愿追究这位先生的原因，在于这位追学生的先生有个什么哥哥在县委办公室，是斗不倒的。所以我们说了也白说。

但我说的那句"拉拉扯扯"四个字不知怎的便传了出去，从我们班主任调到其他地方后，我便体会到了这四个字对我的打击报复。从那之后，我们的这位先生再也没有和我说过话，更没有在课堂上提过我一个问题，甚至他的目光从来就没有落在我的身上。连我做的作业，他也是写上一个"阅"字，从来不打对错。

我的这门成绩便是从那时开始拉下来的。因为这个，我上了高中之后，不得不报文科班。而当时的口号是：学好数理化，走遍天下都不怕。可见我的牺牲是多么大啊。

一切都是我的嘴巴惹的祸。

而我所说的拉拉扯扯，其实也没有多大事，但那位颇感兴趣的工作组长就是不放过，他天天避开了工作组缠着我，要我说出实情。我们的班主任那时大约也意识到他的处境，很希望我能说出来。于是我便对工作组的老同志说，有一天晚上，我看到他们手拉着手在对面山坡的竹林里散步。

工作组的同志说，你怎么知道？

我想说我看到了的，但我又怕他们知道了我喜欢这个女孩的心事。于是沉默。为这事，这位老同志还跑到我家里搞了一次家访，给我家拎了两盒点心。我父亲很高兴。他做了那么多年的农民，城里人还是第一次到我们家里来，还提着东西，说明看得起他，他当然很高兴。但我父亲却不许我乱说，他把我叫到屋外，在我头上先来了一下，然后正告我：人家一个女伢，你瞎说人家以后怎么活呀？不管有没有那事，你都不能说。我父亲还怕我像当初那样，他哼了一声说，你要是乱说，我非把你的腿打断不可。

我没有理父亲的茬。但还是默认了父亲的忠告。这倒不是怕自己的腿被打断，而是不愿看到那个女孩被处理回去。所以无论工作组的老同志怎样地引诱我，我都没说一句话。我那天非常尊重和尊敬我父亲，觉得我父亲的做法大出我的意料，让我对父亲产生了另一种看法。

因为这种看法，我第一次选择了闭嘴。

后来，在老同志失望地出门时，我父亲把那两袋点心送了出来。老同志再三推辞。我父亲坚决不要。他的脸上笑嘻嘻的，看不出什么。我却因为这个在那天改变了对他的看法。其实我突然不说的原因，并非是因为父亲的威胁。他们每个人都不知道我内心在想什么。除了对父亲的尊敬之外，还有另一个原因。

有一天，那位女同学遇见了我，拦住我后对我说，我知道你喜欢我……但你愿意看到我倒霉吗？

当时周围没有别的人，可我的心却狂跳起来，像要爆炸似的。我赶紧声明说不愿意不愿意。

她看了我几分钟，然后走了。

多少年后，我还记得她当时看我的眼神；多少年后，我还为"拉拉扯扯"这四个字后悔。那一次我才知道，说实话有时也是伤害人的，这使我对某学科老师多少怀有了一些内疚。我们黄安人害怕这种内疚，因为我母亲告诉我，只要是对人怀了内疚，一般都是没法子还的。也就是在那时，我才知道，这位老同志之所以对此事如此感兴趣，主要有两个原因，其一，他的女儿早恋，而且也是与一位老师；其二，他的表哥与这位先生的哥哥竞争政府的某一个职位，但这位先生的哥哥却上去了。

一件事搞得这样复杂，使我开始对世间的人感到害怕起来。以往，我只害怕那些板着脸的人，认为他们肯定厉害；但从此事之后，我害怕那些经常笑脸相迎的人了，因为板着脸孔的人不高兴你能看见，而那些整天笑嘻嘻的人，你根本就不知道他们在想么事，是不是想整你或者想整别的什么人。

而当时我还不懂这个。当时经过了这事之后，我对某学科一点也不感兴趣。因而成绩也一落千丈，由第一名降到班里的十五名之内。这使我母亲非常惶恐。她忽然发现我不说话了，心里也总是无端地失落。而所有的老师们，在我面前从来不敢流露出一点错误，生怕日后成了调查他们时的罪证。他们对我敬而远之，我亦对他们敬而远之。可以想见，那时我曾经是多么孤独。倒是那个与老师谈恋爱的女同学，还对我露出少许温情，感谢我曾经刀下留人，不时投来一个媚眼。可我那时对朦胧的早恋已不再感兴趣，对她也是敬而远之。那时我没有一个朋友，换句话说，在老师的冷落下，再也没有一个同学敢靠近我。我变得落落寡欢，天马行空，独来独往。话少起来了，我感到了心里空空荡荡，闲下来时，我常常一个人坐在乡间的田埂上，看着稻谷发疯似的成长，我便觉得心头总是刮过一阵又一阵的秋风。

到我初中毕业时，失败的情绪笼罩了我好长时间。这使我染上了浓重的忧郁。一直到我后来上了高中直至大学毕业，我都没有从那种失败与忧郁的情绪中摆脱出来。多少次我生活在这个安逸的大都市，我还梦见当初没有考上师范和重点高中的那种恐惧，那种茫然无助和前途无着的痛苦，总在噩梦中紧紧地跟随……

我老婆说，谁让你喜欢说实话呢？多嘴多舌的孩子要学会沉默。

高中时代，我便变得沉默了。失败的痛苦加上周围异样的眼神，使我开始对周围的世界懂得察颜观色。幸亏换了一个环境，不然又会回到当初那种可怕的噩梦中去。从那时起，我懂得了人们为什么喜欢编织一些"善意的谎言"来代替实话，特别是说谎成为生活中的一种必须之后，我开始变得沉默寡言，很少说话。因为这个，大家都认为我很世故，加之我不声不响地为班上做了好几件漂亮事，老师和同学们都很喜欢，因此在同学们的眼里，特别是在"过来人"的眼里，我显得非常成熟。

成熟其实是一个极为可怕的词——这个道理是多年后已成家立业的我才悟到的。如果按我现在的想法，当然希望幼稚一些好，可当时我却特别渴望成熟。连我弟弟有天也对我说，你什么时候变得八面玲珑、四面圆通了？

我想是呀，我什么时候变得像是另外一个人了？

那时候，在不知不觉当中，我也像周围的人那样，慢慢开始说谎。我第一次说谎时还吓了自己一跳，责备了自己好长时间，但过后不久便习惯了。毕竟说谎，有时真的是一件善意的事。大家都在说谎，我不过只是把事情换种方式说而已，不这样干有时真的行不通。因为这个，人们都说我变得很成熟，大家也认为我非常老练。我因此当上了学生会的骨干，一直担任着班上的重要职务。我知道什么是该说的，什么是不该说的，什么话是什么时候该说的，什么话是什么场合不该说的，这一点让老师很欣赏。他们说，你以后要是上了大学，毕业了最好去当秘书，领导就喜欢这样的。

我想，是吗？当秘书就必须这样吗？

想想多少年前，我还是一个孩子的时候，那时的嘴巴为什么就关不住呢？原来生活改变人，就是这样不知不觉的啊。

许多年后，我有幸考上了大学，毕业后到外地的大城市工作去了，像无数从黄安城走出去的人一样，再也没有回到生我养我的地方。大学毕业后，我却没有当秘书，而是到机关做了一个小小的公务员。像几乎每个奋斗到大城市里的农村娃一样，我平平静静、平平常常而又平平淡淡地生活着。在单位里，逢到好事，我与谁也不争不斗，结果好处却常常会落在我头上，让单位的同事觉得我私下肯定做了不少手脚；而在家里，我更是对老婆百依百顺，嬉皮笑脸，由着她去，她对我万分信任，却不知我已有了男人们普遍都有的那些想法，虽说没有相好，但要发展也不是不可能的事。不说话的好处由此可见一斑。那时，我始信为什么古人要说"沉默是金"的话了。

那真是金玉良言啊。

相信第一个说这话的人，肯定经历了太多的苦痛。于是我对这位不知名字的高人，一下子变得万分感激。

后来，时间慢慢流逝，我虽然不曾像别人那样在屋子里或桌子的底板下写过诸如"缄默是金"的警句，但已懂得了沉默的力量，听惯了"做大事必须闭嘴"之类的箴言，理解了大多数人为什么会在日常生活中，变为沉默的大多数，化作了深藏不露的民间哲学家。

再后，我在外成家，立业，并且过上了另一种与黄安城里的人完全不同的生活。那是我父亲一辈子也不曾经历过的生活。我父亲在我一天天逃离他越来越远的同时，也开始渐渐地老了下去。那时每次我回家，我父亲早已不再说我什么了。无论我做什么事，他不再干预，再也不唠叨我多嘴多舌。相反，每次我回去，他却时时拉着我的手，希望我能与他多说上几句话。每次讲完某个话题，我父亲总是要问，后来呢，后来呢……后来，后来便是我不想说了。我知道说了父亲也不会懂，但我不说的原因却并不是因为他不懂，而是那时我经过了复杂的城市生活，已变得相当沉默，成了我生活的那个城市之中的沉默的大多数。我也不知道自己为什么要沉默，有时我可以和父亲一声不响地坐上半天，看着茶杯中的水漫漫淡下去也不说一句话。一件件的世事已浸入我的血液，慢慢地改变了我，使我"不说话"已成了一种自觉的行为。这一点让我父亲感到非常奇怪，由于我的沉默，他的胸中好像憋了很深的愤怒。如果稍长，他坐在那里极不平静，吸起气来呼呼地响，好像要把一肚子的东西都吐出来，非常不高兴地看着我。我低头看着自己的脚，我父亲便把拐杖在地上狠狠地一敲，起身走了。

我无动于衷地坐在那里，像一尊千年不语的菩萨，虽然我也敬畏"沉默是金"的箴言，但的确是再也不喜欢说话了。换我老婆的话说，我真的在长大了，属于成熟的男人之列了，开始变得深沉。其实，从走出黄安到我在这个大城市安居乐业，也不过只有近十年的时间。也不知到底是些什么东西，使十年的岁月，把我由一个多嘴多舌的孩子改变成了今天的这个样子。我生活在机关，尽管机关单位在今天的这个时代不是吃香的职业，但像我们从黄安那样走出来的人，对机关抱着一种特别的感情，好像只有机关，只有靠着一个单位，管我们的生老病死，才是修成正果，才能过上体面的生活。那是我们的父母多年来盼望着我们过上的生活。

而有谁知道，机关处处是机关啊！机关，可以让一个年轻热血的小伙子，像我们办公室的老科员黄金那样，变得秃顶，变成一个小老头，看上去，他的一生就如他写的总结那样，真的是碌碌无为。

那时，不知为什么，我在挣脱不了机关的同时，开始喜欢回想往事，回想童年和少年，回想过去那些曾经荒唐但却无比激越的岁月。我对逝去的岁月总是充满了怀念。我不知这种怀旧的心情是不是就意味着自己开始苍老下去。但我敢肯定，每一个从小地方奋斗到大城市里的人，都会在城市中不知不觉地苍老下去。因为城市的生活总是不知不觉地改变着我们，而我们当初一点也没有觉察，未曾懂得，相反还生怕自己不像城里人，就那样由悄悄模仿到事实上成为其中真正的一份子。

那实在是微不足道的一份子，一个典型的小市民，但我们却为此津津乐道，并感到了无限的满足与幸福。

我知道，这些都是懂得了沉默才换来的结果，也便理解和接受了沉默的大多数，乐于和他们一起，在城市里过着世俗而又平庸的生活。

（发表于《漳河文学》2010 年创刊号）

成长如蜕

1

阿吉再次遇见阿祥时，是在南方某城的一个酒吧里。那时的酒吧不像今天这样萧条，而是代表了时代的一切时髦元素：前卫、新潮、迥异、多元，既有视觉上的冲击力，又有感官上的诱惑力。

阿吉去谈生意。

谈生意的阿吉，忽然看到了少年时的同学阿祥。

阿吉看到阿祥时，几乎不相信自己的眼睛，感觉眼睛里被燃烧的火焰突然灼了一下。生疼生疼。

因为，阿祥已失踪近五年了。

但眼前的阿祥似乎不是原来的那个阿祥。他的穿着打扮，已不是小城时一起勾肩搭背的那个憨态可掬的兄弟了。

阿吉揉了一下眼睛，还是忍不住喊了一声阿祥的小名。

对面的那个衣着光鲜的男人不自主地应了一下，手里的烟停在半空，一个烟圈刚好在空中打了个转，时间静止，阴阳轮回。

但转瞬那么一刹，对方便说：你认错人了。

阿吉不相信自己会认错。一起穿破裆裤长大的，怎么会认错？他不由自主地站了起来，身体在发抖。

对方将烟掐灭在地下，很快闪了人。走出包间时，阿吉听到有个人拉住那个长得像阿祥的人的衣服问：货呢？

但那个人没有回答，转身便跑了。

阿吉便怔在包房里。包房里几乎所有人都不怀好意地看着他。

阿吉这才发现，原来自己走错了包房。

阿吉转身便出来追阿祥。

外面却空荡荡，没有阿祥的踪影。只有一个门没有关严的包间，传来撕心裂肺的歌声：

> 城市的夜你不懂我我不懂你
> 我们是近在天涯咫尺却如星空遥远的距离……

阿吉怔在过道中，灯光摇荡，一切显得那么不真实。

有个人也怔在过道里说：明明说好今天给货的嘛，怎么装作不认识？定金都给了一半的。

阿吉听出来了，他很快便意外地明白自己遭遇了一件铁的事实：那个长得像阿祥的人，是卖毒品的。

因为阿吉误入包房不到一分钟，阿祥便跑了。走时还顺便把一堆东西塞在了阿吉的口袋里。

再接着，就是警察破门而入。

警察抓走了阿吉。

2

阿吉的吃惊不是没有道理的。

警察把阿吉带走后询问时，阿吉才发现自己的口袋里居然有一包白粉！

阿吉费了百般的口舌解释：我出差，朋友请吃饭，饭后 K 歌。我出去接个老婆的电话，回来走错了包房，便遇到了上面的事……

朋友们见外面闹哄哄的，便赶过来作证。

人证不在白粉在，警察不信。他们把阿吉带走了。

好在朋友面子大，找了一个内部的关系出面疏通，阿吉便放出来了。

不过，警察放他时提了一个条件：必须找到那个长得像阿祥的人来证明自己。

这是唯一的不可缺少的条件。

阿吉坠入了冰河，一颗心在夏天里冷得发抖。

阿吉不相信阿祥会害他。他掏出手机打电话想问同村的阿福，拨通电话，无人接听。

阿吉才醒悟过来，阿福也去世好久了。

此时，阿吉已在看守所待了近20个小时。

放出来时，他站在南方都市的大街上，像掉进了冰窟。夏天流火，太阳炙热地贴在头顶，四处都是光膀子赤膊的男人与穿短裙的女人。

阿吉想了好久，都未明白一天是怎么过来的。

朋友们请他，喝酒压惊。

阿吉说：他就是阿祥呀，我们一起光屁股长大的。

阿吉的酒一杯接着一杯，仿佛整个夏天都在酒里，酒里飘出的刺激，让他在异乡的城市，给一堆生意上的伙伴们上吐下泻地讲述他与阿祥的故事。

好在，这年代，故事还有人在听。

3

阿吉嘴里的故事慢慢开始。

有这么一个小城，过去叫做黄安，姑且现在也还叫黄安。它以将军出名，以革命闻世。小城里民风剽悍，硬骨遍山。革命年代是好汉，建设年代能受穷。有福可同享，有难不同当。

有这样三个年轻人，分别叫阿吉、阿祥还有阿福。父母一时高兴，他们便随随便便地生在这样一个小城的乡间里。乡间的孩子都有一个苦不堪言的童年与少年时代，这个谁心里都有一本苦难账。苦难账是怎么的，大家都不用说，说了没有人听。因为大家都苦过。没有苦过的人，你说了也没人知道什么叫做苦，有的还会问一句"何不食肉糜"？噎得你半天说不出话来，气得你肝痛。

这三个年轻人在苦哈哈的日子里长大后，从不同的村庄走到同一所学校，便是同学。同学在今天的定义，就是在一起读过书的人。但同学也分好坏，也有亲疏，也有远近。道同之人，永远同学；道不同不相与谋的人，同也不同，学也不学。

阿吉、阿祥与阿福，不仅同学，而且曾经同班。吃白米饭拌咸菜成长。生在中部这个山区县里的孩子，除县城拿工资的那些人活得比较滋润、经常油头滑面外，多数农村读书的孩子在校期间的生活，就像夏天太阳下的植物，由于缺水，总是活得没精打采。这里的水是油水，清汤寡水的水，没有几个家庭经济上能独立起来，都是处在割麦望割谷、割谷望插秧的地带生活。而乡间孩子们繁重的学业、亲人的期望、自己的理想，总是在现实面前显得格外苍白，仿佛走路，都歪歪扭扭的。前途在哪里？没有人知道，那是天上掉馅饼的事。虽然都是三更灯火五更鸡，努力拼搏，但也明白这样一个现实——上大学只是小概率事件。平时，老师讲课的声音，同学读书的声音、外面鸟叫的声音以及内心叛逆成长的声音，搅和在一起，往往让阿吉、阿祥和阿福三个人身陷迷茫，忍不住追问生命的意义。

阿祥首先发问：阿吉，你的理想是什么？

阿吉看着阿祥与阿福，慢慢吞吞地说：有饭吃，不种地就好了。

阿福说：我想在商场当一个售货员，日头晒不着，风雨吹不着，多好。

阿福甚至还想说，售货的那个穿裙子的女孩很漂亮，要是能娶来做媳妇就好了。但不敢说，怕阿祥笑他。嘴里咬着要出口的话，脸先红了。

他们便把目光又投向阿祥。

阿祥大笑：你们的理想太低了，我要过的，是人上人的生活。我要走出小城，到大都市里去寻找一片天空，成为让人羡慕的城里人。

他们也不管这些愿望的现实基础，总之大家说了之后便呵呵呵地笑。下课后，三人走在乡间的小路上，望着夏夜的星空，希望上苍能够保佑他们的理想实现。

理想很丰满，现实的确太骨感。

读书的年代没有浪漫。三个人，一起起床，一同睡觉，一起吃饭。菜也是共产主义，吃了你的吃我的。偶尔，哪家打了条鱼、炸了一点花生米算是好的，大家一起享受；而不好的时候，是一星期后来延长到一个月也吃不上一回，天天咸菜，长了毛的发了霉的大家也都一起忍受。跳农门，成了大家唯一的愿望。

有时，三个人也聊这个。

我们三个人中，谁要是考上了大学，最后会怎么样呢？阿吉先说。

阿福说：苟富贵，勿相忘。

阿祥不饶：阿吉，你幻想一下考上的生活？

阿吉说：可能，会像城市里的人那样，早上有油条吃，中午有肉吃，晚上有汤喝吧。

阿福笑，阿祥也笑折了腰：理想太低了！怎么也得当个官，让人家排队来送礼。我也租个房子在你家隔壁，好让人送错，或者代你收。

阿吉说：那可不敢。老老实实地过日子，平平安安的，多好。

阿福说：是的是的，三亩地一头牛，老婆孩子热炕头。

阿祥说：还是太低，那不读书也可以做到。

阿福说：不读书，没有钱，谁还会嫁给你啊。至少你喜欢的人做不到。

阿祥问：阿福你喜欢谁啊。

阿福脸红了，说：还没有呢。

阿祥说：肯定有。这个必须交代。

交代了半天，阿福的脸憋红了，也没有交代出来。

最后大家躺在草地上，问阿祥要考上了怎么办。

阿祥说：我要是考上了，一定去当个官，有权力的官。多弄点钱，让你们俩也沾光。

要是你老婆不允许呢？一考上就变了呢？

阿祥说：我会变？不可能的。老婆不允许，休了另找一个。我宁可要兄弟，也不要这样的老婆。兄弟如手足，女人如衣服。

三个人一下子都笑起来。

这样笑的日子其实挺少。平时，学习抓得很紧，早上有晨读，晚上有自习。晨读时书声朗朗，不分彼此；夜自习时共用煤油灯，都是鼻孔漆黑。闲暇时才压压马路，空谈理想，怅望明月。

无论怎么样，三个年轻人的共同目标，就是走出农门，过上城里人的生活。老师在课堂上是这样讲的，同学们私底下也这样说的。

三人虽未歃血，但有一个共同心声：苟富贵，勿相忘。

如果按照过往的经验，三个人虽然学习较好，但黄冈城下的黄安县，名声响，分数高，不是一般的人，其实很难上大学。

三个人互相拼足劲，暗里也较劲，跟着大家奔跑。如果不出意外，三个人平时分数靠前，很可能一番挣扎以后，会成为城市居民。

但很快，最早一个退出的是阿福。

新年度开学时，阿福对两个同学说：我下学期的学费没有借到，准备不上了。我要跟着村里的建筑队，外出去打工。

那时，他们刚上高一的下学期。

阿祥说：我们帮你借。

阿吉咬着嘴唇，他不敢应声。因为，他自己的学费也没有着落。

三个人沉默在乡间的校园里。

果然，再过一个学期后，阿福没来上课。

阿祥却被学校老师到派出所领了回来。原因是阿祥拦着其他班的学生要借钱。

但人家不认识你，凭什么要借钱给你？于是阿祥和人打起来了。

被阿祥借钱的，都是家庭条件比较好的孩子。平时都可以看得出来，吃喝穿与普通人不一样。

其中，有一个被打的孩子叫陈宁。陈宁并不突出，但他的父亲突出。

陈宁的父亲是镇上的副镇长，分管镇上的企业，平时穿的衣服很好，看上去也很有钱。

但陈宁被打后，便变成一个事件。这哪里是借？分明是抢啊。因为阿祥说：你不借钱以后就小心！

陈宁害怕，回去告诉了他父亲。他父亲不是一般人，知道后便通知了镇上的派出所。派出所出动后，阿祥就被关了几天。

警察问他：为什么抢钱？

阿祥说：我是说借，没有抢。

警察问：为什么借钱？

阿祥说：因为阿福没有钱交学费。他交不起学费就要失学。

警察叫刘善。的确心很善，听了这个理由，又问了几个同学，事实就是阿祥说的那样。于是，在派出所关了好几天的阿祥，既无前科也无犯罪事实，加之你再问，也问不出什么来，于是刘善请示了陈副镇长。

陈副镇长想了想说：那放了吧。

阿祥放了出来，便又去上课了。但从此之后，上课的便只有阿吉与阿祥了。

阿福在村子里闲了几个月，然后跟着村子里的人到外地打工去了。阿福知道阿祥拦着学生借钱的事，走前还给阿祥鞠了一个躬。

阿福说：等着吧，我会给你们寄钱的。我们一定都会过得很好。

送别阿福那天，三个人搂在一起，流泪。

男人的眼泪在乡间，像个屁一样没有人注意。

三个人不说话。天空也不说话。黑夜沉沉的，连月亮也不好意思出来露面。

第二天，阿福扛着一个曾装过化肥的蛇皮袋，里面塞着学校里的那床被子，跟着人走了。

阿吉与阿祥站在山路口，忽然觉得沉重的大山一下子空了起来。

从此，阿吉与阿祥走在学校的路上，每每想起阿福，都感到很惆怅。这惆怅有点像骄阳，射下来令人全身发软；也有点像傍晚的风，一阵接着一阵吹；还有点像某个突然闪现在脑子里的女同学，全部的心事、委屈与辛酸没有一个人知道……

他们不知道为什么会这样，但乡下的孩子经常这样，阿吉便也不想了，一个劲地读书。老师说过，读书，就是穿皮鞋与穿草鞋的分水岭。

只有阿祥，发誓以后要挣大钱。

但那只是未来。现实的他们，如同无数个农村伢一样，像狗一样活着。父母才不管你读不读，能干农活就行，反正左村右庄也没几个人能考出大山去。放眼上世纪九十年代甚至于前推到八十年代，黄安城里多数人基本上都是这样过来的。

阿吉的母亲还对他说：阿吉啊，考不上也没事，谁的日子不是过呢？这么多年，大家不都这样过来的吗？千年的皇粮要有人种，万年的田地要有人耕。

阿吉听了总是觉得很沉重。从此，他与阿祥一起上学，只要提到前途上的事，便变得闷闷不乐起来。

他们有时在课后聊天时，看到阿福过去常坐如今却空出的位置想：不知可怜的阿福，在外过得怎么样呢？

4

过了半年，阿福真的给他们寄钱来了。

第一次，阿福还写了一封信。说自己在工地上，过得很好。他说自己很想阿祥与阿吉，希望他们好好读书。

阿福随信还寄来了十块钱。

十块钱，当时对阿吉和阿祥来说，是一个大数字。收到邮局的汇款单，被老师拿进教室的那一刻，阿吉和阿祥觉得特别有面子。同学们羡慕的眼光都投给了他们。

他们在想，自己怎么没有阿福这样的同学呢？

阿吉与阿祥第一次吃上了带肉的菜。不过老实说，阿吉有不安的想法：我们是在吃阿福身上的肉呢。

他这样一说，两个人对肉片迅速敬畏起来。他们仿佛看到了阿福离开学校时忍住流泪的情景。

两个人快乐不起来了。

他们坐在学校的角落里，甚至有些茫然。此时夕阳西下，照在长满了草的操场，阿吉与阿祥望着遥远的群山，顿时空空落落的。

但从此，隔三岔五的，或五块，或十块，最多时甚至达到二十块，阿福的钱会定时从一个又一个城市邮来。从汇款单上的地址这一点可以看出，阿福工作不在一个城市，他曾说自己经常跟着包工头换城市。

阿福还说，外面的风景很好，但不是自己的。希望阿吉与阿祥能够好好读书。

阿吉与阿祥的读书生活，一直被这种温暖包围，并且过着其他同学眼里几乎是土豪一般的生活：他们终于可以在老师食堂吃上有油水的菜了。虽然不是每顿都有，但可以经常闻到肉味，喝到鱼汤。

他们对阿福充满了感激。

他们便常常在一起提起阿福来：

阿吉啊，以后我们要是富贵了，一定要对阿福好啊。

是的是的。阿福是我们的铁兄弟，我们必须要对他好。你也别变啊。

我怎么会变？我不会变的。阿祥的回答总是斩钉截铁。

他们想阿福，爱阿福，也同情着阿福。

阿福虽然也寄钱，但来信渐渐少了。那时还没有手机，他们之间的通信，让友谊得以延续与膨胀。

有一封信让两人难以入眠。

"阿吉、阿祥，我希望在他人的城市寻找理想。但理想在哪里？我有时也看不到方向。因此，我希望，你们两个人，能够成为青春的榜样。希望你们能够挤入城市，成为这万家灯火中的一户，让我们在回望的时刻，能够看到普通人存在的希望。"

是啊，希望是什么？

谁也不知道。反正，农村的孩子，只有读书，才有可能触摸到希望的存在。

一切的读书，在阿吉与阿祥的眼里，都是为了上大学，都是为入城市，然后，攻城略地，娶妻生子，光宗耀祖，衣锦还乡……

为此，他们三更灯火五更鸡，苦读。

读书是一种状态。每天早晨五点，教室里便有读书声，一直持续到深夜，教室里还灯火通明。

一年过去了。

又一年快要过去了。

"离高考还有××天"的牌子，每天都在更换。每少一次，大家的心头便要紧一次。

而桌子上堆的书与试卷，越来越高，都快把阿吉与阿祥埋在书堆里了。

终于，高考的日子到来了。

阿吉永远记得，他高考前的那种茫然。

是苏格拉底的话吧：

> 动身的时刻到了，
> 我们各走自己的路；
> 你们去生，
> 而我去死。
> 何者为佳，
> 唯上帝知道。

高考前的那一天，阿吉与阿祥被大巴车拉到城里。他们像所有的前届者们一样，要到城里参加考试。那天下午，爱读书的阿吉，跑到新华书店，随手一翻，便看到了这首诗。

他心里一沉，不知道这是不是宿命？

考试那几天阿吉心情不太好。阿祥也是一样，其实每个人都一样。

高考过后，天气更热，他们便在这热火朝天的日子里，结束了自己的高中生涯，等待命运的安排。

这个暑假，也比以往任何一个暑假都显得格外的漫长。

毕业了。前途像是山外的那一条路，这边看得见，那边摸不着。

阿吉到地里干活，常常一个人坐在山头上想，山那边的生活，阿福那边的城市生活，到底是什么样的生活呢？这一想，令阿吉很茫然。

他去找阿祥，阿祥也在地里干活，满头大汗的。

他们身在乡间的田野，仰望天空，但天空只有白云，没有给他们任何一点暗示。他们甚至不敢谈论前途。

未来的生活，到底是什么、在哪里、怎么样呢？

他们不敢问，也不想问。

终于，在一个突然大雨如注的日子里，他们的通知来了——阿吉考上了北方的一所大学，而阿祥，则只能在本省上职业技术学校。

送给阿吉的祝福，突然在乡村里热闹起来。考上大学的并不多，但阿吉总算圆了一个梦。

而那时，职业技术学校刚刚开始。阿祥虽然只考上了大专，但也相当高兴。

这是一个圆满的结局。两个人，两个家庭，两大家族，两个村庄，都为他们感到高兴。

阿吉家放了一场露天电影，全村子的人都来看了。电影内容是什么并不重要，重要的是，这个村子里出了一个大学生了。

而阿祥家，则请来唱了一场影子戏。就是皮影戏。

两个村庄，好不热闹。

他们两个人成天粘在一起。热闹过后，自然想起了阿福。他们想尽快告诉阿福，可两人面面相觑：阿福在哪里呢？

他们甚至到邮局里拟好了电报，要把两个人的喜讯告诉支持、资助他们读书的善良的阿福，可到最后，突然发现阿福除了给他们一直寄钱，但其实与他们好久没有联系了。

阿福呢？他到哪里了？

他们去阿福的村子里找阿福的家人。

阿福家住在比他们更深的山里，一路弯弯曲曲，翻山越岭的。景是很美，出门却很难。四处都是树和杂草，一路上他们的鞋都打湿了。

等到了山里，孤零零的几户人家。

他们找到阿福的家里。家里空无一人。柴门紧闭。推开门后，阿福的书还放在桌上，四处都是灰尘。门角有一张小床，还挂着蚊帐。阿吉一眼看出那是阿福读书时带过去的蚊帐。

好久没有住人了。屋里一股浊味。

推开里间，阿福家的墙上，还挂着一幅字：请相信，面包会有的。

阿祥流泪了。那是阿福的字。

那幅字上爬满了蜘蛛网。

在村子里，他们找到了村长。村子拐个拐，抽着烟，对他们讲：阿福从小就是个孤儿，吃百家饭长大的。

阿吉与阿祥站在阿福的村子里，突然感到呼吸困难。他们在一起读了那么长时间的书，竟然不知道阿福原来是个孤儿！

他们忽然觉得内疚。远去的群山隐隐，一眼望不到头，那山却似乎压在他们的心上，令人透不过气来。

村长说，阿福出去打工了。后来再也没有回来。因为阿福不在了。

阿福死了？

阿吉与阿祥的震惊，不亚于对面的山突然崩了，脚下的地突然裂了。

村长肯定地告诉他们俩说：是的。阿福死了。

阿福怎么死的？两个人哭了。

村长说：阿福到工地上打工的第二年，遇上楼塌了，一根钢筋从胸口穿了过去。

村长告诉他们，阿福被送到医院后，还活了一个多月。

最后，阿福在一个深夜孤独地离去。

由于没有合同，施工方息事宁人，提出愿意赔一笔钱了事。这笔钱说大不大，说小不小。村长告诉他们：阿福在走前，要求从这笔钱中每个月定期给两位同学寄十块钱，想必就是你们俩了。

阿吉与阿祥哭成了泪人。不是他俩，还有谁呢？

村长说：阿福有信留给你们。

那是一页皱巴巴的纸。

> 阿吉阿祥：我很想你们。但我快不行了。这就是我的命。你们的命在哪里呢？我不知道。我只希望你们俩好好活着。这世上最好的温暖与友谊，是你们给我的。因此，我会把赔偿的钱，每个月让他们定期给你们寄一点，直到你们高中毕业。其他的钱，我要捐给村子里的孩子们，像我这样上不起学的孩子，太多了。所以，我特别希望你们能考上，这是我最后一次给你们写信。与世无牵，也就与世无恨。而我爱你们，永别了。阿福。

阿吉看了信，突然昏倒了过去。阿祥读着读着，泪水一点一滴地打在纸上。

他们感觉天空塌了。

阿福的坟，孤零零地立在山背上。

阿吉与阿祥在坟边坐了整整一天，哭了傻，傻了哭。村庄嵌在山洼里，看上去像一条飘动的船，而四处的群山，就如汪洋大海。一阵风过，小船摇摇晃晃。

阳光打在山背上，像一根根的针，在扎阿吉与阿祥的心。

于是他们发誓，一定要好好地活着。

5

阿吉与阿祥上学去了。

阿吉的学校不错，属于一本类院校，在北方大城市。那里有全国人民的支持，要风得风，要雨有雨。关键是，在那里读书的年轻人，都受到新鲜观念的洗礼，人生不知不觉会发生巨大的改变。学长们告诉阿吉说：在这个城市里读书的人，不是去了北上广深，就是出国。你也早做准备。

阿吉很茫然。出国的事，他从来就没有想过。而那时，出国似乎成了这个城市大学生们最时髦的一件事。

而阿祥的学校，则离故乡比较近，也就几百里。学校有点像民办性质，他一去便感觉到了失望的情绪，而这种情绪就像一股浓重的雾霾一样，越来越升腾在阿祥的心里。阿祥觉得，学校虽然建得不错，但这里似乎不是他应该来的地方：老师们晃晃悠悠，同学们松松散散，上课之外，身边的同学们永远是奇装异服，除了玩，就是玩。

那时，BP 机开始兴起，接着大砖头的大哥大开始流行。当阿祥还为一顿饭发愁的时候，身边的同学已有不少人拿着大哥大，大呼小叫地从他跟前过。

阿祥只有按照约定与阿吉写信：也许我们生错了时代，这个时代不属于我们。要么，是我们远远地落伍于这个时代，这个时代要将我们抛弃。

阿吉鼓励阿祥：每个时代都有每个时代的英雄。我们不要与别人比，要创造一个更好的自己。我们要通过改造自己来改造这个时代。

阿祥的信总是很灰心。阿吉的信总是很热心。

两个人在观念上也便越走越远。第一个寒假，阿吉便感觉到了。他回去与阿祥在一起时，发现他偷偷地抽烟，还喝酒。

阿吉说：你不能这样。

阿祥说：最后大家都一样。有什么大不了的？

阿吉说：我们要想想，如果阿福在天之灵看到了我们，我们会怎么样？

阿祥身子一抖。他掐灭了烟头，望着飘雪的天空，对阿吉说：阿吉，你认为我们真的可以改变自己和世界吗？

阿吉说：我相信，只要努力，就一定会改变。

阿祥说：我们这么努力，最后还是上了一所这样的学校。而周围的同学，他们来自城市，不用努力就可以达到。

阿吉说：这正是我们与他们的区别。我们是通过自己的努力达到的。不是外力，也并非他人。

阿祥说：可他们为什么瞧不起我们？你不知道，我们这样来自农村的人，在学校里多么孤立！

阿吉说：做自己的，不管别人怎么看！

阿祥看了阿吉一眼，不说话。冬天很长，天空很冷。他们穿着打补丁的大棉袄，走在雪地上，风吹过，脸很冷，心很凉。

两人握着的手慢慢松开，各自装回各自的口袋。

第一学年，阿吉被评为优秀生，获得了奖学金。而阿祥，一无所有。

第二学年，阿祥突然有了传呼机，专门写信告诉了阿吉：以后不用写信了，有事呼我一下，我会马上回电。

阿吉想，读书有什么急事呢？打长途还得付费呢。

他仍然给阿祥写信，但阿祥基本回得少了。偶尔回一封，也是寥寥数语：电话说多方便，写信太烦琐了。

阿吉觉得阿祥在变了。

学校走廊里有公用电话，偶尔阿祥也打电话来找阿吉，但大多是酒后。

有一天，阿吉收到了阿祥寄来的钱，而且是好几百块。他吓了一跳，马上给阿祥打传呼。阿祥说：收到了吧？没钱你就说话。

阿吉紧张地问：你哪来那么多的钱啊？

阿祥满不在乎地说：挣的。

阿吉问：你怎么挣的？

阿祥说：反正是干净的。你就用吧。没钱告诉我，不必每天熬夜读书，就为拿那么一丁点奖学金了。

阿吉不知道该说什么。最后他说：阿祥，你的钱我会帮你存着，我真的不需要，你也别寄了。我用自己的钱，够了。

阿祥说：你就用吧。好吧，我要出去谈生意了，挂了。

从此，阿吉与阿祥的话越来越少。

第二个暑期，阿吉回去帮家里收割庄稼。收割完后，又遇上要插二季稻，等忙完，阿吉去阿祥家里找他。但阿祥家里人说：这个暑假，他没有回来呀？

阿吉问阿祥干什么去了。

阿祥家里也说不上来。

阿吉失望地回家了。一直到开学，他也没有见到阿祥。

开学后，阿吉给阿祥打传呼。阿祥说：不好意思，今年没有回去，有生意呢。

阿吉说：你读书的，能有什么生意？

阿祥说：我与同学们一起做生意。不能死读书读死书了，这个年代，是一个赚钱的年代，还是做生意好。你要做，以后大家一起做。

阿吉问：到底做什么啊？

阿祥说：什么都做，反正什么来钱就做什么。

阿吉惆怅地挂了电话。在他的大学里，也有创业的同学，无非是卖些光碟、推销些食品和日用品，还有同学在大学校园里开餐馆，但也只是补贴家用，没见到谁挣过大钱的。

但阿祥好像真的挣到大钱了。

大三那年，阿祥突然来阿吉的城市里了。阿祥没打招呼，直接跑到阿吉的宿舍，在楼下高喊他的名字：阿吉、阿吉……

由于是晚上，阿祥的声音很大，阿吉睡意惺忪地跑下楼来，看到阿祥搂着一个女孩，满身酒气。

你怎么来了？

我怎么不能来？

阿祥一边说，一边站不稳，差点摔倒了。那个女孩紧紧地搂住他。

你来之前也要打个招呼，我去接你啊。

不用你接呀，有车。朋友安排了车。

阿祥要阿吉出去继续喝酒。阿吉说：这么晚了，还是先睡吧，我看你也喝多了。在我们这里找一个地方睡，还是两个人像过去那样挤着睡？

阿祥说：我住酒店呢。

阿吉说：那我送你回去。

阿祥说：你要是喝酒，就一起去，不喝酒，那就算了。那我们就算见过了。

阿祥一边说还一边亲了女孩一口。女孩也不拒绝。看上去，他们非常亲密。这让阿吉觉得，自己的好友仿佛被人夺走了的感觉。

女孩挽着阿祥走了。

阿吉很失落。什么样的东西，能夺走同甘共苦的兄弟呢？岁月其实就像一把看不见的刀，天天在割肉，原来只是我们没有想到。岁月也像一条宽阔的河，天天在流淌，但什么时候河流绝迹无水，我们也没有看到。

阿吉一夜没有睡好。第二天一早，他给阿祥打传呼。阿祥回了说：你忙吧，我也有事要忙。祝你一切安好。

从此，直到毕业，阿吉再也没有见过阿祥。

阿祥毕业比阿吉早一年，阿吉还想去参加阿祥的典礼。但阿祥说：一个大专，有啥好参加的。再说，我早就不怎么上课了，也不一定能拿到文凭呢。

阿吉说：你对自己太不负责了。

阿祥说：这个世界上，还是有钱好。只要有了钱，便会拥有一切。

阿吉说：我们没有钱时不也过来了吗？

阿祥说：阿吉啊，那叫生活吗？那像猪一样的生活，有谁能看到、能关心、能在乎呢？

阿吉想劝阿祥，但他忽然发现，自己话到嘴边，一切都在现实面前卡了壳。整个大学生活，他忙忙碌碌，甚至有时连假期也用上，虽然过得充实，但日子还是紧紧巴巴，甚至连大家经常去的舞厅也没有去过，甚至连恋爱也不敢谈。

我们过得太穷了。阿吉想。他这样一想，甚至觉得原谅与理解了阿祥。

阿祥毕业后，没有回到老家县城，他直接融入了武汉。

他给阿吉最后的一次电话就是：我要在火炉武汉，拥抱这火热的生活！

阿祥过得怎么样呢？他到底靠什么挣了钱呢？阿吉想。他一想，便觉得心乱如麻，仿佛有什么东西，牵扯着他剪不断，理不乱。

第四年的寒假，阿吉又去找阿祥。阿祥还没有回来，但是阿吉在阿祥家看到，仿佛一切都变了。阿祥家原来的破旧老屋，突然变成了四层的高楼，白墙红瓦，在雪后的冬天显得格外突兀。特别那幢四层小楼，鹤立于整个村庄中，格外显眼，也格外不协调。

村子里的人都以羡慕的口气说，这一家有福，有一个能挣钱的好儿子。

阿吉问阿祥的父母。阿祥的父亲带着骄傲的口气说：今年他不回来过年，毕业后，本来可以安排工作，到镇上当老师，他不愿干，说要自己干，整天在外折腾，还有点样子。

阿祥的母亲说：阿吉啊，也不晓得阿祥到底在做么事生意，你多提醒他啊。

阿祥的母亲满脸上都写着忧愁，不像阿祥父亲那样洋溢的满满都是喜悦。

阿吉在回来的路上，让寒风一吹，忽然特别忧伤。儿时的好伙伴，就这样在各自的路上，越行越远。

阿吉去阿福的坟上烧了一些纸，只想把全部的心思说给阿福听。但四周空寂无人，只有乌鸦从空中盘旋飞过，叫声有些凄厉。

走在回家的路上，阿吉发现自己哭了。他忽然觉得，虽然还有半个学期就要毕业，自己却特别孤单。

6

阿吉毕业的那一年，香港已回到了母亲的怀抱有两年之久。阿吉按照自己的意愿，回到了老家教书。

那时，鉴于阿吉在大学的良好表现，他可以留在北方的大城市，但他的选择让许多人失望，包括学校老师和同学的失望，也包括父母的失望。

特别是阿吉的父母，是坚决地反对的：你好不容易出去了，怎么能回来呢？我们在老家种田，无根无基，你到县上，关系盘根错节，你么样能混下去？

　　阿吉说：我想通过自己的努力，来告诉孩子们，只要努力也可以走出去。

　　阿吉的父母不信。是啊，种了一辈子田、吃了一辈子亏的父母，怎么能相信一个小县城，会有自己孩子的立足之地呢？

　　阿祥也不信。

　　他听说后专门回来找了一趟阿吉。

　　你为什么要回来？

　　我想起了阿福，他为了我们……其实也是为了理想。我回来可以做更多的事情。

　　你不要以为一个大学生回来，就能在这块土地上生根。周围失败的例子还少吗？我为什么出去，宁可经商也不回？就是为了挣脱。

　　我相信，只要大家共同努力，一定可以改变一些什么。

　　两个人争了半天，谁也说服不了谁。但有一点阿祥相信，阿吉不是为了钱。要为钱，大城市可以挣钱的地方多的是。

　　相反，阿吉相信，阿祥是为了钱。他是为了钱才留在了城市。

　　阿吉问：你到底在做什么生意？

　　阿祥说：说了你也不知道。

　　阿吉不高兴了：难道我在大城市就没有见过？

　　阿祥毫不客气地说：你是没有见过。因为，你不懂人生。你回到老家，想通过教书来改变别人，就是不懂人生。不懂人情世故。你既然连这个都不懂，我说了你也不知道。

　　阿吉很生气。阿祥也不高兴。

　　他们的联系，便这样渐渐地少了。只是有一年，阿吉去给阿福上坟时，看到了阿祥，他开着车，拿着手机在坟地里打电话。

　　阿吉在远处的田埂上站了一会，等阿祥走后，才到阿福的坟上烧香和纸。

　　世界变了吗？阿吉坐在田野里想。

　　村庄还是当年的村庄，田地也还是当年的田地。种出的五谷杂粮还是那些五谷杂粮。但到底什么变了？阿吉不知道。现在他也不想知道。

因为，阿吉遇上了麻烦。

在县城里，阿吉作为回家乡比较早的本科生，开始学校非常重视，让他带高三班。阿吉一上手，便得到了学生的拥护与喜爱。但是，阿吉在高三班也先后遇到了无穷尽的麻烦。

第一桩事是，阿吉批评一位同学不好好学习，影响了别的同学。这位同学不高兴，竟然在课堂上骂他。阿吉气得发抖，没有控制住自己，脑袋里出现短暂的空白，他失控之下失手打了那个同学一巴掌。

这一巴掌，让阿吉差点结束了自己的教书生涯。这一巴掌并不响，也并不重，关键是，阿吉打了一个副县长的孩子。这个副县长，还是分管学校教育的领导。

在这个小县城里，这不是打不打的问题，而是面子问题。你打谁不行，偏偏要打副县长的孩子！

面子问题，到了这个副县长的嘴里，便一下上升到了政治的高度：这是不讲政治的问题，是影响极为恶劣的影响问题。老师打学生，怎么能为人师表？师德何在何存？

副县长说这话时冷冰冰的。校长听了汗津津的。

怎么处理阿吉这一巴掌呢？

校长很为难。他与阿吉商量：阿吉啊，我虽然过去没有教过你，但因为你有心回来做教育事业，我才对你委以重任。但这个坎怎么过去呢？我与你商量一下。

阿吉理解校长的心情：你说怎么办就怎么办！

校长说：要不，你到家长家里做个检讨？这样比在大会上作检讨好。

阿吉说：校长，我宁愿在全体大会上做个检讨。

阿吉不愿意到副县长家里。于是校长与副县长商量：县长啊，让阿吉老师在全校师生大会上做个检讨吧？

副县长从鼻子里哼了一声。想了想说：那样也不好，还是给他一个处分吧。

校长同意了：什么样的处分好呢？

校长怕处分重了对其他老师有影响，处分轻了又过不了关。

副县长说：警告吧，给个警告，长点教训。

校长回为与阿吉商量：给个……警告处分……你能接受吗阿吉？

阿吉看着老校长，像看着自己的父亲一样。他的心咯噔了一下，最后表态说：那……好吧。

这个处分让阿吉成了全校的名人。

副县长的孩子从此见了阿吉，眼睛里充满鄙视。阿吉问过校长：这孩子成绩这样差，怎么能到这个班里来的呢？

校长说：他爸管教育，我们要资源，这是顺理成章的事。他想进哪个学校就进哪个学校，想放在哪个班就放在哪个班嘛。

阿吉不说话了。他想起父母和阿祥说过的话来了。

但是阿吉不信，他一心扑在岗位上，想干出一番成绩，更为重要的是，他想让孩子们知道，县城之外还有一片更大的天空，人生的路上还有更为广阔的道路，要寻找到那片天空与道路，就要付出努力。

阿吉喜欢给孩子们讲故事。励志的故事，苦难的故事，理想的故事，奋斗的故事。他想告诉同学们：即使考不上大学，还必定会有另外一条路可以走。上帝在关上一扇门的同时，也会打开一扇窗。

同学们听得津津有味。

但是，毕竟时间太短，一年高考过去后，阿吉所带班的成绩与过去相比，也没有太大的改变。考上大学本科特别是一本的还毕竟只是少数。

于是，包括副县长在内的教育界人士，一致认为，阿吉还是从高一带起，一步步地来，不能好高骛远。

第二年，阿吉带高一。

阿吉把自己工资，经常分成几份，家里一份，自己生活一份，还有一份，给了那些穷苦的孩子们。

他看到，进入二十一世纪了，不少孩子还是白米饭拌咸菜过日子。

阿吉与校长叹息：他们正是长身体的时候啊。拔节的时候，缺少肥料，所以农村来的孩子，一个个看上去黄皮寡瘦。

校长说：阿吉啊，多少年来，不都是这样过来的吗？你也要注意身体啊。你尽力了，也就心安了。

7

这一年，阿祥结婚了。

阿祥回来，办了一场比较宏大的婚礼。

女孩很漂亮。这成为附近大家都在谈论的话题。

阿吉去帮忙时，见到女孩眼睛还亮了一下。女孩并不像上次那个那样妖冶，气质很好，看上去比阿祥小了不少。

阿祥见到阿吉说：选择了过平凡的生活，就要平平安安、安安稳稳的。而我的选择既然不甘心，也只有一条路上走到黑。

阿祥没有说自己在外面走什么路，阿吉怕不愉快，也不问。

他帮阿祥招待来宾们。他主要是负责老师和同学们。

老师和同学们对阿祥交口称赞，纷纷夸他有出息。同时，老师们有的也夸阿吉有情怀，难得考出去，又回来了。而多数同学，都选择去了更大的城市。只有一个老师提出不同的看法：阿吉呀，希望你在岁月中别被周围同化啊。生活改造人的力量真的是太强大了，它有时改造得你面目全非，而你却毫无知觉。

阿吉表示感谢。他这才知道，阿祥回来已有一阵时间，还分别买了礼物去登门拜访了老师一圈，所以从小学到中学，能来的老师都来了。而同学们，阿祥只交给了另外一个同学让他张罗，因此大家也都来了。

阿吉有点失落。张罗老师不好说，但张罗同学的事，本应该交给他来完成吧？为什么阿祥没有交给自己办呢？

仿佛有一堵墙，慢慢地垒在了阿吉的心间。墙头长出的草，慢慢隔在了阿吉与阿祥之间。

同学们都喝了不少酒，都纷纷为阿祥祝福，同时也都表达了无比的崇拜。

只有阿吉没有喝酒。但在回去的路上，阿吉仿佛踩在棉花上一般，感觉自己醉了。

阿吉决定做一番事业出来。他一心扑在教学上。孩子们从各个地方考上高中，他想早点培养几个苗子，到时考上个清华北大，那就是最好的证明。

阿吉年轻，他急于证明自己。

这一年，他决定带孩子们去大城市看看，激发他们的斗志，培养他们的情怀。离得最近的，便是武汉。这个想法一出，先是其他老师，接着是学校都表示反对。

其他老师们都想要成绩，学生只有以成绩才能证明老师的价值；而学校，考虑的则是孩子们的安全。还有一个特别重要的因素，那就是县城的孩子们，多数去过武汉，并不觉得什么意外，经济上也说得过去；而那些农村的孩子，不少仍像阿吉读书那个年代一样，缺钱少食，家长们多数不支持。

阿吉找老校长力争：如果不让孩子们看到外面广阔的世界，世界的大门就不会向他们招呼和打开。只有让他们见识一个与己生活不一样的世界，才能激发他们征服的能力，培养战斗的意志！

老校长理解阿吉，他说：阿吉啊，我年轻时也想像你这么做啊。教育必须改革，不能再仅凭分数论了。但我年轻没有做成，我尽量说服他们支持你的做法。

于是，在校长反复语重心长的谈心帮助下，阿吉的想法被同意付诸实践。

此时，不少老师包括县城里的孩子们都有了手机。阿吉原来舍不得买，只配了一个传呼，为这次活动方便，也咬牙买了一个最便宜的手机。

学校同意了，但同学们积极性不高。主要是县城的孩子们去过武汉的不少，并不稀罕，而农村考来的孩子们表示家里不支持，说白了就是缺钱。

阿吉决定赞助这些交不起活动钱款的孩子们。他到银行把自己所有的存款取出来，还差一大截。阿吉发愁了。

他想到了阿祥，要不要向阿祥借钱呢？想起婚礼上的事，阿吉失落了。他又不想找阿祥了。他决定到银行去贷一点。

但银行拒绝了他。银行要求担保。

阿吉不好意思去找人担保。这个事说出去，他怕别人有想法。

那天正在踌躇之际，传呼响了。阿吉一看，是阿祥呼他。

他赶紧回电话，阿祥单刀直入：听说你要搞活动，我支持，把银行卡告诉我。

阿吉问：你怎么知道啊？

阿祥说：别问这个，这是个好事。我们过去就是眼界不开阔，走不出去，刺激一下这些孩子们挺好的。我赞助一下。

阿吉眼睛一热，鼻子一酸，不知说什么好。

电话沉默了一阵，阿吉才说：这是我的手机，为这次活动联系方便刚买的。我会把卡号发给你。谢谢了。

第二天阿祥把钱打过来了，一共两万块钱。

两万块钱在当时不是个小数，阿吉觉得阿祥又像原来读书时的那个阿祥了。

有了这笔钱，阿吉带着全班的同学，去了武汉的黄鹤楼，去了中山公园，去了武汉大学，去了东湖……

一路上，阿吉班的同学们，有的欢呼雀跃，有的静默无声，有的点头称赞，有的摇头叹息。

阿吉负责全体学生的安全，同去的还有一个刚分来的女英语老师，是老校长让她一起去的。她对阿吉说：我听说有的老师多少年都想搞成的活动，没想到让你促成了。你了不起啊。

阿吉说：我第一次见到城市，非常震撼。看到城市里生活的那些红男绿女，非常羡慕。但我觉得那是天上的生活，仿佛与我们无关。我一直希望，这些孩子从小心里怀有了外面的世界，就会知道努力奋斗，找到一条通向外部世界的通道。

英语老师姓宋，她对阿吉说：是啊，我们过去也一样，我第一次出去上大学，虽然学的是英语，但是哑巴英语，根本就不会口语，最初上课都听不懂，自卑了好长时间。

他们一路走一边说，阿吉不时招呼每个学生，一个个地点名，确保他们不掉队。

一天很累，走了一个地方又一个地方，阿吉感到腿像灌满了铅似的。但孩子们很兴奋，一点也看不出累。

晚上，学生们休息后，阿吉洗了个澡，突然没有了睡意。他查了一下岗，便来到公园，想一个人静一静。走到湖边，他发现了一个熟悉的身影，是宋老师。

还不睡啊。

是啊，你也不睡。

睡不着，走一走。

他们便一边走，一边在湖边聊天。

两个人回忆自己的童年与少年，还有令人难忘的大学生活。宋老师来自镇上，父亲曾是镇上的副书记，条件要比阿吉好些。但两个人聊着聊着，发现特别投机，便又多聊了一会。

其时，夜色融融，月光朦胧，轻风习习，树叶婆娑，让阿吉觉得像在天上人间，他第一次对异性，忽然有了异样的感觉。

两个人回头进自己房间时，都不由自主地回头向对方望了一下。阿吉的心突然怦怦地跳，似乎要炸裂开来。他连忙关上门，但久久没有入睡。

第二天，他们回来时，所有的家长和老校长一样，都等在学校门口。听到大家平安归来，全体人员包括学生们，皆报以热烈的掌声。

是夜，根据老校长的安排，家长们第一次和学生们坐在一起，进行了座谈。

同学们纷纷讲起这次武汉之行带给他们的震撼，都特别感谢学校和老师创造这么一次机会。有的同学边讲边哭，家长也哭。

阿吉看到，宋老师也跟着他们哭起来。他猛然发现，宋老师哭时很漂亮。阿吉想，自己平时怎么就没有注意到呢？

轮到阿吉发言了。阿吉说：尊敬的老校长，各位家长，各位同学，大家好。感谢大家对我的信任，让我们得以组织了这次活动。或许有人觉得，一次活动也改变不了什么。是的，我们的人生波澜壮阔，无限美好的事物和琐屑的细节都在远方等着我们。远方是什么？它有可能是诗歌，也有可能是暴风雨，当然，它也有可能是我们过去的一个梦。我们自己的梦，大人的梦。我们不能丢失它们。我就希望，我们要通过一次次这样的活动，来达到这样的一个目的，那就是你发现你在不知不觉中发生改变。改变需要力量，有可能是内部的主动，当然也需要外部的推力。我觉得人，是要有梦想的，如果连梦想也没有，我们会有什么样的未来？因此，作为一个老师，作为一个特别想改变自己和改变你们的班主任，我希望通过自己的一点努力，帮你们实现内心的改变。这就像，你不到城市，不知道我们与它的差距多大；你不看到美好，你不知动力之源会在哪里停留。我所做的，就是希望你们在努力学习的同时，能够感知这个世界的变动，感受自己内外的区别，感恩父母的付出。我改变过自己，希望也通过这种方式，来让你们感知内心另外一个自己。

阿吉顿了一下，讲起了他与阿福、阿祥三个人的故事。讲到阿福时，他泪下如雨；讲起阿祥特别是对他们这次活动的帮助时，他心潮澎湃。

最后，阿吉说：各位家长、同学，每个人的命运不同，既有家庭的社会的因素，但主动力还是藏于自己的内心。你想改变什么，什么就有可能改变；你是怎么样，这个世界就会变成怎么样！

阿吉的话不多，但教室里泣声一片。连宋老师也感到，每个人在自己的世界之外，一定还藏有另外一个美丽的世界！

这是几年后，阿吉与宋老师结婚那夜，她告诉他的。因为从那时起，她就觉得，这个阿吉不寻常。

于是，她经常约阿吉看电影，帮他洗衣服，为他出卷子，替他检查学生们的作业。

两个人之间的距离，被慢慢地拉近，再拉近。直到有一天，宋老师看电影时，把阿吉的手握在了自己的手心里。

阿吉感受到了温暖。

在一个漆黑的夜里，他们送走了上自习的学生，关上灯准备下楼时，宋老师不小心碰了一下阿吉。阿吉第一次勇敢地主动地吻了宋老师。

从此，阿吉每年都安排自己的班出去春游一次。每一次，阿祥都赞助两万块钱。

同学们和阿吉都想见阿祥，但阿祥却越来越神秘，根本不露面。与阿吉的联系也仅限于打电话发短信。

阿吉有时感谢这个老同学的同时，又感觉有点失望。他发现，自己太不了解阿祥了。

他们了解的，是事业越来越大的阿祥。他先是在县城里盖了最漂亮的房子，让父母住在那儿。接着，阿祥又进军武汉，在武汉据说混得风生水起，很少回来。即使是同学聚会，阿祥也是赞助全部的钱，从不出现。

大家都觉得阿祥很神。同时，也为有阿祥这样一个土豪同学而骄傲。

阿吉有时也是如此。虽然他不会做生意，但他越来越懂得教育和教育的意义。

从那以后，阿吉的这个班，成为学校的明星班。虽然中间也发生过一些大大小小的不愉快，但阿吉总是以自己的真诚和朴实，化解了危机，同时赢得了孩子们的信任，让其他班的孩子都想转到阿吉带的班上来。

事实上，短短三年，像流水一般过去，阿吉这个班，分别有两人考上了清华北大，其中一本以上的，占了全县20%，这个纪录，让阿吉自己都感到惊讶。

8

送走了这个毕业班后，阿吉与宋老师顺理成章地结了婚。

阿吉结婚前，专门请了阿祥。阿祥也答应了，并且提前给阿吉的账户上打了一笔钱，算是他和阿福的礼钱。

阿吉当时也没有去银行查看。

但结婚那天，阿吉始终没有看到阿祥的到来。这让阿吉很失望。

婚礼进行得很热闹。阿吉本来瞒着学生们的，没想大家全知道了，学生们都涌来了，有的甚至还带来了家长。阿吉不得不加了一桌又一桌。

孩子们毕业了，也不分什么老师学生，大家闹到深夜才散。

阿吉躺在床上，抱着宋老师想，人生多么美好啊。

没想到，新婚的第二天早上，阿吉的眼睛还没有睁开，警察便找上门来了。

警察带给了阿吉一个特别震惊的消息：阿祥居然是个贩毒分子！

这个消息，让阿吉感觉眼前一黑。

警察询问阿吉与阿祥的关系，阿吉都如实说了。

警察问阿祥给了阿吉多少钱？

阿吉说：每年，他带孩子们出去春游，阿祥都赞助两万块。算来一共有六万块。

警察问阿祥还给他别的钱没。

阿吉说：昨天我结婚，他提前把钱打到了我的卡里了，我还没有去查。

警察便带着阿吉去了银行，一查，阿吉吓了一跳：十万块！

进入新世纪初的十万块，是个什么概念？连阿吉都感到特别吃惊！

更吃惊的，是阿吉想不到，阿祥居然是个毒贩！他所从事的事业，就是一个巨大的贩毒王国！

这个事，对阿吉的打击挺大。

由于刚结婚，学校有些平时嫉妒阿吉的人，纷纷传说阿吉用毒资带孩子们出去旅游的事。尽管老校长一再讲阿吉并不知道阿祥是贩毒的，但没有人相信。

由于涉毒，阿吉遭遇了严重的信任危机。周围的人，见到阿吉就绕道走。一些老师甚至幸灾乐祸，其他班的学生也指指点点。

阿吉感到自己在学校待不下去了。

他不但退了阿祥给他新婚的礼金十万块钱，警察还认定每年赞助的两万块钱也是毒资，必须归还。

阿吉与宋老师商量之后，把婚礼收到的钱，加上不多的积蓄，还借了一万多，才还上阿祥赞助他们的六万。

这事不知怎么传了出去。孩子们暑假去学校领通知单聚会的那一天，阿吉也来到学校，他发现操场上竟然排着长队。

一问，居然都是在为他捐款！

同学们多数上了大学，但委托家长们前来捐款。

阿吉突然哭了。

他看到城里那些过去曾对他也有看法的人，在为他捐款；他看到了那些像他父母一样苍老的农村学生家长，伸出厚厚茧垢的手，把一块、两块、五块、十块的零钱投向捐款箱。

阿吉哭得很厉害，双肩抖动。

一位家长念了学生们的来信：老师，我们感激你！我们热爱你！希望你勇敢走出来站起来，像你当年教育我们一样！

宋老师听说后赶到学校，看到操场上黑压压的人群，她泪流满面。

这事按说就这样过去了。但没想到，学校却开始讨论阿吉的去向问题。

一部分校领导认为，阿吉犯了严重的错误，学生与毒资相连，就成为了本质上的问题，应该辞退；以退休的老校长在内的一部分人觉得，阿吉是无辜的，他并不知道阿祥给他的捐款是毒资，相反，阿吉应该是学校的功臣，必须区别对待。

大家议论纷纷，争得口干舌燥。

最后，新的学校领导班子在当年那个对阿吉不太满意的副县长要求下，一致同意通过投票来解决。

非常意外的是，投票的结果，让大多数家长与孩子们大失所望：同意阿吉离开学校的票多于留下他的票！

这个结果让许多人没有想到。

后来，大家才知道，在投票人中，学校扩大到全体老师来投。也就是说，多数与阿吉一样普普通通的老师，投了阿吉的反对票！

这个结果，意味深长。

这个结果，让阿吉始料不及。

从此，阿吉的理想，在生他养他的县城，从高空的白云处，跌落到冰冷的水泥地面上。

阿吉看着那些他曾熟悉而又陌生的老师们，一瞬间却相当镇定。

当晚，他与宋老师一商量，第二天早上便递交了辞呈。

9

阿吉决定去做生意。

阿吉去做生意时，听说阿祥判了死缓。

阿吉多次去看守所要求会见，但是人家不让。

阿吉去了武汉。这座他曾带学生来旅游的城市，在阿吉的心里，成为永远的痛。他站在长江大桥上，决定征服这座城市。

当年，阿祥也是决心要征服这座城市的。他是征服了这个城市不少人，不过他的方式，是贩毒。他以这种方式，让这个城市一些人都离不开他。

最后，大浪淘沙，阿祥也消失了。

如何征服这个城市？阿吉不知道。

他的身上，并没有太多的钱。刚刚把一点积蓄，赔了阿祥的欠债。阿吉想，到底怎么样来赚第一桶金呢？

阿吉先要考察。

很快，聪明的阿吉就出手了。他决定经营小本生意，先不求做大。他先是到批发市场批点时尚的女装，到步行街夜市上卖。没想到，这一招还挺受欢迎。

很快，阿吉便摸到了门道，他同时又卖硬币戒指，卖图书杂志，卖健康饮食手册，卖歌碟影碟，卖小饰品……

没想到，这些东西那么受城市人们的喜欢。阿吉身上的腰包渐渐鼓了起来。

于是到了第二年的夏天，阿吉开始摆摊卖烧烤、暂时性艺术文身，夏天的衣服、饰物、扇子、太阳伞、糖水、冰激凌、冷饮、西瓜等。

别看这些东西不起眼，阿吉却越来越娴熟。

他慢慢觉得，自己在这里站住脚了。随着他与汉正街越来越熟悉，有一次，阿吉听到一个偶然的消息，做了中间人，把武汉的衣服贩到东北去卖，竟然做成了一笔大生意，一笔就赚了十几万。

有了钱，阿吉在武汉租了一个门面，除卖上述东西外，随着手机的兴起，他开始卖手机配件，做手机贴膜。虽然投入不多，但利润可观。

阿吉慢慢火了。

阿吉慢慢发了。

年底，回到家，他与宋老师一起数钱，一起看存折，两个人笑着滚到一起。

这一高兴，次年宋老师便给他生了儿子。

阿吉高兴得在武汉的大街上唱歌。

有了孩子，阿吉回家的次数越来越多。

每次回来，阿吉都要去看阿祥的父母。

这次，他从阿祥的父母那里，得到了阿祥的消息。有人说，阿祥被枪毙了。但阿祥的父母流着泪说：公安局找上门来，说阿祥失踪了，有消息要第一时间告诉公安。

阿祥为什么失踪？怎么失踪的？

阿吉到公安局去问，公安的人守口如瓶，不告诉他。

阿吉觉得很蹊跷。他花了点钱送礼，得到了内幕消息：阿祥真的失踪了。具体原因，公安上不说。

阿吉觉得是不是公安上刑讯逼供，把阿祥弄死了，然后说阿祥失踪了？

内幕说不是。阿祥是真的失踪了。其实说失踪是对上面的交代，真正的事实是，在一次外出劳动中，阿祥不见了。

公安搜了所有的劳动场地，既找不到阿祥的活人，也找不到阿祥的尸体。刚好遇上达标检查，监狱里便以失踪给阿祥定了性。

阿吉装了一肚子疑问。

　　但对方说，只有这么多，千万别说出去。如果找到阿祥，那回来一定是死罪；如果找不到，失踪了也就失踪了，反正是个死缓犯嘛。

　　阿吉怀疑其中有诈。但花钱找了无数人，也没有一个结果。只有一个领导模样的人告诉他：可能是阿祥以钱买通了看守，跑了。但一切无从对证。

　　阿吉不知是该为阿祥高兴还是忧伤。

　　这事，他对宋老师也没有讲。

　　回到武汉，似有天助，阿吉的生意却空前红火起来。他诚信，守诺，一时渐渐在武汉有了名声。

　　后来，阿吉看到流动人口大增，城市出现了租房难，便开了一家便捷旅馆，一时歪打正着，电话里对宋老师说：钱太好赚，赚得手软！

　　接着，房地产行业迅速兴起，房事成了城市里年轻人的最大事，阿吉便又及时跟进，与人一起开发楼盘。

　　宋老师劝他：阿吉啊，我们有了孩子，还是稳扎稳打吧。

　　阿吉说：你放心吧。我要把这辈子的钱赚出来。

　　阿吉真的是逢凶化吉，遇难呈祥，很快在大城市武汉混得风生水起。换同行的话说：阿吉赚大发了！

　　阿吉对宋老师说：这一辈子的钱够用了。我们……做点别的什么吧。

　　宋老师不知道阿吉想做什么。但有一点，阿吉想做的，她都支持。

　　赚大发起来的阿吉，有次突然回到县城，与宋老师缠绵过后，一下子磨磨蹭蹭的。

　　宋老师说：有事你就说。

　　阿吉说：我想给原来的学校设立一项奖学金。

　　宋老师说：好呀，这样也可以提高我在学校里的地位。

　　阿吉亲了宋老师一下说：亲爱的，我想捐一百万。

　　这句话把宋老师都吓到了。

　　不会给我们带来不安全吧？宋老师说。

　　阿吉说：不会。我主要的目的是为了孩子们，山区还有那么多孩子上不起学，吃不上营养餐。

阿吉没有说出的是，他还想让当年那些给他投票让他离开的人看看，他阿吉到底是不是贪财！

宋老师一夜忐忑。

她的担心不是没有理由。那时，随着经济的兴起，许多农村伢与城里伢都不再像往日那样重视读书了。一些农村伢过早地跑到城市去打工，而一些城里伢，开始变得不像学生，流里流气的。有的甚至与黑社会勾结，在校园里吃拿卡要，打群架。有一个学生，下手还很重，拿刀砍了另一个孩子的脚筋！公安局抓进去也没有办法，因为大都不满十六岁。

宋老师害怕树大招风，给自己和孩子招来麻烦。

但所幸的是，这项举动，除了得到县政府和学校的高度重视外，其他的事并没有发生。

学校为吸引生源，鼓励学生就读，也非常高兴，还是当年投票要开除阿吉的那些人，聚在一起，为阿吉举行欢迎仪式。

当年提出开除阿吉的那个副县长，此时已是县长。他坐在阿吉身边，把所有的好词全用在了他身上。

阿吉坐在主席台上，很孤独。他看着下面的孩子们，忽然又想教书了。

他的眼泪没有人看见。因为太多的掌声与欢呼，让整个操场喧哗骚动。

这是阿吉所在学校，接受的最大一笔捐款！

阿吉只提了一个要求：凡是接受助学捐赠的孩子，不允许学校让他们公开露面，最大限度地保护他们的隐私！而对因成绩优异接受奖励的同学，则大书特书，形成导向。

学校表示同意。原来投阿吉反对票的老师们表示同意。所有的孩子们表示拥护。

特别是县长表示支持。

仪式结束后，阿吉去了当年的教室。他坐在讲桌前，不知为什么忽然有些忧伤。

门外，等着他的同事一大堆。不少人，都是想问阿吉的公司缺不缺人，需不需要帮忙。有的是为自己着想，有的是为自己的亲戚着想。

阿吉于是变得更加忧伤。

回到家里，宋老师发现他不说话。就问：有啥心事呢？是不是在外面有人了？

宋老师本来是一句玩笑话，没想阿吉却全身一震。原来，公司里还真有年轻的姑娘喜欢他并且大胆地表白过呢。

阿吉说：如果我是那样的人，我与阿祥有什么分别？

宋老师从后面抱住了他。

是啊，他们想念阿祥。可阿祥到底到了哪里呢？

阿吉一个人爬上城边的高山上。放眼望去，整个县城全收眼底。一幕幕的往事，过电影一般地浮现在阿吉的脑海里，让阿吉觉得忧伤，再忧伤。

阿吉对宋老师说：有些东西，是有钱也做不到的。

宋老师有些莫名其妙，但她一笑，事情也就过去了。

10

阿吉真正成为企业家后，成了武汉的纳税大户，大幅照片上了《江汉晚报》和《湖北日报》。

有记者在采访结尾时问他：你现在功成名就，最想做的事是什么？

阿吉说：我想回去当老师。

记者不信。晚报和日报的读者也不相信。时代变了，弄潮儿的身份也变了。江湖上的起起落落，让每个人在这种大潮中很难停下脚步。他征服了武汉了吗？他说不上，也说不清。

几年后，因为生意上的事，阿吉来到广州。在一家酒吧里，发生了被警察抓住的事。

为了自证清白，也为了寻找阿祥，阿吉在广州住了两个月。

两个月里，在改革开放的前沿阵地上，警察们办案的效率很快。

他们抓住了阿祥，便找阿吉来对证：这个人，是不是那天把毒品塞给你的人？

阿吉肯定地说：不是他。

阿祥低着头，他不看阿吉。警察们都荷枪实弹，他们等着阿吉点头，如果阿吉一点头，他们就会给阿祥戴上手铐。

警察又问阿祥：认识这个人吗？

阿祥犹豫了。他不知道自己该不该认。

阿吉说话了。

阿吉说：警察同志，我想你们一定认错了。那个塞给我毒品的人，是个大个子，不像这个书生模样的人。书生模样的人，怎么会去贩毒？

阿吉接着讲三个年轻人的故事，讲到自己因为一个赞助学生旅行而贩毒的人丢了工作时，阿祥把眼睛抬起来，盯着他。

警察们对这个故事很感兴趣。他们不像是在办案，催着阿吉继续讲故事。

阿吉把自己的经历讲了一遍。最后，阿吉说：我们三个人，一个失学的阿福，曾经打工供我们读书，最后惨死在他乡；而一个阿祥走上社会后，贩毒还能供孩子们旅游。而我呢？我只想我们不能再走以往的路了。

阿吉把大家讲哭了。

阿祥早就哭了。

阿吉指着阿祥对警察说：你们看，如果是一个毒贩，会被这样的故事感动吗？他不是阿祥，不是我们三结义的那个阿祥。

警察看着阿祥。阿祥只是流泪。最后，他把双手伸向警察：你们铐走我吧。

警察问：你是谁？我们为什么要铐走你？

阿祥平静地说：因为我就是阿吉故事中的那个阿祥。

阿祥出门时，回过头去看到，阿吉坐在沙发上，把脸埋进双腿间，早已泣不成声了。

满大街上，恰好正放着一首他们当年在学校时听过的歌，那首歌叫

《成长的岁月》：

> 过去为没有得到而伤悲
> 过去也曾为失去而后悔
> 我想起这一切的一切
> 那都是我心头的一个结
> 今晨，当我不再为我的付出而流泪
> 成长的岁月
> 让我知道我已失去得太多
> 成长的岁月
> 让我知道知道怎样珍惜拥有的一切……

（发表于《芳草》2020年第4期,《长江文艺·好小说》选刊2020年第11期选载）

地震时期的爱情

1

他想抱她一下。

起先他就是这么开始的。

两个不同时代出生的人，突然对望了一下。许放的思想开了小差。

第一次见面，这个想法连许放也觉得不可思议。常常，一个人与另外一个人，因某种缘分在一起，哪怕是一个月、一年甚至十几年几十年，也未必有这种想法，但许放见到吴玉的第一眼时，就有这样的冲动——无论从哪个角度说，在一个群魔乱舞的年代，许放被公认为是个稳重人。

许久之后，当爱情的火花真的在他们心中擦起来，许放一直心慌意乱。再许久之后，两个人形同陌路，许放开始在心里斗争开了。许多事，让他想了许多年，斗争了许多次。他甚至还骂了声狗日的爱情。

骂的时候，许放已经削瘦。

是什么时候开始的呢。事情过去后，许放一直想。

他终于想起来了。认识"80后"吴菲还是在自己孩子满月的饭局上。

那一年非典，偌大的餐馆里已鲜有顾客。就许放摆的那一桌。

服务员们戴着口罩，看到有人来吃饭，窃窃地笑。

许放觉得有些滑稽。自己在不宜请客的日子里请客，朋友们还得掏红包，得有多大的面子。

这时，朋友们进来了。有几个许放不太认识。包括夹在朋友中的吴菲。朋友说，你生孩子，她帮过忙。

许放不知道她帮过什么忙，他也不关心她帮过什么忙。因为见到她时，他心里便格外地咯噔了一下，好像心脏某个深处打了一炸雷。这不过是个闷雷，没有人看得到。看到的是他的同事，同事开玩笑地说，你看你，见到美女眼睛都闪亮。

许放有些惊慌，是吗？是吗？没有啊。

同事一说，大家都笑。

许放想，狗日的眼睛还真毒，看得挺准啊。他还奇怪，自己平时不是见到美女就走不动的人啊。

像许多男人一样，他在心里惊叹的同时，又悄悄地叹息了一声。

谁叫你结婚太早！

后来，许放甚至还为这个念头有些羞愧。自己从与妻子见面，恋爱到平平淡淡地结婚，也没有这种心跳的感觉。再说，毕竟自己是有了孩子的人了。这样一想，许放觉得在这样大喜的日子里，还有这样的想法，证明了男人生来就是靠不住的。许放的老婆，甚至在他来之前，还挑一条短信给他看：男人靠得住，猪都会上树。

许放亲了亲老婆的脸，出门了。生了一个儿子，后代有传人，生活有寄托，多大的喜事啊。

走在喜宴的路上，许放还踩着幸福。路上行人很少，大都戴着口罩。许放想，在非典盛行的时候，还能出来喝酒，绝对是哥们朋友。

酒是许放朋友带来的，五粮液。许放的朋友就是自己妻子的领导，管着一大群人，与许放称兄道弟。

她也喝得豪爽。迷人的眼睛，像磁铁一样，不经意从许放的脸上划过时，许放感觉有刀子划过般疼痛。她不是那种绝顶漂亮的女人，但身上散发出来的那种味道，让许放有些心惊肉跳。

但她没有在意他。

她与许放的朋友一起喝酒。边喝，她还大笑。每笑一下，许放的心就紧张地跳一次。

不会在自己孩子满月的酒桌上遭遇爱情吧？许放想。他觉得这个念头很可笑。

当然很可笑。因为她中途说有事，起身走了。

一个夜晚的欢乐都让她带走了。

许放在一段时间里，甚至有些闷闷不乐。看着儿子那肉乎乎的小手和闻着儿子身上奶乎乎的味道时，他才把心慢慢收回到老婆和儿子——这些属于他的亲人旁边。

非典的日子，在庆祝过后，漫长的时光一晃就走完了六年。这六年中，那个美女也偶尔在许放的头脑里闪现一下，她好吗？她恋爱了吗？结婚了吗？嫁给了怎样的一个人？不知道。

慢慢地，她的音容笑貌，渐渐在许放庞杂的生活之舟外，沉没下去。偶尔，许放好像在城市的街头上看到过她，甚至冲动地喊她：吴……吴什么来着？不知道。仅知道她姓吴，其他的什么都不知道，喊什么呀？

结果话都是半截。

许放在大街的人流中也就恍惚一会。生活中，他偶尔也会在大街上恍惚一会，这算不了什么大事。生活中的新鲜事天天发生，他偶然一个念头并不能代表什么，也不会改变什么。虽然还记得她的笑容，毕竟是生活之外的事，也就不那样在意了。身边天天有美女经过，未必每一个美女都要让你惊呆半天。当然，也未必每一个惊呆了你的美女，会把目光投在许放这样一个普通的男人身上。

这就是生活。

作为记者，许放接触过许许多多的人，知道什么样的人，在过着什么样的生活。一个平凡人的生活，就是在像他这样，在单位作一个好属下，把钱挣回来，乖乖地上交给老婆，然后养大孩子，基本上不会脱离生活的正常轨道。

许放知道，脱离生活的正轨是要付出代价的。人到中年，他需要的不是故事，因为故事稍不留神就会变成事故。他身边的那些朋友，什么样的人什么样的事，都喜欢对这个记者朋友说。他清楚地知道他们付出的代价。

许放为此也很知足。

2

一直到五年之后。

人生的五年发生了多少事啊。许放的儿子在学前班已认识一千多个汉字了，甚至动不动就对他说 NO.……NO.……NO.。许放的妻子虽然变化不大，但对家庭生活也开始惯性运转了。中间发生过的为数不多的大争小吵，也渐渐在生活中消失。

有什么可吵的呢？有了孩子，生活要继续，一方忍耐一下，不是大问题。再说许放的妻子虽然长相一般，但比较单纯，除了工作上班就是回家带孩子，让人放心，没有什么大的过错。唯一要说不满足的，就是脾气有点大。发脾气的原因，也合乎情理，无乎是许放有时应酬晚了，或是偶尔打个小牌赌个小博，让妻子不满意。妻子要的，无非也就是居家过日子那些感觉，只要许放在身边，一切都好说。什么样的日子都是过日子，许放想。再说五年来，他许放所作的贡献，不过是为家庭的GDP 作了些贡献，具体抚养和带孩子的事，没让他操心。

五年啊。生活发生了多少事啊。许放的母亲流了最后一滴眼泪，远行到了另一个世界，让他哭得死去活来。身边的朋友们，一个个结婚了，有孩子了。有的结了又离了，离了又结了。有的调走不知所终，有的甚至英年早逝。人生的聚聚散散，像无常的命运，大家都在海里游，游到哪里，游得怎样，没有人停下来思考。

生活的惯性，就是让人习惯眼下的事实。

许放此时的生活，可谓是波澜不惊，既无大起也无大落。在国家GDP 无限上涨的同时，许放的生活也渐渐起了变化。虽然没买房，但住的公寓房，很便宜，也很划算。因为没买房，许放的老婆便叫着要买车。老婆比许放小几岁，虽然没有列入"80 后"，也接近"80 后"，喜欢超前消费。因此，他们便去看车，看了一次便定了，定下后一个星期便开回来了。多年没有开车，许放一路开回时小心翼翼，但进车库时还是把车蹭了刮了。老婆气得骂他半天。换未结婚时的脾气，许放可能要还几句嘴，但此时，他笑嘻嘻的，老婆骂什么他听什么，甚至根本就不听，老婆的气消了，生活又恢复了常态。日子像白开水一般过着，不是山珍海味，但有营养；不是花天酒地，但也不渴。许放有时坐在家中，拿起现成的饭碗时，甚至有些满足地想，一个苦孩子的日子能过成这样，真得感谢上帝。

当然，人不是绝对满足的。偶尔，他也有些莫名的惆怅，就像看到记者生涯一样，从年轻能看到白发，这样的日子着实让人过得慌。五年里，许放走南闯北，奔奔波波，行在路上，吃遍全国，日子饱满也空落，充实也无聊。

什么样的日子都是日子。什么样的活法都是活法。作为记者，许放内心的消极想法渐渐多了。好像看到了一个结尾，不像年轻时那样有激情，现实再热闹的生活，也不过就是向着那个结尾看齐靠拢，这样的生活过程，当然引不起兴趣。

直到地震，许放的生活发生改变了。

3

地震来临时，大家都没有想到。也有民间人士说自己预测到了，但终归是马后炮。许许多多的人倒在废墟下，许许多多的人对着电视机流泪，许许多多的人去了灾区。许许多多的人，涌现出许许多多感人的行动，还有许许多多的人，为自己没有去灾区尽力而感到不安。

作为记者，许放也去了一线。

就像在电视中看到的一样，许放在灾区对着孩子们的尸体流了泪，在心里为那些盖房子不负责任的人咒骂了一回又一回。每次采访，许放面对的都是眼泪。活着的，残废的，死了亲人的，仿佛积累了多年的泪腺，一下子找到了决堤的口岸，奔泻而出，急流而泻。

过惯了歌舞升平、见证了GDP增长或根本没增长的人，对地震后的生命，一下手足无措。

许放，流下的泪水，也是一次又一次。每次手记，都要被滴落的泪水打湿一回又一回。想想自己快要奔四的人了，长时间云游四海的采访，见证了各种各样稀奇古怪的事物和各式各样的人来人往，许放觉得这一生不会再有什么东西，能让自己大哭一场。而地震，让他发现，原来泪水早就偷偷地在某个角落等他。

怎么能够无动于衷啊，四处都是死亡的人，四处都是受伤的心。

四处，也都是迷彩大军的身影。关键时刻，还得靠他们。多可爱的战士啊，仅凭着一把铁锹和一个小背包就进去了。

除了解放军，就是来自全国各地的志愿者。许放在路上碰到过无数个志愿者，他们背着包，一路穿行。都是一些年轻的面孔，时代称他们为"80后"和"90后"。这些在人们眼里并不看好的一代，在面对灾难的时刻，选择几乎都是一样的，让人刮目相看。

与解放军不同的是，这些自发而来的志愿者，多数并不认识，他们从网上一个QQ群，或是一些纯粹意义上的网友，在某个特定的空间里相识，没有见面便约定了要去成都与都江堰。

他们似乎一下要承担时代的重责。

四处都是年轻人。他们到最危险的地方，送药，送食品，背人，挖人。夜幕一来，他们随地而卧。这些原不相识的年轻人，没有组织，也没有人供应他们食品和帐篷，一切都是自己背来的。但遇到有险情，再难他们也自告奋勇。

这让做惯了媒体工作、见惯了英雄人物宣传的许放，心中感动不已。他亲眼看到，有几辆志愿者的车，在往汶川和北川行进的路上，被滚落的山石击中和掩埋。

他们，甚至没有留下名字。多数的志愿者，是瞒着那些不信任他们的一代人，偷偷地从家里、从学校甚至从生意场上跑来的。

许放曾碰到这样的一个志愿者，是日下时刻，余震把房子推得摇摇晃晃。他看到一个女孩推着行李箱，在路上行走。

为什么要来？记者的职业，让他这样问。

为什么不来？为什么不能来？她仅以这样两句话问他。

他语塞了。

他问她是不是一个人来的。她的回答是肯定的。

作为记者，许放一时有了兴趣。

一个人不怕吗？

不怕。我们有组织。

什么组织啊？

我们在网上相约来的。一个叫"我不做老大好多年"的网友，发帖后我们便相约到北川集合。

不害怕被骗啊？

许放说完这句话有点后悔。

果然，女孩不高兴地说：被骗？那是你们这一代人的想法。总把我们想得不高尚。

其实，四处都有骗人的嘛。许多网友，不是被网友骗到不该去的地方，做了不该做的事而叫天不应吗？

女孩又补了一句，更让他心堵：这个时刻，你们还想这个，是不是中国人？

女孩走了。不理他。

以后，许放也没有见过那个女孩。她不留电话，也不露姓名。一直到地震过去后，许放还不知道那名年轻的女孩，是不是已平安到了家。

他仅知道她来自江苏，一所职业学校的学生。

4

灾区的生活是繁忙的。任务很危险，条件很艰苦，采访也很紧张。总部催稿的短信，一条接着一条；同事空前的问候，一个接着一个。

开头，灾区没有电。发稿子还得带到成都。但新闻往往就成了旧闻。后来，海事卫星来了，信号虽然不好，速度也不稳定，毕竟能发出去了。再后来，有了信号，有时干脆就用手机编写新闻。随时发，在家的编辑一条一条连起来，编成新闻。

许放没有想到，居然是这样由手机发出的新闻，后来还让他获了大奖。平素，他再怎么敬业，加班加点，获奖也好像与他无缘。重大的新闻，有时老总都喜欢亲自出马，带着个记者前去。当然，发出来，记者的名字是挂在老总或副总后面的。遇上评奖，那么多部门的主任，报奖作品占有先天的优势。

许放曾经也想不通。后来，便想通了。这是一个让人无师也得自通的时代。但人往往一想通，进取心便衰退，消极的因素骤长。

他这个年龄这个性格的人，能在社会上混口饭养家糊口，活得不比其他阶层差就行了。平时在单位，那些同事一个比一个精，一个比一个有本事，买得起房子弄得来车子。而他许放，在新闻部干了十多年，房子还是公寓房，车子买得起用不起。别看大家在一个办公室上班，平时也难见一面，但一见面，却爱比谁抽的烟好，谁戴的表好，谁在出差途中有一次艳遇，谁又换了车和老婆……

有时，还未免要被同事穿个小鞋，整那么一下。有次吧，许放与一位年轻的同事讨论自己得知的一个农村题材，想从同事口中探讨这个题材背后的社会意义，看有无做个深度报道的必要。同事是"80"年代生人，某著名高校的科班生。虽然比自己小七八岁，但平时有锐气，有眼光，让许放很容易产生好感。

但那位年轻的同事说，那是个什么东西，肯定没人关注，也不会引人关注。

许放本来就有些犹豫。年轻的同事这样一说，他更犹豫了。

没想到，几天之后，关于那个题材的深度报道，在自己报纸上出来了。整整一版，还安排了编者按和讨论发言，报纸的老总很重视，说引起了中央某某首长的批示。要知道，在报纸内部，一条新闻，引起某某首长的注意就很难，而他要是亲自作出批示，对一个记者而言，许多人一辈子未必能够遇到。

许放有些气愤。而同事碰到他，却笑着感谢他：我看你不在乎去整那个东西，我觉得有点意思，就去采写了。没想到，中央也重视，运气运气！改天请你的客！

许放的肠子都悔青了。

那个同事因这篇稿子，获得了大奖。不久，便被破格提拔为这个部门的副主任，由同事一下子变成了自己的领导。据说，正是报社老总凭着自己对同事讲过的那个题材，看到了同事身上的某种领导气质与眼光，大胆拍板，把年轻的同事提拔到领导岗位上的。

领导当上了，饭局的事当然不提了。领导请下属吃饭，除非是朋友关系。而曾经都是同事，球的朋友关系！

地震后，报社安排大家去灾区采访。在讨论时，年轻的领导同事语重心长对许放讲，老许，你去吧。你有经验。

许放本来是挺积极的。听年轻的领导同事这样一说，心里起鸡皮疙瘩。但国难当头，一个新闻工作者的职业责任，让许放把内心涌起的怒气压下来。

第二天一早，他去了灾区。

来到了灾区，个人的恩恩怨怨，马上便烟消云散。看到一个个深埋于地底下的人，看到一具具惨不忍睹的尸体，看到一个个缺胳膊少腿的患者，看到一张张绝望的脸色与哭得麻木的神情，一个人再想自己的恩怨，就没有起码的人性。许放是这样想的。

因此，在灾区，他日夜流泪采写的同时，觉得自己能被派来参加这样的报道，实在是幸运。如果不来，作为记者，那肯定是一辈子的遗憾。随后，在参加奥运报道时，他还这样想。因为，参加奥运会的报道，毕竟是锦上添花的事，而参加抗震救灾，绝对是雪中送炭。

他的报道在大报刊出后，报社不停地接到捐赠电话。日后回到北京，他才大吃一惊，报社接到的捐赠，竟然有好几个亿！

总编拍着他的肩说：这次，你起了大作用！

许放的眼有点湿润。

其实，在灾区时，他还强烈地感到另外的一种欣慰：那就是，被我们称作的"人民"，从来没有受到这样的尊重！每一个生命，无论是贫是富，是贵是贱，从来没有这样活得有尊严！

每一个人，无论是长埋在地下多少个小时，救助是不计代价的；而一旦救出，在一阵阵地欢呼之后，迅速成为新闻和热点人物！而这些人，在平素，无论历史怎样翻，要想引人注目，那根本是不可想象的事情！

许放在灾区采访时，想了许多许多。

直到有一天，他突然再次遇到她！

5

那天，四川下着阴凉的小雨。

许放来到一个帐篷。

要说地震之后，放眼望去，灾区四处都是帐篷，四处都是迷彩服。也分不清谁是灾区，谁是来救人的。漫天的绿色，给了灾区人民生的希望与活的勇气。

许放那天也是随便来到一个帐篷的。听说这里有不少震后的患者，许放决定采访一下关于震后患者康复的情况。

当他随便走入一个带着十字的帐篷时，许放的眼睛再次突然被碰亮：居然是她！

是你啊？

是你！

这是两个人见面后的第一次对话。

许放本来想说吴什么来着，但名字叫不全，就说了那样一句。居然，更让他奇怪的是，她竟然也会记得他！

你怎么在这儿啊？

这个问题很愚蠢。已经碰过壁了，还这样问。但惊慌之下，许放仍这样问了。

还好，她的脸上盈满了笑意：我是护理专业的，不来，心里不安！

很简单。

简单的话，在灾区，在特定的环境下，让许放很感动。

他们就在帐篷里聊天。她在看护几个病人，给他们输液。她手脚麻利，常常是轻轻地在患者的手背上弹几下，温柔地说，不要怕，不痛。

果然，她一针下去，患者没有出现皱眉的。有几个患者还说，你水平还真高呀，一点感觉都有得。

她不好意思地笑。

原来，她起先是作为志愿者来的。单位不知道，因为她休假。后来，她们单位也派出了大量的医务人员，她自然就找到了组织。单位开头很吃惊，但很高兴，还有人先来打前站啊。接下来自己单位工作的开展，全是在她的建议下展开的，一切顺利，患者不绝。

许放后来知道，他之所以能碰上她，是因为那天她感冒加重了。前几天，她还跟着自己的医疗队走村入户，开始巡诊。后来，队里发现她走路跟不上，才知道她感冒了好几天，让她留守照顾病人。

人生就是这样奇怪。如果不是她感冒，许放肯定碰不到她。如果碰不上她，后面就没有那些故事。也只有在那时候，许放有些后悔，真不该有那些故事。

世界上没有如果。如果有如果，大家都会成为神仙。这是她说过的。

在灾区，许放才知道，她叫吴菲。

接下来，一切便很流畅。许放的《一个医护人员眼中的灾区》，开始在报刊上连载。她那美丽的照片，随同她的故事，出现在他的报纸上，感动了这个城市许许多多的人。

当然，感动的也有她的医疗队和她自己。

既然是跟踪报道，许放才有了许多接触她的机会。要说这种机会，有时也是他自己创造的。比如，他要跟踪拍摄啊，他要追踪报道啊……理由让她无可拒绝。

她起初是不愿意成为新闻人物的。但单位的医疗队长讲，家里的人们都很关注他们，都担心他们的安危，报道一下，既可安外，也可安内。

这就像一场政治任务了。

由于是跟踪报道，只要报纸上不出现她和她的医疗队的消息，就有人把电话打到报社，问她的情况。

她的美丽，随同她内心的美丽，开始走入城市人们内心的深处。她在灾区，穿着迷彩报，抱着灾区孩子的微笑，开始再现在人们的视线里，成为这个城市人民心中的一道另类风景。

关于她，背后许许多多的故事开始被翻出。许多的闲聊，在许放的笔下，成为人们关注的理由。比如，她一个人作为志愿者，先行来到都江堰；比如，她在去汶川接送伤员时，差点被余震的落石击中；比如，在人迹罕至的乡村，她坚持要走完最后一个村庄；比如，为了一位夜里生病的老太婆，她随着不认识的医生，打着手电走在乡村的小道上；比如，为了一个孩子，她不肯放弃，随着救援队员日夜守在挖掘的现场，陪着被压在水泥石板下的小男孩说话，鼓励着他要坚强，还给他唱歌。当时的余震不断，大雨如注，她就是在那个夜晚里感冒的，而那个小男孩，终于被成功救出……

这都是报纸上出现的故事。有时，许放自己也被感动得泪水直落。

这些真实的故事，打动着城市里已麻木的人们的心灵。就连许放那个年轻的领导同事，也给他发来短信：我女儿看了你的报道，一再要我向你表示崇高的敬意！你辛苦了！

接到那条短信，许放觉得心中有一种东西被拨动了。他想，回去以后，一定要好好活着，不要计较……

当所有的故事都讲得差不多时，许放不知怎么办好。因为报社的总编亲自打来了催稿电话：城市的人都很关心这个美丽的护士，编辑部收到了大量的来信和电话，还有捐款，你辛苦一些，再挖掘作更为详细的报道……

没有故事，他就背着大相机，跟在她身后，拍摄《一个普通护士的一天》，反正她天天都忙，天天都有事做，那他也就有事做。因为，拍起来，比写更容易。

而且，她那逼人的美丽，已成为灾区和他心中美丽的风景。登在报上，连报纸的销量都有了很大的涨幅，广告的投放量也有了很大的增长……

一切，都开始按照所有人正常的思维发展着。如果不是灾区的痛在每个人的心里还没有消除，似乎每个人都是受益者，报社和消费者，都盼望着得到更多来自灾区一线的消息。中央电视台的一台晚会，反复重播，让千千万万的人，泪落不止。

而此时，吴菲却不再让他报道。因为她感觉到，他的眼里，再看她时，已经有了别样的内容。

6

你为什么还记得我呢？

你为什么还记得我？

他们有时的话就是这样开始又是这样结束的。

总之，记得就是记得。

有些人，在一起生活了多少年啊，一旦分开，也未必就记在了心里；有些人呢，仅仅一面之缘，却永生永世让人难以忘怀。

这就是生活。

生活让他们两个平常人，都记住了对方。

记住，又需要什么理由呢？

他们还有一个共识：震后回去，一定要好好活着。

是的，好好活着。多少人在灾区救助他人时涌起的，都是这样同一个简简单单的念头。

7

有时，他们休息时，便坐在一起聊天。那时，往往是夜深人静。大家都睡熟了。灾区紧张的工作，还有酷热的环境，以及简单的生活饮食，容易让人疲惫。

别人睡了，她是护士，还得值班。

他往往就在她值班的帐篷外转悠。

你干啥呢，不回去睡觉？

我担心你的安全呢。

现在怕啥啊？现在一震，大家都变成好人了。都知道理解人，互帮互助了，没人偷也没人抢了，你担心啥。

我担心你睡着了，要是有余震，我可以喊你一起逃啊。

你是杞人忧天啊。大的余震，想跑也跑不了；小的余震，已震得没得感觉。

有时，他们也没有话语。她身边的人都知道，他是记者，是跟踪采访她的。他们也乐得跟着她一起上镜，上报纸。大家欢迎他。他干脆在她们的医疗队里要了一个铺位，住在那里。

这也是他能随便出入她们帐篷的原因。

有一天，他因别的事到北川去了。一天没见她，他忽然有些想她。回来后就跑到她的帐篷。所有的人都出去了。她一个人在偌大的帐篷里睡着了。

她的手露在外面。天气渐热，南方的帐篷里四处都是蚊子。

他有些心痛。

她的确是太累了。他透过相机的镜头，已看到她开始有些消瘦。

他上前，给她放下蚊帐。

然后，他坐在对面的床上，看着她。

她在呼吸。一个异乡美丽的女人，在另一个异乡的危险中，安然入睡。脸上，还带着美丽而神秘的笑容。

他觉得内心深处某种东西被触动了。

他居然涌起了爱怜的感觉，想吻她。

但他知道，那是不可能的。

她像女神一样，穿着绿色的迷彩服，躺在白色的帐篷里，像一朵飘逸的花。

猛然，他的泪水涌了出来。在他的眼里，她突然就像是一个无助的孩子。有着美丽心灵而无助的孩子。

他一直就那样坐着。怕惊醒她，便保持着一种姿势。

一直到半夜，她醒来了。突然看见了他，有些吃惊地裹紧自己：你……你干吗？

许放说，不干嘛。

不干嘛你坐在这里干吗？

不干嘛。

她坐起来，突然说：我的病人……

跳下床，她便冲出了帐篷。不知什么时候，外面开始下起了沥沥的细雨。

坐在空荡荡的帐篷里，许放突然想：这一辈子，如果命中注定要爱一个人，他一定要爱她！

五年前相遇的一幕幕，开始在他脑子里放电影。那时跳动的心，又回到了他的胸腔。从那天夜里，他再也没有安然地入睡过。除非她的影子出现在帐篷，除非她帐篷里的灯突然被熄灭。

半夜，他睡不着，又来到临时医院的帐篷。里面的灯亮着。所有的病人睡熟了。她坐在帐篷的最外边，里面灯光有些灰暗。

处理完病人了？

是。

她说完开始轻轻地啜泣。

怎么了？

又一个人走了……

她的声音很轻，在夜里飘过来，突然让他感觉到冷。

他不说话。他知道此时最好不说话。那么多的人死了，灾区所有的人见了死人，都经历了一个从开始痛苦和大哭到麻木与沉默的过程。

多坚强的一个人啊……她说。

他们沉默在有雨的夜里。黑夜给人一种宁静的恐惧，不时有余震，让帐篷在发抖和跳动。而远处，有志愿者们点燃了篝火取暖。他们一边围着火，有人还在一边唱歌，歌声从风中飘来，让人疑是人间还是天界：

　　　让我们坚强
　　　让我们的爱传递着爱
　　　让我们在爱中温暖每一颗心灵

让我们每一个人都看到明天的希望……

在摇晃的小雨中，他们渐渐感到温暖。

她还告诉他另外一个故事。有一个患者李科，他们一家三口全被压在房子底下。妻子为保护儿子，紧紧地将儿子抱在怀里，结果她被头顶压下来的石板击中，慢慢地死去了。整整三天，这位叫李科的病人在黑暗中等着救援。他相信一定会有人来救他的，因为他身边，还有他们保护完好的儿子……第三天，救援队终于来了。是特警，用先进的设备探到了他们的存在。于是，他们连夜没睡，开始营救。从一个打通的小小通道里，他们将在母亲怀里抱得紧紧的儿子成功救出……而他自己的左腿，却被石板压着，根本动不了。最后，医生们从刚容下一个人的管道里钻进来，察看后说是要截肢才能出去。他说，为了儿子……他必须出去。于是，医生开始拿锯子来锯他的左腿，但缝隙太小，不通风，医生的身上全被汗水湿透了，就这样医生连换了两个……锯到最后时，锯都断了两根……医生不忍心看到他的腿就这样没了，就说出来换锯子，结果……当医生再爬进去时，发现他已经往外爬，原来，他硬是生生地扯断了自己的左腿，从缝隙里爬了出来。他说："医生，我儿子还小，我一定得活下去……"霎时，医生们全都哭开了……

她轻轻地流泪。个人的生命，在大自然面前是多少渺小无助啊。他感觉到她的双肩在上下抖动。这种轻微的抖动，让他产生了爱怜，有了想拥抱她的冲动。

回去了，我们都要好好活着。她说。

是的，我们是应该好好活着。他也说。

她美丽的眼在灾区的那个黑夜里亮起一道摄他心魂的目光，让他的心，在灾区从此与她对视时，都免不了要叮叮当当地跳与响。他内心深处，有一种叫做情绪的东西，从此在她与他之间飘忽不定，让他感觉到生活是那样空空荡荡。

8

很多事，也是从她同事那里得知的。

她的护士长，一个爱说爱笑四十多岁的女人，常常这样对他讲：我们的姑娘，一个个，杠杠的，没说的。

护士长还特别提到了吴菲。

她告诉他说，你报道所不知的，是她比你想象的还要坚强。

是吗？

她来灾区前，你知道她为什么休假？

他摇头。

她刚流产，怀了七个月。这是第三次了。

他的心痛了一下。

为什么？

不知道。两个人都没毛病，可能是血型不对吧。

哦。

他想，难怪她的脸看上去有些苍白。本来她的皮肤就白，加上苍白，让她显得更白了。

有一次，他夸她漂亮。她咯咯地笑：我就这张脸还行，其他的，都属次品。

呵呵，是吗？

他还想问。这时，帐篷外传来了一阵咯咯的笑声。她们去送药回来了。

一进帐篷，她便大声讲：今天去了一个村庄，村子里的病人很多。到中午，老人们煮了粥，把家里舍不得吃的鸡蛋与腊肉拿出来，非要我们吃了再走……

她突然看到他坐在里面。不说了。

你又来了啊。

回来了？

回来了。

护士长看看他们。他们不说话。

护士长快人快语：莫不是看上了我们的小吴吧，那可危险啊。她是已婚人士，众所周知哈。

许放有些发窘。

她倒是说话了：瞎说啥？人家大记者，不就是往你脸上贴金？回去当了护理部主任，可得提拔提拔我。

大家笑了起来。

<h1 style="text-align:center">9</h1>

有那么一次机会，他问过她：怎么回事啊？

什么怎么回事？

孩子的事？

她的眼里掠过一丝不易察觉的忧伤。很快恢复镇定：这一点，隐私无可奉告。

终于还是不说。

他再也没有问。知道，也是回来之后的事。

他在灾区的任务，就是日夜写稿改稿发稿。终于有一天，他感觉不在状态，身体发虚，想睡。

你的气色不对啊？

啊，是吗？

是不对，是不是发烧了？

她把手放在他的额角，虽然是额角，但他的心却暖暖的。原来，人与人皮肤接触的感觉，是那样不一样。

感觉……真好。

她肯定地说，你感冒啦！

她叫来医生，一量体温，说要输液。

他不想输。虽说是个男人，他却最怕打针。她看着他，他垂下头。

她拉起他的袖管。感觉，她的手，很柔很柔。

她动作麻利，一下子就推了进去。

没有痛的感觉。人与人，是这样不一样啊。他的心头，忽然洋溢起了幸福。

一共输了五天液。五天里，他等待她的脚步声，是那样悠远而又绵长。

他甚至还希望再病几天。但她说，站起来，你已经好了！

戴着口罩和医帽的她，露出的眼睛是那样漂亮。

他像第一次见到她时那样，心里怦然再动。他忽然拉住她的手：你看，这里在跳！

她脸一红，转身走了。什么也没说。

随着救灾的深入，时间的延长，病人开始减少。终于有机会休息休息了。

更多的时候，也不过是在晚上散散步。他与她散步，总是引来很多人的目光。好在他是记者，他们知道他在采访她，没有什么猜测。

但是只有他知道，他不再仅仅是个记者。

有一天深夜，他与她走在都江堰的马路上。由于断电，四周一团漆黑。他们本来聊了一些什么，但到底聊什么，他记不住。他想，仅仅是在她的身边，就已经足够了。

突然，她一声尖叫。身子往他这边靠。

怎么了？

蛇！

他的头皮一紧。他其实也怕蛇，但此刻，他不怕了。他一把拉住她，在哪里？

从……从我的脚尖上……滑过去了……

他用力过猛，她没有防备，一下子拉到了他怀里。她的秀发拂过他的脸颊，一种麻麻痒痒的感觉流遍他的全身。

他宁可那条蛇别走开。

但她很快推开他了。

本来咯咯咯说个不停的她，突然无语。

"为什么你记住了我呢？"那样的话，突然又让他想问。但他没问。

她说，回吧。

便慢慢地走回去了。夜色温柔，没有人知道，在异乡，两个已婚的、一个七十年代一个八十年代不同时代出生的人，此时此刻，是什么样感觉在夜色中荡漾。

那是世界上最美好的夜色。当然，那也是世界上最为美好的夜晚。

10

终于，抗震结束了。

许放先回去。接到了采访结束的命令，他要回去。

听说许放要回去，她所在的医疗队全体人员决定欢送他凯旋。他为他们做了不少，让他们的事迹传遍了整个城市，让他感受到了危险之中存在的价值。

他们感激他是正常的。

他也同样感激他们。在人们都说医疗黑幕，痛骂医生不讲职业道德，只知道生冷硬顶的时候，这样一群身着白大褂的人，表现出了白衣天使真正的品质。

在危险时刻，他们同样经受住了考验。风里雨里，震里震外，他们的良知又被唤回。他们冲在一线，忘我工作，中间也有负伤的，但自始至终，表现了医者仁也和大医精诚的风貌。

灾区那些老百姓，有的仅能以磕头来表达他们内心真实的感情：解放了恁个多年，冇见过这样好的事啊……

他们不知从哪里弄来了酒。

他们蹲在帐篷边的石头上，仅有的几张桌子被拼了起来。他们第一次放开喝酒，大有不醉不休的架势。他们挨个敬他，每个人的话都很真诚，很多人的脸都很热。

他喝。

他也回敬他们。

他知道，有一双眼睛在盯着自己。仿佛说，不要再喝了。

他为此，也得喝醉。

喝着喝着，不知有谁带头开始哭。有人把酒撒向地面，有人把酒撒向空中：为了那些被压在石头下面的无辜的孩子们……

他的泪突然就不争气地流下来了。

他们开始集体哭泣。黑色深沉的夜，让一帮异乡来的人，为另外一些长眠不醒的人流泪。

这泪，流得真纯粹。

喝多了的人们，开始互相搂着痛哭。

他也哭。他搂的是她。两个人的泪流在一起。

他没有其他的感觉，也没有其他的想法。他相信她也没有。他们搂着，像搂着自己的兄弟姐妹，像搂着自己的亲人，他们让泪水放任地流在异乡的土地上。因为这些泪，他相信这块土地会变得更加深沉，这块土地上的人们会更加坚强。

后来，他们开始唱歌。《父亲的草原母亲的河》、《天堂》、《希望的田野》、《别哭孩子》……连一些轻伤员也加入进来，与他们一起，痛痛快快地落泪。

他们边哭边唱，直到深夜。

第二天一早，他乘车离开。成都的机票已经订好。他没有见到她。

只是在路上，他收到了她的一条短信：

一路平安。珍惜生命，热爱生活。

他的泪再次落在了四川的土地上。

11

他们是回来后开始联系的。

当然是他主动。

他回来后，受到了大家热烈的欢迎。包括那些有时喜欢给别人穿点小鞋的同事，包括那位年轻的同事领导，他们的欢迎都是热烈的、真诚的。

他突然想，世界其实真的很美好，只是我们没有发现。

平时那些敌对、怨恨、猜忌、怀疑，此时都变成了逝去的流水，仿佛一下子不复返了。

正像他在一篇文章中写的那样：地震，拉近了人与人心间的距离，让美好的东西，又开始慢慢走入人间……

地震之后，所有的人，都涌起了一个念头：对于生活，一定要珍惜。

他也是这样想的。

他相信她也这样想。事实上，她的确如此。

她们回来那天，他本来也要去接她。但她说，她老公要去，他就别去了。

他想了想，也就没有去。只把一束鲜花，委托快递公司送到了她的单位。他老婆问，送给谁的呀？

他说，就是我文章中的那位女护士。

他老婆没说话。他相信她看了系列报道，不会说话。

他们先是短信联系。

他发得多，她回得少。他发得勤，她回得慢。

他们谈的，都是一些不着边际的问题。有次，他故意逗她，我爱上你了。

我相信。

为什么呢？他自己好奇起来了。

认识我的人都说爱我。

他笑了。她这样自信啊。

如果我爱上你怎么办？

凉办（拌）。

怕不怕我成为第三者？

没得可能。

她也不说对，也不说不对。他说一些敏感的，她根本答非所问。

此后，有时他再发短信，她不回了。

有一次，他带着老婆孩子去看电影。刚上影的一个大片。他突然发现，她也在电影院。他与她打招呼。她格格地笑，若无其事，把自己的老公介绍给他：这是我老公，挺帅的吧。

他说挺帅。其实，他心里不这么认为。

他也把老婆介绍给她：这是我领导，挺漂亮的吧？

漂亮漂亮，绝对漂亮。她说。

他不知道她说的是不是真的。

两家子就这样认识了。电影中间，他回过头去看她，她目不斜视，紧盯银幕。

散场后，他们握了握手，问了好，走了。

就这样简单。

或许，他想，从灾区带回的一切，就这样悄无声息地结束了。

许久之后，他还想，要是这样结束了，虽然有遗憾，也不失为一种美丽。但他们注定了没有结束，还有后来，还有他不太认识的另一个她。就是那个她，让他在今生的世界里，从此不得安宁。

12

接着是奥运会。全国人民暂时忘了地震的苦痛，变得热热闹闹，四处都是莺歌燕舞，锣鼓喧天。

他投入了另外一场视觉与心理上的盛宴。

与参加抗震相比，他的心情远远不如灾情到来时身在灾区时那样激热。

报道此时，在他的眼里又成了平面的。与全民的狂欢与民族热情相比，他内心深处要平静得多。

值得一提的是，他的报道，关于吴菲的系列，被编辑成书出版，立在了图书榜前十名的排行榜上。

她有一天深夜发来了一条短信：感谢并感激。

他回了一条：你是英雄，向你致敬！

她回复：全国人民都是英雄。

再后，他们又没联系。此间，全国开始评选各种各样的英雄人物，他被评为抗震救灾新闻报道先进个人。在奥运会期间，他突然又被提拔为和那位年轻同事领导一样的部门领导。

那位年轻的同事领导，还热烈地祝贺了他。其热情让他感到，自己过去那样对待他，是不是有些狭隘。

经历了抗震生死的人，对生死看得也淡了。与生命和健康相比，名利是什么东西？

那天夜里，他甚至主动请客。大家喝酒，喝得气氛热烈，喝得群情激昂，喝得豪气干云，喝得热血沸腾，仿佛世界没有烦心事，仿佛地球已到末日，仿佛大家天上云间。

喝到深夜，只有许放一个人在那里痛哭。

他仿佛看到了汶川，看到倒塌的楼房里每一个孩子们的尸体……

他们说，你们看老许高兴的。

有人说，提职了，能不高兴吗？

只有许放一个人心里明白自己为什么会哭。深夜，在回家的路上，他还记得给吴菲发了一条短信：

所有的爱，都起自于美好，而归结为忧伤。

她没回，像消失了一样。

13

奥运会的盛宴迅速替代了悲伤。全民族的激情，冲淡了震后的阴霾。

职业使然，许放的报道也是紧锣密鼓。抗震回来，在那么短的时间里成为部门副职，任务也是相当地重。以至于他与吴菲，就要像两条从此不再相逢的平行线，就此打上句号。

许放明白，即使涌动的爱意是怎样在心间流淌，有一点是明确的，他们被钉在生活各自的位置上，没有相交的可能。

这就是命运。

许放偶尔也为之感慨。命运就是在一个又一个的遗憾中，从一个方向奔向另外一个方向。

直到有一天，当奥运会在一片热烈的、团结的、和谐的、成功的欢呼声中闭幕后，他突然接到了一个陌生的电话。

喂，大记者，还记得我吗？

一个中年女人在电话中大嗓门尖叫，震得许放的耳朵直响。

你是……

我是医疗队的宋护士长啊，真是贵人多忘事！

啊，是你呀。有事吗？

无事不登三宝殿啊。

有什么事我能帮得上？

不是要你帮忙，是看你有没有时间，请你出去玩一趟！

有这样的好事啊！

是啊。有个药厂为对我科表示感谢，专门出资请参加抗震救灾的人出去玩一趟，我们科商量了，大家提出一定要带上你，你为我们作出了那样大的贡献，没有你，我们的成绩也没有人知道啊。

是吗？那是我应该做的。

别客气啦，去不去？

这个……许放有些迟疑。

你肯定在想，吴菲去不去是不？我告诉你吧，她也要去啊！第一个提出让你去的，就是她。

这样啊……

说，到底去不去？有这么多美女做伴？这次不要你报道，纯属游玩！

好，去就去！

还没有请假，许放突然决定要去。为什么不去呢？他想。

回来后，单位也曾安排他休养一段，但接着就参加奥运会宣传，又刚提了职，他就没有去。这次有这样一个机会，不去白不去！

说白了，他内心还有一个想法，就是为了见见吴菲。

好久没见，也不知她过得怎样！

结果，他跑到部门正职那里一讲，正职非常支持说，去啊，这样的好机会，不用单位花钱，干嘛不去！

他回来对妻子一讲，妻子的母亲长年有病，每次去看病，都愁死了。正愁与医生搭不上边呢，有这样一个接触三级甲等医院医生的机会，为什么不去？

大家一支持，许放就来了。

这是抗震回来后，他们第一次见面。大家都很兴奋。

从最危险的地方挺了过来，换队长的话说，都是死过的人了，见了当然格外亲切。每个人都好像是亲人，大家见了面又搂又抱又亲的，完全像外国人见面的礼节。

见到吴菲，他们却是握手。

吴菲穿了一身红色的装束，从灾区亚热带回到北方，皮肤更加白皙了，看上去比过去更加漂亮。

你好！

你好。

他先伸出手来。她也伸出手，两个人握在一起，大家笑嘻嘻地看着他们。他便在握手的过程中，在吴菲的手掌心划了一个圆。

这个细小的动作，只有他们两人才知道。吴菲的脸红了。

她迅速甩开了他的手。

他的眼睛却故意火辣辣地盯着她。

她恢复了常态，笑意又盈盈地了：大记者来了，我们当然是热烈欢迎啊。

听上去，她的话特别中性，不偏不倚，听不出左右表情。

14

他们去了一个南方的小城。

小城青山绿水，是药厂商生产的一个基地。接待当然是高规格的。

接连几天，他们都是参观，旅游。然后，到乡下吃农家饭。最后，夜宿一家挺豪华的旅馆。让人感觉到，药商下了大价钱。

吴菲为药商感到心痛。但同事马上告诉她说：你不知道每年我们科室要用他们多少药，他从我们这里赚走了多少钱。反正用谁的药品都是药品，花一点也应该，取之于民用之于民嘛……

他们小声地争论。

当然，更多的是，几十个人一起，每到一个地方，主要的还是热热闹闹。大家对许放很热情，让他觉得生活在他们中间，很温暖。

当然，还有她。

她与大家一样，看上去也是大大咧咧嘻嘻哈哈的。但许放知道，她的身体就像装满眼睛的器官组成的，在无时无刻不注意着他的存在。

他也一样。他的身体像无时无刻释放的触角，吸收着周围的每一丝气息。特别是，她的气息。

他们去钓鱼。在一个大的鱼塘边，他们一字排开，甩开钓竿，坐在那里等鱼上钩。

许放特地坐在吴菲的身边。让她觉得很不自在。

他们看着水面。所有的人都盯着水面。当然，许放知道，有人在盯他，也有人在盯着他和她。

他们起初便不说话。随着鱼儿上钩，大家的话便多起来了，四处都有惊叫声。许放也钓了几尾，不大。吴菲的鱼儿却一直没上钩。

许放是钓鱼高手，他便教吴菲怎样上诱饵，怎样撒线，怎样调浮子。吴菲说，我就是玩，它愿上就上，不愿上拉倒。

许放心一动。说，要是它愿意上，你又不干呢？

吴菲脸一沉。不说话。

许放自知失言，也就不吱声。

钓着钓着，突然，吴菲兴奋地大叫，上钩了，上钩了！

一边说，她一边用力就扯。一看就是个生手，这一扯，她脚下站不稳，竟然一滑，掉到池塘里去了！

许放大吃一惊，直起身来，正犹豫着。吴菲哭丧着大叫，竟然很快没了顶。

许放来不及想，扑通一下，跳进了池塘。水很深，他刚进去，便觉得背后一股凉意，迅速也没了顶！

这时他才想起，自己是不会水的！

一直到他醒来，看到大家围着他们两个笑时，许放捏了捏自己，才知不是梦。这么说，他们是被大伙给救起来了！

笑话啊。宋护士长说。不会水还要跳下去救人，要不是人多，你们顶多做一对鸳鸯野鬼！

他脸红了。侧过身来，看到吴菲也平躺在地上，两个人的衣服都湿透了。眼光一对视，不禁都哈哈大笑起来！

笑到最后，吴菲却哭了。

救我干什么！死了就算了！吴菲说。她的声音仅有许放才能听到。

他的心又格外地跳了一下。

为什么要死呢？

死了就没有烦恼，一了百了呗……

连死都不怕，还怕活啊。许放说着自己笑了起来。

15

后来，她问他，不会游泳，为什么要救我啊？

他说，当时啥也没想……

那时，他们和衣躺在南方小城豪华旅馆的一张床上。

那是他们要离开那里的最后一夜。那天夜里他翻来覆去地睡不着，当时夜已深，四处苍山夜色，给人一种不确定与漂浮的感觉。他突然对命运产生了浓重的感慨。

于是，他给她发短信。

睡着了吗？

没。

怎么还不睡？

你怎么不睡？

想你了。

她沉默。过一会，他又发。

我要到你房间来。

你开什么玩笑？

我不是开玩笑！

不行！

为什么不行？

不行就是不行，绝对不行！

他起初也不过只是玩笑，并没认真。她一认真，他倒笑起来了。他不是那种胆大的人，但此时此刻，他突然产生了这种愿望，即使什么也不干，他也要见她！

出去走走？

不去！

那我来敲你的门了！

她没回短信，而且直接把电话打到他的房间：

你要干什么啊？

我啥也不干。

你这是什么意思？不怕人家笑话？半夜三更的，你到我房间是什么意思？

就是想与你聊聊。

电话中聊也一样。

不一样。

有什么不一样？

就是不一样……

本来不太强烈的愿望，在她的认真下，他也认真了。他说：我要来敲你的门，信不信？

你敢！

我真的要来敲你的门！

不行，让我的同事听到了或看到了，我没法解释。

那我真的来敲你的门了！

他感到她害怕时说的话，是那样脆弱。于是，他从床上爬起来，穿得整整齐齐的，真的从三楼跑到二楼去敲她的门。

轻轻的敲门声，在黑夜里也很响，像寂静的时刻，茶杯掉在地上碎裂的感觉。她当然听到了，这声音让她心惊肉跳。他也听到了自己的心跳，心想她的同事千万别有事出来，否则看到他同样没有面子。

但那个时刻，面子不面子倒成为其次。压抑了许多年的情感，仿佛决堤的河水，一下子要迸发出来，让他的手在敲门时更加坚定。

她害怕被人听到，终于轻轻地把门打开了。

他以为她要高声地骂他，而且做好了这种心理准备。但她没有。

她低着头，不说话。

他像贼一般溜进去了。

进去了的他，趁着浓浓的夜色，从后面环住了她。

她挣扎了一下，接着两下，三下……他越箍越紧，她不动弹了。

他们沉默地站了一会。南方小城的夜色冰凉一片，他的背由凉到热，慢慢延伸到全身。他感觉她的肩膀在抖，她的身子在抖。

他一使劲，把她抱起来，放在床上。

这一下她反抗得非常激烈。

他放开她，轻轻地在她耳边说：不怕，不侵犯你。我乖乖的，听话。

她透过夜色看他。他并不好看，是那种非常平常的人物，如果不是他在报社当记者，真找不出他有什么优点。

她说，你要干什么？

不干什么，就想搂着你。

不让你搂。

要搂。

凭什么让你搂？

他想说他爱她，但他没有说。他知道，这类话说出来就会贬值。他手上用劲，她推他。

于是，两个人平躺在一张床上。

她突然哭了。

她委屈地哭了。

她受伤似的哭了。

你有什么心事啊？

她摇头不说。但泪光点点，让人涌起一种爱怜的感觉。

他坚持着问。她告诉他说：因为我快要离婚了。

为什么啊。他并不觉得奇怪，现在离婚有什么奇怪的啊，他所在的单位，离婚率占了一半，大家见怪不怪，离了结，结了离，都要提高生活质量。再说现在离婚手续简化，也不要再到单位开什么介绍信，与领导纠缠半天……他只是有些好奇。

因为我们没有孩子。

没有孩子就成为离婚的理由啊？

嗯……

她接着开始哭。他说，不哭。

她还是哭。

他又用双臂搂住她。

她哭得更厉害。

他不知该怎么来安慰她。他感觉到她的心跳，感觉她在发抖。

你爱他吗？

爱。

他爱你吗？

过去是，现在我不知道……

现在当然不能确定。爱是会变来变去的，不会一成不变，永垂不朽。所谓山枯石烂永不变心，大约是极少数吧。他许放不也有妻有子吗，还这样爱另外一个人……

我辛辛苦苦地怀过三次，每次都超过了半年，那个罪受的……但最后，还是都胎死腹中。检查做了百遍也没有用，每次我受罪时死的心都有，可他家里逼他，非得再生一个……

他的心有一块坚冰被融化了。

我也理解他，他家七世单传。他父母渴望孩子就像久旱的大地盼雨一般。天天催来催去的，我又不是一个生孩子的机器……

你说我活得失败吗？生活好好的，突然因为这个原因，家庭面临解体，我爱他，也理解他，心里很痛苦啊。

在灾区，看到那么多的孩子被压在废墟下，我的心也冰冰凉的，觉得能多帮一点是一点。可是想起自己的孩子，还没睁眼便不在人世，我的心比任何人都痛……

她又哭。轻轻地，她不想让隔壁的同事们听到。

他的心中突然涌起了万道柔情。他想搂她，但又觉得不好意思。他与她，两个正当年的男人与女人，躺在床上，什么也没做。

许久之后，他还想，有谁能够相信，在这个群魔乱舞的年代，他与她，一个男人与一个女人，在一张床上，什么也没做？

生活真是黑色幽默。再伟大的爱情，也抵不过亲情的威逼。

她在讲述了自己的故事后，擦干了泪说，回去睡吧。

他其实还想躺在她的身边，但不自觉地乖乖直了起来，整了整衣服，想回头吻她一下，然后离开。但他把头偏过去时，她却下意识地把头偏开，他理解了她的拒绝，终于站了起来。

她挥挥手。

他便向门边走去。他希望她站起来，留下他，不要走。但她什么也没做，他于是轻轻地打开门，伸出头探了探，没有人。于是他走了。

带着她身上的一股特别的香味。

他回到自己的房间时，心里开始怦怦直跳。人过四十，已到中年，居然有这样的一段经历。真是怪事。身为记者，天天在外奔波，各种风月场所，也不是没有见过；各路诸神豪侠，红男绿女，花花草草，随随意意，也不是没有闻过；各种各样的色诱香惑，也不是没有经历过。而自己居然，戒骄戒躁戒酒戒色坐怀不乱循规蹈矩那么多年，就在这样的环境，竟然发生这样一段传奇的经历。

这样的经历，说来，就是鬼也不会相信。

16

第二天，他们见面时，两个人只是笑笑，心照不宣。空气中，一股默契的滋味也是幸福的。

命中注定，这是一座令人幸福难忘而又忧伤无比的小城。

宋护士长看他，夸张地说：人出来玩，都会面色红润，我看许大记者，脸上好像很憔悴啊。

他嘿嘿地笑。心想，你不知道我为什么要憔悴。

是的，没有任何人知道。除了她。

于是，他们乘车，像风一般离开了小城。小城里有什么，他一点也不记得。他记得的，只有那个美好的夜晚。那个美好夜晚的美好感觉，将是他一生难以忘怀的记忆。

说来，他比她大九岁。几岁的距离，说大也大，说不大也不大。当九十年代出生的人已开始登上历史的舞台时，他和她，一个七十年代出生的与一个八十年代出生的人，就像屁股下坐着的火车一样，铁轨可以提速，但永远不会改变方向。

他们回来，再也不联系。仿佛这个世界上，没有这样的事情发生过。仿佛美好与遗憾的，都留在了列车的那边，大街上的人们，各自在匆忙的人生旅途中，埋藏着各种各样的秘密，怀揣着各种各样的心事，匆匆忙忙而又糊里糊涂地生活着，过着实在或并不实在的日子。而他们，不过是千千万万藏有了梦与秘密的人中间，最为平凡的两个。宇宙几曾变化，人间几度秋凉，许多年后，作为过客，他们也不过如地震中消失的那些人们一样，仅成为一种数字的存在。而关于他们的爱与相爱，像地震前时的一阵风，再猛烈，也早就刮过了山的那边，有谁还会看得见。

（发表于《草原》2010年第1期）

英雄劫
——一个革命者的婚姻笔记

电　报

电报是深夜由乡邮递员送来的。邮递员敲门声很急促。叔父在夜里向来是柴门紧闭的，听到敲门声还以为是打劫。他颤抖着声音问：谁？

邮递员说：大爷，是我哩。

叔爷又问：你哪个？

邮递员说：送信的。

叔父的心抖了一下。他的几个儿子都在外打工，不会出什么事吧？于是紧张地从床上直起身了。

接着叔父在黑暗中窸窸窣窣地穿衣服，摸着黑点亮了灯。邮递员听到门吱呀地一响，开了。

大爷，你的电报。加急。

邮递员的声音喘急。叔父的心又紧了起来。

么事……电报？

吴敬波老首长平反了。这是北京来的电报，邀请你参加他的骨灰安放仪式……

你说哪个？送错了吧。

听到不是自己儿子的名字，叔父心中的石头落地了。

没错啊，吴首长，就是你的三伯嘛，你真是……

邮递员有些责怪叔父的意思。叔父这才明白他说的是三伯，于是声音又颤抖起来：三伯……平反了？

是啊，你赶紧准备一下。县委也接到了通知，办公室的人让你一块去参加。

叔父有些懒洋洋地接过电报，也没有说去还是不去，只是对邮递员说：进来喝盅茶吧。

邮递员说：大爷，不用了。你在这里签个字吧。

叔父说：我不识字，你代签一下。

邮递员说：那麻烦你按个手印。说着他拿了一盒印泥出来。

叔父说：都乡里乡亲的，还不信你啊。

邮递员说：大爷，我这是公事公办。

叔父于是用手在印泥盒里按了一下，在邮递员递上的单子上按了个印。

邮递员说：那我走了，大爷，这事你可得重视啊。听说县长、县委书记也都参加。

叔父说：看吧，有时间就去。

邮递员说：大爷，你一定得去，到时电视上还要播的。

叔父说：电视不电视谁认识我啊？你进来喝不喝？

邮递员说：不喝了。我还得回去，你早些休息。

叔父说：那就谢了。

看到邮递员转身上了自行车，叔父在黑暗中喊：你哪，那个谁，慢点骑！

转过身，叔父插了门，坐在床上。黑了灯，想睡。可一夜，却翻来覆去的，怎么也睡不着。那个消失了多年的吴敬波"首长"，扰了他的好梦。天亮时虽说闭了眼，可不踏实。黄安山区的夜风吹来，好像把吴敬波的魂也吹来了似的，往事竟然一桩桩地全在心里活络了。

叔父说：三伯，你还回来做么事，在北京当你的官好了。

三伯不说话，全身看上去水淋淋的，像在哭。

叔父又说：三伯，你还敢回黄安来？还有脸回本吴庄来？

三伯仍不说话。他开始蹲下去抽烟。三伯蹲下去的动作像黄安的庄稼汉，于是叔父的嘴有些软了。

叔父不甘心地说：三伯，你回来做么事，你也莫到婶娘的坟头上去了，她不会理你的。

三伯还是不说话。但叔父看到，三伯的眼里真的涌出泪水来了。叔父便不好意思地坐起来，觉得屁股被什么东西梗了一下。

叔父醒了，才知是南柯一梦。其时，窗外已经大明，阳光穿墙透瓦，挤在叔父床前的桌上。叔父的牛，在隔壁的屋子里不满地抛着蹄子，长长地叫。

叔父一屁股坐起来，点了一支自制的土烟，两个眼睛眯着。很快，小小的土屋里，燃起的香烟在阳光中跳着并不规则的舞蹈。

叔父仿佛看到三伯从村庄的那头，穿着老人头的粗布鞋，像个庄稼佬一样慢吞吞地走过来。

革 命

革命英雄吴敬波到底是哪一天去参加革命的，本吴庄的还没有一个人能说上来。叔父那时还小，记得并不清楚。后来在"文化大革命"期间，当自己人开始整自己人时，三伯也是挨整中的一个。奶奶才忍不住对造反派说，你们批他，够么事资格！他是真正的老革命，1923年的冬天就出去了。你们那时还在哪里？伢啊，你知道个么事啊，1923年的冬天，黄安的天冷得树都快裂了，我儿子是没有吃一顿饱饭光着脚就走了啊。

我们不知道吴敬波光着脚在冬天里走出黄安时，是个什么样子。但我们在那里长大，知道黄安的冬天冷时，屋里与屋外一样，别说在外光着脚，就是在被子里，稍冷一点也会冻得直打哆嗦，整夜整夜地睡不着。

可革命者吴敬波就是这样走的。

我们年轻，没有赶上那个激情燃烧的年代，不知吴敬波参加革命抱有了怎样的想法。在我们眼中，黄安人的造反无非是想过上好日子。至于革命理想，好像是件特别遥远的事。

据说，在革命之前，吴敬波曾在一个冬天极长的时间里，像狼一般地走在本吴庄周围，走在大别山的旮旮旯旯里，想要找点吃的，但是他失望了。黄安四野的大雪把一切掩得严严实实，根本找不到可以充饥的杂草。除了地主家里还飘着香味，黄安的哪村哪屋不是冷火冷灶的。

吴敬波转了一整天，失望的眼神像冬天一样干巴巴的。

人在饥饿的驱使下最容易脆弱。那个冬天吴敬波终于还是受不住，来到本村最大的地主吴聪家门口，想向这位老东家求点过年的东西。

可吴聪说：你家去年租的田地还缺我的粮呢，我没催要便是行善，你还好意思来借粮。

吴敬波说：明年再还，你总不能看到我们在冬天饿死吧。

吴聪说：那是你的事，如果大家都来借粮，你说我借得起吗？都借出去，饿死的不就是我吗？

吴聪说完便推吴敬波走。

吴敬波想，多少人来借粮你也借得起。但话还未说，大地主吴聪就在身后推了他一下。他还没有回头，便听到了身后的门哐当一声响。

吴敬波的心震了一下。好像那一声响是从他的胸里发出来的，震在了他的心上。

出得门来，吴敬波看着茫茫的天空与大雪，觉得自己这个男人不像个黄安的男人了。男人的脸面与尊严，在这个大雪漫舞的冬日里化作了仇恨。

仇恨是一种可怕的力量。

可能就是在这一刻，吴敬波决定做一个革命者。要知道，在大寒冷的冬天，如果没有吃的，除了等死还会怎么样呢？就是逃荒，也走不出绵绵的大别山啊。再说即使走出去，大别山下的穷人都一样穷，富人都一样凶恶，走出也是枉然。

他的确是太难了。他们家，已饿了整整三天啊。

于是，黄安城里的那些没有东西吃的庄稼佬，三个一堆，五个一伙，不是到山上的红枪会里做了土匪，就是到老林中的革命队伍当了兵，组织起来闹革命；再不，就是到地主与豪绅家里做了帮凶。

民以食为天。虽说那时大多数的庄稼佬不知道革命为何物，但为了吃，也得在饿死前反抗一把。

要死朝天，不死万年——这就是黄安人的性格。所以，往革命那条路上走的人会越来越多。

吴敬波在那个寒冷的冬天里，可能还存留着做一个良民的想法与希望，但这个想法没有坚持多久，就被大地主吴聪的胖手那么一推之后便崩溃了。

日他娘，还是上山吧。管他呢，山上的队伍经常摸黑下来，钻到地主与豪绅的家里，还能吃些东西。

饿得两眼发昏、前胸贴着后背的吴敬波终于下定了决心：革命去！

于是后来，我们从乡亲们的嘴里读到英雄吴敬波在革命之初的行动与壮举就是：在本吴庄最大的地主吴聪家里放了一把火，然后光着脚丫子寻找革命队伍去了。

当吴聪家被大火烧个精光时，吴敬波也便成了一个革命者。

后来，革命胜利后据人们说，黄安人对革命之所以死心塌地，就是他们没有退路。即使那些有退路的人，最后也会被逼得没有退路。

吴敬波在一次访谈时这样朴实地讲道：反正都是个死，如果革命，还可能有希望能够活下去，为什么不革命呢？

于是革命者吴敬波，就那样抛弃了老母亲与过门还不到一年的媳妇，跑到深山老林寻找队伍去了。

从1919年到1927年，这样的事在黄安城经常发生。时局的动荡让人生活得麻木，国民党的别动队与团防接到报案也见怪不怪。谁知道谁明天的脑袋还长在自己脖子上？还是把命保住要紧吧。

事实上，这些本来老实巴交的庄稼汉，不革命又有什么办法呢？他们活下去的理由是：只有革命，才能有粮吃，有衣穿；革命的队伍人人平等，个个自由。

多少年后，我曾在北京采访过一位最后享受了革命成果的革命者，他对我说过这样的一句话，让我久久难忘。

他说：革命是啥？革命就是穷人要打倒富人。

我觉得所有解释革命的词，都不及这句话来得浅显而又深刻，来得如此通俗易懂。

而那时的黄安城头上，乡下的土墙边，刷着的就是"革命有土地，革命有衣穿，革命有饭吃，革命会平等"之类的标语。就是这些标语，从此有48万黄安儿女走上了革命这条道路，并且有14万之众的英灵踏上了革命的不归之路，长眠地下与他乡不醒。

真是一些手艺高超的庄稼汉啊，如果他们继续老实巴交地种庄稼，黄安城也就不会在二十世纪以降以将军之多而闻名于世，黄安也就永远会是那个小小的弹丸之地黄安，而不是今日赫赫知名的红安了。

三叔想起这个，就长吁短叹，唏嘘不已。

远　行

总之，革命者吴敬波走出之时，他母亲不知道，他妻子也不知道。在我们黄安城，除了那些正儿八经被国民党抓去的壮丁外，参加革命的人家里基本上都是不知道的，除非一家全参加了。有很多都是后来突然出事了，家里才知道枕头旁边就睡着一个共产党。再说，那个年代一个人突然消失或彻底失踪，在黄安并不是一件怪事，要不是被土匪杀了，被人劫财了，或参加红军了，就是活不下去，自尽了。反正大不了就是个死。死算得了什么，谁又不死呢？死人见得多了，就不奇怪了。

因而，革命者吴敬波的出走，人们并没有太多的猜测，除了他母亲整天哭个不停，除了他妻子暗暗地含泪度日，谁又知道他跑到哪里去了呢？而这两个善良的女人哪里想得到，他们家唯一的男人这一走，就是一去不回头了呢？她们又怎么会想到，这个男人，将会是他们家族中多少代才出现的一个大人物呢？

大人物参加革命的具体过程，已无从考证。总之后来作为胜利者，吴敬波好像不太喜欢讲述过去。他没有留下任何回忆录，更没有百战将星之类的丛书问世。让本吴庄人气愤的是，作为本吴庄革命者中唯一一位活着的将军，他甚至连黄安也不回。有人说，可能因为那时他母亲死了，他已了无牵挂；而他的妻子，一个人活在漆黑的土房中，让他无法面对。但无论怎么说，他在村庄的族谱上还没有排到祖字辈的位置，比他年长年高的人多着呐。再说，虽然革命者吴敬波在全国人民眼里是一个大人物，可在本吴庄里，这种人物也太平常了。黄安出去了那么多的人，死在革命路上的不说，光是新中国成立后就有那么多高官，在庄稼汉们的眼里，不过只是命大而已，不为稀奇。既然平常，本吴庄的人看问题就有自己的眼光。所以革命者吴敬波从不还乡，也便成了本吴庄挨骂的对象。

么东西，当了官连老婆也不要！

再大的官也别从家门前过，三岁的孩童还要叫乳名咧。

是呀是呀，一个新时代的陈世美呗……

人们似乎用这种说法，能够让心理平衡一些。黄安人喜欢以这种方式，来维持他们在革命后仍然过着贫穷生活的面子与尊严。事实上，后来的黄安人，对革命已没有当年那么大的兴趣。一切轰轰烈烈地闹过了，一切还是复归平静，还于当初，还于往日，还有么事好闹的呢？各家养大各家的儿女，各家吃上各家煮的饭过日子，各家在年关后找关系跑到城里去打工，挣些辛苦钱，安安生生地讨生活，就行了。

但扎堆的黄安人，拿着碗站在树边、村头和屋檐下，或是饭后聚在一家喝茶，还是喜欢扯出那些旧事，来维系他们在生活圈子中的权威。他们喜欢谈论国事，喜欢藏否人物，喜欢纵论英雄，喜欢制造传说，来表达他们心中的某种理想。在黄安人的眼中，革命是一种理想，空谈也是一种理想的接近方式。

从他们的叙述中，我们隐隐约约地知道，革命者吴敬波长得一表人才，高大威猛，是本吴庄少有的美男。一个南方的男人长得高大而帅气，应该说是本吴庄的稀罕物。因而，吴敬波也便成了本吴庄周围女人们羡慕与暗恋的对象。

好了，事情既然说到了这个份上，故事也便开始了。对于那些宏大的战争，无论人们怎么看它，也无论人们怎么说它，那基本上是历史书上说了一遍又一遍的。当时战争的真相到底怎样，我们姑且不论，我们论了也不算。我们只知道，革命者吴敬波似乎运气不错，他不但没有在战争中被打死，相反却从最普通的士兵，一路飙升，敢打敢冲，一直干到了军团长。

连绵的战争给男人们提供了广阔的施展才能的基地。作为战斗者或者领导者，革命者吴敬波似乎无懈可击，据说每一场战斗，他似乎都带有预见性，无论是伏击还是打援，无论是交锋还是突袭，基本上没有不成功的。

战争给了一个男人强烈的自信与骄傲。没有人想到这个指挥战争的高手，会是一个庄稼汉。这样的人，在我们的军队里太多太多了。

但一枚硬币，总有正反两面。

当巨大的硝烟在战场上消失的时候，当黑夜在枪声平息之后，当年轻人吹着口哨跳着从军部进进出出的那刻，生长在南方，生长在杂花生树大别山中的革命者吴敬波似乎觉得体内总是涌动着一种本能的冲动。

战争毕竟是带了血腥味的。无论是敌军还是友军的尸体，都让人感觉到死亡是那样的迫近。谁也不敢断定，哪一场战斗中，会有谁会倒下去不再醒来。在一个炮火纷飞的年代，战斗减员与非战斗减员是平常而又平常的事情。

不平常的战争往往只发生在自己与自己的斗争中。

每当激战过后，吴敬波便觉得心里涌动着让他不得安生的血液。那是一种可怕的血液。他是过来人，虽说结婚不到一年，可毕竟经历过人间的冷暖，经历过女人的身体，经历过生活的滋润。这是被革命所忽略了的。我们从银幕上看到的，往往是那种高大全、缺乏性别意识的人物，事实上，在战争期间，在战场上，无数个男人与女人的性别意识，表现得比平时更为强烈。曾经有人作过试验，就是在死亡的威胁下，人类最想干的是什么？结果是，大部分人，都盼望着与异性有着温柔的性爱。这种爱，原本挺正常的，只有那些因战争而变态的人，才会作出强奸妇女的下流事。我们平时在银幕上看到的许多人，其实都是一些变形人，是艺术家加工了的、经过裁减的人。

事实上，在每一场带血的战斗过后，革命者吴敬波听到部队里那些不同于男人们的笑声，就会想到远在黄安城乡下的妻子。那个影子尽管模糊不清，但她存在。

乡里人说，吴敬波的第一任妻子应该说是一个贤妻，嫁到他家后，不但没有享受过一天的清福，相反由于过度的饥苦，她显得是那样的消瘦。就是吴敬波本人心里也得承认，妻子嫁过来后对他是温柔的，体贴的。这正是黄安城女子的美德。毕竟，当时在黄安城，族权、神权与政权的浸透，使得女人们总是认可现实的命运，而变得乖乖巧巧，温温柔柔。

令吴敬波回想不已的是，那美丽而又惊心动魄的每一夜，曾让他觉得自己在一个冰冷的世界里感受到了温暖，感受到了一个男人的力量。也许正是这种男人的力量与贫穷生活带给了他自尊上难以言说的伤害，才使他选择了革命这条道路。这条崎岖不平的道路，又带给了他更多的人生追求。即使是理想，即使是战争，也无法抹杀这样的一个事实——革命者吴敬波首先是一个男人，他的性别是无可改变的。只是由于到了我们这个时代，读过了太多的革命故事，有些作家总是喜欢把人物无限地拔高，结果让人不太相信英雄存在着无限柔情。英雄肯定是存在柔情的，而且也有爱，有希望，有毛病。

单就参加革命的目的而言，他充其量不过是为了男人的尊严或者为了解决肚子的饥饿，参加革命时也许根本就没想到有一天要让全中国的山河一片红。这并不是说本吴庄的人闭塞自私，而是当时的环境使然。一个革命者在革命之初不可能有那样高的觉悟，如果人生来就是革命者，那他一定不是一个彻底的唯物主义者，而是神仙。但神仙，正是革命者后来要破除的封建迷信之一。

所以，我们后来揣摩的结果是，在整个的革命路上，革命者吴敬波从来没有忘记过女人。这才有了后来的故事。

否则，革命者吴敬波也不过是革命过程中的一个符号、一件工具。战争死了那么多的人，不管是怎样死的，不管后来这些革命者的命运如何，我们必须承认一个现实，那就是，革命者同样怀有个人的理想。所以，他们才生活在真实中，活得有血有肉，有悲有喜，有苦有痛。所以，他们不得不作出的某些放弃，才更显得生命的可贵与存在的意义。

黄安男人虽然大男子主义，但是当一个家庭受到了伤害，特别是弱小的势力遭遇不公，他们就会在心底产生无穷的痛苦。革命者吴敬波后来是不是因为这个原因参加革命，无可考证。因为作为胜利者，他们在幸运地享受了革命果实之后，也曾被无形地拔高，电视和报纸都说他们从小就有着崇高的革命理想，有着无比坚强的革命信念，有着为劳苦大众谋福利的思想。如果说前者他还谈不上，但是对于为劳苦大众谋福利而言，倒有些可能性，因为他上有老母，还有一个爱着他的妻子，他至少得为她们两个人谋福利。

隐　痛

但我们知道，这个人，不是过去战斗与革命途中的吴敬波。过去现实中的吴敬波的真实面貌是，他在一次又一次地战斗的同时，也一次又一次地体味到了内心的苦痛。这种苦痛是不能随便与人言说的。因为他们是革命者——革命，早已把他这样的黄安农民改造成了另外的一些人，另外的一些陌生人，不但黄安人陌生，革命者们本人也觉得有些陌生。

那时候，他们不再回望故乡，故乡只是人生的一个驿站、一个印记、一次旅行。故乡的一切是那些遥远，故乡的一切只是一个梦。包括母亲，包括妻子，他无暇去想她们。事实上，在战场上，每一颗子弹都不长眼睛，他也没法时时去想，他们做梦都在杀敌，都在枪炮声中冲锋。只有在战斗停息之后，故乡的母亲和妻子才闯入他的大脑，而那些都不现实，都只是些回忆。回忆的一切，痛苦得让人悲凉；如果是美好的，除了让人激动，更多的则是令人惆怅，让人产生无限的迷惘与苦痛。

革命者吴敬波知道，从内心来说，除了革命之外，除了不停地杀敌之外，他还意识到，自己是一个人。既然是人，就有着人的一切，有着人的天性和本能，有着人的正常生理。但在革命的战争年代，如果一个男人去想这些，那无异于痴人说梦，是不可能实现的。因为战争的硝烟，往往使得人们开始忽略了性别的意识。直到战争暂时平息，直到枪声终于慢慢地变得遥远，这些在战场上奔杀的人们才意识到这种性别的存在。

因此，有着正常生理需求的革命者吴敬波，只有把这一切深深地埋藏在心里，全部的力量化作了在战场上奋勇杀敌，为人生寻找着另一种证明，激起更强烈的杀敌决心。

革命便是在这样风风雨雨、波波折折的过程中，慢慢地走上胜利之路的。

女　人

革命者吴敬波是在长征的路上有了第二次婚姻的。这只是时间上的大致猜测。因为对于他一生经历的几个女人，后来的人们为了维护领导人的形象，对此一直讳莫如深。

在我们黄安的大人物中间，只有王近山将军的爱情故事才偶尔被史书与传记提到，有的提法含含糊糊。其实我更相信这位能征善战的将军如果在世，肯定会直来直去。那才是黄安人的性格。黄安人如果老是扭扭捏捏，小里小气，抠抠索索，就不会闹革命了。

写到这里读者便会明白，我写这位农民出身的将军革命者吴敬波时用了假名。因为是小说，再说吴敬波同志已经作古，对于逝者，让他还原为一个真实的人其实是对他的尊敬。我相信他地下有灵，一定会赞同我读懂了他内心深处的隐痛。毕竟革命不是请客吃饭，不是做文章，不是绣花，革命是时常要掉脑袋的，而在掉脑袋的生涯里，他们是活生生的人，这一点他们自己知道。即使历史有时非把他们描写成另外一种让他们自己也觉得陌生的人，他们也没有办法。黄安人的身上有着湖北人的通病，做事说话喜欢直来直去，当然也有那么一点点虚荣。所以，作为他一个村子里的老乡，作为本吴庄人，我还是想把这些真实地记下来，记下本吴庄的历史就是记住了那些死难者。要知道，仅在我们黄安县的48万民众之中，就有14万人长眠于地下不醒。而在今天幸福生活的时代，我们却有不少的人忘记了他们。

革命者吴敬波认识第二个妻子纯粹是偶然。不然，他还不会太快丧失"革命"的立场。快长征的时候，他已是一名团长了。那时当一名团长比现在年轻多了。现在最年轻的团长恐怕也得三十好几岁，遇上那些有特别功勋的先进人物和特殊关系将门虎子，提得再快也得过而立之年吧。但革命的年代，林彪二十七岁便是军团长，李先念二十四岁便当了政委。

战争是军官们迅速成长的原因之一。因此和平年代有不少熬成白发的将军，总是慨叹自己生不逢时。而吴敬波这样作战勇敢的革命者，可能在一年之内就会由排长提到营长，如果遇上更为恶劣的大战，他还有可能在一年之内从排长干到团长。

革命的力量就是这样慢慢壮大起来的。有时候，几个人也号称一个团，等打仗那天，民众一窝蜂地涌来，这个团便名副其实了。

1934年对于走出黄安的红四方面军来说，是一个特别令人忧伤的年份。经历了历次运动与肃反后而幸存下来的年轻团长吴敬波，在新的战略形势下，不得不随着红军撤退。

命运好像是早就安排好了的圈套，专门要考验人们。当他们路过江西的时候，在一个小村庄救下了一位差点被国军杀害的年轻女子。

那场战争死了三个红军战士。最后，整个村庄尸积如山，就剩下一个孩子与这位正准备上吊自杀的女子。

年轻的团长看到这位年轻的女人那盈满了泪水的眼睛时，心动了一下。按照规定，当时部队不能带着这样的女人行军，就是伤员，也在当地老百姓的一些家庭中得到了安置。部队一边发展力量补充兵源，但是很少带上这些没有过战争经验的女人与孩子。革命那时毕竟是在生死之间走钢丝。

可那位女人看到他们时，决定不自杀了。

带着我和你们一起走吧，我也要参加革命，打那些王八羔子们。

整队的军人沉默了。大家看着吴敬波。

吴敬波也看着她，多么漂亮的一个女子啊。

首长，我会做饭……带上我吧……女人的目光流露出哀求。

吴敬波最怕看女人这样的目光了。他看着整个村庄被烧成一片焦土，再看着这个可怜的女人与孩子，英雄的心肠一下子涌上了往事的回忆，看着炊烟在远处与天一接，他的心软下来了。在没有与上级请示的情况下，他对警卫员说：带上他们！

在这支名副其实的钢铁部队，吴敬波就是权威。因此，尽管部队的政委表示反对，可他们还是带上了他们。

孩子很乖，很快学会了放哨，而这个叫英姑的女人，便在队伍里做饭。于是，吴敬波的团里便又多了两位苦大仇深的红军战士。这样一来，没有人再议论这件事了。

战争始终是与紧张连在一起的。战争就像军人的呼吸，打惯了仗的人，如果停下来，就百无聊赖。战争之暇，吴敬波看着孩子在跳来跳去地捡弹药，心里充满了无限地怜爱。他常常摸着孩子的头想，这个聪明的孩子，本来是可以在学堂里读书的年龄，可惜生错了年代。

而对于团里又来了一个年轻的女人，有着革命柔情的吴敬波不是太习惯。每当目光掠过她，便觉得身上有着一种非常奇怪的感觉，因为在战场上时，每当看到她在后面跟着，吴敬波便觉得力量大增。凡冲锋陷阵，有着使不完力气。而一旦硝烟散去，一种惆怅便包围了男人。

女人，常常使本来平静的男人，成为强者和勇者。

两军相逢，勇者胜。吴敬波因此常常成为战斗中的胜利者，他所率领的团队，很快成为长征中最为出名的一支。

不幸的是，在一次打扫战场时，一位国民党的残兵，卧在壕沟中，打来了一梭子冷枪，正好打在四处捡弹药的孩子身上。

女人哭得死去活来。

女人的哭声，勾起了革命者们的仇恨与伤痛。

本来，这些早已把死亡看得和生一样的钢铁战士，死对于他们来说已算不了什么。但一个女人的哭声，却使这些男人们在那星冷天凉的月夜里，唤醒了心底埋藏与压抑了很久的往事。

许多长征路上的老兵都有着自己伤心的往事。

先是一个，接着是两个，再是三个，最后差不多所有的人都哭起来了。

没有人会料到这样。革命者吴敬波也没有料到。一个团的人马呀，居然没有一个人不掉泪的——但是，那个夜晚的确发生了。虽然孩子不是女人自己亲生的孩子，但是，她那撕肝裂肺的哭声，却把那些走了天涯见了世面的男人们的心，哭得直在革命的道路上摇晃。

那是真正的哭。

男人的哭声在那长征的夜空里，显得格外的悲壮与惨烈。

问题出在过草地时，张国焘的部队要与中央搞分裂，于是这支多灾多难的部队三过草地，数过雪山。

当张国焘带领的十万大军与一方面军会师的时候，他看到的是一支缺衣少粮仅有一万余人的队伍，于是，他的野心和目光便又无限地放大，像那茫茫无际而又辽阔的草原。

四方面军改变了行军方向。

吴敬波说，我们不为什么不按中央的路线前进？

无数个四方面军的战士都这样问过。但有了白雀园的悲剧和无数次清党的痛苦记忆，他们的问号化作了沉默。

他不过只是一个团长。连中央的命令都被张国焘当作耳边风，更别说区区一个团长的话了。于是，吴敬波只好服从命令，在那劫难重重的草地上来来回回。

一条条活生生的生命倒在草地与雪山上。

军中开始有人呐喊。

我们为什么反反复复来来回回？你们看看死了多少人了？多少条年轻而富有活力的生命啊，就这样毁了，没了……

你们看看吧，那些革命者——他们不是死在战场上，不是死在战斗中，那么多坚定的乐观的革命者，仅因为党内个人的争权夺利，而献出了宝贵的生命……

无数的革命者不再做沉默的羔羊任人宰割。于是，如日中天的张国焘一声令下，又是多少人头落地。

像所谓的 AB 团一样，一个战士拉了出去，又一个战士被拉了出去……

所有可疑的、所有说过话的、所有"不坚定"的人，统统杀掉——无边的草地，皑皑的雪山，阴冷的风吹过了一阵又一阵。

他们想反抗，但无力。长期的革命斗争，不仅是和蒋介石斗，和日本人斗，还和内部的人斗，他们特别害怕保卫局的人突然点到自己的名字……

终于，有一天轮到她了。

这个团中唯一的一个女人，这个随军后像男人一样的战士，竟然被当作"可疑"的人要抓起来杀掉。

革命者吴敬波看到了。在他们把她绑上之时，他刚好骑着马从总部归来。

他看到了她流泪的眼睛。但她没有哭，也没有叫喊。死的人太多了，死得让人麻木。这个在几个月前还是老百姓的女人，亲眼见证了革命的残酷。

放了她！

吴敬波团长说。

保卫局的人站住了。他们都听说过这个团长的厉害，打起仗来，不要命啊。

可是……

她是一个女人，放了她。

可是……

我保证，放了她。他恶狠狠地说。

那些人还在迟疑。

他拔出枪来。那些人害怕了。就是张国焘，也得让他几分呢，别看他只是一个团长。

革命者吴敬波以坚定的口气再次说，这是我的女人，谁毙她我杀了谁。

他们低头俯耳议了一阵。

真的是你的女人吗？

是的。他的回答非常坚定。

他们又低头交耳一阵，终于给她松了绑。

那天夜里，女人自动搬进了他的帐篷。

虽然，我们不知道那天夜里，这个草地之夜是怎样的惊天动地，但我们相信，那个夜晚草地的月光肯定不再清冷，草地的露珠肯定不再摇曳，草地的枪声甚至连战友们的脚步声都不会太重。有关那一夜的种种传说，让我们懂得了一个黄安男人的英雄气概。黄安人就是那样敢爱，敢恨。

对于革命者吴敬波来说，这是他生活中出现的第二个女人。

命运在苍茫的革命途中，好像对他特别地垂顾，但是这种好景经不起风吹雨打，又似海市蜃楼一样短暂。

这个可怜而又可敬的女人，在新婚后不久，随着张国焘终于服从中央的命令而第三次翻越雪山时，不幸从高高的山上摔了下来……

她死时，脸上挂着灿烂的微笑。

她肯定想不到，在短暂的人生中，还有那样美好的故事。她也把这美好，留在那个团队每个战士的心里，留在了革命者吴敬波那男人狼一般的呜咽声中。多少的生死，已使得这些革命者的心，变得像钢一样强硬。

重　婚

革命者吴敬波的第三任妻子，是在延安时娶的。那时候，吴敬波已是共产党里一名高级官员了。那时候，他们经过了雪山草地，经过了战略转移，经过了两万五千里的长征，经过了大大小小的无数次战斗，经过了生生死死的相遇，经过了无数伤疤的更替交换，经过了西路军那悲壮的失败，他终于沿路乞讨着抵达延安。

此时，革命者吴敬波已经由一个小小的团长成长为党和军队的一名高官了。

那时候党的高官都非常朴素。他们穿着与士兵差不多的衣服，吃着与士兵一样的小米，住着与士兵一样的窑洞，看上去官兵真正一体，没有任何区别。以至于许多年后，人们提起解放军和解放军的官长来，总是感慨着怀念那时虽然贫穷却十分美好的岁月。

唯一不同的是，随着战略的变化与战场形势的改变，当革命者可以停下来喘一口气时，官兵与士兵的不同之处是，当官的可以娶上媳妇了。

这在当时是一件大事。革命也不排除吃喝拉撒，不排除喜怒哀乐，不排除生离死别。换句话说，革命者也是常人，也有常人的七情六欲和各种追求。但是，当时革命队伍里的女同志太少，只有在延安，人们才能看到来自祖国各地各种各样的女人。其中最耀眼的女人，便是来自大城市的女青年。这些女青年，最后大都成了各级领导干部的家属。

一切听从组织的召唤，一切服从组织的安排。这是那一辈人最为响亮的口号。革命，已经使得他们在学会了战斗的同时，也学会了服从。此时，大多数经过了枪林弹雨之后的英雄，突然觉得生活中多了一道风景，自己的生活中又似乎少了一些什么东西。

这时，组织出现了。组织，在那个年代，是一个多么亲切的称呼。如果一个人找到了组织，比找到了亲人还要高兴。组织，也便安排了他们的一切。组织说，某某级别的人，可以娶上老婆了，于是马上有人出面，去说服那些从全国各地奔赴来的姑娘，让他们跟那些在战场上立下了赫赫功名的高级将领结婚。

那时候，奔赴延安的年轻女人们，大都是从大城市而来，她们富有理想，富有人生的激情。她们喜欢看到新鲜事物，喜欢看到那些传说中听到的英勇杀敌的英雄们，活生生地生活在她们身边。她们也喜欢与他们结识。自古以来，英雄们总是女人钦慕的对象。因此，当组织上来说亲时，她们一大部分人是乐意的。那些情窦初开的来自大城市的少女们，当她们看到那些赫赫有名的英雄骑着马，从宝塔山边冲过来的时候，忍不住欢呼雀跃，延河的边上，便多了一些笑声。虽然她们也曾有过挑选的机会，也曾有过保留的意见，但最终还得服从组织的安排。这是大多数人的命运，大多数人，必须服从组织的命令。在那个时代，个人的婚姻不再是个人的事情，而是掺杂了太多革命的因素。因此后来，人们常常称之为"革命婚姻"。

革命婚姻有革命婚姻的特色，无论战争多么残酷，那些女人们，从此与那些将领们便结下了中国革命特有的情谊。她们与他们，在后来的中国历史上，从此写下了许多人生的悲剧或者喜剧。

但无论怎么说，在组织的说和下，她们与他们结合了。这是普通士兵享受不到的事情。这不是特权，而是革命现实的选择。因为那些征战多年的将领，毕竟不再年轻了。虽然革命战争中，许多年轻的干部提得飞快，但到达延安时，他们中间有不少人已经是中年甚至迈向老年了。革命的婚姻，便在这样的基础上，让他们开始了各自的人生之旅。无论你曾经有过婚姻也好，无论你爱也好，不爱也好，一切得服从组织。经过了多年的战争洗礼和无数次的整风与运动，人们开始变了。由此，从那时起，革命阵营里的老夫少妻，不再是一件新鲜的事情，而是非常正常的事。在延安的窑洞，在延河边，一对对的新人们，充分地享受了没有硝烟的浪漫。

革命者吴敬波作为一名师职将领，是在可以享受这一特殊"待遇"之列。但是，当人们在欢欢笑笑地过着正常生活的时刻，他却陷入了无边的痛苦中。

因为，虽然长征路上的女人死了，但在遥远的故乡黄安城的乡下，他还有一个正式的妻子。虽说那时南征北战，他并不知道家乡的母亲与妻子是否还活着。那时候，黄安城有参加革命的亲人们，不是被国民党的团丁追杀，便是被土匪弄去点天灯，弄得大都家破人亡。再或，那些侥幸逃过了整风运动和ＡＢ团事件的革命者的亲人，在红军走后被卷土重来的国民党杀得干干净净。不知多少黄安人做了荒郊野外的孤魂野鬼，谁还知道谁仍活着？白雀园里埋了那么多的英魂，英雄们死得那样冤枉与无声无息。无边的战火，总是一波接着一波，把革命推向另一个境地。没有人去追问家人是否仍然活着，哪村哪户都有死人，哪家哪口都有人被杀或者饿死。死人，在那时候，犹如踏死蚂蚁一样容易。

革命者吴敬波师长之所以痛苦，是因为当他的战友们在享受新婚幸福的时候，他觉得内心有一种巨大的虚空。后来，听老人们讲，吴敬波可能也曾寻找过家乡的妻子，可能也曾打听过家乡那边是否已经家破人亡，但是没有消息。

"烽火连三月，家书抵万金"，但是，家乡的书信，又哪里能够穿越痛苦中的炮火，飞抵到他们战斗的前线，跟上他们的脚步呢？

我们不知道吴敬波师长到底经历了怎样的折磨，但我们知道的是，革命者吴敬波在延安，后来也像那些高级将领一样，娶上了一个从西安城里来的小姐。那时候，许多革命的高级将领们像大换血一样，不管糠糟之妻如何，纷纷把目光投向那些温柔可人的城市小姐们身上。那些富有理想的小姐们，也喜欢这些有着剽悍之气的战斗英雄，于是在组织的安排下，他们开始了革命般的蜜月。

那是真正的蜜月。

经历了种种艰难与死亡威胁的革命者，知道人应该怎样活着，懂得了怎样才是活着。他们拼命地想活下来，结果还真的在枪林弹雨中活下来了，他们还想活得更好，活得有滋有味。

女人，是他们活得好的最好的证明。

他们仿佛又焕发出了无限的青春，在革命的热情中，拾起了婚姻殿堂里美好的、正常的人生生活。

即使国民党的飞机时常轰炸，即使日本人的军队开始围剿，即使战争非常紧张，只要有点时间，他们也会享受这来之不易的幸福。

他们接二连三生出的孩子，便是幸福生活的见证。

这些可怜的孩子，有的就放在当地的老乡家里，有的则被带在行军的队伍之中，结果会被天空落下的炮弹炸死，或被迎面而来的子弹射中；那些被迫丢在当地老乡家中的孩子，等到革命胜利之后，有些已经不知所终。

西安的女人，给了革命者吴敬波初步的幸福。

可以肯定地说，相比黄安那不识字的原配而言，这个美丽而又有文化的西安小姐给了革命者吴敬波无限的柔情和别样的幸福。

真美好啊！

这样的生活让吴敬波陶醉。

婚 变

然而，幸福的生活对于革命还未结束的男人们来说，有时是非常短暂的。

纵观历史的进程，似乎始终存在着这样的一种局面：那就是当形势越来越好时，内部的斗争便会激烈。由于西路军的失败，逃回延安的革命者吴敬波在过了一段美好的时光之后，在搂着一个娇小迷人的妻子感觉到了幸福无边的时候，他很快发现，凡是西路军回来的那些人，日子并不好过。

终于，张国焘熬不住逃走了。

而作为四方面军特别是西路军的将士，革命者吴敬波发现，当他触及那些冰冷的目光时，他的心一下子又回到了那冰冷的雪山草地，回到了马匪围打倪家营子时的惨景，他的又一个灰色时代到来了。

有一个高级将领甚至鄙夷地对他说：那么多的人死了，你还有脸活着回来？

革命者吴敬波开始意识到自己是一个失败者。有关西路军的正确评价，还是后来的事情，吴敬波那时还没有等到。事实上他的一生都没有等到。作为西路军中的一位有名战将，他受到的只是羞辱。由此，也就拉开了他和他的战友生命中的又一次悲剧。

他们又靠边了。

有关他们的种种非议，还与四方面军在长征的战略失误与某位"领袖"背叛联系起来，这使他们在延安的处境日益艰难。甚至，由于四方面军的几个指战员在一起议论中央如何如何、他们又要回鄂豫皖的山上打游击的时候，他们的命运便注定了。

他们中间不少人因"谋反"而被关了起来。

革命者吴敬波是其中之一。

当时，整个延安的人都盛传这些人将被清理，将被杀头。特别是整人专家康生放出话后，这些革命者便处在极其危险的境地。

同样危险的，还有他们的家属。

革命者吴敬波的家属，那个西安的女人，一个出身于资产阶级家庭的小姐，惶惑了。

昨天，她还以嫁给吴敬波这样的英雄为荣，可是一夜之间，英雄又要变成阶下囚了。整人专家号召她们要划清界限，要重新站到革命队伍里来。

她年轻，漂亮，不想在参加革命的路上，就这样被打入另类。于是，她像许多人那样，重新站了队。

她与吴敬波划清了界限。

我们不知道革命者吴敬波那时是怎样的心情，反正他是同意了。作为一个失败者，他必须接受现实。

他同意了，同意的时候他还掉了眼泪。

美好的日子太短了。

于是，那个西安女人为了表明她革命的决心，重新又嫁了人。那个人，后来一样是一位的高级将领，是革命者吴敬波的同行，以我们今天的话来说是同事。

多少年后，我们在审视吴敬波的第三次婚姻时，找不到责怪西安小姐的理由。那些来投奔革命的人，谁也不想落伍，谁也不想背上一个沉重的包袱行进在一支先进的队伍中。对她的离开我们无可厚非，但是，我们可以想见，作为真正的革命者吴敬波，藉此明白了婚姻与政治的关系。

好在后来被关押的这一批人，先后顺利释放。

吴敬波在最后被放出来的一批人中。

他们没有怨言。革命者吴敬波虽然被连降几级，他也同样没有申辩。革命者在无数次对敌斗争和对内斗争中，已练就了一副宠辱不惊的平和胸襟。

只是，当吴敬波看到自己住的那个窑洞里还挂着当初的大红囍字，可已人去窑空时，心中涌起了无限的慨叹。

据说，有一次在延河的边上，他还看到了西安小姐与她的另一任新婚丈夫。

狭路相逢，那个革命者面不改色地向他伸出了手，吴敬波一把捏住了，捏得那个以笔杆子起家的白脸军官咧着嘴叫，把那个西安小姐吓得花容失色。

不知为什么，革命者吴敬波在那一刻笑了。他仰天大笑，使得这对结婚不久的革命夫妻匆匆地逃离。

好在不久，吴敬波便被派到山西，奔赴抗日前线去了。否则，不知像他那样火爆性格的人，又会在延安惹出什么惊天动地的事来。

再　婚

革命者吴敬波生命中出现了第四个女人，还是在革命胜利之后。那时，经过了长期的征战，他们终于像自己相信的那样，解放了全中国，打进了北京城。

他们是真正的胜利者。

他们是革命中的幸存者。

他们掌握并运用了胜利。

他们开始重新建立家庭，开始过上人的生活。

是的，他们终于胜利了。他们还活着。

但是，他们中间的有些人，从此不再回来。不再寻找回家的那条路。事实上，这些革命者也无法再寻找那路，无法把自己和那条路的尽头的人再联系起来。

他们已经发生了变化。

我们无法探知胜利的革命者吴敬波究竟是因为怎样的心情，很快在入城后又娶了一位年轻漂亮的大学生的。总之我们这些后辈也是听说，那时入城的干部们，开始把娶上大学生当作一种时髦。

也许因为长期的战争逼迫他们需要重新成立家庭来抚慰自己心灵，也许由于那些男人们攀比，使得他们开始重新组织革命的家庭。我们后来知道，一些革命者为了组织新的家庭，开始忘记了故乡的结发妻子。

像吴敬波这样的革命者，从本质上说，还是男人。有着男人的血性,同时也有着男人的缺陷。

我后来问过叔爷,难道吴敬波不知道自己的老婆还活着吗?

叔爷说:么样我不知道。

那时叔爷还对我说了胜利后吴敬波的样子。有黄安人带信回来说,曾在北京见过他:他坐着苏联生产的车子,还带着警卫,威风得很咧。

战争,已使革命者吴敬波由一个农民而成为我军的高级将领。

作为那时的高级将领,他们在入城后换个老婆,或者说重新娶个老婆,曾一度是非常时髦的事。这事听说最后曾闹到了最高领袖那里,领袖也没法只好宣布了党内的纪律。

在纪律未达之前,革命者吴敬波像其他的许多人那样,闪电般的第四次结婚了。

那个女人——如果按照我故乡黄安的辈分排的话,我还应该叫她姨娘——同样的大学生,同样的漂亮。如果不是后来的"文化大革命",红卫兵翻了吴敬波的老账,也许这个漂亮的女人会伴着吴敬波善始善终。

我们无法搞清吴敬波第四次结婚时的心情,听说他的前任妻子,也就是第三任妻子,同样到了北京。他们还在某些私人的场合偶尔会碰面。

也许,正是因为这样的会面刺痛了这个黄安男人的自尊心与虚荣心,使得吴敬波在明知乡下的妻子历尽了种种磨难之后仍然活着的事实,又娶了一个刚刚毕业的大学生作为妻子。

应该说,作为吴敬波的第四任妻子,这个女人是热情的、单纯的。她嫁给他没有任何的功利,那时所有的青年同志都对这些革命者佩服得不得了,崇拜得不得了。胜利者总是有着拥有的理由,青年人的热情与崇拜其实是一种非常可怕的力量,这种力量穿透了年龄的距离,穿透了地位的等级,穿透了学历的界限,也同样穿透了世俗的眼光。

她向他走来。

他向她走去。

两个相差了二十多岁的、分属于不同年代的人执手相约,这使得革命有了某种实质性的意义。

即使吴敬波从本质上来说是一个典型的农民，他的身上依然是一副农民的做派，比如说穿粗布的衣服和大头的布鞋，喜欢在家里赤着胳膊和光着膀子，但这并不妨碍这个大学生对英雄的崇拜与尊敬。

三分田地一头牛，老婆孩子热炕头——这原本属于农民想要的生活，革命者吴敬波搬到北京城里实现了。他不仅从她身上学到了出入上流社会的礼仪礼节，还学到了不少知识，学会了跳舞，甚至还学会了用刀叉吃西餐。

他们很快有了孩子，先是一个，接着是两个，再接着是三个，几乎每一年都没有闲着。

革命胜利了啊。

吴敬波闲下来的时候，这样想。

这样的一想，让他非常满足。

可能，他也曾想过在遥远的黄安乡下，还有一个曾经当过童养媳的妻子，但战争，使得那个女人太遥远了。他想起来就觉得茫然。

他带着第四任妻子出入于各种场合。甚至，他的心里还特别盼望能让延安时的前任妻子看到。

事实上那个改嫁的女人也看到了。可她并没有嫉妒的意思，因为她后来嫁的那个白脸书生，地位也同样不低，而且还比吴敬波有文化。

他们相遇的那天，那个白脸军长还主动过来与吴敬波打了招呼，好像延安的那一幕已不存在。事实上，经过了长期严酷的革命战争，有些东西的确开始淡忘了。

那个改嫁的女人好像对吴敬波的新夫人无动于衷。

这让革命者吴敬波多少感到了一些失落。回来的路上，他一直闷闷不乐。

1955 年，他们同时参加了授衔仪式。

这是军人的骄傲，也是男人们的骄傲。如果没有后来的"文化大革命"，这种骄傲很可能延续下去。

劫　难

1968 年时，整个大地乱套了。

由于红卫兵对四方面军某些问题的清算，还有对西路军失败者的挖苦，革命者吴敬波又过了人生的另一个劫。

只是他没有想到，他的前任妻子，会在批斗会揭露他的"反动言行"，称他在延安时为西路军与四方面军的问题发过不少的牢骚。

她的发言，成为打击他最强烈的武器与证据。

这也许是革命者吴敬波命中无法逃过的劫。他强烈地爱过这个女人，向往过美丽的爱情，渴望温柔如水的婚姻，但是他怎么也没有想到，这个曾在延安给了他对美好生活向往的女人，会是他一生逃不脱的梦魇。

这个劫，他再没有从前那样幸运，他终于没有迈过去。由于过度的批斗和战争中的枪伤复发，他身心俱碎，最后在一个寒冷的深夜，死在一间关押他的黑屋子里。

他的第四任老婆哭得死去活来。她不相信他会是反革命，会是叛徒。她哭啊哭啊，想啊想啊，怎么也哭不够，想不通：如果他是反革命或改组派，或许早就在肃反中被肃掉了；如果他是叛徒，就不会在西路军兵败祁连山后还一路要饭找回延安。

但那个年代，谁相信呢？那么多元帅都死于非命，何况他这样的一个小小将军？

那个冬天的北京特别阴冷，革命者吴敬波死时没有人发觉，他也没有留下任何只言片语的东西。

他走了。带着他最后的幸福与最后的痛苦，悄悄地走了。革命死了那么多人，他终于也成为其中的一个。

没有追悼会，甚至骨灰盒上，他连名字都是假的。

从黄安到北京，这之间那么多的路，那么多的曲折，他一路挺了过来，多少次与死神擦肩而过，但没想到会在打下一个新中国后，死在一帮年轻人的手里。

作为农民，也许吴敬波一直到死，都没有明白这个道理。

我们后来感动于他生活中的最后一个女人的坚强。这个大学生带着她的三个孩子，决然地搬出了那所将军楼，搬到了她娘家居住。她在吴敬波死后，一生再未改嫁，而是含辛茹苦地把三个孩子养大成人。

这个身为满族的北京女人，是革命者吴敬波一生中最温暖的回忆。如果他曾经回忆过或者能够再去回忆的话。

返　乡

叔父在接到电报后，终于还是没有去北京参加革命者吴敬波的平反仪式。

叔父在忙他的生产，好像那个出去革命的人与他们毫无关系。他从参加革命的那一天起，便再也没有回过黄安，没有回过故乡。

有关革命者吴敬波的故事，好像到此就已结束。

但是，他虽然已经仙逝，故事却并没有就此完结。那些与他生命相关的女人，还在继续演绎着真实的人生。

我们不知道他最后的一任妻子，那个我们称她为姨娘的女人，为什么会在吴敬波平反后来到了我们的乡村。

那次，她捧着吴敬波的骨灰盒，随同她的三个孩子——大的已经三十岁了，回到了革命者的故乡。

革命者的故乡依然贫穷与贫瘠，革命胜利后，我们黄安除了以将军县闻名于世，乡间基本上没有什么改变。有的地方因为死人太多，还一片萧条。

那个异乡的北京女人，把革命者吴敬波埋在了他母亲的身边。从革命出去后，他再也没有见过母亲，母亲什么时候死的，他也不知道，现在，他终于和她在一起了。

这是他在幸福生活中曾给姨娘交代过的事情。

现在，他来还愿了。

因为他死了，所以他回家。

她还为他立了一块碑：革命者吴敬波之墓。

这就是我为什么在这个小说中反反复复把吴敬波称为革命者的原因。

那块碑至今还在。它躺在那一大片因各种各样原因而死去的故乡的坟地中，看上去并不孤零，但我长大懂事后，一直相信它非常寂寞。

相　见

一切好像到此结束。革命者吴敬波从这里走出的，又归于故里，按照宿命的说法，他是转了一大圈又回来了。

但事情并非如此。

他的第四任妻子，那个坚强的女人，却向我们当地的领导要求：听说大姐仍然活着，我一定要见她一面。

天哪，她竟然想见革命者吴敬波的第一任妻子，也就是我们的大姑！

本来，当地领导对他们回来，始终是瞒着大姑的。大姑并不知道那么隆重地安葬的烈士，会是她日夜想念的那个男人。

她们终于见面了。

一见面，听到介绍后，我看到大姑搂住了那个小她许多的女人，两个人嚎啕大哭。

那时，大姑已经七十多岁的高龄了。她的头发已经全部变白，她搂着那个比她小二十多岁的女人，哭得天昏地暗。

我们原来估计，大姑肯定会揍那个抢走了她男人的女人，但是她没有，而是搂着她哭了。

她们情同姐妹，抵足而卧，像是一家人一样。

事实上，她们就是一家人。如果革命者吴敬波的在天之灵有幸看到，他也肯定会露出一个真诚的微笑。如果，他早知道结果会是这样的话，也许，在他还没有打倒的那几年，他一定会带着她回到黄安来看看她。

然而，他却没有看到。

我们后来才知道，那位被我们称作姨娘的女人，给大姑带来了吴敬波的遗言：一定要把我埋在黄安的故乡。只有那儿，我的灵魂才能得到安息。

于是他的骨灰回来了。整整五十多年了啊，他终于还是回家来了。

姨娘还带给了大姑一个厚厚的笔记本。她说：这是他的本子，我们在整理遗物时发现的，给你吧。

大姑不说话，但眼泪还是流下来了。

她从那位小她许多的姨娘手中接过本子，紧紧地搂在怀里，像个女孩似的哭了。

大姑带着姨娘上了我们家族的坟地。坟地就在屋后的山头上，从那里直通村子的路口，无论是谁从村庄的路口进来，都可以看得到。所以吴敬波的母亲一定要叔父把她埋在那儿。她可能相信，总有一天，她的儿子，会从村子的那边走回来。

到了坟地，还很年轻的姨娘也哭开了。

因为大姑利用休息的时间，把吴敬波家的坟地修理得非常漂亮。那片坟地，在我们家族的坟地中特别显眼，整整齐齐的石头，一层层地堆砌起来，好像要造屋子似的。

就是我们长大后，也不知道大姑哪里来那么大的劲，搬得动那样重的石头。

两个苦命的女人，在山头上一坐就是一个下午。

我们从远远的地方看着，我相信她们之间，一定有许多共同的语言。

日　记

大姑不识字。她好像怕村庄里的人知道那个本子中的秘密，就把刚上小学的我叫去，偷偷地读给她听。

我长大后才知道，那是革命者吴敬波的日记。我们那时候，还不知道不识字的吴敬波，自从参加革命后，不仅认识了许多字，还偷偷地写了日记。

那时上小学的我，因为想学更多的字，在拿着字典帮助大姑读日记时，我还把那些字一笔一笔地记了下来。只不过，那时我还不知道这些文字的价值：

1935 年 8 月 × 日

今天又是一场恶战。双方各有死伤。最令我心痛的是，看到我们没有子弹，刚来部队的小罗子跑出去捡子弹，被敌人打死了。当我看到他的尸体时，觉得就像是死了自己的孩子一样。我看到英姑哭泣的样子，忽然想起了老家，想起了母亲和妻子。出来十二年了，不晓得她们是否还康健平安？听说，我的老家，已被白狗子们杀了不少人。不晓得她们是否还活着？

天天都在死人。天天都有人在问，为什么要车（撤）离川陕？

1935 年 9 月 10 日

今天一大早，红一、三军团单独北上，还设警戒哨，我们都不明真相。
但我们听到徐总指挥说：哪有红军打红军的道理！
他要我们听指挥，无论如何不能打自己人！
在张主任的命令下，我们四军、三十军及红军大学部分人员再次越草地，开始了南下的进军。
死亡好像离我们越来越近。

1935 年 10 月 × 日

经常记不住日子。部队在一个劲地走，雪山草地，一个个的非战斗减员，令人心惊。我看到她，真是一个坚强的女人！
我方面军的"大举南进"早（遭）到失败，总兵力由 8 万减到 4 万。令人痛心啊。
部队开始有人发牢骚。

1936 年 1 月 20 日

年初，我方面军被迫撤至四川甘子（孜）地区。又是一场斗争。

他们来了。保卫局的人终于来了。他们斤（竟）然要杀掉她！

我说，不行！不行！

他们问为啥不行。我说：她是我老婆！

我想，只有这样，才能救她。

他们放了她。

那一夜，她进了我的帐篷，不知道为什么，我没有拒绝。

谁知道呢，或许，明天，我们都会战死。

1936 年 3 月 16 日

虽然艰苦，虽然寒冷，但我感到了温暖。

有了她，我感到非常兴（幸）福。有时，我也想起老家的她来。可怜的女人啊，不知你过得么样？

我感到了内九（疚）。

兴（幸）福的时候，时间总是过得太快。

1936 年 7 月 × 日

在共产国际代表张浩的努力下，加上陈昌浩等老部下的"倒戈"、"华（哗）变"（张国焘语），张国焘不得不取消伪"中央"。7 月初，二、四方面军共同北上。我们再一次越过雪山，不幸的是，在行军途中，我的妻子英姑从雪山上不小心摔了下去。

她死了！

她的肚里，有我还未见到胜利的孩子！

可怜的儿呀，我的心像刀子在果（割）！你看到我掉泪了吗？

1936 年 8 月 × 日

我们终于到达甘肃南部。开始执行中央的宁夏战役计划。

1936 年 10 月 22 日，

今天真是一个令人高兴的日子，我们红军的三大主力终于胜利会师了。

我方面军的作战任务是：一、为阻击南敌进攻，在西（宁）兰（州）通道地区形成扇形运动防御，确保红军主力在预定地区展开；其二，迅速完成造船任务，以 3 个军西渡黄河攻宁夏。

1936 年 11 月 21 日

一会儿电令西进，一会儿又让待命，一会儿又让东返。不知到底是什么计划？唉！

1936 年 12 月 31 日

部队在西进路上举行了辞旧迎新的沟（篝）火晚会，广大指战员引行（吭）高歌："我们是铁的红军，钢的力量，工农的儿女，民族的希望。不打通国际路线，不是红四方面军！"

1936 年 1 月 × 日

今天是什么日子？不知道。

恶战，恶战，一路的恶战！

部队在不停地伤亡！

在高台，董振堂、杨克明、叶崇本死了！

全团战士大哭！

日记到此出现了空白。也许革命者吴敬波没有想到，那次晚会，竟成了西路军的最后一次集会，最后一次欢乐。

透过吴敬波的日记，我们可以知道这个原本一字不识的农民，自参加红军之后，不但识了字，而且还会写日记。

我们不知道西路军失败之后，他在流亡的日子中，那些日子是怎样保存下来的。但可以肯定的是，他把它看得非常珍贵。从高台之役后，吴敬波的日记便停止了。不停的战斗和奔走，可能使得他没有时间和机会再去记下每天的战况。我们也不知道，那些日记，革命胜利后他遭到批斗之时，他又是如何保留下来的。但同样可以肯定的是，为了保存它，这个农民出身的革命家一定想尽了种种办法。

那个厚厚的日记本，到了中间就像断代的历史一样，突然出现了空白。

今天的我们，对这段日记的空白，稍有常识都是可以理解的。

但我们不理解的是，为什么吴敬波在平反之后，那么长的日子里，他有足够的时间和精力，继续写下去。可他偏偏不再写了。特别是人在延安像许许多多高级将领那样再婚时是种什么样的心情，在以胜利者的面目进入北京城后又结婚时是个什么样的心态，我们从此不得而知。

他的心中藏有太多的谜团，再也没有人能够去揭开了。

他最后写的一篇日记，是给我们大姑的，与其说是日记，还不如说是留给大姑的遗言：

> 梅子，我这一生，最对不起的，便是你了。
>
> 我先走了。如果你原谅我，就说服老家人把我的骨灰埋在母亲的身边。生前我不能保护她，死后也要给她尽孝。
>
> 我给你留了一笔钱，让家人一并给你吧。这么多年，你吃苦了，如果你原谅我，就让我下辈子再做你的丈夫，我发誓，我再也不会离开你们了……

如果不是吴敬波的留言，我们还不知道，看上去老态龙钟的大姑，还有这样一个好听的名字。

如果不是大姑发自内心的痛哭，我们还知道，这个慈祥无比的老太婆，内心深处还有那样的痛苦。

或许，同样不知道这些的，还有吴敬波本人吧？

等　待

吴敬波不知道，在他离开家乡后，大姑是如何度过那漫长的岁月的。以往的日子我还不知道，我知道的只有在革命胜利后，大姑的日子基本上是这样过的：

虽然她听说他仍然活着，听说他当了大官，但她一直相信他会回来。

多少次啊，那些白狗子摸上门来，打她，问她，问他什么时候回来，回来后一定要报告。

她始终忍着。她默不出声，在无数次死亡与饥饿面前挺了过来。相信村头一定会出现他的影子。

大姑像许多黄安的女人们一样，作为革命者的家属，她们仍在等，仍在望。但是，当他们成为电视中、报纸上那些大人物后，这些善良的逃过了战难的女人们，懂得一种东西叫隔膜，懂得了一样东西叫遥远。

在那信息遥隔的征途中，他们中间不少人有了新的妻子。甚至在革命胜利后，他们在新的一夫一妻制的法律下，没有像过去那样用宽广的胸怀来容纳她们。

他们有了新的生活，不再像她们这样一成不变。

于是，她们的盼望，到头来是活活地守寡。可怜的女人们，这些后方的苦难者与支持者，这些坚定的贞妇，因为战争和革命，到头来没有改变自己的命运。

在黄安籍中，她们只是个别。但是在革命的路上，她们却并非少数。

少数的悲伤，并不因她们的不善表达和无声无息的忍耐而被历史遗忘。

女人啊，为什么总是受苦受难最深重的一群！为什么历史在"她们的男人"手中改变后，她们反而变得无所依靠。

在那个深深的巷子里，在一所破落的小院中，我们见证了大姑的苦难生活。

这个见过战争死难的女人，这个想念了一辈子丈夫的女人，在亲人被杀之后，她依然等待着革命的他能够顺利归来。她没有想到过他要出将入相，只是想他平安归来就好。她甚至还想要一个孩子，可她们嫁给他们的时候，还是十几岁的孩子，他们没有让她们生育。但是，当胜利来临让她惊喜不已的时候，随着时间的加长，不安的情绪开始在大姑的心中慢慢地滋长。那个已在北京结了婚的男人，只是让人给她送了话：革命的路上如此，我也没有办法。

他再也没有回来见过她。虽然，每年他都会托人送些东西。

希望一下子成为绝望。

这是一个女孩子的绝望。

这是一个女人的绝望。

这是一个妻子的绝望。

这更是一个母亲的绝望。

大姑终于在后来变得吃斋念佛，在那所幽深而又幽静的大院里打发了余生。人们只看到一个满头白发的老太太，每天搬了一个老式的太师椅，坐在院子里晒太阳。

那真是黄安最寒冷的太阳。

最后，终于有一天，人们看不到她了。

有一天，人们发现大姑死在了床上。她无疾而终。

人们惊奇地发现，凡是他寄来的那些钱，还有物品，她从来就没有用过。放在他曾经住过的、他们曾被人闹过洞房的那间屋里，一切整整齐齐。好像他从来就不曾离过。

那个厚厚的笔记本，被大姑用红绸子包得紧紧的。她死时，可能还翻过它，因为一张张原本清晰的字迹，被大姑的泪水打湿而变得有些模糊了。

送葬那天，叔父把它烧在了大姑的坟前。

大姑啊，你让我们想起自己善良的母亲，想起整个的天空与大地！

一切曾经热闹过的，又重新归于平静。只有那把她常常坐过的椅子，还在院落的墙边上。不知人世的风声，要把他们与他们走过的路，经历过的世事，带到何方去。

不知他们后来相会于九泉之下时，他该如何面对这段历史？多少人间悲欢离合，总是热闹开场，最后变得悄无声息。

我要为黄安那些革命者的寡妇与遗孀们，深深地鞠上一躬，我要含着热泪喊：母亲，我永远爱你们！

在吴敬波的骨灰运到黄安后不久，大姑死了。

大姑生命中最后的岁月看上去非常高兴，她的脸上甚至有了少女般的羞涩。有时，她还搬出一把椅子，坐在门口晒太阳。看到村子里人走过去，她还会高兴地打声招呼。

有时，她还跑到墓地里为吴敬波和他的母亲培土。

在一个深夜里，她终于无疾而终。

叔父和村子里的人商量半天，最终还是把她埋在了吴敬波的身边。

生未继续同眠，死却依然同穴，也许，这正是大姑最大的安慰。

团　圆

故事到这里好像又讲完了。

但到了九十年代中期，革命者吴敬波的第四任妻子因肝病在北京去世。她死后，按照她的遗嘱，她的骨灰盒同样被她的孩子送回了黄安，同样要安葬在吴敬波的身边。

于是，一左一右，革命者吴敬波的第一任老婆与最后一任妻子，终于与他葬在了一起。无论是生者还是死者，这恐怕是谁也没有想到的结局。

这是第一个葬在我们村庄祖坟上的外乡女人，这个正宗的北方旗人，为革命者吴敬波的传奇画了一个圆满的句号。

我后来长大懂事后，每次回故乡去拜祭祖坟时，都要到这座坟前烧上一炷香。当香烟萦绕的时候，我想，也许再过几十年，没有谁再会知道半个世纪前黄安英雄们的那些传奇故事，更不会想到，在这座看上去非常平常的坟墓之下，在这硝烟已息看上去平淡无奇的大地之中，竟然有过那样惊天动地的故事与并不安静的睡眠。

我站起来，仿佛看到了革命者吴敬波——按黄安规矩我应称他三大（黄安方言，爷爷之意）脸上那意味深长的微笑。

（发表于《金银滩》2010年第2期，有删改）

相忘于江湖

那天早上，天刚刚亮，我边穿衣边对林静说，我要走了。林静那时还躺在床上，懒洋洋的。她说你走吧，反正你不会再回来。

昨夜我们可能过度地兴奋，她也特别地疯狂，因此早晨根本不想睁开眼睛说话。

我把行李推到她的床前，亲了她一口说，那我走了。

她说，走吧，我还想再睡一觉。

这个女人总是想睡觉。于是我推开门走了。林静自始至终没有看我一眼。我还以为我走时她一定会哭。但是她没有。于是我多少有些伤感。虽然昨夜我们还在一起睡了，我还是希望她能看我一眼。可她没有。我于是站在故乡黄安的大街上有些伤感。

一大早，我便走到黄安的小城里，那些讨生活的人早已在大街小巷里叫卖。我想，我可能再也不会回来了。这里再也没有我留恋的东西，我还得像几年前那样，再次到另外那个城市里去过另外一种生活。总之，我得走了。

走之前，我和我曾经的女友，现在已是一个孩子的妈妈林静，就在她家的那张大床上，睡了一觉。想想，这是不可思议的事情。但发生了，就成了事实。反正没有人知道，她白天还是会像往日那样微笑着上班，讨好那个她并不喜欢的上司，并且和同事们开着言不由衷的玩笑，然后熬到下班。小城的生活每天都是这样，我们没法改变。林静也没法改变。于是，我多次选择了逃离，而她在小城里生活得安分守己，我的意思是说，至少表面上是这样。革命多年后的黄安城，并不因有个别热血青年而有所改变，相反，由于枪声遥远，更多的人习惯于麻木和安于现状。只有我，或者还有像我那样的人，选择了"与其麻木，不如痛苦"的生活。

我又要去流浪，在我的同学们都有了孩子的时候，我还在外面流浪。那时，他们早已不再把我当作英雄，由于年龄的增长，他们把我的流浪当作是一种神经质，我也因此成了他们眼中的浪子，换他们的话说，我这样的人，不是过日子的料。于是我回来时，我的那些同学们，都下意识地在老婆们的统治下，服服帖帖的，远离了我。

当我装作一个穷人回来，所有的人都或多或少地离开了。

我母亲对此特别地担心。只有她还在担心。她不停地唠叨，希望我能回家，和父亲一起种田。我说，种田？打死我也再不种了。你们谁见过黄安县种田的，能达到温饱？

我母亲对我没有办法。她心地善良，相信菩萨能够给她一切，也相信那个她根本没有见过的神，能够给她一切，于是她不停地烧香，不停地在菩萨面前磕头，希望我在外一切顺利。我只吃了她一碗油盐饭便走了。如果说我在故乡还有牵挂，那就是母亲。她的泪，常常使得我想回来。

可我还得走。我身上有着黄安县前辈人身上的不屈血液。这就注定了，我会背叛原来的生活。是命中注定的。

其实，我原来的生活也挺好。大学毕业后，我分在黄安县的一个单位。那时我对单位充满了热情。那是我们黄安人每个读书人曾梦寐以求的生活：考上大学，分到国家单位，找一个同样有工作的老婆结婚，混上一辈子。多么的舒服。

我原来的女朋友林静，也希望我们能够在这里平平静静地过下去。我那时还很幼稚，也想这样打发一生。于是我们在黄安的街头散步，在故乡乡下人羡慕的目光中散步，做出恩恩爱爱的动作，好像幸福的花是为我们开的，好像幸福的雨是为我们下的。如果没有意外，我们便可以结婚，把暗暗的和提心吊胆的同居合法化，把正常的性生活公开化。但事情却偏偏不向我们美好的愿望发展。因此，我后来多次把自己的背叛，推在故乡的身上。我不认为我是背叛，相反，我认为反抗，是我们黄安人的本色。要不然，那么多的黄安人不会连命都不要，而要跑出去闹什么革命。结果，革命是胜利了，他们却不知死在何方。

我们的单位说大不大，说小不小。我学的是会计，这原本在单位里是个吃香的专业。换我父亲向邻居吹牛时的话说，是风吹不着，太阳晒不着，雨淋不着。多好的一个职业啊。我父亲在向别人吹牛时，甚至还喜欢用他那种了一辈子田粗裂的手，在嘴里吸吮一下，那啧啧啧的赞叹声也就会在此时响起。我父亲便在这赞叹声中得到了精神上的满足。实际上呢，我父亲的物质缺乏得很，他暗地里虽然不向我要钱，可我知道他在物质上还是难以翻身的，不然我们读书时就不会老饿肚子，老是吃不上新鲜菜，还让城里人笑话。我后来向女朋友林静提起时，她就多次笑话我说，啊，那一群人中还有你啊。真可怜。要是当时认识了我，你就不会那样了。我说，得了。如果那时我不认识你，你可能连正眼都不瞧我一下。而我要不是上过大学，不是读了三年的财会，不是分到了有工作的国家单位，你也不会把爱放在我的身上。林静说，你这人，怎么能这样说话。我说，我不过说了实话。林静说，你这人真没劲。我说，你怎么知道我没劲？于是我便把衣服脱了，紧紧地搂住她。

那时，我在故乡的日子差不多就是这样度过的。如果按这样走下去，我可能与林静结婚，即使不与她结婚，也会与另一个有单位的人结婚，反正结果是一样的。因为我父亲反对我找一个乡下的，他说，你好不容易出去了，算是脱贫了，再找乡下的，扯来扯去又成了穷人。

我理解我的父亲。他一辈子让贫穷整怕了，没有翻过身。以他一辈子的人生经验与经历，怎么还会让我找一个乡下的女人结婚呢？所以，即使我母亲对林静并不满意，而我父亲却极力赞成我们两个恋爱，还经常用讨好的口气，来称赞林静长得漂亮。父亲赞美林静漂亮，这在我们村子里是不可能发生的事情，公公说儿媳漂亮，多半是要让别人笑话的。可大家却没有笑话父亲，为什么？因为我是我们村唯一的一个大学生呗。既然我是大学生，我父亲说话也就在村子里有了权威。权威的人，是没有人敢反对的。按我父亲的话说是，他们以后都还想沾光呢。

我父亲还没有沾上我的光，我却在单位里出了问题。我毕业时，我家没有任何社会关系，因此我只分到那个要死不活的单位上。那个单位如果有活的话，工人们就干一阵，如果没有活，就全体放假。最后，我们单位干脆要垮了，可我们的厂长还要我做假账。按那时全国的统一行为，那些厂长们改称经理之际，许多人都想把公有财产更多地变为私人的。应该说，这不只是我们黄安县才发生的事情。可那时我偏偏年轻气盛，抱着大学时教授要我们坚守的"不做假账"的信条生活，这就注定了我不适合于这个社会，注定了我这样的人，只配发送到社会边缘人的系列。其实，我们的厂长在转轨时，已经拥有了黄安县城最好的房子和私家车，应该说国家对他多年的劳苦功高有了报答。但人心不足蛇吞象，我们的厂长说，你看那些村长都在城里盖了房子，他们的钱哪里来的？不是我们厂这样，大家都这样。

他为了说服我，还谈到了许多具体的人和事。比如说上到升到地区的某某官员，至少从黄安县卷走了几百万；谈到了下面的某某乡长村长，银行的存款谁也不知多少。要说我们黄安县是个贫困县，驻京办事处还经常向国家伸手要钱，可故乡哪里的钱呢？我们厂长开导我说，某某官员经常按钱分配干部。他还生动地形容那位官员有左右两个口袋，右边口袋里装大钱的，肯定是要升大一点的官，而左边口袋里装小钱的，必定是升小一点的官。于是，每到开会时，那些下面的官员们，生怕送了礼却被这位官员忘记了，于是都坐在了右边。有时右边坐不了那么多的人，大家便挤在一起。那些清正廉明的官员，只好坐在左边开会，那位官员在讲话时，眼睛都不会往他们这边看一眼。

我们厂长这样生动地向我描述了多次。我那时只是个小公务员，接触不到这么大的干部。因此，也不知他说的是真是假。可具体到本单位，要让我做假账，我认为是万万干不得的事。那时我刚挣脱农村，身上的黄泥巴还没有洗净，对农民，还有一种极其朴素的感情，即使没有改变他们命运与生活的能力，心里却多少还有同情他们境遇的慈悲。我认为做假账，按照我们学到的课堂知识与社会知识，最终的结果是损害了农民的利益，因为羊毛最终要出在羊身上。我父亲他们那一辈，受这个受得多了。

我没有按厂长说的做。厂长便说，你既然跟不上社会发展的形势，没有与时俱进的精神，就要考虑换换岗位了。

我听出了他话里有话，听出了他的威胁，下班后对林静说了，林静也说我傻。我说，怎么我又变傻了呢？前几天你还表扬了我呢。

前几天林静表扬我的原因，在于我上班时，看到厂长的办公室门开着，一大堆水壶放在门口，我顺便帮他都打满了。厂长看了很高兴，表扬我助人为乐。办公室的同事小刘非常不高兴，说我拍厂长的马屁。于是我再也不给厂长打水了。我不打，小刘自己却主动去打了。我想说他，不过话到嘴边，却说不出来。只有在心里暗暗地呸他。

我们的办公室离厂长的办公室很近。厂长说财务室离他的办公室近，有利于办公。他说的并非没有道理，每次想用钱了，要钞票了，一个电话，我们便跑了过来。或是现金，或是支票。顺便说一下，虽然我们办公室离得这么近，可我们厂长从来不到我们财务室来，说是要严格财务纪律，财务重地，不得随便进入。因此，他使唤我们的时候，总是一个电话。办公室的王大姐说，这是官僚。她是某局一位副局长的妻子，当然敢这样说。而小刘则说，这是领导的工作作风，这样有利于形成权威。小刘的舅舅是某局的一位领导，他自然敢与王大姐分庭抗礼。在我们那个小县城，亲连着亲的，树连着树的，藤连着藤的，都是一串串的，谁的事也不好多说。我来上班的第一天，一位长者就这样告诉过我。他是我一位同学的父亲，说得相当委婉和客气，不过我还是听出来了。像我这样出自农村，没有什么背景的，就是凡事不要参与，不要多管闲事。我父亲以他的人生经验告诫我说，听领导的话，与同事搞好关系。我叔叔读过几年的小学，说得更文雅些，就是要尊敬领导，团结同志。

　　我以往一直是这么干的，可在厂长要我做假账的事上，却偏偏出了毛病。这件事的发生，导致了我一生的转折。

　　我之所以说是转折，是由于不愿做假账后，厂长找我谈了一次。他当然是语重心长的，因为他同时还兼任党委书记。党委书记一般都是语重心长的，好像你犯了不可饶恕的错误。有时候，党委书记看见你皱着眉头，没有事也要找你谈半天；而当你需要房子结婚，需要单位照顾时，你找他也没有时间搭理。所以，这位拥有我们厂实权的党委书记兼厂长，亲切地拍我的肩头时，我感觉到他的手如千斤般的巨石压在肩上。

　　我说，厂长，这样会犯罪的。

　　厂长说，你也太胆小了，你放心，有你的好处。

　　我说，厂长，我们上的第一课就是不做假账。

　　他吐了一口痰说，他妈的，看样子你受书本的毒害太深了。社会可不是他妈的什么纸上谈兵。

　　那时他抛弃了党委书记的温文尔雅，又变成了粗野的厂长。他说，我在县城是个什么角色，你不晓得？连县长县委书记也要让我几分。你怕什么？

　　我的确不怕什么。我既不认识县长也不认识县委书记，可我怕我们的教授。我们的大学教授告诉我们说，如果你们以后在工作中做假账，那么你们的心灵一辈子不得安宁。换某个自由世界的话说，是死后还要下地狱。教授说，这话就是咒语，谁违反谁倒霉。

　　我不害怕厂长，但我害怕咒语。如果有一种无形的东西总是悬在头顶，让灵魂不安，那人还有好日子过吗？那样的日子还叫日子吗？

　　从我们学财会这个专业起，我们第一天的第一堂课，老师就是讲这个问题。

　　我那时还没有更多的社会阅历。我不知道做假账已成为一种社会现象，我选择了良心就意味着丢掉了饭碗。所以我们单位在股份改革与承包之时，承包商在占了大便宜后，社会开始实行"择优上岗"，很显然，我被择劣下岗了。

因为承包商，就是我们厂长的内弟。

下岗的那些天，我还不敢告诉家里。我怕家里承受不住这个打击。我怕我父亲那良好的感觉会从天空跌在地上，又恢复了他夹着尾巴做人的样子。无论你承认不承认，势利是无处不在的。

那些天我躺在自己的小屋里，除了愤世嫉俗外没有什么别的。林静看到我几天没有上班，跑过来找我。我正在拿刀杀贪官污吏，做着庄周之梦。后来她明白我是下岗了，一时有些吃惊。我承认那时如果没有这档子事，也许林静会安安心心地和我在小城过一辈子。毕竟我们对小城还是太有感情了。可事实又有什么办法呢？无论你怎样热爱着小城，小城却并不热爱我们。许多兄弟姐妹都是因为这个原因离开了这片苍天厚土的，以我一位朋友的话说，不到万不得已，谁会妻离子散地去背井离乡？

林静那时还对我满怀希望。一个男人在小城里，就是女人一辈子的希望。为了安慰我，她在我那间小屋里不停地示爱。好像世界的末日就快要到了，好像天空一下子就会塌下来，一直到彼此累得不能再动为止。我们彼此给予，彼此又在快乐之后陷入无限的迷惘。

她说，你去求求厂长吧，要不让我家里出面找找人，也许事情还有转机。

我平生最不喜欢求人，特别不喜欢求那些乌龟王八蛋。因此她的希望肯定是会落空的。

那今后怎么办呢？她说。

我看到她的眼泪流了下来。那时我还相信，她的泪水肯定是真诚的。于是我有些内疚地搂住她，我们又开始在一起疯狂地快乐，痛苦地快乐，浑浊地快乐。

那时我还觉得自己是幸福的。尽管这种幸福盲无边际。但幸福就是幸福，我好像觉得在人生第一个低谷的时刻，还拥有一片亮丽的天。

幸福过后，便要考虑以后的路了。小城的人连人，亲连亲，路子很少属于咱老百姓的。于是我对林静说，我要走，到外面去。林静说，你想好了吗？我说想好了。我看得出林静很失望。那一刻我觉得自己有些对不住她。于是便搂紧了她，虽然她没有表示出反对，但是我感觉得出，她的身上开始发冷。

那时我父母还不知道我已经被单位辞退了，我知道说了我父母一定是非常不高兴。因此我第一次离开小城时除了林静送我外，没有其他的人知道我要到远方去。

尽管我把前程的路上描述得一片灿烂，林静的脸上还是写满了悲伤。我在车站里搂住她时，她的眼泪扑簌簌地掉了下来，砸在我的心上。

我说，等我挣足了钱就回来娶你。我要违反政策，生一大堆孩子。

林静只是哭。这是小城人表达感情的最真方式。即使许多年后，我与林静早已相忘于江湖，即使此时我身边已经有了各种各样的女人，我还是相信，在小城那个清冷的早上，林静流的眼泪，是纯真的。

那个早上小城的清冷，也就像梦魇一样刻在了我的心上。在列车开动的时刻，我看到林静的身影离我越来越远。我便咬牙切齿地发誓，不混个人样，一定不回小城里来。

小城啊，你知道一个游子背井离乡的滋味吗？

对于一个从小城里走出来的人而言，外面的世界很大很大。我那时以为自己一定会干出一番惊天伟业，因此出走时带有了一些慷慨的意味。但随着我走遍了深圳、广东、重庆、北京、青岛和大连之后，一个又一个的美梦从现实中破灭了。我无法用语言来形容那时沮丧的心情，总之自己像一只从南方森林里跑出来的狼一样，在每个城市里嗥叫与悲鸣。天空对一个游子永远是那样暗淡无光，人们对于一个陌生人永远是那样冷漠无情，高楼大厦永远是那样沉默不语，街道永远是那样热闹嚣喧，但没有一个地方是为一个远方而来的游子准备的。户口、学历、专业，总是像一块块巨石一样阻隔了我对城市的热情。我给林静的信中，也一次又一次地降低了豪情壮志的调子，灰色的情绪开始不断地在我的头顶盘旋。有时，为了不致使林静对我产生失望的情绪，我还有意地把前途叙述得一片光明。其实，那时我可能睡在车站，可能睡在那些空荡无人的广场上，可能睡在某个厕所里，我就是在那里，把城市描述得繁华美丽，描述得像我们在小城时梦中的天堂。往往是在写完信之后，我差不多都要在陌生的土地上大哭一场，来缓解我心情的忧郁。但城市没有一个人把目光投在我这个外乡人的身上，我走在街上，就像一条没有人管的狗。

光是我一个人这样也罢了。我没想到这会严重地伤害了我的亲人，以至于我后来有了钱，有了当初梦想的那一切，我的亲人还是不能轻易地原谅我当初的鲁莽。我父亲看到我长时间没有回家，跑到我单位一了解，当时他便蹲在我们厂的墙脚下哭开了。那个生我养我的男人，在我长大成人之后，还没有那样痛快淋漓地哭过。他为我的不争气而愤怒得烧掉了我寄存在家里的一切东西，发誓要与我断绝父子关系。而我母亲，每次在别人提起我时，总要哭得个一塌糊涂。她说，那么好的孩子，那么听话的孩子，怎么没有说一句话就走了呢？走到哪里去了呢？

我那时还不知道我家里已经知道我的事。我没有给他们写信的习惯，也不想把事实告诉他们。即使下定决心告诉，我该如何说呢？于是，我写的信，唯一看到我内心倾诉的对象便是林静。我没想到她后来会看一封撕一封，以至于最后根本不看就烧了。

我对不起我的母亲，至今想来我还有强烈的内疚。特别在多年之后，母亲得了肝腹水到我生活的城市里来治时，我看到瘦下去的她，忍不住泪水哗哗地掉了下来。我母亲什么也没说，她当着那么多的人面，当着我们公司所有员工的面，把我当作一个小孩，紧紧地把我搂在怀里。

我不知道，那时母亲为了得到我的消息，一个星期就去小城里一次找林静。她没有坐车的钱，就在路上求着过路车捎她一程，实在没有人愿意带她，她就翻山越岭要走二十多里，到城里去打听我的消息。到了林静那儿，她明明没有吃，但总是说自己吃了。林静开始对她还是挺好的，以为我在外面真的会像我信中所说的那样，可以干一番大事业，以后把她接到大城市里享福。但是，在她越来越觉得我的话里含有太多的水分时，她开始变了。我母亲是一个自尊而又异常敏感的人，她很快就觉察到我们之间出了某种问题。那时我母亲不知道究竟是什么，使得我们开始陌生下去。随着林静脸上的笑容越来越少，我母亲去的次数也越来越少了。特别是到了最后，当她看到林静的床上睡着的是另外一个小伙子时，她再也没有光临过小城。

时光就是这样改变一个人的。

回到村子里，我母亲忽然不哭了。她没有把这些情况，告诉给任何一个人。后来我回来时，觉得母亲简直就像我的同谋者一样。在经历了许多的世事之后，我们终于变得那样坚强。

林静知道了我的真实情况，也是一个意外事件。在大连，当我在一个建筑工地打工找点饭吃时，有次为了拉水泥，竟然在一家开发区遇到了我高中时的同学。

我到现在也不知道那位同学到大连去干什么。如果不是同学们后来说他是去会一个根本没有见过的女人的面，我想上天好像制造了一个跟踪我的人，要通过他让我与林静选择永远的分离。

那位同学见到我的样子自然十分吃惊。其实我与他也并不深交。特别在我上了大学之后，我对小城里那些得天独厚的干部子弟向来是敬而远之的态度。他没有考上大学，但在小城里却拥有着最好的工作。在这个基础上，我们这些头顶草屑的孩子，有些东西是永远不能与他们相比较的。

但他在异乡却偏偏遇到了我，回去后又偏偏对另外一个同学说了。另外一个同学的父亲也是带长的，他特殊在也对林静产生了兴趣。于是，有些存在的事实和根本不存在的现实，经过了时间与空间的距离传到林静的耳朵里，林静就开始撕我的信了。

当我在北京固定下来的时候，我收到了林静的最后一封信。她的信中只有这样的一句话：我们分手吧。

我真的想象不到，曾与我有过肌肤之亲的女人，就用这样的一句话，切断了我们的血肉联系。

我在大连的海滨哭了。如果不是咬牙切齿的心情支持着自己，我相信我很可能会成为跳海人中的一个。

一个男人是会很快舔干自己的伤口的。我发誓，不混过人样，我不会再回故乡。

但是我有缺陷。我相信我们每个人的人格中都面临着某种缺陷。在收到那封信快两年之后，我没有与家里有过任何联系。那两年我依然一事无成，只不过比当初的日子好了一点而已。那时我已经到了北京，在一家公司干财务。那是一家私营公司，业主守法经营，热心纳税，不让我做假账，对我还相当地重用。我也渐渐地从往事和悲哀中摆脱出来，开始走向体面的生活。

但我真的存在着缺陷，在故乡所有的人开始要把我忘了的时刻，我竟然头脑发热，选择了一个出差的机会又跑回来了。

这是我特别后悔的一次还乡。

当我准备给林静一个惊喜的时候，当我把钥匙转动去打那一扇曾经熟悉得不能再熟悉的门时，我发现这把钥匙已经打不开那扇门了。另外一个男人揉着眼睛打开门问我，你是谁？

我说，对不起，我走错了。

借着虚掩的门，我看到林静光着膀子坐在床上。我说，对不起，我真的走错了。

出了那个院子，我的眼泪掉了下来。我在小城的街上徘徊，想想自己应该到哪里去，后来我还是走向了车站。当汽车像往日那样载着我向另一个未知走去时，我抹了一下眼角，脸上竟然全是泪水。

后来，我回到了北京之后想我的母亲。我想起她对我说过的话。记得林静第一次上我们家去时，我就觉得她身上有种城里人的骚气。那时我正是喜欢这种骚气的时候，一个在乡下长大的孩子，看到城市的女人永远穿得那样光鲜，远离稼穑，我从小就对她们感到神秘。当我和林静睡在一个床上的时候，我就特别兴奋，后来当我渐懂风月，我觉得她身上那种味道常常让我不能自已。于是我们就一次又一次地在那种气氛中体味另一种人生。

而现在，她终于走了。当我慢慢地改善生活现实之时，我们相隔得越来越远。我后来就想，为什么男人与女人之间，在越来越富有、越来越熟悉的时候，相反他们会离得越来越远？

我想不清这个问题。于是我便不想了。太多的失败让我不再把时间花在那些想不清的问题上，我得奋斗。我得出人头地，我得混出个人样。于是我便拼命地工作，在公司的效益越来越好时，我还考上了会计师。这时，一家更大的跨国公司找我，我便和现在公司的老板喝了一次酒，讲了我的故事。老板说，你走吧，我理解你。你知道我为什么一直守法经营？那就是我们有着曾经相同的过去。

我们喝得大醉，第二天我便到那家跨国公司上了班。再过几年，当我得知林静做了妈妈之后，当我身边的女人已不知换了多少个的时候，我在北京有了自己的汽车，有了自己的房子。那时，我在别人的眼里，算得上是一个成功人士了。

于是，我的缺陷又露了出来。我又带着一副失魂落魄的样子回了故乡。

我发现，故乡的所有人，还是像当初那样，再一次远离了我。我于是对生活感到了无边的恐惧。我问自己，到底什么是人生中永恒的东西？

我跑去找林静。我后来也后悔不该再去找林静。当我看到她时，她在给孩子喂奶。看到我时，她平静地说，回来了。

我说回来了。

她说，混得怎么样？是不是香车美女，像你当初给我信中说的那样。

我想告诉她说，是的，是的是的，我的确是实现了当初的那一切诺言。可我没说，我只是讪笑着说，混个嘴吧。

她说，我只是一个平凡的女人，像所有小城的人那样，我不会有你那样远大的理想，没有什么野心。你放了我吧。

我不知她为什么要说这样的话。后来我知道了，其实她的日子也过得并不好，她的丈夫，一个科长的儿子，天天坐吃山空，后来由于一无所长，在单位实行竞争上岗时，他下了岗。这个男人除了打女人的本事外，还喜欢赌博。因此，林静的婚姻无温暖可言，加之她们单位也是有一顿没一顿的，因此日子过得相当的艰难。

我一下子就原谅了她。我说，没关系，我不会找你的麻烦。

我想告诉她说，我不是那个小混混。但在小城的人群眼里，我就是一个异想天开的小混混。于是我转身走了。

当我再次现身于故乡人的眼前时，我便变成了一个暴发户。像所有暴发户那样，我开始过上了另一种生活。我说过我有着严重的人生缺陷，在我过上这种生活时，无论身边换了怎样的女人，无论怎样的女人来来往往，我还是想起林静，想起我们在很穷时过着的那种快乐生活。我知道那是一种情欲，一种怀恋往事的情欲。我后来多次为这种情欲而羞愧。因为正是这种情欲，断送了我们最后的友谊，并且彻底地把我们分开。

两年过后，我在北京的生活一切都走上正轨，如果不是熟人，没有人不把我当北京人了。那时候，我已经被提升为合资公司中方的代表，可以全权处理公司的一切事务。那时候，我也开始了另一种更加丰富的人生。那些报纸和电视，在我付出了可观的费用之后，开始连版或整集地播报我的光辉形象。我一下子由一个落拓的打工仔，变成了公众眼中的成功人士。我的朋友越交越多，公司的业务也越来越广，我的花销也变得越来越大。这时，我急需一个新的会计来掌管公司的业务。于是，我决定辞去公司现在那个像我当初一样称职的老会计，不顾大家的反对，决计重选一个。

这时，漂在北京的，想混口饭吃的大学生多如牛毛。公司很快在电视台打出年薪五十万招聘的消息，一时应者如云。集团老总是个美国人，他知道后，打电话问我为什么要这样干。我说，老板，在中国，你想创造更大的效益，就要在宣传上制造轰动的效应。老板是个中国通，他一听很感兴趣，加之我在公司连年排在最前边的业务成绩，他便同意了。

经过人事部的再三淘汰，终于有四名面试者有见到我的机会，因为我是最后的决定人。

那天，四名年轻人打扮得很光鲜。我到达时，三名男孩子和一名女孩站在那儿。我开始提问。首先把那位漂亮若仙的女孩打发掉了，我说，如果你的老板向你提出工作之外的某些不合理的要求，你会同意吗？

毕竟是年薪五十万啊。她马上回答说，我原则上同意。

我说，对不起小姐，我们公司可能不适合你。

她有些不解地看着，还向我抛媚眼，以为我们找花瓶呢。我说，对不起，小姐，我不是找公关小姐。

她骂了一句什么，然后提起包扬长而去。

第二位年轻人毕业于一所著名的财经大学，他西装笔挺，头发油光。我问，如果你的上司交代你办的事，你一定会照办吗？

他说，当然。我得服从上级。说完他还挺了挺胸，显得相当自信。

我只是笑了笑，转身面对第三个男生。同样长得很精神，一看便是在城市里长大的孩子，我说，如果上司让你做假账，你该怎么办。

他顿了一下，用手去头上擦汗。最后结结巴巴地说，只要是不违法乱纪，我想我还得听吧。

我说，到底是听还是不听？

他又擦汗说，我不敢违法。

我还是笑了笑，问下一个说，你呢。

他大声地说，听！领导让我让干什么我就干什么。

我心里有些失望，把目光投向最后一个男孩身上。他一直坐在那儿沉默不语地观察我，我看到他皮肤很黑，目光很坚定。我说，你会绝对服从上司吗？

他果断地说，我办不到。

我问，为什么？

他说，我做事有自己的原则。

我说，如果上司让你做假账呢？

他说，我可不可以单独告诉你？

我说，当然可以。

他说，那好，我已经告诉你答案了。

我一怔，然后恍然一悟，哈哈地大笑了起来。我说，你们先走吧，到底录谁，听候人事部的通知。

人事部部长问我，你相中了那一个。我说，最后一个，把他留下来吧。人事部部长疑惑地看着我，我说，他真的回答我了。

人事部部长还是不解。我说，如果你也不知道，你该考虑自己的位子了。

人事部部长一听，马上走了。

其实只有我明白，这个男孩的意思，问能否单独与我谈，就是想私下里听取我的看法。这点还听不出来么？我是需要一个听话的，但更需要一个有头脑的人来当我的财务部长。

果然，他上一任，干得非常不错。

随着我们对社会的赞助越来越多，我在电视中露面的次数也越来越多了。后来，某台还干脆让我当了他们台的长期嘉宾。每当那些大型的公益活动举行之时，必定也是我的亮相之日。公司那边的一切生意蒸蒸日上，公司的影响越来越大，集团公司给我的权力越来越大，我也在公司里越来越得心应手，有时会体味到权力的好处。特别是到国内那些分公司检查工作，看到分公司从经理到员工投向我的那种眼神，我简直觉得自己成了命运的主宰。因为我的一句话，就可能左右他们的升迁和收入。

有一天，我突然接到故乡那位厂长的电话。我奇怪他怎么知道了我的电话，因为我的电话在故乡的小城里，只有林静一个人知道。而且我还有随时更换号码的习惯。

他说，我费了好大劲才找到你。你是红人啊。

我说，你有事吗？

他说，当然有事。我想请你投资在我们这里办一个分厂，我们可以合作。

我想，凭你的德性和你那点家当，也配谈与我合作。不过我很客气地说，对不起，我现在很忙，以后有机会再说吧。

没想到电话里响起了另外一个我熟悉得不能再熟悉的声音。是她的声音，她说，你回来看看吧，我们真的有合作机会。

我说，你与他们厂无缘无故的，为何帮他说话。

她说，我调到他们局了。他们聘我当局办公室的秘书。

我想说，你怎么能到这样人的手下当秘书。不过我不好意思回绝她，便说，好吧，让我想想。

她说，你得为故乡的人们做点事，故乡多穷啊。你想看到那么多的孩子上不起学，读不起书吗？

她的话一下子把我带到了以往贫穷的日子里。也只有她，知道我们以往读书时经历的那些痛苦日子，知道用什么东西最容易打动我，于是我答应了。

我要到故乡投资办厂的想法，在公司的高层会议上遭到了寒流。但我还是固执己见，先回了一趟故乡，说是去考察。

其实我还是想见她。像许多人一样，我有着太多的人生缺陷。因为这个缺陷，我回了故乡。

故乡对我的隆重程度当然是没得说的。有我的父母为证。当我父母从电视上看到我与小城的父母官在一起平起平坐，并且县长还亲自陪同我回家时，我父母脸上的那种喜悦，简直可以从心里蹦出来。特别是我们当初的厂长，如今已是某局局长的他，更是堆起笑脸，紧跟在我的身后。我听说，他在把自己经营的那个厂子搞垮，让一部分人先富起来后，他还上调当领导了。这种事无论是在今天的小城，还是在今天的大城市，都是屡见不鲜的，我也不以为怪。但说来说去，要让我和他一起办厂，我还是不太愿意。要不是看到县长总是说家乡的人就要多为家乡办点事，我早就走了。

那天的酒会办得相当地隆重。他们把我父亲也请去了，我父亲看到那样的场面，吃饭时筷子都在打哆嗦。在我一杯又一杯地喝着五粮液时，我父亲不停地在桌子底下用脚跺我。我装作不知道，我晓得他要说什么。肯定是觉得一瓶酒相当于他一年的收入，他心里舍不得，肯定是他怕我犯错误。对于出门在外的儿女，父亲不担心别的，除了身体健康之外，他们就害怕我们犯错误。我不知道父亲为什么老是有这种想法，在乡下生活惯了。他除了把庄稼活干好，最怕的就是犯错误。其实，他们那个年代过来的人，都怕这个。

在酒席上，局长和县长说，老是在电视上看见你，终于能够回乡一次，不容易啊。这次一定要多住些时日。我说，公司的业务忙，住几天就回去。

县长对我父亲说，大叔有什么事，对我们说一声，我们安排。家里的活，就不要让李总再干了。

我父亲说，干还是要干的，不做点农活，容易忘本。

局长说，哪里话呢，我们都没有干农活，不一样没有忘本么？

我父亲张大了眼睛望着他，不说话了。在整个酒席中，其实我的眼睛只注视着一个人，那就是林静。她坐在另外一桌上，与一帮年轻人一起举杯，但我知道，她的眼睛其实是一直盯着我的。因此我表现得更加有风度，有派头。

在摆足了派头之后，局长把林静拉过来说，你们老同学，应该多喝几杯。我父亲看到了林静，脸马上拉得老长。他老是这么个农民意识，喜怒哀乐总是露在脸上，像我当初出去闯世界时那个小青年。

林静说，春风得意马蹄轻，敬你一杯。

我说，不是冤家不聚头，回敬一杯。

大家便哈哈地大笑起来。气氛看上去还相当热烈。县长说，小林，你可一定得把你的老同学陪好，这是政治任务啊。

　　林静说，县长放心，我会的。不好的地方，老同学也不会见怪，对不对？

　　我哈哈一笑。心想，要是在当年，县长哪里有工夫来见一个小青年？真是墙内开花墙外香啊。

　　局长说，当初李总的才华，我早就看出来了，不然我是不会让你走的。让你走，是为了让你到一个更大的天地里发挥作为啊！希望你理解我的良苦用心。

　　我说，感谢厂长的栽培，如果没有你，也不可能有我的今天。

　　局长怔了一下，然后哈哈一笑地掩饰道，过奖，过奖！不说这个了，今天我们一醉方休。

　　于是，大量的五粮液，在我父亲目瞪口呆中，进了我们的肚子里。一直到半夜才散。

　　散席时，县长摸着嘴说，黄局长安排一下李总的住宿，在政府宾馆最好的那间。

　　黄局长说，已经安排好了。你放心走吧。

　　县长便拍着我的肩，握了我的手，走了。

　　局长对林静说，林秘书，还是你带李总去休息吧。

　　在灯下，我看到林静的脸绯红。也不知是喝酒多了，还是别的什么缘故。总之她低下头说，是。

　　于是一大帮人又是寒暄着道别。最后，只剩下司机、我父亲、林静和我四个人。我对司机说，你先回去休息吧，我和老同学走走。

　　司机说，我保证为你服好务。

　　我笑了笑说，你放心。我在这里长大的，有什么不放心？你去吧。把我父亲送到乡下去。

　　我父亲说，你不回家？

　　我说，我还有事。

　　我父亲看着我，好像有些陌生。我便又对他说，我还有公务，你先回吧，我明天回去看母亲。

　　父亲嘟囔着走了。

我和林静在街头上走着。这里的一切既陌生又熟悉。她说，你终于混出人样来了。

我说，只要你心里不骂我人模狗样就行。

她说，我哪敢呢？上级交代的任务还没完成，我哪里敢啊。再说你今非昔比，更不敢了。

我说，老同学，你可别这样说。我本来还想说，我们都那样多少次了，谁跟谁呀。

夜色有些寒意。我把衣服披在她的肩上。我说，你这么晚不回，你爱人不闹吗？

她幽怨地说，也许他现在还在麻将桌上呢，哪里还想起我啊。

我问，孩子呢，孩子好吗？

她说，她还好，在我妈妈家。

然后，她叹了一口气说，当初是我辜负了你，你会怨恨我吧。

我说，你看我会吗？如果会，我就不回来了。

她感动地抬头看了我一眼。然后我们沉默了。

到宾馆时，一打开那个豪华的套间。她说，如果不是你，我们可能见都见不到。

我说，你干吗要这样说，显得我们是那样生分。

她抬起头来看我。我也望着她，身体中涌起了另一种感觉。但我知道，此时我不能，万万不能。

她说，夜深了，你睡吧，没事我走了。

我说，你走吧，要不我送你。

她沉默不语。过了一会，她站起来。对我说，我也知道你不是那样的人，可他们把你看成那样的人。我走了。

她走在门边时，突然转过来紧紧地抱住了我。眼泪流了下来说，你千万别在这里投资，一投资就是个无底洞。

我说，他们的为人，我比你更了解。

她说，你是不准备在这里投资了？

我说，我原来的确没有这个想法，但为了你，我还是决定在这里投资，看看能为家乡人做点什么。

她在我的脸上深深一吻说，我现在才知道什么是后悔了。以往对不住的地方，你多原谅吧。

我说，不要这样说了，你走吧。

她相反把我抱得更厉害。我的体内又涌起了那种冲动。但我知道，我不能。

那晚，我们什么也没有发生。

第二天，在他们投向我与林静的非常暧昧的目光中，我与他们鉴定了投资意向合同书。那天我们县的电视台，把这当成了一条重要的新闻放在了头条。

回到家里时，我母亲说，你可要知足，千万别在外面惹事。

我说，你看，我这像惹事的样子吗？

一切按照我的预料发展。但是到最后，集团的总裁突然来到国内，要我去汇报。我打电话给财务部长，他说，我不知道具体情况。

我说，你要知道，你可是我选来的。

他说，是的，我真的不知道。

那天深夜，他又打电话来告诉我说，李总，我听说是另一位副总告密，说你在家乡的投资，有个人的私心，会给集团造成重大的经济损失。

我说，论证本来是非常严谨的呀。

他说，可人家说，你们那里不通火车，山高路远，进出不便，加之技术也达不到要求，坚决要求撤下这个项目。

我着急地说，可我的意向书都鉴定了。

他说，集团老总说了，即使是赔上一笔毁约金，也不上马这个项目。

我这才意识到，在我离京的这段日子，后院起火了。那位副总平时就不服我，趁机想把我拉下来。

于是我给集团老总打电话。老总说，一切等你回来再说。

我心急如焚。给林静打电话说，你下班后来一趟吧。

她说，我正在写详细的报告呢。

我说，报告先别写了，情况有变。

我要求她先别把这个情况告诉别人。她听后急匆匆地赶来了。我说，林静，集团那边出事了。有人在我背后捣鬼，协议的事可能要黄。

她听了怔在那里。知道原因后，那一夜，她留在了宾馆内，没有走。而这次，我也没有再给自己加上道德的绳索，我们便在故乡小城最好的宾馆里，疯狂而又激情地做爱。

她说，我终于实现自己的梦想了。在这样的环境里，和自己曾经爱过的人在一起……

我打断她说，你不会后悔？

她说，曾经沧海难为水，有什么后悔可言？

于是我们又一次疯狂起来。

在累了之后，我搂着她说，你离婚吧。到北京去，嫁给我。

她摇了摇头说，我们终究是两条铁轨上的火车，是永远也不会走到一起的。

我说，为什么？

她说，你记得《庄子》上面说过的话吗？

我说，就是你上大学时喜欢读的那本书上的？

她点点头说，是的。庄子说，有两条鱼生活在大海里。某日，他们被海水冲到一个浅浅的水沟。为了活下去，这两条鱼变得相濡以沫，只能互相把自己的泡沫喂到对方的嘴里，借以生存，延续生命。我当时泪眼婆娑地以为这就是真正的爱情、友情，但是庄子说，这并不是最真实最无奈或最终的东西。最无奈且最终的情况是，海水终于要漫上来，两条鱼也终于要回到属于它们自己的天地。最后，他们，在回到大海里后，便把彼此忘了，要相忘于江湖。

我第一次听到林静给我讲这么深的哲理。我于是转过身来，又抱紧了她，像整个星球要毁灭似的。

第二天一早，我结了账，包括前几天吃饭用的开销，然后悄无声息地走了。

回北京后，我被集团以擅自行动不听指挥为名，解除了驻国内总经理的职务，开始重新找工作。那位告状的副总，并没有接替我的职位，接替我的人，是我招来的那位财务部长。

我离开公司的那天，财务部长伸出手来，我看也没看，转身离开了那个让我曾经辉煌无比的地方。

那时候，我才发现一个人生活，无论你有着怎样的成功，其实内心还是非常孤独。

从那以后，我再也没有回过故乡。集团公司按约给了他们一笔可观的违约金后，故乡的人们从此送给了我一个"骗子"的称号，我父母又开始小心翼翼地过日子，并且在不断地骂我的同时，为我操更多的心。

而我，与有过亲密接触的林静，从此就真的相忘于江湖，也失去了联系。有人说她离了婚，有人说她到南方某市去了。到底去了哪里，我也不知道。

我们就像她说的那两条鱼一样，最终相忘于江湖。

（发表于《花城》2006 年第 6 期）

生存意义

1

　　阳光从街那边的楼缝里钻出来，贴在咖啡屋上。城市看上去有雾在飞，柯林戴着耳机，双手插在裤袋里，嘴里叼着万宝路，用悠闲的目光打量着从街上走的每个人。牛仔裤上挂着传呼和手机，看上去，很不经意而又处处刻意。

　　上午的阳光有些不冷不热，正如柯林的心情。他的心情也是不冷不热，每天早晨醒来就不知道当天该干些什么。有天喝早茶时，柯林对一个生意场上的朋友刘凡说，唉，过去没有钱的时候，每天心里冷得像结了冰，现在有钱了，生活还是不咸不淡的让人烦。

　　柯林的朋友刘凡不咸不淡地笑了笑。他是一个乐观的人，抬头看到一只苍蝇贴在窗户上，嘴里好像突然吃进了过期的腐肉，恶心得想吐。于是他夸张地喊，小姐，这种地方还有苍蝇，你们的卫生怎么搞的，叫你们老板来！

　　柯林笑了笑。心想他们现在也是动不动便喊人家的老板来了，架子大得很。而过去，自己当小老板时，听到客人喊老板心里就烦。

　　大堂服务员慌张地跑过来了。边跑旗袍还向外分着，刘凡的眼睛盯在那两条白皙的腿上，朝柯林做了一个怪样子。

　　服务员跑得太快，高跟鞋不小心崴了一下，差点摔倒在地上。刘凡趁机搂住了她说，心肝宝贝，可千万别摔着了让我心痛啊！

服务员忍着痛挣脱了他。尽管心里不悦，可仍旧是一脸职业的微笑。她不能不笑，这两个人总是动不动就带着一大帮朋友来吃饭，是她的上帝，也是经理的上帝，她能不笑么？所以她心里对刘凡尽管很厌倦，可嘴里仍谦恭地说，请多关照。

刘凡马上装出一脸正色来，说，你们怎么搞的？吃饭时让苍蝇爬在玻璃上，这是存心倒我们的胃口么？

柯林看到服务员本来就摔伤了，觉得刘凡也太小题大做，便打圆场道，算了，算了，这儿吃不好可换一个地方嘛。

服务员误会了柯林的意思，连忙说对不起对不起。她可得罪不起客人，年轻的待业人拿着别人给的饭碗便什么也不是。不过她心里在想，雅间里没有苍蝇，谁又保证外面的苍蝇不能爬在玻璃上？

刘凡还是一脸的阶级仇恨，那你还不去赶走它们？

服务员说就去就去，转身往外走。才走一步，脚一抬，嘴里便"啊"了一声，几乎要蹲下身来。刘凡又是一把搂住了她说，算了算了，闻到你身上的香味我便吃饱了。

小服务员想挣脱，又不敢太用力，脸上红红的。还是柯林说，算了，算了，你去吧。边说边抽出两张票子来，塞进她的手里。

刘凡把票子从服务员手里抽出来，塞进自己的口袋说，要大方，也应该给那些穷人嘛，现在的小姐，谁口袋里没有钱？

柯林听了想笑。服务员几乎是哭着跑了出去。刘凡看了得意地大笑。

两个人的生活天天有些快乐但又无聊的小插曲。

2

柯林在马路上用肆意的目光打量着那些过往的人们。一个，两个……每个人不知从哪里来，又要到哪里去，脸上都是一脸的疲惫，好像夜生活过度。行人们都匆匆忙忙的，没有人停下来。没有一个人脸上沾点笑。

柯林便歪着腿，吹着口哨。终于，一个打扮妖冶的女人走过来了。

怎么，今天又无所事事呀？女人横着腿站在街上对柯林说。

柯林记不住在哪里见过这个女人了，反正有点面熟，但一下子想不起来。这些年做生意，他什么样的女人没见过？什么样的女人没遇到过？直到后来他对这一切生活厌烦了，还是没有一个给他留下深刻的印象，还是没有一个让他可以放心娶来做老婆。当然也不完全是没有印象，比如说那次在夜总会里遇到的那个大学生。

柯林正在回想，女人的手已挽在他的胳膊上了。她说，反正我今天也没事，不如陪陪你吧。

柯林想，反正我今天也没有事，有一个女人陪一会，也没有什么不好。他本来想推开女人的手，可自己的手却不听话似的在女人的屁股上摸了一把。有股火在他胸中烧起来。他便搂紧了女人，向大饭店走去。大饭店那儿有他的包间。在这一点上，他与刘凡不同，刘凡总是喜欢把女人带到他的别墅里去，向那些女人炫耀他的财富。柯林从来不把女人带回家去。那个家，是只属于他自己的。

到了饭店，刚好经理在大堂里，见了柯林说，啊，柯老总，回家来了？

饭店经理总是这样对柯林说话，让柯林心里感到一种温暖。柯林走过去拍了拍他的肩。经理把耳朵贴在柯林的脸上说，又换新床啦？

柯林笑了笑，不说话，搂了女人进了电梯，正好电梯里没人，他的手便不安分地在女人身上游动。女人夸张地呻吟着，更加激起了柯林的热情。要不是电梯到十二楼时进来了人，他真想把她放在电梯里。

电梯滑得很快，无声无息。进来的是另外一个端庄的女人，穿一套白裙子，带着一个小孩子，脸上洋溢着安详的笑意。孩子不小心碰了柯林一下，白裙子女人便说，快向叔叔道歉。小孩子挺乖，向柯林点了点头，说对不起。

柯林说，没关系。目光盯在白裙子女人的脸上，女人柔和地向他笑了笑，一边揽过孩子，无限的母爱罩在脸上。

柯林心里怦然一动，对身边那个女人的热情马上消失了。出了电梯，刚才那种感觉更是无踪无影。

女人进了房间便开始脱衣服，看到柯林像木头人似的，便说，刚才还猴急，现在怎么一点热情也没有？倒像我欠了你的账似的！

柯林说，我不是来找热情来了吗？

女人一边职业性地脱衣服，一边夸张地扭动身子。

柯林看也没有看她，只是闭目躺在床上。

女人说，来吧。

你别公事公办的好不好？

女人笑了。我不公事公办，还对你产生感情呀？

没有感情，你哪里让我来点热情呢？

找热情你就找个情人去！

女人伸出手来，在柯林的身上游动着。柯林推开了说，你怎么就没有一点情调？

女人说，这里没有情调，这里只有交易。

交易也应该有点温暖，别这么赤裸裸的。

这本来就是赤裸裸的，你掏钱找乐，我挣钱找乐，我们中间很公平。

那要看我愿不愿意。

柯林掏出钱放在女人的腿间，说，你走吧。

女人说，你也太没有人情味。

柯林说，要是有人情味，我便完了。

她一边说一边把钱塞进长筒袜里，还递给柯林一张名片，说，想我了，就拷我啊。说完在柯林的额上吻了一下柔声说，你放心，我定期检查，不会有艾滋病的。然后站起身来，扭着屁股走了。

名片带着香味，柯林转身便把它扔到了垃圾筒里。然后走到窗边，用望远镜向楼下看去。

楼下，一个捡破烂的老人从街那头走过来，另一个捡破烂的小孩从街的这头走过去，为了一个纸箱，他们差点打起来了。

城市的上空，布满了迷雾。柯林打了个呵欠，又倒在床上沉沉地睡去，无日无夜。

3

柯林在做梦。

早年，没有钱的时候，柯林像一条没人理的狗一样在城市的街道上游荡，总盼望有一天天上会掉下馅饼来。日子真没法过啦，大街上有谁会去理会一个穷人？行人连目光也不会投在穷人的身上。柯林像狗一样地跟在人们身后，看上去一副可怜而又寒酸之相，见了人头便低三分。

很久以前，父母还在的时候，便曾经说过，没钱真是一种罪过。

柯林不知这话是父母对他们自己说的，还是对他说的。反正他后来出来混的时候，他真的体会到了这句话的深刻。城市看上去总是热热闹闹的，可那不是自己的，他就像城市的垃圾一样，只不过垃圾不能行走，而他却能蠕动。他后来对好友刘凡戏称自己是行走的垃圾，当然那是在他们发了财的时候。

说来要想发财也真是简单。几个人合伙炒房地产，在别人要跳楼的时候，他们做了中间商，但对甲方己方来说，他们都是对方。于是一笔钱很快赚到了手，只不过倒个手而已，轻易地一百万便到手了。此后，这一百万赶上了股市火爆，很快又变成了二百万、三百万，再接着做期货，财产便传奇般的、神话般的向上滚动着，他们连自己的梦还未做醒，就真的在两年之内莫名其妙地成了千万富翁。

不用再担心没钱过的日子了。

富翁的日子自然和过去有天壤之别。有天他和刘凡在一个酒店里喝酒，两个人对那座过去看也不敢多看的酒店产生了一种奇妙的感觉。

刘凡说，这就好像是一个穷人爱上了一个有名的歌星或影星，说也不敢对别人说。

柯林说，当时，我们可是连爱也不曾想过。

刘凡说，人生就像做梦。你想钱的时候，钱偏偏不来，一毛钱难倒英雄汉，不想的时候，它偏偏滚滚来了，真是！

两个人每天都沉浸在对金钱的讨论里。每天，他们从金钱中都能找到无限的快乐，有钱的感觉连说话也粗壮起来。

直到某一天，这种快乐感莫名地消失了为止。

4

有天两个人洗了桑拿接受了异性按摩回来，让城市的夜风一吹，心里竟同时升起了无限的冷意。柯林说，也许，我们该成一个家了。

刘凡说，成家有什么用？现在的女人有几个是真心真意的？还不是为了钱才跟我们？

柯林不同意这个看法。他说，你不要一朝被蛇咬，十年怕草绳嘛。

刘凡说，要成家你自己成去，我可不愿意让一个没有感情的女人在身边说三道四地让我心烦，反正现在身边女人有得是！

柯林摇了摇头。心想刘凡经历了一次失败的婚姻，便把一切看透了似的，不就是他没钱时那个女人跟着别人跑了么？这年头，这还算什么新鲜事？

两个人开着宝马车，在城市里一阵好跑。最后，柯林说，到我那里去吧？

刘凡说，你那个地方能留得住我么？每天晚上，没有女人在身边，我的心里便空空荡荡的。

柯林又摇了摇头。两个人分了手，柯林想起了那天晚上在夜总会时遇到的那个女大学生。他自己也不知道为什么多次想起那个大学生，多好的女孩啊，本来有着很好的前程，为什么偏偏要到那个地方去挣钱呢？难道这个社会使人堕落吗？

那天夜里，女孩坐在他的腿上，把嘴贴在他的耳边，让他感到很温暖。他给了女孩一大张票子，女孩子说了声谢谢，然后说，你把我带走吧。

柯林说，你想到哪里去？

你带到哪里去我便到哪里去。女孩坚定地说。

女孩的眼里闪着一种光，这种光让柯林心里马上充满了渴望，她不像街头上的那些女人，那些女人纯粹是一堆白肉。而她年轻，美丽，有知识，是多少人羡慕的天之骄子。

柯林说，你为什么要干这个呢？

女孩说，你干嘛要问这个？我可以不回答吗？

柯林点了点头。女孩便拉起了他的手，贴在她的心窝上。那个地方像热极了的温泉，柯林觉得身上暖了起来。

他们出了夜总会。女孩喝了些酒，看上去脸有些红，这更增加了她的妩媚。上了车，女孩倚在了柯林的怀里，一言不发地望着他。

柯林感到了一种难以压抑的冲动。他飞快地开着车，来到他在大饭店里的包间。

女孩倒在他的床上，还是一言不发地望着他。柯林说，想喝点什么吗？

女孩转了转眼说，我只想吃下你。

柯林怔了一下。他想，这话真不该从这样的一个女孩的嘴里说出来。不过这话让他温暖，他坐在女孩的身边，很熟练地帮女孩脱衣服。一边脱柯林还是忍不住问，你为什么要干这个？

你说呢？

我哪里知道？过去我也想上大学，但那时候我家里很穷，我连书也读不起，当然是想也不敢想的啦，看到你们大学生，我真的有些羡慕。

女孩说，是吗？她说话漫不经心的，看上去对这些话并不在意。

柯林接着说，过去我没有钱时，至少还拥有梦想，拥有奋斗，并且努力，但现在有钱了，我倒不知自己是谁了。

女孩转过脸来看着他，她的脸看上去有些白。她忽然低了声说，来吧。

柯林的手静止了。他想，一个让人羡慕的女大学生，为什么非要这样？好奇心使他又问了一句，小姐，你非得干这个不可吗？

女孩说，我是搞艺术的，总得为艺术献身吧？

柯林说，献身能增加你的灵感？

不！女孩说。女孩的干脆让柯林吃惊。他翻身坐了起来，正好看到了墙上挂着自己妹妹的肖像。温暖的情绪开始慢慢褪走了。

柯林从口袋里拿出五百元钱来，递给女孩说，你走吧。

女孩没有接，她注视着他问，为什么？

柯林诚实地回答说，因为我突然想起了我妹妹。

就是墙上挂着的那个人？

嗯。

她在干什么呀？

她死了。

女大学生惊了一下，温柔地说，对不起，我不该问这个问题。

柯林摇了摇头说，你走吧，以后要是用钱，就给我来个电话。他说着递给女孩一张名片。女孩迟疑了一下，接过了。她低低地问，她……怎么死的？

那时我们家很穷，我妹妹上不起学，在乡下干活，得了败血病……柯林鼻子一酸，说不下去了。他下意识地捂住了眼睛。

女孩穿起了衣服。把钱放在桌上说，这钱我不能收。

为什么？你不是为了钱么？

可我们之间并没有买卖关系，一切并没有发生，我没有理由收你的钱。

柯林怔住了。他还是忍不住问，好端端的，你为什么要干这个？

女孩一边往外走，一边说，和你妹妹一样，我家里很穷，我快读不起书了，我母亲病在床上，而我妹妹，也一样面临着失学。

柯林忽然涌上了一股豪情，这种想法并不多见，他想，让我资助你们吧……可话才到嘴边，女孩已经出门去了。

柯林有些迷失，他抬头望墙上，墙上只有妹妹的像，向他发出忧郁的微笑。那是乡间最美丽的微笑。

可妹妹毕竟死了。柯林忽然觉得心里有些发怵，空空落落的感觉又开始涌上心头。妹妹死前那凄厉的哭声还在他耳边回荡。

柯林想，世间为什么一切都不会如意呢？想干一番事业时，没有钱；有了钱时，又不想干任何事了。有钱的，猖狂，没有钱的，堕落。这真是他妈的什么生活啊！

柯林抓起电话，要通了刘凡，刘凡在那边接了，一边接一边骂，妈的，我正忙呢，关键时刻……啊啊啊……

柯林骂了一句，活着，真没意思！便挂了。电话不高兴地躺在墙根里，看上去孤零零的。

5

每天的日子就这样继续。每天的日子便这样循环。太阳从城市那边出来时，柯林他们就开始出动，吃遍了这个城市的角角落落，游遍了这个城市的山山水水，摸遍了这个城市各式各样的女人，玩遍了这个城市形形色色的娱乐场所。

有一天，他们觉得生活便这样没有意思起来了。

刘凡说，妈的，这个世界真是怪啊，过去没有钱时，觉得活着没意思，于是总盼望有一天能有一大笔钱；现在倒好，钱有了，发现生活更他妈的没有意思了。活着真没劲是不？

柯林笑了笑说，我最近不知怎么的就喜欢上了教堂，你也不妨上那儿去，听听梵乐也是好的。

刘凡说，我不像你喝过墨水，我只要有酒有肉有女人，生活便够了，不用到那种地方去装高雅。

柯林说，其实宗教有时也给人心灵上的一些宁静。

刘凡笑得一口酒也喷了出来，他隔桌拍了拍柯林的肩说，你过去怎么说的？受穷时你说上帝都死绝了，连碗饭也不会给你，让你肚皮贴着肚皮，说世上你最不相信的便是宗教。

柯林还想说什么，刘凡说，你打住吧你，我要到摩托车俱乐部去了，今天我们要在公路上进行飞车比赛呢。

柯林说，你当心有天丧了命。

刘凡说，反正活腻了，该吃的苦也吃了，该享的福也享了，还要怎么着。我可绝对不会像你那样进教堂，我死也不会去那个地方的。你记得我们当初挨饿的日子么？每天都求上帝大发慈悲，可上帝让我们连个住的地方都没有！

远处有一个女人向刘凡招手，刘凡说，来了，来了，急什么！转身就跳上那辆特制的摩托车，飞身就走。摩托车屁股冒了股黑烟，眨眼间便不见了影子。

柯林抽了一口烟，仰面向天空吐去。天空灰黑灰黑的，没有一点表情。

柯林不知怎么的就想了妹妹。要读书却无钱读书的妹妹在死前张大了眼，拉着他的手不肯松开，他眼睁睁地看着妹妹把他的心带走了。他使劲地击打自己的头，骂自己无用，不能给妹妹一个小小的空间。现在，他可以给妹妹一切了，可可爱的妹妹永远看不到了。

柯林想着想着鼻子便有些湿润。他把烟头向城市的上空抛去，烟头像抛物线一样在空中转了圈，落在地上，柯林准确地吐了一口痰，不偏不斜地正好吐在了烟头上，烟头灭了。柯林正准备移步，可一个老太太一把抓住了他，伸手撕下一张罚款单递给他说，五元！

柯林看了看老太太，老太太穿着一身黑色而又肮脏的衣服，看上去样子非常滑稽，这让柯林突然想起了昔日呆在病床上不停叫唤的母亲来。他于是抽出一百块钱来，放在老太太的手上。老太太迟疑了，不敢接。

柯林有些奇怪。

老太太说，你给我十块钱吧，我找不开。

柯林说，不用找。

老太太说，那你得吐多少口啊？给我十块钱，你再吐一口便行了。

柯林忽然觉得好笑。他说，我要是不吐呢？

老太太说，你不吐白不吐，不吐我也没有找你的。

柯林恶心起来，他把百元大钞撕了个粉碎，然后从口袋里找出了五元小钞，塞在老太太手里说，够了吧？

老太太睁大了眼睛看着他，柯林哼了一声就走了过去。走了老远，才听到老太太在那里诅咒说，有病！

柯林想，现在到底是谁有病呢？

柯林忽然想起了那个女大学生，他也不知道为什么现在想起了那个女大学生，多好的年华啊，只是……

柯林正想着，忽然听到马路对面一声惊叫，他放眼望去，看到一辆快速行进的小车，撞在了一个小女孩的身上，小女孩被撞到空中，抛起来，又重重地摔了下去，正好被车轮压住。

一股浓重的鲜血，喷得马路上四处都是。接着，一个女人尖叫着哭起来了。

柯林觉得脑子里刹那间一片混乱，小孩飞腾起的身体，车辆，行人，街道，还有鲜血，突然使他产生了要呕吐的感觉。他趴在马路边的栏杆上，吃力地吐起来。

6

柯林在病房里呆了一个多月。这一月好像一年一样漫长，呆在医院里，柯林像变了一个人似的。

刘凡有天来看他时说，你怎么像个哑巴，呆傻啦？连话也不说。

柯林只是笑。刘凡说，出院吧，出院吧，再呆下去，你可能会进精神病院了。医院里有什么好呆的，好人呆病，病人呆死。

柯林还是笑。刘凡说，我不说了，我今天要赶一个场搓麻。我们最近成立了一个家庭俱乐部，你有兴趣的话，可以溜出来参加我们的假面舞会，刺激得很！

柯林仍只是笑。刘凡拍了拍他的头，把护士叫过来说，好好伺候他，这里是二千块钱，今天带的不多，拿去，把我的哥们照顾好，会有你的好处的。

护士红了脸，看了看柯林，又看了看邻床的一个小男孩，小男孩很懂事地把头缩回去了。

刘凡一把把钱塞在护士小姐的大白口袋里，扭身骂骂咧咧地走了。

柯林说，拿着吧，反正他有的是钱，丢了他也不会眨下眼。

护士小姐还好像不好意思。柯林说，拿去吧，天知地知你知我知，你也挺辛苦。

护士小姐猛地在柯林的脸上亲了一口。好像前几天那些冷冰冰的脸，一下子像是丢在高压锅里煮沸了似的，红鲜鲜地唱着歌走了。

柯林竟独个干笑了几声。

小男孩伸出头来，还是像往日那样怯怯地望着他。

柯林说，好点了吗？

小男孩笑了说，好多了，谢谢叔叔。

柯林觉得小男孩子的牙齿很白，笑容很灿烂。他便忍不住多问了几句。

你得的是什么病呀？

不知道，叔叔。不过我妈妈说，很快就会好的。

痛吗？

有时痛，有时不痛。

你妈妈呢？

她有事出去了。

柯林便不再问了。倒是小孩问起他来，叔叔，你得的是什么病呀？

柯林怔住了。对呀，自己住在这里，得的到底是什么病呢？

小孩直直地望着他，眼里荡漾着天真无邪的笑。柯林支吾着说，啊，我得的是综合征。

什么是综合征呀？

这个嘛，就是……就是多种病呗，比如说头痛、感冒、发烧……

叔叔，你多可怜呀，一个人得这么多病！我比你好多了，我妈妈说，我只得了一种病。

小男孩脸上写满了微笑。这种微笑让柯林有些舒服。他看到小男孩的脸色苍白，便走过去关切地抚摸着他的头。

小男孩温柔地张着眼睛看着他，最后激烈地咳嗽起来。柯林开头并不在意，后来看到小男孩开始吐血，便连忙跑出去找护士。在过道的一边，他看到小男孩的妈妈正在跟护士长说什么。

柯林走了过去，老远便听到小男孩的妈妈焦急地说，医生，能不能让他先住着，我找到钱一定续上。

护士长说，哎呀，我们也是没有办法呀，医院没有钱也办不下去。

可是，我现在的确是有困难呀，你们行行好吧。

我们行好，谁又为我们着想呢？我们也要穿衣吃饭，再说，这种白血病目前还是很难治好的。

白血病？柯林心里一惊，嘴里便脱口而出。两个女人转过头看着他，他才如梦初醒似的说，啊，你的孩子在咳嗽，我过来找医生的……

小男孩的妈妈听了，撒腿便往病房冲去。

柯林想也没想地对护士长说，你让他们住吧，我把钱给他们垫上。你先不要告诉他们母子。

护士长的眼睛睁成了一个圆圈。

7

刘凡在电话那头听到柯林让送钱到医院时说，不是刚刚交了一万吗？

柯林说，不是我要，是给邻床的一个白血病人用。

就是那个大眼睛的小男孩呀？

嗯。

喂，我说你是不是真的病得不轻，他要钱与你有什么关系？

你不要多说了，把钱送来就是。柯林一边说一边准备关手机。他听到刘凡在电话的那边说，我看你真的是病了，要当慈善家，现在还不到时候吧？

柯林只是笑了笑。回到房里，刚好小男孩醒来了。他友好地朝他点了点头。小男孩说，叔叔，你不休息一下呀？

柯林说，我休息好了。

可你昨天夜里好像一直没睡着。

啊……我是睡着了不安分。

叔叔，你是个调皮鬼呀？小男孩又笑了，他的笑真好看。柯林想。于是柯林问他，小不点，你长大了干什么呀？

我想当老师。

为什么？

因为我想让乡下的孩子都受到教育，让他们都能上学。

这句话触到了柯林的痛处。他的心紧了一下，记得妹妹原来也一直想当一个教师的，柯林的鼻子一酸，不过他的脸上露出了笑容。他走到小男孩的身边，在小男孩的脸上深深地吻了一下。

这时小男孩的母亲进来了。她看了柯林一眼，便搂紧了孩子，大哭起来。

柯林和小男孩不知所措地望着她。她把小孩子塞进怀里说，儿呀，你遇上了一个好心人呀，有人把你的住院费都交了呀！

小男孩挣脱了妈妈的怀，忽然发起呆来，坐在那里沉思，俨然一个大人。柯林装作没事一样走开了。

那天夜里睡时，小男孩说，叔叔，你想一想，帮我那个人会是什么样子？

柯林说，反正不会是我这种样子吧。

小男孩说，叔叔，我想他肯定是你这种样子。

为什么呢？柯林好奇地问。

你的目光里很温和很可爱很美丽呀！小男孩用了一大串形容词说。

是吗？

是的。我妈妈说，一个人看另外一个人时，只要没有凶光，没有仇恨，那他大半是一个好人，至少心不会太坏。

柯林鼻子一酸。想不到自己在外面的一些场合，不知多少次被人指着影子骂过，他自己也有时觉得自己不是一个东西了，现在居然一个小孩说他是好人，这多少让他有些感动。

原来做一个好人挺容易。柯林想。他伸过手去摸了摸小孩的头说，睡吧，孩子，不要害怕，一切会好起来的。

说完这句话，连柯林自己也觉得有些好笑，一个觉得生命毫无意义的人，居然会对人说一切会好起来的，这也太有些那个了。

小孩说，我妈妈说，太阳明天会照样升起。

柯林听后心里猛然跳了一下。有一股暖流涌上心田，不过就那么一会，他和小男孩一样沉沉地入睡了。

8

大学生又呼了柯林一次。柯林回过去，却是一个男人接的。男人听上去很粗鲁，他的大嗓门几乎像是在柯林耳边丢了一颗炸弹：

喂，你是柯林吗？

我是，你是谁？柯林心里有些不高兴。

我是派出所。

柯林听了并没有惊慌，反正他们做的事不止一次违法，吃喝嫖赌什么没干过？那地方也进去不止一次了。于是他说，找我有何公干？

你妹妹被我们收审了。

我妹妹？柯林有些好笑，我哪里还来一个妹妹？还没等他说话。话筒那边传来了一个哭着的女人声音：哥，我是黄梅啊，你快来救我。

黄梅？哪个黄梅？

哥，你快来呀！我明天还要到云南去写生呢！

柯林这才记起来了。原来是那个艺术系的大学生。他说，你犯什么事了？

我在体验生活，便莫名其妙地被这些人抓进来了。哥，我是冤枉的……

还没等她说完，那个大嗓门又吼起来了，喂我说你快点来，你不来我便把你妹妹送到局子里去。我说了，小子，你必须带五千元的罚款。

柯林摔了电话，什么他妈的！跟我来这一套。他心里有些生气，有钱后，每当别人高声地和他说话，他就感到一股莫名的怒气。

话虽是这样说，不过他还是取了五千块的现金去了。到了局里，果然是女大学生，她一脸的哭相，大嗓门正在威胁她，再不送钱来，我把你送到学校里去！

黄梅看见了柯林，扑过来便倒在了他的怀里，马上笑了对大嗓门说，我说他会来的嘛，这不我大哥来了。

柯林对大嗓门说，多少钱？

五千！

三千可以了吧？

五千！大嗓门当仁不让地说。

三千，不开发票，干不干？

五千！大嗓门还叫硬。

不干就算了。反正我妹妹也不止进过一次，她是搞艺术的，体验生活也算不了什么！

柯林说着便装出要往外走的样子，脸上没有任何表情。大嗓门屈服了，三千就三千吧！不过我告诉你，小丫头，搞艺术也不能搞到男人床上去！

柯林抽出三叠钱摔在办公桌上，一言不发地往外走。黄梅跟在身后，一出门便嘤嘤地哭起来了。

柯林把剩下的两千块钱塞在黄梅的手上说，别再这样干了，这些钱你先用着，不够再到我那儿去拿。

女大学生扑在他的怀里哭起来了。

那天夜里，柯林忽然不想回医院去住，就回宾馆来了。

半夜里，女大学生不知怎么的也来到了宾馆，一进门便把衣服脱了说，来吧，你想怎么就怎么……

柯林好久没发脾气了，这次他却莫名其妙地烦躁起来，对着女大学生吼道，你给我滚出去！

大学生先是诧异地看着他，轻轻地低下了头，尔后慢慢地穿上衣服，悄悄地走了出去。

柯林不知为什么也哭了。

第二天一早，刘凡打电话来说，哥们，告诉你一个喜讯吧，我中了一个大奖啦。

柯林有些好笑，刘凡总是咋咋呼呼的大惊小怪。他没好气地说，什么大奖？

刘凡在电话那头大喊着说，告诉你吧，人运气来了，鬼也挡不住。我中了五十万啦。

柯林冷冷地说，你的资产再多五十万与少五十万又有什么区别？

刘凡说，那可不一样呀，你看看，过去我们没钱时，每次都跑去抽奖，想碰运气，结果总是碰不上，现在不在乎这个钱了，他妈的钱又滚滚来了。

柯林听后有些好笑。心想人倒霉时，真是倒八辈子霉，什么也捞不上，可该有的都有时，连财神爷也不敢得罪他！

刘凡说，这下我可以送我心爱的两个女人两座房子呀，他娘的，每天吵得我心烦。

柯林说，烦都是你自己找的。

刘凡说，我发现你小子怎么越来越没有一点感情，连女人都提不起兴趣？

柯林说，你送你的吧，当心有一天连你自己也送了进去。

刘凡说，那倒好！免得我每天活着心烦！

两个人拉扯了一大堆，最后才搁下了电话。柯林想去打球，便走下宾馆的大楼，过大厅时，冷不防一个女人便扑在了怀里，柯老板，想死我啊，多日不见，你气色不错啊！

柯林推开了女人，实在记不起这人是谁了。女人把脸面凑上来说，怎么，柯老板，贵人多忘事呀，那天在得月楼饭庄，我可是陪过你好几夜啊！

柯林记起来了，那次偶尔有兴趣，想和别人谈一笔生意，是和这么一个女人上过几次床，结果对方老板以此为砝码，想法要他降价，他说，不降怎么样？

老板说，不降就把你们的录像带交到公安局。

那你交去吧。我可不在乎罚个三万两万的。

对方看他不是说着完的，便先软下来了，说，柯老板，大家活着都不容易，你降一点给我们一口饭吃。

你们这么卑劣，我就是想降也不会降，你们到公安局里去吧，我不是吹，我敢说他们局长在你们前脚出去，后脚会马上亲自把它送到我这儿来。

对方吓住了。最后只得以柯林的价签了合同，还把录像带还给了他并且道歉。

当时，就是这个女人把柯林拉下水的。难怪她在床上，做出那些奇形怪状的动作！

柯林说，怎么样？没跟着胡老板混？

女人说，别提他，他是个没心肝的人，当时说好了要给我两万，结果只给了我两千，玩够了便把我赶出来了。

女人边说边装着擦泪扑在柯林怀里抽泣着说，还是柯老板好，知道心疼人。

柯林又推开了女人说，怎么了，我还有事。边说边往外走去。

女人跟着柯林走了出来，小声在柯林耳边说，柯老板，我再交你几手外国片中的动作，保你满意……

柯林一把拉过她，凑在她耳边恶声说，你还不知道，我得了艾滋病？我正在找他娘的是谁害我呢！你说，是不是你传染给我的？

女人吓了一跳，赶紧挣脱了柯林的手，站在离他几步远的地方说，我绝对没有，我每个星期去检查一次，绝对不会有……

女人一边说一边跑了。

柯林站在饭店外，忍不住哈哈哈地大笑起来！

行人都纷纷侧目过来看他，一个女人说，你看这人，肯定是升了职，把他高兴的。

另一个女人说，也许是他中了彩，今天不是开奖的日子么？

牵在她们手里的一个男孩子说，妈妈，不对，叔叔一定是昨天晚上打麻将赢了钱！

柯林听了更加哈哈大笑，笑得眼泪都出来了。

9

过了几天，小男孩在一个深夜里死了。

那天夜里，柯林被男孩的咳嗽声惊醒，起床看了看，小男孩吐了血。由于医院里不准男孩的母亲陪床，所以柯林连忙起床替小男孩捶背。过了好一阵，小男孩醒过来了，他伸出无力的小手，握住了柯林说，叔叔，我是不是快要死了？

不会的，你还小，以后还要当教师，怎么会死呢？

话虽这样说，柯林鼻子里还是一酸。

小男孩攥紧了柯林的手说，叔叔，我不想死，我真的不想死。

柯林的眼泪差点掉下来了。他另一只手抚摸着男孩的头说，你不死的，你怎么会死呢？要死的是叔叔这样的人，活着没什么意思。

叔叔……我知道我得的白血病。

谁说的？瞎说！

我有次在昏迷中醒来时听见护士和我妈妈说的，她们以为我没有听见。

不会的，你听错了。

叔叔，你在安慰我吧，其实我早知道了，只是怕我妈妈难过，我才一直没有问的。

柯林转过身来擦了擦眼泪，心想多好的孩子啊。记得妹妹死时，也是一直舍不得离开妈妈的，可妹妹还是吐血死了，接着妈妈又染上了肺炎，一个个先后离他而去。柯林不禁把男孩搂在了怀里。

男孩又剧烈地咳嗽起来。柯林连忙去叫护士，护士倚在桌子上，睁开眼皮说，有什么大不了的，三更半夜地瞎叫唤！

柯林看到不是原来自己给了小费的那个护士，便连忙说，快点，小男孩快不行了！

嗨，他每天那样，没什么大不了的！

喂，你快点好不好，人命关天的……

他是你什么人呀，看把你急的。护士还是不紧不慢。

柯林从口袋里摸出一大叠钱扔在护士的桌子上说，我请你去总行了吧？

护士睁大了眼睛，瞌睡全醒了，她看了看柯林，柯林已转身就走，护士马上跟在后面跑了过来。进病房一看，小孩已经昏迷，护士马上怪起柯林来，喂，你怎么不早喊，你看他快要死了……

柯林恨不得给她一巴掌。护士连忙一阵急救，小男孩又醒过来了。

他看对柯林说，叔叔，我做了一个梦，我梦见我成了教师啦，我们那里失学的伙伴，都坐在教室里听我讲课呢。

柯林挤出了笑，连连点头。尽管他觉得自己的笑容有些勉强，不过心里还是有一种异样的东西在涌动。

小男孩说，叔叔，你知道帮我付住院费的那个人是谁吗？

柯林说不知道。小男孩说，我也不知道，但我想，他一定是一个像你那样的好人。

柯林说，我有什么好呀？整天没做什么好事。

可是你的眼睛里闪着好人的光。小男孩说，他一边说一边又昏过去了。

护士最终叫来了医生，他们进行了一阵紧张的急救，可是面对死神的邀请，他们也无回天之术，半夜里，小男孩走了。

低低的哭声从病房里传出来。柯林忽然觉得心里有一种空空落落的感觉，那是一种在心里压了好久的感觉。他的心，被一种巨大的空虚与恐惧占满了。

第二天，面对着那还曾欢笑过的小男孩的床位，面对着窗外又开始重复的没完没了的日子，柯林一下子悲伤起来了。

这真是他妈的没有意义的生活，毫无意义的生存……

柯林想。

10

刘凡总在柯林不高兴的时候准时出现。他像一个乐天派，每天看上去高高兴兴的，混在生意人与女人堆里。

一进柯林的病房，刘凡就发现气氛有些不对。一个星期没见，柯林瘦得几乎认不出来了。

喂，你怎么了？

我不是好好的么？

好你个头！要不是了解你，我还真怀疑你是一个吸毒的嫌疑犯。

要是真的有什么剧毒，吃了不皱眉死了才好呢。

我看你在医院里没病也呆出病来了，神经不正常。喂，我告诉你一件事，我们投资一个新的项目吧。

我对项目不感兴趣。

你以为你那几个钱就够了？真是小农意识，坐吃山空是没有出息的。

柯林有些好笑，一个整天在女人身边打滚的人居然开口闭口教训他，越发显得刘凡有些滑稽，不过正是这样，刘凡在他眼里才一直那么可爱。

刘凡说，只有资本不断积累，扩大再生产才有可能。我图那几个钱？我的钱也够活上几辈子了。重要的是，在生意场上的斗争才是最有意思的，商场如战场，我就是要斗斗，看谁比谁差多少。

柯林说，你总是争强好胜。

我不争强好胜，怎么会有今天的生活？不争强好胜，我们永远像只狗一样，在大街上跟在人家的屁股后面闻骚，谁会高看我们一眼？

你以为你有钱人们就看得起你了？

我不敢说人人都看得起我，但我敢打包票，至少有一大部分的人看得起我。有没有钱，是一个人能力的体现，别人才不管你是抢来的、偷来的还是贪污受贿来的呢。

我不和你争了，你不赢总不罢休的。你说吧，又有什么新招？

我们最近想出了一个点子。既然现在的社会人人都觉得自己的压力挺大，人人都面对着死亡，我想在死人身上下功夫。

柯林说，你又有什么歪点子，居然打起死人的主意来了？

告诉你吧，通过考察，我们发现做墓地生意肯定会赚钱。

墓地？

是呀，人人都会死不是？死了都要入土为安是不？入土就得有块地呀？现在的城市，哪里去找地？我们在郊区买了一块地，位置还不错，准备建墓地发售，肯定会热销。

你不是在做梦吧？

做梦？你要知道国人的本性，对死人看得比生者还隆重的。谁都想在别人面前显得自己孝顺，势必要为死者花些钱，并非为了死者，而是为了给别人看。我敢肯定有人愿意出这个钱的。

柯林笑了。他问，每个墓地多少钱？

我们考证后认为，单个的墓地三千六，双人的收七千二，这是一笔好买卖。我算过了，光是那五十亩地，我们可以赚它个几十万。

如果卖不出去呢？

卖不出去，权当我们以后自己睡好了。

柯林听到这句话笑了起来。心想刘凡尽管总是玩世不恭，但也还算得上幽默。与自己不同的是，无论有钱没钱，自己总是打不起精神，可刘凡却正好相反，没钱时，开自己的玩笑，照样花费，什么场所都去；有钱了，更是肆无忌惮，为所欲为。

柯林现在不想做任何的生意，因此他说，你要做便一个人做好了，缺资金的话打声招呼，到我的账户上去划。

我划谁的账也不会划你的呀，我只是想你也赚一点。刘凡忙着声明。尽管他办事有时有些冒失或者鲁莽，但还算得上是义气干云。他当然不会忘记自己什么也没有时，是柯林帮了他。所以，即使他后来做生意越来越有些心黑，却从不在柯林面前耍关子。柯林认为这一点很难得。

两个人闹了一阵，刘凡说，今天出去走走吧，好长时间没有放松了。

柯林说，你也好意思说你好长时间没放松，我一看你的眼睛就知道，你在扯谎。

刘凡摸了摸头说，什么事都瞒不过你，最近认识了一个外国妞，够味！

柯林又笑了笑。

一个小时之后，他们出现在一家豪华的酒店里。那是他们过去常常蹲点的地方，老板与他们是朋友，他们知道那里面有些什么交易。

两个人叫上菜，有味没味地吃着。

刘凡说，过去吃点咸菜都是香的，如今倒好，什么山珍海味，珍禽异兽，吃起来如同蜡味。

柯林不说话。从医院里出来后，他的话便少了许多。他只是闷头闷脑地吃着。

喂，我看你呀，在医院里呆出毛病来了。不如让何老板安排放松一下。

柯林没有说是，也没有说不是。刘凡便招了招手，领班走来了，弯腰问他有何吩咐。

刘凡说，老规矩。

领班明白了。她说，请跟我来。

两人进了里间，里面灯光昏暗，一格一格的小屋，隐藏得有些诡秘。

刘凡不由分说地把柯林推进了一个单间，自己进了另一个单间。

柯林进了单间，才发现这里的灯光比过去的更加昏暗，不过充满情调，里面还放着柔和的音乐，一个女人背对着他侧卧着，从后面看去，她的线条真美。

一股说不出的东西慢慢从他身体里扩散开来。柯林习惯地走到床边，看不清女人的脸。他用手把她扳过来，嘴里发出了巨大的一声"啊……"字！

接着，他抬起手，狠狠地抽了对方一个耳光！

两个人都愣住了！

躺在床上的，竟然是那个女大学生！

柯林忽然想吐，一种恶心的感觉从胸底溢上来。女大学生没说话，只是看着他，脸上毫无表情。

你为什么要干这个？柯林抓住她恶狠狠地问。

我想干这个，怎么样？女大学生一改往日的温柔，不屑地看着柯林说。

柯林的手卡住了她的脖子，再一次问道，你为什么要干这个？仅仅是为了钱？

女大学生没有挣扎，她冷冷地看着柯林说，你卡吧，卡死了我也愿意干这个!

柯林忽然想哭。他的手慢慢松开了,他想站起来,可才起身,却差点倒了下去。

女大学生满不在乎地说,你既然这么好奇,那我便告诉你吧,我开头是为了钱,后来喜欢上了这个,喜欢上了刺激,够了吧?你不要装伪君子了,到这儿,你还不是一样?

柯林真想回头来打她一个耳光,但他还是头也不回地走了。回到宾馆的住处,他没头没脑地睡了整整三天!

11

半年后的一天下午,柯林房间里的电话急剧地响起来了。他很不高兴地抓起电话,听到了个急促的男高音说,你是柯老板么?

你哪位?

我是摩托协会的副会长,请你速来一下。

你搞错了吧?我对摩托车从来没有兴趣。

你没兴趣没关系,可你的朋友有兴趣。

他有兴趣你找他好了。

喂,你千万别挂电话,你的朋友刘凡先生,在今天举行的表演赛中,不幸受了重伤!

什么?在哪里?

他现在中心医院里,正在急救,医生说恐怕不行了,刘凡先生请你快来。

柯林摔了电话随便抓了件衣服便跑。他开着的宝马一路上呜呜地直叫。到了医院,门口等着一个人,一见柯林说,你是柯先生吧?

柯林一点头,两个人便飞快地跑上楼去。

到了病房,柯林一怔,这个房间正是他上次住进的那个房间,而刘凡睡的那张床,正是小男孩曾睡过的那张床!

柯林使劲地摇刘凡的手。但刘凡的手动也没动一下,柯林握住了它,眼泪溢下来了。医生说,柯先生,他不行了!

不会的！你们一定要救他，要多少钱都可以。

柯先生，再多的钱，也挽救不了他的命。

不！你们一定要抢救，我可以出更多的钱！

柯先生，生命并不是用钱能换来的。一个医生冷冷地说。

柯林沉默了。他感觉到自己握住刘凡的那只手紧了一下。他看刘凡，刘凡躺着的身体正好轻微地转动了一下，一滴泪水溢出了眼角。紧接着，墙上的心电图急速地叫起来，成了一条直线，最后停止了。

柯林回过身，他看到已死去的刘凡的嘴角，漾出了最后的一丝微笑。

柯林站起身，轻轻地拂上了他的眼角。

他死了。一个医生说。

他是死了。另外一个人说。

这些，柯林好像都没有听到。因为他竟然莫名地大笑了起来。

12

一个星期后，刘凡的尸体下葬了。他葬的那个地方，正好是他们自己建的墓地。

刘凡的墓地在正中间，那是最后一块没有卖出去的墓地。不是没有人买，而是刘凡一直想卖出一个好价钱。

现在，这最后的一块墓地便真的应了他那句话，归他自己所有了。

几个女人围着刘凡的墓地一阵子乱骂，因为刘凡没有留给她们什么钱。这点就是柯林也感到有些奇怪，这个花钱大手大脚的人，竟然把自己全部的资产，全捐给了慈善机构。而遗嘱，却是早几年就写好了的。

难道刘凡早知道自己这么快就会死的吗？

柯林忽然觉得刘凡比自己聪明。

安葬的那天天空下起了小雨，柯林孤单地走在墓地里，忽然有些想哭。不过回来的路上，他的心却出奇地坦然。

13

一个月后，在距城市千里外的一座大山里，来了一个面色祥和的年轻人，他一路上打听居云寺在哪里。

行人的手直指天上。

年轻人沿着山路进发，到达山顶时，终于看到了一片寺院。寺院的屋宇参差不齐，有些破落，掩映在苍松之中，倒也有几分幽静。

年轻人找到寺院的主持，要求削发出家。主持说，佛家圣地，我们不随便接受红尘中人。

年轻人说，普度众生，乃出家人的根本。

主持说，佛法无边，回头是岸，红尘苦短，施主却年轻有为，根性未尽。

年轻人说，我佛慈悲为怀，不拒人于千里之外。

主持说，空空荡荡，荡荡空空，世间碌碌，人海熙熙，何苦青灯黄卷，冷菜清汤？

年轻人说，潮有起落，人有轮回，功名粪土，富贵云烟，我本无情客，逍遥自在游。

两个人言来语去，僵持了不下。主持只好打诳语说，按佛教协会规定，出家得有大专以上文凭。

年轻人掏出一个红本本说，佛家人不打诳语，这个我早就准备好了。

主持面色一红，捋须说，色即是空，空即是色，施主能耐寂寞长夜？

年轻人答道，菩提本无树，明镜亦非台。佛在心头坐，酒肉穿肠过。

主持还欲坚持，年轻人说，我带来了一份厚礼，如主持接了，收我为徒如何？

说着，年轻人掏出一张支票来，递给主持说，这是五百万的见面礼，如主持接了，可再修我佛金身，又续寺庙香火，必将功德无量。

主持人双手合十，连道，阿弥陀佛，善哉善哉，施主请进吧。

此时正是落日余晖，西风轻拂，百鸟归巢，静寂无声。寺院老墙内，经声一片，远听像乐，近听原是六字真言：

唵——嘛——呢——叭——咪——吽

数年后，居云寺声名大振，进香的香客络绎不绝。有天，一名中年香客站在寺中失声惊叫，柯老板……

但无人应声，他揉了揉眼睛，眼前已空无一人，他怀疑自己看错了。

（发表于《广州文艺》2001 年第 6 期，有删改）

钱　眼

那天早晨我起床时，突然发觉眼里有了异物，只见一大堆的钞票在眼前飞来飞去。我吃惊地闭了闭眼睛，以为是幻觉，可再睁开时却依然如此：满世界全是钞票在飞，从一个口袋飞到另外一个口袋，从一个人的手里飞到另一个人的手里。我大大地吃了一惊，因为除了钞票，我发现自己再也看不到其他的东西了，我甚至还能透过物质，看到别人的钞票藏在哪里。

我第一个识别的对象是我的同事老王，他总是叫嚷自己没有钱。我原来以为是真的，因为他总是向别人借钱，但是那天早上我从梦中醒来的时候，发现了他的大衣柜里有一大叠钱，我扫了一眼就能够知道是多少。我说老王你发财了。他说你别拿穷人开玩笑，我发什么财？我说你的大衣柜里有钱。他吃惊地斜过头来看了我一眼说，你瞎说。我说我不是瞎说，你一共有三千四百二十五元整。这次他从床上跳起来了，你小子真会开玩笑，一大早就胡言乱语的。我说，你不信？你可以打开看嘛，就在你那件西服左边的口袋里。他的脸马上变红了，没说话。我说老王我没骗你吧？他涨红了脸说，你最好不要瞎说，我真的是没有钱的。就是有，你又怎么知道？我说我会看。他不相信，有些生气地说，你不要在别人不在的时候偷看别人的东西，否则别人会把你当贼看。我说老王你不要这样说，我真的没有偷看你的东西，我只是做了一个梦醒来之后就看到了。

他问我做了个什么样的梦。我说我梦见曾和我分手的对象了，她站在大街上叫道，你没钱，我们分手吧。于是她转身便走了，我站在十字路口不知怎么办好，因为我们谈了快一年了，当初感情是多么好啊，可是她一句话，便把我们的一切了断了。看着她的背影，我听到满街的人都在说，你没钱，你没钱！我便想哭。这时大街上起了一阵风，满地全是钞票，风是向我这边吹来的，所以钞票也向着我的怀里涌来。我看着满堆的钞票眼都直了，人民币、美元、英镑、马克、法郎、里拉……天啊，我一下子有了这么多钱，这真是让人不敢相信，真是太不可思议了。但这却是真的，因为大街上又有不少人在叫着，啊，你有钱了！你有钱了，你哪来这么多的钱呢？我听后高兴得哭了。于是我用车皮拉着这些钱去找已和我分了手的对象。她开头还冷冰冰的，但当她见了这么多钱时，马上便笑了。她立即在大街上抱着我接吻，行人都在那里看着，我幸福得要死——我爱她，这一点不管你相不相信，我是真的爱她。我说我们结婚吧。她问，真的？我说对呀，结婚还有什么假的？她说你有这么多钱不会变心吧？我说，怎么会呢？我爱你。她说，我和你分手是说着玩的，我怎么会和你分手呢？我爱你，是不会在乎你有多少钱的。爱情又不是金钱是不是？我表示同感。她就在大街上来情绪了，要不是街上有那么多人，我想这样下去她可能还会在大街上和我亲个不停。

我们用车拉着钱往回走，街上洗头房的阿妹，还有那些歌厅里的小姐，全从暗房里涌出来了，她们看着我，脸上都有了爱的颜色，一个个含情脉脉的。有的还准备来拉我了，但是我坚决地说不，因为我爱我的对象。她就在我身边，为我这样忠贞而感动，她说她是永远不会变心的。我高兴得在车上跳舞，搂着我爱的这个女人，她的脸上闪着红光。可以看出那时候她的每一个细胞都想交给我了。她把我搂得紧紧的，生怕一阵风把我吹走了。我们于是在一个酒店里举行婚礼，来了好多好多的人，那些平素没有交往的也来了，而且送的礼还不轻，更让我高兴的，还来了些平日里对我冷眼相看的上司，以及我在心里认为经常与我作对的那些人。他们对我的评价很高，总说他们自己平时做得不好，请我多加原谅，以后要多加照顾，我说那当然那当然。喝了几杯酒后，我把钞票大把大把地往空中撒——因为我高兴，这点钱算得了什么？没想到钱飞到空中后，却一下子乱了秩序，刚才一个个文质彬彬的客人此刻变得不太斯文，他们摘下了绅士的面孔，摔了正人君子的面具，开始在酒桌上抢起钱来，有的甚至还开始打起架来了。我看后哈哈大笑，有钱了真好，我想，可以逗人乐一乐的。正这样想着，没想到有人抢得有些心急，真的开始动武了，有一个人把拳头打在另一个人的鼻子上，另一个把一个酒瓶摔在了墙上，酒瓶发出了一声巨响，散落下来，我吃了一惊，转过头来想保护我的妻子，可我发现我身边的新娘也加入其中抢钱了，她脸上是一副非常焦急的样子，看到别人把我们的钱抢走了，她在那里大叫：停下停下，这是我的钱，是我的！但是没有人听她的，有个人甚至还推了她一把，她跌在地上发出了一声尖叫，我心中一急，想跑过去救她，但是脚下一滑，自己也跌了一跤，不知是谁在我脑上来了一下，于是梦便醒了……

老王一直不相信这个梦，他以为我是诳他的。我说，这是真的，你不是不知道我前一段时间和对象分了手。他说正因为分了手你想钱想疯了才做这样的梦。我说我真的是想钱想疯了，因为我们分手的原因真的是她认为我没有钱，认为我一个月挣的工资太少。老王说，别瞎扯了，来点正经的，你怎么知道我有钱？我说我看见的，他还是不信，于是我说，那我给你数数，你的钱开头的几张全是一百块一张的，有三十二张整，后面的有四个五十的，有两个五块的，有六个两块的，外加三个一块的是不是？他这次真的吃惊了。他说，你什么时候打开我的柜子过？我说没有，我甚至连你自己打开柜子也没在场过。他说，无论你怎么说，反正我没有钱，我上次还借了袁先行的五百。

我没有再说下去。因为我怕这会伤害我们的关系，我们原是很要好的，除了我不知道他有多少钱外，其他的我们都是相通的。没有谁瞒着谁什么东西。这样说让老王心里很不舒服。但是我现在的确眼里只认识钱了，我扫视一眼，除了钱之外我再也看不到什么其他的东西，这一点使我非常害怕。因为我怕周围的人说我掉到钱眼里去了。

那天早饭后，我坐公共汽车去上班。车上的人很多很挤，忽然有人叫自己的钱被人偷了。司机执意要把车开到警察局里去，但是一车人都不同意。他们都说自己又没有偷，干嘛要去浪费时间？弄得司机左右为难，不知怎么办好。我便站出来问哪个丢了钱的，丢了多少钱？她说四百块。我又问是怎样的票子，她说四个一百的，全是新的。我问有什么记号，她说，有一个上面写了字。说着还把钱上面的字说了出来。我听后心里有了底，扫视了全车一眼，把每个人的口袋看了一下，每个人的钱清清楚楚地展现在我的眼前。我对一个年轻人说，把这位女士的钱拿出来。他涨红了脸说，你可别血口喷人，胡说八道。我加大了声音说，钱在你的口袋里，你怎么不承认？他一再抵赖，还抓住我的衣领，做出要和我打架的样子。我说，你赶快拿出来，还来得及，不拿出来，我们可以把你送到公安局里去。他说，你有什么证据，我冷笑一声说，我看到了钱在你鞋里。他的脸更红了，抓我的手捏得更紧，他说，我要去告你诽谤罪。我说，你要告我会奉陪，只是你今天必须把钱交出来才行。他还要抵赖，旁边的人都说，把他的鞋脱下来看看不就是了么？那人听说后，开始变得结结巴巴：我……我……我凭什么要脱，反正我又没有偷的。周围的人不愿意再这样耽搁下去了，非要那家伙脱不可，无奈那人只好脱了，我把他的鞋倒了一下，果然，四百块钱从鞋里掉了下来。那人又叫开了说，这是我自己的钱！我把钱递到丢钱的那位女士手中问，看看，是不是你的钱？她一看就叫起来，对呀，就是我的，我这上面有记号，因为昨晚我点钱时，我女儿发现这上面有了字呢！就是这些嘛，你看看你看看……小偷又狡辩道，谁知是哪个王八蛋放进去的呢？我说，谁偷的还能把钱放在你的鞋子里？你的鞋总不会有个大窟窿吧？这样一说，那人没脾气了。车一停，恶狠狠地看了我一眼，下车去了。周围的人都把好奇的目光投向了我，好像也不大相信似的。有人问我，你怎么知道是这人偷的呢，是不是他偷钱时你看到了？我说不是，我说不管谁把钱放在哪里，我都能看到。他们不信，我便说他们中间谁有多少多少钱，是怎么样的，放在哪个口袋里。这样他们才半信半疑地服了。那个女的说，真幸运，没想到今天碰到个有特异功能的人，否则可倒霉了。一车人马上都对我另眼相看，下车后还有人问我电话，要和我交朋友。我说我没有电话，有时甚至连饭也吃不起呢，哪里有钱装那玩意。人们不大相信地散去了。

到了办公室门口，我忽然发现在门口的地下有好大一叠钱，于是便叫了起来。同事们都不知发生了什么事，跑过来看热闹，主任也有意见了，他说，你瞎叫什么？想扰乱人心不是？我说这地下有一笔钱呢！同事们哄堂大笑，说我真会开玩笑，我说不是玩笑，就埋在地底下，可能有三公尺，大约一千多块钱的样子。

一千多块？有个同事叫起来说，我上次丢的钱不就是一千多块吗？你说真的吧？我说绝对真的。同事高兴得脸红了，他说，啊，天啊，要是真的，那我可就好了，上次丢了一千多块钱，我老婆和我吵翻天了。她总是说我把钱拿到外面去给其他的女人了。这次要是真的找到，我的冤可就伸了。哥们，钱找到了我一定请你的客。我说，那你这次请定了。

这样一说，别的同事都笑，以为我又是在逗乐儿玩。我说，你们不信拿一把铁锹来试试看。丢钱的同事真的拿了一把铁锹来，就在办公室的门口挖了半天，那钱就真的露出来了。数一数，果然是那个数，而且钱还发黄，一看就知道它在地下埋了好长的时间。主任本来沉着的脸现在才好看了一点。丢钱的同事脸都憋红了：看啊，我说我没有瞎说吧？你们都说我是不是把钱丢在家里了，这不是么？哈哈，这回，看我老婆怎么说。为了这一千多块钱，我老婆统治我半年了，这回我可翻身了。哈哈，真是过瘾啊！

这一来，同事们都把怀疑的目光投在我身上了。他们说，你说的是真的？我说，真的，一点不假，我一觉醒来后眼里全是钞票在飞，我只认识钱了，谁的钱在哪里，有多少，我都能看得出来。同事们不信，于是我说了他们口袋里有多少钱，而且把这些钱是怎样的币值都说出来了。他们害怕地看着我，吃惊地睁大了眼睛，特别是主任，显得更为慌张。每个人都在没有旁人时赶紧掏自己的抽屉，因为大家都瞒着自己的老婆设了一个小金库。从他们都知道我真能看出他们各自有多少钱后，可把这些人吓慌了。我们主任把我叫到一边说，有些事你可不要瞎说乱讲，下班后我请你吃饭。我点点头一笑，因为我看见主任设的小金库里有二十多万，而他总是说没有钱，这些钱是哪里来的？至于其他的同事，他们每天上班带了多少钱，我是从来不说的，除非他不相信，我便要说说印证一下。这样不出几天，同事们见了我脸上都带有笑意了，每个人都和我套近乎，下了班都要请我吃饭，因此我天天都有饭局，日子过得相当惬意。特别让我高兴的是，我们主任对我的态度来了个180度的大转弯，开始和我称兄道弟。这点对我相当重要，因为主任以往总是不把我当自己的人，有什么事也神神秘秘地瞒着我。现在呢，有我不知道的事，他还要主动对我透露一点。比如说有天下班时主任叫住我，等所有的人都走完后对我说，这次办公室下有一个科级名额，我准备给你，你看怎么样？主任又说他早就看中我了，只是事没办成时他是不会对我说的，现在差不多了，所以早点透露给我也没关系。我一句话也没说，我知道主任为什么这样对我好，因为他那个小金库里有多少钱，我是一清二楚的，每天里面少了多少钱，我也看得丝毫不差。有几次我对他说了，他听后是脸红一阵白一阵的。不过从那以后，主任对我真是好多了。他基本上天天带我出去陪他吃饭，这在以往是没有过的。我们一般去的地方，是那些在以往我只是想一想或者看一看的地方——要不然我原来的对象也不会和我分手了——那些地方环境优雅，景色宜人，还有那么多漂亮的女人作陪，吃起饭来才知什么是人生的享受。开头几次我有些毛手毛脚的，见了女人贴上来还有些害怕。那些女人看见我羞答答的样子直笑，我说笑什么笑？她们就笑得更厉害了，她们对我动手动脚的，我把求饶的目光投向主任，但他好像没有看见似的，借口上厕所，要了一个女的带路，可能到另一个包间里去了。过了半个多小时，他才和那个可以做他女儿的女人一起回来。我说，你上个厕所要这么长的时间？拉金子呀？可把我害苦了，这些女的，一个也不好对付，在我身上摸来摸去的，真叫人不舒服，你也不来解围。主任红了脸说，那好嘛，你也不小了，见识见识也好。今天的菜可以吧？我说可以可以。心想主任反正是用公款，所以就大吃大喝了一餐，边吃还边骂人家腐败。由于这是我没有钱后放开胃吃的一次，所以饱嗝不断。主任一结账，回过头来对我说，今天我们带的钱不够。我说，得多少钱啊？主任说，一千六百二。我说你来时不是带了两千块么？主任说，哪有那么多？我说，我看见了的，刚才你上厕所时还是那么多，只是回来好像少了五百。主任一听脸红了，他分辩说，不可能吧，那是丢了？我也以为主任是丢了，就扫了一眼，没想却看到主任那钱在刚才和他一起出去的那个女人的身上，五张老人头乖乖地待在那女人的长袜里。我以为是她偷了他的，就把女人拉过来说，把他的钱还他。女人笑着说，你说什么呀？什么他的钱？我说，他的钱怎么在你身上，快还给他，不然我可报警了。女人说，你真会开玩笑。我说不开玩笑，钱就在你身上，五个一百的，有一张上面还有字。那行字是隶体状，内容是"我爱人民币，但我更爱美元"对不对？女人说，你冤枉人，我身上根本没有钱。我说，不对，你有的，只是那个位子我不好说。

我的确是不好说，因为我看到那五百块钱在她的长袜里，长袜一直拉到大腿的根部，那些钱就在她的袜子里折叠着。我正考虑是否要把它说出来，主任打了个哈哈说，算了算了，不就五百块钱么？小意思，小意思。女人噘着嘴说，就是嘛，不要乱说人家拿钱，污人清白。一边说一边给了主任一个媚笑，扭着屁股走了，走了那么远还回过头来对主任一笑。我说主任你怎么放她走呢？主任又打了个哈哈说，吃饭吃饭，你看这甲鱼不吃就可惜了，这可是大补。我抓住不放地对主任说，你说真话，你是不是玩了她才给钱的？主任脸白了说，你看你喝多了酒了，瞎说什么呀？我怎么会？于是我和主任开始默默地吃饭，回去时，主任说，到了办公室可不要胡乱讲，让同志们有意见。我说，我不会的，我什么都没有看见。主任这才笑了，他说，你是个聪明人，人生就那么回事呗，回去到我办公室里拿上一千块钱，算是这个月给你的奖金，陪领导吃饭也是工作嘛，不过不要对同事们说，否则人家认为我偏心。我说，这个我知道，你放心就是。于是主任打着饱嗝，挺着大肚子走了。

从那以后，凡是有饭局，主任总是忘不了我的。我也从此过上了上等人的生活，活得有滋有味的，肚子鼓起来了，酒量大起来了，眼睛除了看钱，还变得色眯眯起来了。我当然不会放过这个机会来赚钱了，每次到一个地方，我都要用一些小伎俩挣些钱，像走江湖的人似的把那些看客逗得目瞪口呆，过去的日子我真是穷怕了，所以能挣点就挣点呗——我这样想——都快三十几的人了，却穷得连个女朋友也没有，唉，说起来真让我惭愧，没有个伴儿算什么日子呀？有道是人穷气短，英雄志拙。崔健曾唱道"我是红旗下的蛋"，什么蛋？对于我来说是零蛋！所以我需要钱，既然掉到钱眼里去了，就应该用一下这个特长嘛。于是每到一定的场所，我就和人家打赌，无论别人把钱藏在什么地方，我都能一眼看出来，许多人不相信这个邪，所以他们总是输了。如此一来，我的荷包也渐渐地鼓了起来，说话声也开始变粗了，开口闭口就像蒋介石那样骂"妈拉个巴子"，好不容易也有扬眉吐气的时候，此时不吐，更待何时？有了钱，就有了地位，我开始变得财大气粗了，心想有钱真是好事，有了钱，我的生活从此变得丰富多彩，借此充分地领略了有钱人的滋味。唯一苦恼的是，我发现尽管每个人表面上对我恭恭敬敬，可是却一直在提防着我，好像怕我知道他们的隐私会说出去似的。随着我知道的越多，人们对我也越怕，同事们甚至不敢和我一块出去，因为他们有时想赖账呀，带了多少钱，花了多少钱，我一眼就能看出来。除了主任还带着我赴一些饭局，同事们对我渐渐地疏远了，这让我感到有些悲哀，好在随着我的名声大振，这个城市的人都在开始谈论我了，就连公安局的人也开始注意我了。

有一天我正在家里睡觉——顺便说一句，自从我有了这个特异功能后，我可以迟到早退，谁也不会说我，他们都在心中暗暗地怕我，因而我可以充分地享受这个特权——公安局的人上门来找我了。我问，你们找我有什么事，我又没犯错误。他们很客气地说想请我去协助他们破案。我说，破什么案呀？他们说经济案，有些案犯藏的钱总是找不出来，定不了罪。我一听就来了兴趣，过去那些人对我们可是不屑一顾呀，他们也会有今天？真是活该。咳，我这人，除了有些心直口快，可还算得上是有些良心的，多少也有些正义感在身上嘛，加上我喜欢破案——你看警察们走在大街上多么神气啊——于是我便和他们去了，乖乖，平时那些凶巴巴的警察们此时对我的态度可好啦，简直把我视为上宾。我帮助破的第一案是位反贪局的局长，他一再喊冤说自己是清白的，没有贪国家的一分钱。我自己心里也想，反贪局局长怎么会贪污？但是当我和公安局的人一起到他家走了一趟，仅仅扫了一眼，我就惊呆了，天啊，他竟然在家里藏着那么多的钱！床下、沙发下、枕头里、墙壁中、花盆下……四处都是，足足有百万之巨。公安局的人一听我说哪里哪里有，马上就按我说的地方搜查，很快他们就折服了。乖乖，一点不也不错。他们可高兴了，一个公安说，我们早就注意到他了，只是苦于无证，现在好了，这家伙该服法了。钱取出来后，那局长就老实了，最后不得不交代自己贪污来的款项和巨大的来历不明的财产。很快他就被判了刑，人民拍手称快，报上也发了消息，把我捧上了天。我因此一下就出名了。

人出了名真是好事，马上有许多人来找我，有想交朋友的，有来寻求帮助的，有要与我处对象的，有想写我的轶事挣点小钱的……报纸为了提高销量，还开设了个专栏，报道我每天的行踪，市民们对此非常感兴趣，可是那些当官的，却一个个害怕得要命，生怕栽在我的手里。他们见了我总是绕着走，听说有人甚至开始密谋要对付我了。因为从那从后，我帮公安局破了不少大案要案，那些平日里出现在电视台和高级酒楼以及高级宾馆的老爷们一个个纷纷落网，撕下了他们往日衣冠楚楚下的真面目。这些人职务之高，贪污、受贿数额之巨，牵涉的范围之广，带出的案中案之多，所犯的罪行之大，不但让我自己吃惊，那些市民们更是如此，他们到了一起，便是谈论昨天又有谁被揪出来了，又有谁开始倒霉了，然后在一起愤愤不平地辱骂，民众情绪很高。当然，骂过之后，便是表扬我了，说我做了一件利国利民的大好事。我呢，托这些人的福，开始重新找到了自己的位置，不但出了名，而且也得了利，你知道的啦，我喜欢吃喝，吃一些总不算违法吧？至于玩乐，我还不算大胆。好在我可以用这个机会捞钱了，我给人家提供信息咨询，人家给我报酬，就这样很快地积累了一大笔钱了，这些你可以从我身上的打扮看得出来，名牌不用说啦，光是腰间别的、手里提的，手指上戴的，脚下踩的，你一眼就可以看出来不是？尽管我的生活从此有了很大的改变，可我还是非常想念原来和我吹了的对象，我说过我爱她。我是真的爱她的。如果那时我像现在这样有钱，我们肯定结婚了，没准还会有了孩子。咳，那些都过去啦，可每次从外面回来时，我就忍不住对老王说起我爱她这件事。老王总是说那种姑娘不值得我去爱，我心里便很痛苦，于是常常一个人喝得酩酊大醉。有时边喝边哭，把东西摔了一地。

真是人生何处不相逢，有天，我在大街上碰见了她，她想绕过去，但是我拦住了她。她说，你现在出名了。我说我心里只有你。她说，可是我们分手了。我说，那又怎么样？我们还是可以结婚的。她说，算了吧，过去的就不会回来了。我听了便没有话说了。我总不能说我现在有了钱，你嫁给我吧？而当初，她的确是因为我没有钱才离开了我的。为此我心里常常充满着痛苦，这是二十世纪末许多男人的痛苦。我跟在她后面走了一段，她不说话，脸上是一副冷若冰霜的神情。我说，你再给我一次机会吧。她说不会有了，再在一起也不会有什么意思。于是我们渐渐地把距离拉远了。回来后，我又哭了一场。老王看了说，你恐怕是世纪末最后一个纯情者了。为此，老王有些瞧不起我，认为我在一个离开了我的女人面前，没有树立起自己作为男子汉的自尊。我认为老王不理解我，就不再和他说话。那段日子我老是酗酒，天天醉醺醺的。看见了钱开始有些烦心，全是狗日的钱，使人们变了眼睛，变了心肠。我有些恨钱了。现在的女人都是这样，有了感情的女人想钱，有了钱的女人想感情。到头来，我们总是活得凄凄惨惨的，没个完整。

既然在感情上失去了，我便把一切精力放在工作上。可是上了班我却无事可做，主任早已把以往加在我头上那些繁重的任务，都交给别人去做了，我只需点个卯就是，不必坐班的，而以往，我干得烦死了。主任说，公安局那边需要你，你就好好地在那边为人民服务吧。我想，你还不是怕我在你身边不舒服。但是我嘴上没说出来，我真的变得有些聪明了，人总是会学聪明的不是？这在过去，可是我原来的那个对象一直批评的，她总是认为我人太实在，没有一点狡猾，有些笨。现在可好，因为我的出现，这个城市的人都紧张起来了，他们把钱藏得牢牢的，好像生怕我要去偷似的。那些当官的、经商的、为富不仁的，一个个对我更是恨得死，怕得要命。随着城里一批批的人被揪出来，老百姓拍手称快，可是这些人却日夜不安。我甚至收到了夹有子弹的信件，住处的玻璃也让人用气枪打过，老王都不敢和我在一起住了，他说，这样下去总有一天我会被你连累死的。他坚决要求搬了出去。我于是一个人呆在房里，一到夜里就像一个幽灵出没，更加孤独了。

有天深夜，我正准备睡觉，忽然有敲门声，我想是谁还会在半夜里来拜访我呢？过去因为穷，我早就没有知心的朋友，交朋友是要有资本的。我起来打开门一看，是个年轻而又漂亮的女人，她说，你就是那个长有钱眼的人吗？我说，是呀，你找我有什么事？她说，我自我介绍一下，我是市委副书记的女儿，我有事想求你。我说，谈什么求不求的，什么事呀。她说，我父亲过几天就要开庭审理了，公安局明天就会带你去寻找线索，只要你眼下留情，放我父亲一马，我们一切好商量。我说，我是公民，有配合警方的这个责任。她说，我给你一百万，够了吧？我听后不相信自己的耳朵，一百万？天啊，她给我一百万是个什么概念？她如此大方，还不知她父亲到底贪污了多少呢！我说，我可不能说假话，不能作伪证，那是要负法律责任的。她不说话，只是伸手解自己的裤带，我说你这是干什么？她一边哭一边说，我把自己给你还不行吗？只要你保住了我父亲，你要什么有什么……我慌忙拦住她说，不行，这样不行。她已把上衣都脱了下来说，你不答应我就不走。说完就向我走过来。我说，你再不走我可就叫警察了。她不信，三更半夜你到哪里去叫警察？我见情势已很急了，就悄悄地用手按了一下暗铃——这是公安局为了防止有人报复我，对我采取的保护措施。果然，一会儿一个警察敲门了，我说，你赶快把衣服穿起来，你是大家闺秀，这样成何体统？她这才把衣服往上揽了揽。警察在门外问，有事吗？钱眼先生？我把门打开说，这里有一个客人，麻烦你送一下。警察很聪明，他说，女士，我甘愿为你效劳。马上就把她领出去了，我才长长地吐了一口气。第二天，我们搜查时，我还是尽到了一个公民应有的责任，搜出的钱物，折合达二千万之巨。这是一个多么惊人的数字啊！自始至终，那个女人一直用愤怒的目光看着我，眼里满是仇恨。我们出了她家的门时，她对我说，你走好，先生，不要让石头砸了自己的脚。我说，谢谢你，女士，祝你好运。她一直盯着我消失在那条我们以往只能看而不能去的市委大院里。那个地方，是多么漂亮和优雅啊，难怪人们都愿意往上爬，也难怪她昨夜里要把自己给我了。

现在，我的确成了这个城市里那些做了亏心事的人的天敌。听说他们在一起召开会议，研究对策，要对我采取行动。也该我开始倒霉，一次回家时，我无端地让人收拾了一顿，打得我青皮脸肿的。那些人对我说，你再不老实，我们就会挖掉你的眼睛。这下我害怕了，不想和公安局的人、检察院的人以及法院的人配合，他们便做我的工作，说我这是为民除害，是光荣的。公安局为了让我和他们干，还派了两个警察日夜跟着我，我走到哪里都威风凛凛的，遗憾的是除了自己在银行的存款日益增多，却从此不能过正常人的生活，失去了往日里做穷人的那种乐趣。

这天，我没到公安局里去，准备回单位里看一下，多日没回去上班，还真想那些同事们，两个警察跟在我的后面，我怕单位里的人认为我摆架子，就让他们走了。他们说，你要是出了事我们可负不起责任。我说，到这里还出什么事？你们走吧。他们看了一眼就走了。我一个人回到了单位。主任见我回来了，连忙说，嗬，多日不见，听说你又立了大功。我说哪里哪里，为人民服务呗。这时同事们都围了上来，他们对我力除贪官都表示由衷的钦佩，说我为社会做了一件大好事，对我表示出了从未有过的热情。"这样我们的社会就有救了，真是大快人心啊！"一个同事说。主任也在一边附和道，那是那是，我们应该庆贺庆贺。于是那天主任非要拉着我去喝酒，他说，好长时间没和你在一起喝酒了，看看你有长进没有。我经不起他的拉拢，就去了。主任说，这次我带你去一个新的地方，那地方还真不错，是新开业的，火着呢。我说什么地方让你这么热心呀？主任说去了你就知道了。我去后一看才知是个大酒店，门面装饰得很好。主任说，里面的小姐可漂亮呢，我扫了一眼，果真如此，难怪主任有这么好的雅致了。进屋后刚坐下，就有小姐笑着迎了上来。我看到她们的长丝袜里有钱，于是就明白这是怎样的一家酒店了。主任选了一个雅间，菜还没有上来，主任便把前面的电视打开了，只见一排排女士的相片滚动而过，主任笑眯眯地说，看好了，看中那个就把号记住。我不明白他的意思，他说，咳，现在来新的玩法了，只要你看中了哪个，把号一按，她就会过来陪客呗。我不信，他说你不信就试试看。我还是不信，主任说，那我只好替你选一个了。主任说完就按了一个键，果然我们旁边的门就开了——你真想不到那里还会有一个暗门——出来了一个漂亮的姑娘。她娇滴滴的，看上去也不过二十出头的样子。一进来她就坐在主任的大腿上说，你可是好久不来了呀，可把我想的。主任不尴不尬地笑了笑说，小心肝儿，我也想死你呢。女的便对他动手动脚了。主任推开她说，你去陪陪他，他就是电视上经常播的那位神眼。女人一听就从主任怀里溜出来了，顺势坐在了我的腿上。我说，别这样，别这样……女人笑着说，唉呀呀，装什么处男呀？男人哪有不闻腥的，反正你有的是钱，还怕玩不起么？我真的是不习惯，所以脸就变了，主任看到我脸色不好，连忙站起来打圆场，算了算了，你先出去，这是你的小费。女人接过钱，极不情愿地走了。

主任说，来来来，我们吃菜吃菜，你也不小了吧，不能把自己管得太死。我没有答话，只是默默地吃了一会，主任说，吃完了你再按摩一下，这里的服务是一流的。说完递给了我一些说，这些钱，你先拿着花。我不想要，主任已塞在了我口袋里。吃完饭后，主任不由分说，又把我推进了一个里间，里面一片黑暗，看不到人。只听到一个声音说，先生，请你躺下来，我这就为你服务。我一听吃了一惊，这声音怎么这么熟悉呀？心里有了几分惊疑，但不敢肯定，所以我没说话。那女人便扶着我躺了下来，帮我脱去了衣服，只剩下一条裤头，黑暗里我也看不见其他的，只能看到有几张票子在她屁股后的兜里，心里便明白几分了。女人把手放在我身上问，先生你要特别服务么？我不动声色地问，怎么个告别服务呀？她说这你还不明白么？到这儿来的人谁不明白这个？我变了声调假装不知道说，我是真不知道呀，我们这些穷人，可是不敢随便到这些地方来的。她说，二百块钱一次，干不干？我说，怎么个干法？她说，只要你交了钱，随你便。我说，你不是开玩笑吧？我

可不是什么好人。她笑了说，到这儿来的，能有几个好人？我已听出她
的声音来了，还是装作不知道地问，你不怕？她说，怕了也就不上这儿
来干了。我说公安局不管么？她又笑了一声说，你真的是第一次来这种
地方来吧？公安局的也有人来呢！她的手开始在我身上搓起来，边搓边
说，这里保管你来了第一次，还想来第二次。我说有什么东西那么吸引
人？她说，你没结婚吧？我说没有，我尽量把声音装得不像从前，以免
她听出我是谁来。她说，难怪你啥也不懂呢，今天你可以开开洋荤过过
瘾了。我岔开话题说，你干这个多长时间了？她说，你这人还爱刨根究
底的，不过我告诉你吧，快半年了。我问，你为什么要干这个呢？她
说，我需要钱。我说，你要钱干什么？她冷笑一声说，有谁问自己挣钱
干什么的，反正越多越好呗。我问，你就准备这么干下去？她说，没有
回头路了。我故意问，你没有男朋友？她叹了一口气说，过去有一个，
后来我们算了。我的鼻子一酸问，你爱他么？她说，爱又有什么用？他
没有钱，老是那么穷，我受不了。我说，所以你就干这个了。这次她没
有回答我，只是说，你这个人怎么那么多的废话，到底干不干？不干就
算了，你不是记者吧？我说，这里有灯么？她迟疑了一下说，有个暗
灯。我说，那你打开，就知道我是不是记者了。她说，我还真有些好
奇，你以为我不敢打开么？说着就真的打开了灯，但接着她一声惊叫，
两手捂了脸，蹲了下去。我把两百块钱摔在她的脸上说，你没想到会是
我吧？我现在才明白了，你原来就值这两百块钱。说完我的眼泪掉了下
来，头也不回地大步走出了包间。出了门，我的泪水竟不住滚滚而下。
天啊，我爱着的人，竟然是这样的一个女人！为了钱，她竟然堕落到了
这种地步！

　　我还能相信什么？

　　我开始恨我的两只钱眼了，我难道也这样想钱、爱钱么？我迷惑
了。钱啊，你到底是一个什么东西，竟然让我们发生了如此改变，竟然
如此改变了我们？

　　我真的没有想到，自己和原来的对象会在这样的场合会面，真没想
到我一直爱着的人竟然会是这种样子。从这次邂逅以后，我对亲爱的钱

不再那么认真了，只要看到了它，我就反胃，就想吐，就作呕。我开始那么讨厌我这双眼睛，巴不得它瞎了算了，可是没有办法，只要我睁开眼，还是看到四处都金钱滚滚，四处都充满了钱的臭味。平日里出门，我总是使劲地闭上眼睛，努力使自己不再看到它们，但是只要睁开眼，那些臭钱还是撞在我的眼眶里。我看到后心里涌起的，是发酸发涩的滋味——自从上次在那种地方见到了她之后，我都快发疯了。我开始恨那些有钱人，特别是那些通过不法手段来获取不义之财的家伙，因此我在公安局里干得特别卖力。遇到那些不法之徒，我总觉得自己原来的女朋友就是让他们给带坏的，因而行动起来一点也不手软。这样在我生活的这个城市里，那些贪官污吏都快让我捕完了，我配合公安局、检察院、法院调查来调查去，最后没想有天却终于查到了我们主任身上，这是我还没有想到的。

那天主任找我来了，他说，现在这伙王八蛋要整我了，你可要帮我一把。我冷笑。主任说，你知道我一向是很清白的。我还是冷笑，心想你这样的人要是清白，那监狱里不知多少人是清白的。主任看我的样子不对劲就说，我干什么你可是有一份的。我说，那又怎么样？我同样可以坐牢，可以判刑的。主任说，这么说你是不准备帮我了？我说，你自己应该知道。主任跺了跺脚说，你可别开玩笑。我说，我从来就不爱开玩笑。主任说，那我们走着瞧。我冷笑着说，那我们就走着瞧吧。主任气鼓鼓地腆着大肚走了。我谅他也不敢把我怎么地，可是没想到，那天夜里，当我从反贪局出来，谢绝了警察们的护送而一个人往回走时，遇到了一帮歹徒，他们把我打得体无完肤，其中有个人一边打一边说，看你还能和我姐夫作对！我一听知道是主任的小舅子，就喊道，张科长，只要我活着，你就没有好下场！他听了一怔，吩咐旁边的人道，他妈的，这小子认出我们来了，干脆一不做，二不休，把他的眼睛给挖了，看他还逞不逞能。他边说边在我胸口上来了一拳，看你还能看到钱不？我让你看钱，我让你看钱！小子，记住了，大爷我要让你的钱眼变成瞎眼。我知道他是说到做到的，开始大声呼救。但只感觉到一阵冰凉的东西在脸上划过，一种撕人心肺的疼痛过去后，我就失去了知觉。

　　一直到我醒来的时候，我才发现自己待在医院里。后来从别人嘴里，我才知道那天晚上有人听到了我的呼救声，马上报了警，我才保住了一只眼睛，醒来我的第一个感觉就是周围的世界一片漆黑。当我慢慢睁开眼，看到公安局局长、检察院院长、法院院长，以及新上任的反贪局局长围在我身边。见我醒来，他们说，我们生怕你醒不来了，你放心，要杀你的人我们抓到了，就是你原来那个什么主任，你这次可真是大义灭亲呀！他这一抓，好比是拔出萝卜带出泥，我们顺藤摸瓜，查出了好大一帮，你可立了大功了。我们市现在风气这么好，得感谢你呢！我连忙说，哪里哪里，我也做得不好。公安局局长说，人无完人嘛，是不是？你就是眼瞎了也是为人民瞎的，我们养你一辈子，你安心养伤才是。等伤好了后，再研究工作的事。我眨了眨眼说，奇怪呀。他们问我奇怪什么，我说，我现在怎么看不到钱了？他们交换了一下眼神说，你开玩笑吧？怎么会呢？北京那边来了电，说你伤好后他们想借用你去破大案呢；你可不要因为受了打击和报复而打退堂鼓呀。我说，我是真的看不见了。边说心里一宽，看不见才好呢，眼不见心不烦。可他们不信，几个人想方设法地试验了好几次，还真是不行。几个人有些失望，但他们不甘心，请了院里最好的医生来治，最后还是不能奏效，只好快快而返了。

　　就这样，我失去了一只眼睛，也就失去了自己的特异功能，再也不是当初那双钱眼了。尽管我只有一只眼睛，可是我却生活得和常人一样，经过了这么多的事后，我对金钱的看法，再也没有当初那么狂热，有钱人也不一定幸福，没钱人也不一定悲哀，我这样过不也挺好么？自然啦，你知道我是独眼龙了，也就没有哪个姑娘能看上我。我一个人生活，领了政府发的奖金和伤残金，也活得相当滋润啦。我经常出去旅游，或者写些感悟性的小文章消遣，日子过得也还真不错，只是闲下来的时候，我就爱胡思乱想，金钱，到底是个什么东西，曾经让我们那样改变了自己？它凭什么弄得我们寻死觅活的，连自己也不知自己是谁了？

　　　　　　　　　　（发表于《青海湖》2002 年第 10 期头条，有删改）

在万先生葬礼上的悼词

　　朋友们，今天我站在万先生这里，作为为数不多的代表之一，出席这个世纪末最简单的一场葬礼，老实说，我是幸运呢，还是心情沉重呢？我相信不醒的万先生一定早就想举行这样的一场葬礼了。因为他平素对我说，现在的人，有几个知道自己活着是干什么的？或者说有几个人从此问过活着是干什么的？所以，当我在这里致悼词的时候，我知道万先生一定坐在旁边笑着看我们如何表演。他一直认为我们的生活是在表演，而不是像他那样在短短的一生里敢爱敢恨。他那时便告诉我，在现在这个时候，如果选择死，其实是最大的生和解脱。所以诸位不要悲痛，就我们了解和理解的程度而言，我们应该为万先生的这个唯一的选择而感到高兴才是。万先生生前说过，我们最大的缺点，就是不敢选择自己想要过的生活，不敢做自己想要做的事。万先生一再说我们活着是要张扬个性的，是要展示作为高级动物人的特点的。但我们生活一向谨慎，而万先生却敢作敢为，所以，我们生活得很好，而他一个人孤独地走开了。当我从另一个城市里得知万先生远行了，我最初是怔了一下，麻木了的神经发了一阵呆。不过我很快便意识到，万先生这一走，便是永远地解脱了。当我们后来越来越把他当作新时代的一个多余人的时候，他就已经在死亡的路上散步。但他唱着歌，过着他想要过的生活。那种生活，是我们心底里向往但未必是我们今天能够过的。

　　我与万先生相识在去年的秋天，时间并不长。那时万先生还未从那所艺术学院里毕业。从本质上说，今天的我们也许还在朋友或什么人面前高谈艺术，但我们心里肯定在憎恶它。因为大家更向往金钱与物质——请你在心里承认这一点。万先生却不一样，从本质上说，他是热爱艺术的，特别是文学。不然，他不会从一个很好的位置上跑到北京来搞文学，直到他对文学的热望丧失为止。今天我们肯定在心里也对艺术充满了厌恶，但是我们不会像万先生那样说出来——先生们，请不要生气，我这样说是因为我们在葬礼上，万先生已在地下安息，如果我们有半点谎言就会愧对于万先生——他生前肯定不希望连他的葬礼也是虚假的，可能我们到了那一天也一样。我认识万先生的时候，他过的日子和我们今天一样，浑浑噩噩的，今天和昨天没什么两样，我们在复制着每一天同样的生活。每天只是同一种思想。噢，万先生那时也像我们一样，跟在那些报刊与报纸的编辑后面，摇尾乞怜地想着编辑如何给自己发稿。那时候，我们都和他一样盼望早日成名成家。直到我们发现文学在这个时代生存的确是不合时宜为止。我们选择了另一条路，那条路曾是万先生不屑一顾的——但这并没有妨碍他把我们大家当作好朋友。他理解和同情我们，我们不理解但同情着他。于是，我们都从那个艺术学院毕业后选择了其他的专业和行当，只有万先生一个人还在北京，在他租来的那间地下室里搞文学。我们都去了那儿，并对微笑着的万先生表示出了我们内心良知上的同情。我们不相信他能搞出什么名堂——直到今天他也没有搞出什么名堂，但是为什么我们却没有嘲笑他的意思？反过来，我们可能在自己的业务上搞出了名堂，但我们为什么却有着嘲笑自己的意思？

那时候，诸位一定记得，有很长的一段时间，在万先生碰了许多壁之后，他的日子可想而知，为了生计，他有一段时间还在工地上做过小工，并且与那些外地来的建筑工人结下了深厚的友谊。但有一天，他宣布，他不再写小说了，他认为只要适应市场的需要，一切作品都是文学。他说，那些从事建筑或者扫大街的人们，其实都是美丽的，这就像文学一样，什么样的作品都是需要的。于是，他给一些期刊杂志编那些爱情小说，或者跟在明星的背后，写他们身上的香味或者臭味寄给全国各家报刊挣钱。因而我们经常能够在一些期刊杂志上，见到万先生的大名。见到万先生的屁股后跟着几个漂亮的姑娘。而那时候，我们恰恰与万先生相反，一心一意地搞文学。他笑着对我们说，我们这样走总有一天会走向死亡之路。我们却劝他，不要跟在风潮后面，那些东西不是什么东西。他说，在北京，你要把自己当个人物真是可笑。当你走在北京大街上的时候，有谁曾经正看过你一眼？那些地下室里未成名的艺术家们，有谁曾关照过他们的生活？那些流落京都的外地游子，有谁曾投过去关注的目光？我们曾在万先生的面前为此羞愧，我们曾在北京那些款儿款姐们面前为此寒酸，于是我们纷纷选择了其他的自己并不喜欢的职业，还对自己过去所谓的艺术投过几分否定的睥睨。万先生的那种生活直到今天我们还未必接受得了，比如说他经常和一些神态穿着各异的女人们在一起。我们曾认为他道德沦落，但是他回敬我们说，与他的赤诚相比，我们都是一些伪君子，因为我们同样是爱女人的。而他，一直把女人的母性当作是世界上最美的尤物。他和那些高档的或低档的女人有着很深的关系，她们心甘情愿地委身于他，并且从来不图他什么，这一点曾让我们诧异。但万先生说，他只是知道如何关心着那些带有母性的女人们，而我们只知道要她们的肉体。他敢在她们最艰难的时候挺身而出，而我们却只有逃避。那时候的万先生，对一切充满了好奇。他搞文学，也搞电视剧。他和那些搞电视的人们混得很熟——当然其中也受了很多的委屈，他是从来不会提起的。所以，他很快就成为我们中间最富有的一个，他带我们上自己想要去的地方去，我记得有一天傍晚，他带我去一家五星级的宾馆里吃饭，穿着拖鞋和短裤，人家不让他进。他说，我是搞艺术的。他说得大言不惭，所以门卫让他进去了。很自然，在那种地方，人们都吃惊地回过头来嗤笑他。他却安然自得，不以为然。倒是我的脸红得像苹果一样。他看破了我的虚伪，但是，他没有笑我。他认为我们这种人的生活，注定了就是这样的虚善。所以，他对我们的生活充满了深切的同情，就像我们同情他的那种生活一样。那是我在离开北京时与他的最后一次会面。也是我对于艺术发生了怀疑之后离开北京的一个理由。

之后，我有事路过北京或者到这里来办事，总要给他打个传呼，问一下他的情况，他每次都说很好，每次都给我们以信心。其实，我们并不知道，他过得并不好。他在外面租的房子，北京的房子寸土如金，因此他每天得为房租写上那么几篇爱情故事。有了房子，他变得懒起来了，每天想写东西时就写，不想写时就睡觉。当然，他的生活中少不了女人，这使得他经济上有些拮据。他于是更加努力地投入工作，这使他的身体日益跨下来了。之后，他患上了肺炎。这个病他一直没有对朋友们讲过。直到这时他才发现，自己应该写那些纯文学的东西了。他开始又营造他的小说。写得吐血，写到三更半夜。我知道后曾为此劝过他，他说他喜欢过的就是这种日子。我说你以后总得成家吧？他说，什么是家？心安即是家，并不在乎是不是有一个固定的女人伴着他。那些女人们，只不过是他生活中的一种需要，他们彼此需要着。诸位，也许你们认为我在他的墓前作这样的一种悼词有些过分，但这正是他的希望，他一生活得很短，但他真诚，从不讳饰也从无欺诈，他写的东西也许很少，但是大部分东西都是用心写的，即使是那些为了谋生的爱情故事，他也寄予了美好的理想在里面。他拒绝工业化和程式化的爱情，但他却使用最新的科技来完成它。他对电脑相当地精通，他上网，并用电子邮件寄发稿件。他还得意扬扬地告诉过我说，有些外地来的编辑，有时还陪着他睡觉。他说这话时是那么天真，你甚至感觉不到他带有色情的成分。直到肺炎把他的生命夺走为止，他还幻想着有一天要出国去看一看。我说你英语不行，怎么出得了国？他说他已经开始在学习英语。诸位，在我们日后更加迷恋于麻将的时候，他却在灯下一个字一个字地敲打着他的文学。他那时的小说已引起了一些资深的正直的和有良心的编辑老师们的注意。但他并不苟同于他们的思想。他以自己的方式孤独地写作，直到有一天深夜，他扑倒在他的电脑上，再也没有醒过来为止。那时我们正在干什么呢？我们也许正和家人一起，享受天伦之乐，也许我们还在为生活奔忙的路上，不知所措。而他的心是平静的，他在倒下的那一刻，电脑上留下的最后一行字是：我跳过的红舞鞋，就要停止转动了。好像命中注定，他要在彼时选择这样悄悄地离开。

诸位，你们不要悲哀。他不希望你们这样。他热爱并理解着你们这些朋友们。记得有一次，我对他说过，我们不是不想过自由的生活，但是我们有着太多的责任。他笑着说，谁没有自己的责任？谁没有自己的父母？谁没有天地良心？只是如果我们每个人都这样为了别人活着，为了责任活着，那么我们世世代代的生活总会是千篇一律，不会有任何的改变。而他，却要牺牲这种狭隘的责任，去张扬自己的个性，展示自己作为这世上来的一个生物一样迷人的风景。当然，这意味着他会辜负自己的父母和亲人——他在北京已有三年没去看自己的亲人——他毕业后一直就这样在北京城里过着这种有一天没一天的日子。或者是出门远行，带回一串串故事回来。现在，这些故事已经沉寂，像他的生命一样，长眠于这里，长眠于泥土之下。他生前对我说过，要我在他死的时候，在为数不多的朋友中间，给他写一篇悼词，不要有任何的伪饰和修辞。今天，我在这里，站在他的灵魂前，对着大家宣读我们的心情。不知他听了，是否满意？他走了，而我们还在，他曾对我们说过，无论怎样，你们得好好活着。是啊，我们得好好活着，但我们的确是在好好地活着吗？我们的确是在张扬着我们作为人的个性吗？我们这些世俗的人，只知道如果我们张扬着个性，就不会生活得很好，就不会好好地活着，所以我们在生活中扼杀了作为人的个性。这是我们这个群体的悲哀，也是我们灵魂上永远留下的悲哀。今天，万先生走了，我们根本没有理由再这样生活下去，但我们知道，只要我们离开了这个坟墓，我们就会改变自己在这个墓前留下的初衷。我们会说，我们是身不由己呀，我们是迫不得已呀！但到底是谁让我们身不由己和迫不得已呢？我们却从未曾想过。

诸位，很感激你们今天还能来参加万先生的葬礼，特别是你们这些曾给予过万先生爱的温柔的女士们，只有你们才是有资格在这里说话的。因为只有你们，才为他牺牲过。我们这些凡夫俗子，在这里只有面对墓地蒲伏和祈祷。当我们回去之后，在繁忙的生活中，我们是否还会想起，这个地下的亡灵，曾在那么悠静的晚上，为我们读着别人也读着他自己的诗？就像他在生日那天读的那首诗一样，"悄悄的我走了，正如我悄悄的来，我挥一挥衣袖，不带走一片云彩"。我们今天根本不能够奢望他会安息，他即使不再呼吸，但他也是不会安息的。因为总有像我们这样的一些人，还在世上麻木而又安然地行走，而他的灵魂，却是一直在那边看着我们如何生活的。他比我们先走了一步，但是，却好像走了一个世纪，我相信，诸位回去后，想起万先生来，生活中也许会因此改变一些什么，如果那样，那是万先生最大的福气了。

呜呼，哀哉！尚飨！

（发表于《作品》2000 年第 6 期）

你曾给过我什么

　　电话又响起来了，他跑过去接时心里有些害怕，因为他的老婆一直盯着。每次有电话找他时，只要打长了一点，他老婆就有意无意地把目光贴在他的脸上。他感觉到那是一团火，要把他烧成灰烬。他的朋友大个常说，你的老婆按说还是很不错的，不然你不会和她结婚。他只是笑。大个说，不过现在看来，有些人结婚也不一定是爱对方，大家各取所需罢了。爱情到了二十世纪末也许就是这回事。

　　他和老婆说起来也很简单。他本来没有那个意思，在他们认识的时候，有天他醉了酒，她把他扶到了床上，第二天醒来时他发现，她一丝不挂地睡在他身边并且笑着说，昨夜你可有些行为不端。他没说话，因为他只是有些头痛，不知怎么回事。她说，我们结婚吧。他流下了泪水，知道眼前的一切无可回避，于是结婚了。东西都是她买的，房子也是她的，她说我对你多好。他说好。她说，你看你说话一点感情也没有。他说，没有？她来气了，头一转说，你可别以为我想嫁给你，要不是那天你把我那样……我可还是个处女呢。他说，处女？她说，难道不是？那天晚上我把床单连夜洗掉了，你看我是一个多么好的同志。他说，好同志。其实那夜到底怎样，他到现在也不知道。但是他不能说出来。他是一个非常负责的人，不管她说的是不是真的，他们后来就按她的要求结了婚。婚后他一直患了神情恍惚、说话言不由衷的病。她说什么他都只会说是。他不知道自己到底是怎么回事。他的朋友大个说，这几天你到底怎么啦，整个一个傻楞楞的呆子似的。他只是看着大个不停地直笑。让大个感到莫名其妙，最后说你去看看心理医生吧，你肯定出毛病了。他越发笑嘻嘻的。因为他看到每个人都是那么可笑，他们的声音，他们的动作，他们的神态，看了就让人想笑，看了就忍不住地笑。举一个最简单的例子来说吧，比如他上班后，看到他们领导的秃顶，还有那上面漂着的几根毛，他就想起了曾看过的流浪记里的三毛——当然领导的毛比三毛的油亮得多。他说领导你的头上怎么长了胡子？稀稀拉拉的，还不如剃个光头算了。办公室里的人都笑起来。领导一脸的愠怒。后来公司里裁人时，领导说，你明天就别在办公室里上班了，去院子里打扫卫生吧。第二天他就真的打扫卫生去了。办公室的人都笑他傻得可以。他也嘿嘿直笑。他们开头也跟着笑，最后却笑得头皮发麻了。因为他们笑到最后，脸上的肌肉总在不停地抽搐，而他却那么自然。当他们的脸笑得僵直了，他却一个人大笑着走了出去。

他做的第一件事，把办公室里属于自己的东西全给烧了。那张办公桌，他搬到了院子里，每当卫生打扫完毕，他就在那张办公桌前坐着，有板有眼、像模像样的。无论是上了班的还是下了班的人，见了没有不笑的。他们一笑，他也笑，笑着笑着他们的表情停滞了，最后谁也笑不过他，而且奇怪的是，他们笑着笑着脖子都有些歪，有个别的人当场还流口水。于是几天后，他们谁也不敢再和他开玩笑了。倒是他老婆，在他回到家里后，她感觉挺舒服的。因为他是那么听从她的召唤，服从她的命令。她高兴地说，你和以往不一样了，记得我当初想和你谈恋爱时，你总是躲避我，可是我们结了婚就不一样了。她说，我的眼光没有错吧。他笑着说，没错。他老婆很高兴。就说，要不，我怎么会绞尽脑汁才把你抢到手呢？他听了又笑。她说，你真可爱。于是就把他按在沙发上，把他的衣服脱了，去爱抚他。他没法不让自己激动起来。好像他很听这个女人的话，不该兴奋时兴奋了。她是一个温暖的港湾，他控制不了自己。他是一个控制能力很差的人，从他们结婚前那个晚上便可以证明。不然的话，他们今天不会走到一起。老婆说，这是缘分，你不信也不行。他说，缘分。然后便笑。他老婆觉得很尽兴致。她说，让你搞卫生你就搞卫生，怎么着，我不会嫌弃你。他说，不嫌弃。她说，你这个人怎么老是跟着别人说。他说，跟着别人说。她说，你真有些幽默，这是我从前没有想到的。他说，没想到。一边说一边笑。她好奇地看着他，然后他们睡觉，直到第二天早上，她用脚把他踢醒为止。

时间在不紧不慢地走着，他家的日子就这么过着。他弟弟从大老远的老家来，看了同情地对他说，真没想到你过的是这种生活，要是妈妈看见了不知有多痛心。弟弟于是关切地问他是不是病了，是不是缺钱用。他说，不是病了，也不是缺钱用。说完他看着他弟弟的脸就笑。他弟弟有些害怕，便说，哥哥，你不是到城里来变了吧？他说，变了。他弟弟更害怕了，临走前在他的床头守了一夜，然后对他老婆说，嫂嫂，我哥怕是中了邪呢。他老婆笑着说，怎么会呢？没有人比他更正常的，比如说他知道娶我这样的好女人做妻子，真是他的福气。他弟弟说，嫂子，你可要照顾好我哥，他人太老实。他老婆说，你可小看了他呢，要不，怎么把我搞到了手，当初那么多的人追我，我却偏偏上了他的船。他弟弟半信半疑地走了。走时他送他，他弟对他说，哥，你有什么心事就说出来，我们弟兄之间，你不要客气，也不要隐瞒。他说，亲爱的弟弟，我真的是很正常的，没有一点问题，你放心走吧，向妈妈问好。弟弟的眼泪流下来了，他说，哥，你要是怎么样，我们不知该怎么想，你过去太不容易了，我们家好几代才出一个大学生，你可要好好过日子呀。他拍了拍他弟弟的肩说，你放心走吧，哥倒霉时会找你的。然后他看着他弟弟上车，他弟弟哭得更厉害了。他转过身时，眼泪也流了下来，在那里站了很久。

出车站他一直低着头，心里很复杂，走着走着，竟然不小心撞在了一个人的身上。抬头一看，是个女人，长得相当的漂亮，他就吃了一惊，连忙说对不起。女人没有一点生气的样子，她说，你没事吧，我看你一直是心事重重的。他说，没事，没事，谢谢你了。一边说一边笑了。她说，你这人还真奇怪，刚才哭，现在就笑，怎么回事呀？他说没怎么回事，我高兴。她说，你根本不高兴，我看得出来。他说，你怎么知道？她笑着说，我怎么不知道？我是算命的。他听后也笑了。他们就从车站慢慢地往回走，一边走一边瞎聊天，谈得相当投机，最后还阴差阳错地一起去吃了顿饭，坐在饭厅里还相当的亲热，看上去就像是那回事。她说，你这个人，还真可爱。他说，是可爱。然后就笑。她说，我感觉你的笑容是世纪末最纯洁的笑容。他说，纯洁。然后又笑。她也笑了，笑得岔不过气来时还倒在他的身上，把他的脖子搂得紧紧的，搂得他心直跳。他老婆搂他时可从来也没有这种感觉。他们聊天，把世界嘲笑和骂个遍。她跟着笑了一晚。分别时，他们留了电话。这是他第一次给一个陌生的女人留电话，她也给了他一个传呼号码。他想，这也不过只是一种形式罢了，心里还惆怅了一阵。但是，没想到，从那以后，他们的电话就多起来了。

电话第一次响起来的时候，他对妻子说，是你的。她说，不可能吧，是你的。他说，是你的。她有些相信了，因为她的电话特别地多，而且尽是一些男士，她还为此向他解释说，他们是她的一些崇拜者。他只是笑笑而不问。老婆说他很大度，一边说一边在他脸上乱吻。他什么感觉也没有。他们从结婚后他就什么感觉也没有。

吃了饭，她最大的爱好就是去跳舞，直跳到三更半夜回来，一回来就向他解释，说自己在大家心目中如何是个明星。他听了就笑。他没法不笑，她是一个控制欲非常强的女人，过去一晚上都不会消停，但自从她迷上了跳舞，最多一次也就满足了，这会让他少受很多折磨。所以，只要是男士邀她去跳舞，他在心里总是相当地感谢。自然啦，他相信这个电话，一定是她的。那些臭男人，总想占别人老婆的便宜，男人全这样，他也没有办法，这的确是没有办法的。

老婆接了电话后，说，快来，是找你的呀。他笑着说，找我？你别开玩笑了，和你结婚后，我就与一切朋友断了联系。老婆捂了话筒说，是真的，一个女人的声音。他看她不是开玩笑，就接了。没想到，就是他在车站认识的那个女人打来的。她说，是你老婆接的电话吧？他说，yes。她笑了说，你真逗。他说，真逗。然后他们两人在电话里大笑起来了。他老婆用怀疑的目光看着他，他就又换回中国话说，是他过去的一个朋友，有点事找他。老婆的脸还是有些阴。他就对着话筒说，快放吧，有人在吃醋。女人在那边哈哈大笑道，没想到你找的是一个"气管炎"。然后她小声地告诉他，她什么时候在哪个地方等他，她要请他吃饭。他啊了一声便放下了。其实他是不想啊的。但只是心里这么想，口里却还是啊了一声。他老婆说，你还挺温柔的，是不是在外面找了个情人？他说，情人。然后大笑起来。他老婆也笑了，她，你这样一说，我倒不怀疑你了，你连自己的事都管不了，身上没有一分钱，还哪里去找情人哟。见你的鬼，你要是真能找到，我还给你钱呢，倒贴。他说，给钱，倒贴。他老婆一听就跳起来了，她说，你还真想找不成？给钱？没门，这个月的烟钱你已经超支了，下个月一定要扣。他说，要扣。老婆便又笑着把他按倒了。老婆说，你是爱我的，不是？要不你不会这么用力不是？他说，不是。老婆说，你再狗改不了吃屎，我可对你不客气。他说，不客气。老婆的气便消了。消了气之后就出去跳舞，然后直到三更半夜里回来。

下一次老婆出去的时候，他也出去了。他在那家酒店里找到了她。她穿着入时，打扮得很漂亮。一见他就说，我还以为你不来了呢。他说，我为什么不来？她说，你的老婆听声音像很厉害哟。他说，厉害。她就笑着道，你不怕她？他说，怕她。她说，你真是一个诚实的男人。不过你看上去很软弱。他说，软弱。女人又笑了。她说，你敢出来说明你是一个好男人。他说，不好。她说，你怎么老是学着别人说话。他说，不是不是。刚说完发现自己竟然不学着跟别人说了。女人让他点菜，他对她说，我之所以敢来，是因为我没有支配的钱，当然啦，你看着点，我吃一点就行了，肚量不大。女人说，你真逗，你放心点吧，我请客。他说，那我就不客气。她不知为什么叹息了一声说，没想到天下还有你这样天然质朴的男人。他说，我什么也不是，你可别把我当什么。女人不知为什么又叹息了一下。但她很快就又笑起来了。她说，你想不想知道我的名字？他说，不知道。她说，你想知道么？他说，我只知道和你在一起很开心。她说，我也是，名字并不重要，重要的是，我们在一起，我可以放松自己，从见到你的那天起，我就想，这么多年了，我还没有见到一个男人因为悲伤而掉泪的。他说，那天真不好意思。她说，不是的，你不会懂的。我很久没有被周围的生活打动过了。

他说，那是你过得太好，高高在上的缘故吧，其实下层人中间，有很多事是相当动人的。她说，是吗？也许你说得对吧，因为我，除了钱，什么也没有……可能她发现在一个没有钱的男人面前提到自己有钱，是不太礼貌的，马上改换了话题。他盯着她，她摇了摇头，苦笑。吃完后，他们到歌厅里唱歌，里面灯光很暗。她说，跳一曲。他说，我不会。她说，真的？他说，我从来没有来过舞厅。她说我教你。他说，我不喜欢跳舞。她问为什么。他说，我总觉得那是高级人的生活。她不说话了。只是拥着他下了舞池。她说，你只要跟着我跳就行。他说，我是个听话的乖孩子。她笑了，不过情绪有些低落。他跟着她的步子走，怎么也跟不上。她说，搂紧我。他没有动。她又说了一句，他还是没有动。她说，你不喜欢么？他说，喜欢。她说，那你为什么不听话？他说，这样不好。她说，你不敢？他说，不是不敢，是不行。她顿了一会，不过马上又笑了，握住他的手，又紧了一些。他们便回到了桌边。她盯着他说，你是我见到的，最好的男人。他说，可我什么也不是。她说，有些事，只有经过了，才知道的。说完她拿出一包烟来，对他说，可以吗？他说，随便。她点了一支，就抽起来。一边抽一边问他，你会认为我是一个坏女人？他摇了摇头说，我没这样想。她说，你可别骗我。他说，我骗你？我连你叫什么，住在哪里都不知道，我骗你什么？她说，你们男人，骗术是相当高的，等到把东西骗到了手，就不在乎了。

他没有说话。对于她的观点，他也是赞成的，男人的确是那么回事。这样一想，于是他们默默地坐着。歌厅里飘着柔和的歌声，让人心迷意乱：

> 如果你想拥有他的未来，
> 你就别问起他的过去，
> 他的过去和你毫不相干……

最后回去时，她说，你不到我那里去坐一会？他说，不去。她说，看来你是个对别人秘密不感兴趣的人。他说，我从来不关心别人的隐私。她说，你走吧，回去晚了，你老婆会说你的。他说，她会要了我的命。她笑着摇了摇头，就往前走，他正要转身，她突然回过头来，在他的脸上猝不及防地吻了一下，然后一笑，就走了。他站在那里有些发呆，脸上像是被什么烧过似的，真舒服。

回到家里，老婆还没有回来。他点了支烟，抽着想问题。老婆直到夜里快十二点时才到家，她的高跟鞋在地面上叮当地响。他连忙把烟掐了。她进来后还是闻到了，不过这次破天荒地没有发怒。她说，你抽烟啦，想什么呀？边说边往他身上靠。他说，没想什么，抽着玩。她说，是不是有心事。他笑了笑。她看上去有些不安，他不说话，这是她很少见的。她说，你不是怀疑我吧？他说，你想到哪里去了？我怎么会怀疑你，我一直都不曾怀疑过你，要怀疑，我也只是怀疑自己。老婆有些摸不准他的意思，她说，那你到底是怎么回事？我觉得你最近不大对头。他笑笑，不说话。老婆说，你不是怀疑我吧？他说，哪敢。她说，那你的意思是怀疑我了。他说，我可没有这样说过。她说，我可是清白的，你别看我一天到晚地爱跳舞。他说，跳舞的人都是清白的，这话你对我说过。他老婆不说话了，她后来睡时，不停地翻身。他想，她睡不着了，是不是怀疑我呢？但是他没有问。

女人的电话第二次打来时，老婆还是有些不高兴，她说，你最近为什么老是有同事找？他说，我们在搞一项活动。老婆说，你在单位打扫卫生，还有什么活动？他说他们在搞共建。老婆问，什么共建？不是到一块拆我的台吧。他笑了，老婆也笑了说，我谅你也不敢。他说，敢不敢还不一定呢。她说，要是有一定，你就不会说出来了。他又笑。她说，你最近总是笑，好像有什么喜事似的。他说，是有喜事，不过也很难说。老婆说，你能有什么喜事，不过是头有些发昏罢了。他没答话，翻过身来睡着了。

再次和那个女人见面时，她打扮得相当的朴素。他说，你换了一个人了。她说，这样不好么？他说好。她说，好在哪里呀？他说，这样接近平民生活。她叹了一口气说，我过去过的一直也是平民生活。他说，看不出来。她说，你是不会知道和懂得我的。他说，也没有必要懂得，对不对？她说，你不关心我。他说，我冒着风险出来，还能怎么关心你？她说，同是天涯沦落人，相逢何必曾相识。他喝了一口酒说，人生本来是无常的。她说，你好像看透了尘世，这话有些禅意的味道。他说，难道不是这样吗？我们不过是命运手中操纵的一枚棋子，谁也不知道过去怎么过来的，现在是怎么生活的，将来更不知道会发生一些什么。她说，没想到你会这么悲观。他说，这不是悲观，只是生活的原样而已。她说，我过去和你一样，不过现在想得开了。他说，过去的，现在的，将来的，都不过只是暂时的。她叹了一口气道，都说人生如梦，这话一点也不错。他们便好久不说话了，两个人不停地干杯。她说，你不想问问我的过去？他说，你的过去和我有什么关系？我们不过只是两个陌生人，偶尔在一起罢了。她说，就那么简单？他说，还能怎样？她说，你不想生活中发生点什么？他说，那可是我负担不起的，无论是金钱上，还是精神上。她长叹一声说，没想到，你也是个没有心肝的人。他说，我早就没有了，我只是行尸走肉而已。她看着他，说，你不是。他说，我是。她说，你不是。他说，我是。她说，你真的不是。他说，我真的是。她就不再坚持了。

两个人不停地喝酒。最后他喝多了，想上厕所。他就站起身来，路过酒店的包厢时，他忽然听到了一个非常熟悉的声音，一下子又想不起是谁在说话。回来时，还是觉得这个声音像他一个非常熟悉的人的，可自己大脑昏沉沉的，听不清楚。但碰巧的是，这时包厢里的门忽然开了，他见到一个男人搂了女人出来，女人半倚在那个男人的怀里，借着微弱的灯光，他一下子惊呆了：天哪，那不是他的老婆么？他开头还以为看错了，但仔细一看，不是她还会是谁？他一下子非常想呕吐，但他还是强忍住了，她没有发现他，他连忙把自己藏在阴影里，走回自己的座位时，脸已经非常发烧了。女人问，你不舒服么？他说，非常不舒服。女人说，我送你回去罢。他说，我们走吧，走吧，离开这个地方。女人说，你怎么了，好像不大对头似的。他说，没有什么，我只是想离开这个地方。女人说，你想她了？他说，笑话，我什么也不想。女人准备伸手扶他，他推开她说，我自己走。但是出了门，他还是头昏脑胀，一下子倒在地上了。等他醒来时，才发现自己躺在一个非常舒服的大床上。她坐在床边，正准备脱衣服。他连忙爬起来穿衣服。她说，你怎么了？你瞧不起我么？他说，没有，我从来就没有。女人说，那你为什么要走？他说，我们不能的，我们在一起聊天就很快乐，但是我们还没有爱。女人说，你……她的眼泪就掉下来了。他说，我不是瞧不起你，而是非常尊重你，我一直认为你是一个好女人。女人的泪流得更欢了。她说，过去，谁也没有把我当人。他说，那只是你自己的想法，至少我从认识你时就觉得你的内心是非常高尚的。女人擦了一把泪说，谢谢你。他说，本来嘛。女人拉住他的手说，你是一个好人。他说，我不是。她说，你是。他说，我要是就不会出来了。她说，你还是瞧不起我。他说，这是两回事。女人不说话了。他们对着坐了一会，最后她说，你走吧。他穿好了衣服说，再见，祝你晚安。说完就走了出去。她站在门边，泪水盈满了眼眶。他头也不回地走了。到家里敲门时，发现门没有关，老婆在床上坐着，她说，你死到哪里去了？他说，没死到哪里去，一个人在外面走了一会，迷了路。老婆还想说什么，他说，睡吧。然后衣服也不脱，倒头就睡。老婆可能坐了一会，那晚她好像心事重重的，也没有睡着，他一直装着睡熟了。

　　这样有一个月，女人没有给他打电话，他也没有怎么想她。老婆还是照常出去，深更半夜里回来，他也是什么都不闻不问，听任她的自由自在。日子就这么过着，不紧也不慢。树上的叶子从无到有，从青到黄，他们的日子过得就像墙上的日历，平淡无奇。只是有天他弟弟还对他不放心，从遥远的地方打电话来问他。他说，哥，你现在怎么样了？他说，好好的。他弟弟说，我不相信。他说，你不相信我也没办法，但我过得相当高兴的。他弟弟说，哥，你是不是生活得不幸福？他说，还可以。他弟弟在电话那头就没有声音了，最后他听到他弟弟叹了一声，把电话扣了。他老婆说，你弟弟说什么呀？他说，他问我是不是有钱用。老婆说，你说什么了？我说还可以。老婆说，你说得对，我可从来没有虐待过你。他说，没有，我们都过得很好不是？她说，你什么意思？他说，还有什么意思？一切反正都是你安排的。她说，你……他笑了说，我什么，我一直是听你的安排和听你的话不是？她说，你变了，你变了。他说，你也差不多。她噎住了，好半天不说话。后来她又问，你是不是听到了什么闲话？他说，要想人不知，除非己莫为。老婆一听差点从床上跳了起来，但是她没有发怒，而是说，我知道你这人总想拿别人开心，你不要这样幽默好不好？他只是笑，不说话。这一夜，她自然又没有睡着，他却睡得很香，觉得自己从来没有这么踏实过。

次日，他上班路过东西街时，忽然看见前面的马路上围了不少人看热闹。他想，他们在看什么呢？挤过去一看，他吓了一跳，在地上躺着一个血淋淋的女人，仔细一看，天啊，竟然是那个女人！他的心一下子沉了下去，他问，发生什么事了？一个年轻人说，这个女人叫车撞死了。而旁边的司机一脸泪说，我也没发现她，她是自己往车上撞的。旁边的人说，这么漂亮的女人，会自己撞车，你说的有谁相信？司机连忙为自己申辩。有人说，你们不要争了，警察来了，让他们处理吧。他听到这句话，只觉得眼前一黑，就一头栽在地上。

醒来时，他发现自己躺在医院里，一个大个子警察站在他身边，他说，你可醒来了，我们恭候了多时，你没事吧？他说，我怎么在这里？警察说，你受惊了，你不记得刚才发生的事情么？他说，我想想。想着想着就想起来了。他问，那个女人真的死了？警察说，真可怜，撞得体无完肤。他说，她是自杀还是车祸？警察说，我们正要问你，你是否认识她？他点了点头说认识。警察说，你要配合我们调查此事。他说好。警察说，你谈谈你们怎么认识的？他说了他们认识的经过。警察听完后说，你好像在编一个故事。他说，这是真的，我不会讲故事。警察说，现在这个年代，你越强调说是真的东西就越可能是假的。他说，我没有骗你。警察，那你让我们怎么相信你？他说，你可以调查她嘛。警察说，可是她死了。他说，你可以去调查其他的人。警察说，我们调查过了，这个女的不寻常。他问怎么个不寻常法？警察说，你是装吧。他说，我真不知道，我们只见过三次面，在一起聊过三回天，吃过三顿饭。警察说，你为什么不说你们睡过三次觉。他说，你真会开玩笑，这是诽谤，侮辱人。警察说，你们这种人，我见多了。他气得没说话。警察说，我告诉你吧，我们调查过了，这个女人来自北方的一个小县城，是别人包的二奶。他吃了一惊说，不可能吧，这些事我还真的不知道，因为我从来就没有问过她。警察说，你知道了吧，那个大款把她玩腻了，给了她一大笔钱，然后她就过着花天酒地的生活。这种女人，真贱！他坚定地说，她不是那种女人。警察说，当然，你想证明你不是那种男人，所以就要找理由了。他说，她真的不是那种人，她的心地很纯洁。警察笑了说，对一个二奶，你还要说她纯洁，可见你真的不是什么好东西，那么你跟我们走吧。

他在警察局里待了半个多月。他们一直要他交代。他只记起了她给他留的一个传呼号码。结果警察打过去，传呼台的小姐说，机主已要求停机。警察还是不放他，加上司机老在叫冤枉，所以这事就麻烦了。好在他还依稀记得她住的房子在哪儿，他带他们去找了几次，最后终于找到了。他们发现了她写的日记，日记里有写到他们的事，证明了他是清白的，他于是被放出来了。还是那个警察，在他走时拍拍他的肩说，公民同志，你是一个好丈夫，以后也会是一个好父亲，她的日记里说你是一个好人。他说谢谢，我能不能看看她的日记？他们说，不行。他问为什么，一个警察说，她的日记涉及到很多人，有的还是领导。他啊了一声便回了家。

后来的事很简单。他还在局子里的时候，他们单位的人终于一致举手决定，把他这样不好的坏分子从他们中间开除掉，认为他有损单位的名誉。再后，他老婆说，我没想到你会是这种人，我们离婚吧。他说，离吧，我也没有想到你会是那种人。老婆说，你不要怪我，一切都是你自己造成的。他说，你自己心里也很清楚，是不是？离吧，我一直听你的话，就像你要和我结婚时一样。于是他们就在离婚协议书上签了字，没有任何的争吵。两个人说了声古得拜，就分手了。她拿走了全部的财产，因为她说，我的第一次是给了你的。他说，给了谁，你自己心里最清楚。她骂了他一句没良心，他们就向两个方向背道而驰了。

他后来一直没结婚，几经折腾，开了个小书店，日子过得也还可以。他的朋友大个说，现在真是的，没有文化的人搞文化，有文化的却热衷搞经济，我看这个年代，有些不对头。他说，我们需要这样的年代。大个说，你真是有病。他只是笑。他又问起他老婆，他说我不知道。大个不相信。他说那你去问她好了。其实在他心里，他早就把她忘了，好像他从前根本没有结过婚，也不认识这个人似的。他暗中也很奇怪，因为在这个城市里，他一次也没有再遇见过前妻，只是后来听说，她跟一个大款到法国的某一个城市生活去了。对此，他真为她感到高兴。因为自此，她就过上了幸福的生活，要说他有良心，这可能是个证明吧。

（发表于《佛山文艺》2002 年第 3 期）

一路向北

　　刘大爷突然打来了一个电话。刘大爷在电话里很气愤。刘大爷说，他们要向我收费，我都一百岁的老人了。

　　我没料到刘大爷会给我打电话。按故乡的现状，刘大爷打一次长途至少得花几块钱，几块钱哪，掉在地上城里人或许捡都不捡，但对年收入不超过四百块钱的刘大爷来说，这几块钱可能挖了他的心，要了他的命。而刘大爷打了电话，说明还有比他的心和命值钱的东西。

　　我说，为什么要向你收费？要收什么费？

　　我的声音很大，但刘大爷听不见。一是我们那么大的村才一部电话，可线路不好；二是刘大爷有些耳背，听不见也是正常的。

　　但我觉得刘大爷有些与我开玩笑的意思。他去年过百岁大寿时，村里还给他祝寿，连从没来过我们村的县长大人，也带着一大帮报社记者和电视台的人来了，搞得轰轰烈烈的，说是关注老年人的健康，祝他健康长寿和安度晚年。后来在电视上一播，我们全县的人民都看见了，怎么还会向他收费呢？

　　我对刘大爷说，他们一定是搞错了，他们肯定是弄错人了。别说你不该收，相反还应该给你发钱呢。

　　我说了好半天刘大爷才听清楚。刘大爷的话在我耳边震得嗡嗡响。刘大爷说，他们没有找错人，他们说是按人头算，他们说每个人都要上交，平均摊派。

　　我又问是什么费。刘大爷说，他们说今年要改革，费改税了。

我说，国家是为了减轻农民的负担才这样做的，是好事。这样农民一下子不是把负担减下来了吗？

刘大爷说，减啥！羊毛总是出在羊身上。过去交费，没交的还不敢抓人。现在费改税了，他们说是国家要的，不交派出所就敢抓人了。

我问，到底是些什么税呀？

刘大爷说，不是税，要是税我早交了。可他们坚持说这是税不可！什么修路呀，建学校呀，办茶厂呀，每家每户每个人都得收。

我说，公共建设和公益设施，国家不是有专项投资吗？不是不从农民口袋里要钱吗？

刘大爷说，你说的是政策，政策到我们这里便成了对策。

刘大爷说着便咋呼上了，一听就知道他上了火。最后他还告诉我说，为了这事，他与他们都吵起来了。他们说如果他不交，派出所就要来抓人。

我知道故乡这费那费的收得很厉害，但没想到收到百岁老人的身上了。于是我对刘大爷说，你别急，我给村长打个电话。

刘大爷放下电话时说，他们要来抓人，我这把老骨头就与他们拼了。当年我是为啥参加革命的？我就不信！

我想以刘大爷的脾气，他肯定是做得出来的。想当初，地主老儿家收费太厉害，国民党的官府搜刮民脂民膏的，他一气之下就摔了锄头扛上枪革命了；而革命胜利时，他又放着官不做，却要回家乡来务农，他的老首长气得要枪毙他。他说，我一个庄稼佬，不是当官的料。结果还是回来了，这脾气应该不算小吧。

于是当天晚上我便给村长家打电话。村长说，唉呦喂，是贤侄，好久不见，很想你。

我也不知道村长是不是真的想我，因为自从我费了九牛二虎之力走出故乡后，为村里的几件事，我找了他们的上级，使他们的决定不能执行，算得上是得罪过他。他心里有没有落恨我不知道。

我说，没事，有也不敢麻烦你呀。

村长说，贤侄看你说的，有事就吩咐嘛。你是京官，说话有分量。

村长每次说话就称我是京官，我也不计较，便说，你知道刘大爷这事么？

村长说，么事？

我说，你们要向刘大爷收费？他孤身一人，到了百岁，向他收费是不是违反了国家政策，还让外面笑话？

村长说，贤侄，你还怕外面笑话？去年我们唱戏玩龙灯时，你不是弄得大家很没面子？

我说，去年那事，主要是不该搞封建迷信嘛，挣钱也不能再搞这一套。

村长说，贤侄，你是不当家不知油盐贵呀。上面要求的，我不照办也不行。村里做基建什么的，都得花些钱。要不你在北京搞个募捐，给我们筹一点？

我说，这哪跟哪呀。

村长笑了说，这事也就那样！理论我理论不过你，你是我们村的大学生嘛，道理你当然比我会讲。

然后无论我怎么说，村长就是绕开这个话题。我说，村长，你要是不管，我可找乡里了。

我原想村长是怕我找乡里的。可他果断地说，你找吧，反正这也是吴乡长的指示。

说完他生气地把电话挂了。

我怔在那里。心想这个村长果然是个刺头。

记得去年时，村里要玩龙灯，说是乡下文化娱乐活动太少，过节了应该让大家乐一乐。村长给每个在外面工作的人都来了信，说是要活跃大家的文化生活，建议我们每个公家人出点钱。我们很高兴地出了。可后来我家里打电话说，村里的龙灯是玩了，可又搞起了请神、烧香、建庙、搞宗派的那一套。更重要的是，到别的村玩时，还要收钱，祭祀，最后为龙灯队行路的事，差点还引发了宗派冲突。

于是我打电话给村长，说文化娱乐活动要高雅一点。

村长说，你们考出去了，不信这一套没关系，我们在家就得信这一套。拜祖宗是天经地义的。

我说这是封建迷信。村长说，你出去就说是封建迷信，可要是在家，你还得一样地拜祖人。有道是"做官不从家乡过，三岁孩童叫乳名"嘛。

我在电话中给村长讲道理。村长说，你别说了，发展才是硬道理。我们村没有钱，别的村肯定看不起我们。你看，别村的姑娘现在都不愿意嫁到我们村了。

在他的固执下，龙灯队伍继续翻山越岭，以娱乐的名义收钱。可后来龙灯队路过邻村时，由于没按他们的要求拜祠堂闹得差点发生武装冲突。我们村的人说，刘姓的人，怎么能拜吴姓的礼堂呢？而吴姓的人认为，既然到了他们村，就得拜了再走。两个村的人磨刀擦掌，准备武斗，形势非常危险。

我表哥当时知道我认识我们的县长，于是给我打电话。在县长的关心下，公安局的同志出面了，在他们的介入下，这件事总算平息了。可这一下也断了村里的财路，村长当然不高兴。从那以后，每年过节时我回乡下去，村长再也没有给我一个好脸色。

那事闹了个不愉快，现在又遇上刘大爷的事。我觉得故乡好像从来就不平静，难怪当年闹革命时，整村整村的人全部参加，大约是民风使然。

我老婆说，你不要老管家乡的事，家乡有家乡的规矩，你瞎掺乎啥。

她说得很有道理。清官也难断家务事呢，何况这些不是家务事。对于我们已经走出了故乡农村的人，再去管故乡的事，管多了老家的人也未必高兴。可想起刘大爷总算是个老革命，以他的脾气说不定闹出啥大事来，让我们村成了"典型"就坏了。于是我便又打电话给吴乡长。有些事就是这样，无论是公是私，私事得私办，有时公事也得私办，大约全国都一样吧。

吴乡长听到我的声音后说，啊，是小林啊，多日不见，多日不见，身体可健康？

我说健康健康，你还好吧。我是医生，家乡的不少父母官到我这里来看过病，所以大部分领导都还认识。

吴乡长说，好好好！肺病终于治住了！小林啊，你不找我还要找你帮忙啊。

我说，我一个医生，有啥你求得上的？

吴乡长说，话可不是这样说！老弟，赶明儿县长到北京去，你们喝酒时替我说说话啊，我都五年没挪窝了。

我说，乡长，先别说这事……

吴乡长打断我说，别说这事说啥呢？还有啥事比这个更重要呢？你说我，这几年国家要收的，我都按时收齐缴纳国库了；上级要收的，我也都按时收齐了。有哪个乡有我们先进？人家的乡，为收钱收费闹出人命啥的，可我们乡呢，一次事故也没有呀，形势一片大好呀。

吴乡长说话总是这样大的口气，然后觉得自己怀才不遇。其实我知道他以往是怎么把这些乱七八糟的各种费用收齐的。我表哥说，他也没别的招，就是带着信用社和派出所，到村里把农民集起来开会。然后对乡亲们说，广大人民群众同志们，你们听好了，我们来收费，既不是收给我个人的，也不是收给村里乡里的，而是收给国家的。你们不交，就是反抗国家！你们都是聪明人，知道反抗国家的后果应该是什么样的。我呢，也是公事公办，换你在我这个位置上肯定也是一样的。你们嘴里至少还有吃的，可我呢，已经半年没有领工资了。乡亲们，你们也得体谅我们乡政府的苦衷啊。

吴乡长说到这里，看到人群静了下来，就把大手一挥，话题一转：乡亲们，我也替你们想到了，你平时见我来收费没有？没有！像地主那样逼债没有？没有！我可全是为你们想到了，你们看吧，有钱的交钱，没钱可以在信用社借，明年再还！如果是既不交钱，也不借的话，那对不起，我仁至义尽了，乡亲们也就别怪我了，跟着派出所的同志走吧！

吴乡长每当说完时一脸的肃然。乡亲们不敢吭声了，往年爱跳出来的几个，被派出所带去关了几天，回来一个个都老实了。

于是村里一片热闹。有点钱的，赶紧把钱交了；没有钱的，在信用社那里打个借条，把信用社里的钱借出来，再交给国家。为了体现关心人民群众的疾苦，吴乡长还规定信用社不许计息，但条件是到期后一定得按时归还，不还的才开始计息。如果遇上两样都不干的呢，对不起，派出所的吴老三可不是好惹的，一副锃亮的手铐整日在屁股后晃荡着，让人心寒。

我表哥说，就因为这样，我们乡的收费每年都按时完成了。最后苦的不只是百姓，还有信用社，借出了那么多钱，老百姓一年又一年地对付，哪里有还的啊，息上再加息，烂账便一大堆，不少信用社也垮台了。乡亲们只好死猪不怕开水烫，管他呢，捉就捉吧。于是信用社一垮，派出所也装不下那么多的人，乡里只好把手又伸向银行，每年完不成收费任务时，就以各种名义向银行贷款。如今乡里的亏空，只有会计和几个主官知道，死账烂账到底有多少谁也说不清。

我表哥到北京来打工时曾对我讲起过。他四十多岁的人了，一无所长，到城里要我给他找工作。我找了几天才在一个建筑工地找了份差事，一个月管吃管喝，四百块，把他高兴得不行。有天，他上我家里来时，看到我有焦点访谈编导和记者的名片，就要我到中央台去把故乡的情况反映一下。我开头也书生意气，还准备了材料，准备为民请命。可偏偏在参加一个老乡的集会上，一位老乡知道后说，你可千万使不得！你想过没有，你这样一闹，给家乡造成了被动，家乡本来穷，你这样一整，别说没有去投资的，就是想去投资的也不敢投资了。那样家乡不是更穷，名声也更坏？你岂不成了罪人？

知识分子最大的坏处就是办事爱思三想四，本来想好的事，一思考最后就啥也不敢干，啥也不会干了。真是应了"人们一思索，上帝就发笑"那句话，因此老乡这样一说，我还真怔住了。于是不但撕了材料，还骂自己幼稚。

因此，这次我还没开口谈到刘大爷的事，吴乡长就说，小林呀，你不在家，不知道父母官难做呀。我是没有李昌平的勇气，有了我早就走了。不过你说他向总理写信说实话又怎么样？只能逼走自己，社会还不是照常运转？你知道乡里现在欠了多少债吗？说来要吓你一跳！所以小林啊，你得赶紧对牛县长说说，把我调到县上，哪怕只干一个闲职，领死工资，我也愿意啊。

我说，可你们也不能对一个百岁的老人收费啊，这在旧社会也没有过。

吴乡长说，话也不能这样说，你说他走不走路？走路就得交养路费吧？他吃不吃粮食，吃粮就得用国家的土地吧？用国家的土地就得交费吧？

我说，可他是一个人过日子啊。

吴乡长说，他又不是五保户，要是五保户，我们不但不收他的费，还要照顾他啊。

我说，可他不是为了减轻国家的负担才不愿当五保户的吗？

吴乡长说，小林啊，你在城里呆长了，好日子过多了，不知乡间干部的苦衷。村里规定，出基建工按人头，建小学费按人头，修路费按人头，架电线改造线路费用都按人头收，人人都要用嘛，这不是公平的吗？要说，这样还有利于计划生育，让人不敢多生！不然你说个标准？

我说，可他是老革命啊！

吴乡长说，老革命？老革命应该到北京享福啊。可他要回来，人家为什么不回来？如果他不回来，我们不就管不着了吗？

我说，乡长，国家的政策可是制止乱收费的啊？

吴乡长说，国家的政策多了！要是都按政策，我四十来岁也就不会有白发了。可谁按政策办呢？哪个地方不是上有政策，下有对策呢？要是都按国策，总理也不会发火啊，是不？小林，你是站着说话不腰痛啊！

吴乡长一口一个要我们在外的人理解基层干部的苦衷，我明知道他说的不对，可也找不出理由反对他。

吴乡长最后说，小林，你要回来，我还是把你当自己人，好吃好喝好招待。可这些事啊，是政策上的事，是组织决定的，开个党委会，就成了决议，决议不能随便改的，你可别多管。集体决定的事，如果由于个人的更改，出了事谁负责？

吴乡长这样一说，我那知识分子的性格上来了，好像觉得自己做错事了，只好挂了电话。

我老婆一直在旁边听，听完后就怪我多事。她说，老家那么多人，你管得过来吗？你要是管得了，就当国家领导去了。你呀，就别瞎操心了，洗个澡睡觉吧。

可我却哪里睡得着呢？这事拖了好几天，每次我眼睛刚闭上，脑里便浮现出刘大爷的影子。我于是记起了当初入北京城时，受他之托曾和一位大学同学去看他还活着的上级时的情景。那时他的上级已离休在家二十多年了，也是一肚子的怨气，尽管他做到了将军，还整天心理不平衡。对我们大骂了一通社会现象，骂得我们好像犯了错误抬不起头来。提起刘大爷时，将军说，当初他给我当马夫，干得真不赖，还救过我的命。你说他咋想的，非要回去种田！不过也好，种田吃饱喝足，没有什么烦恼，哪像我们，一下台就是门前冷落，人走茶凉啊。

我的那位大学同学在回来的路上对我说：我听来听去都觉得这老头子没活明白，也许不如你们那个刘大爷呢。

然后我们两个人在路上慨叹：人呀，真是！

如今，刘大爷的那位老首长不管活得明白不明白，已经作古好几年了，可刘大爷呢，勤劳耕种了几十年，竟然也不高兴了。刘大爷不高兴的原因，还有为民请命的意思在内呢。

因为那几天后，刘大爷又花几块钱给我打了一个电话，希望我能向有关部门反映反映情况，说这样下去老百姓意见很大。

我本来想说，大爷，我也是一个普通的市民呀，要不是县太爷到我这里来看过病，我怎么能高攀上他老人家呢？

其实，我也曾向县长反映过几次故乡的问题，人家脸上没什么，可嘴里说，你呀，还为家乡分忧呢。你看你生活在城里，工作也上十年了吧，连一间屋子也没有，把自己的事做好吧。等以后当了国家领导，照顾照顾我们县就行了。事非经过不知难啊！

县长这样说，我便觉得心里不自在了。再要说什么，便觉得底气不足，因此，再遇上啥事，也就不好意思随便多言。至于我那些在政府任职的朋友，我也不便于把家乡的这些事向他们张扬，觉得丢了家乡人的脸，哪里还有心思去反映民情？

这样寻思着，事情便又拖了几天。心想等到牛县长到北京开会时再说，没想自己还未行动，县长倒是找上门来了。

县长那天坐车到我家时，把我还吓了一跳。县长一下车也不寒暄，开门见山说，小林，有件事得求你了。

我说，啥事县长还会求我！

县长说，你们村的那个刘大爷到京告状来了，这不是影响安定团结么？你说去年我还亲自登门去为他祝寿，他这样做是干啥？现在快开两会，各地要是都来上访，那中央还办公不？

我说，我还真不知道刘大爷来了。他没有与我打招呼啊。

县长说，他来时也曾找过我，我说百岁的老人怎么能交税呢？这不是笑话么？免了免了！可不知乡里为啥拖着没办！小林啊，如今是村里骗乡里，乡里骗县里啊！得了，闲话少说，你赶紧到信访局把他请回来吧。

我说，他还真的来了？怎么没有找我？

县长说，可不，把我都急死了，要是在县里，不管告状有没有理，我就让公安局先把他们带回去再说。可这里是首都，来硬的行吗？外国的记者多着呢，一闹上了他们的报纸，不是有损国家形象么？不是给坏人钻空子么？

县长这一说，我还真急了，马上就坐上他的车到信访局。可信访局说，没这个人啊，没这个人来上访啊。我们的大门对老百姓是敞开的，不管是开什么会，我们也得办公不是？

我回头来看县长。县长苦着脸说，可别闹出大乱子来。我任期快到了，也不求个上进，安全退休总是可以的吧。

县长的秘书说，县长为全县人民做了这么多的大事实事，现在正是年富力强，要为国家做大事的时刻，组织上怎么会让你退休？

县长说，我一腔热血为了家乡人民，可人民还是要来告我们的状啊。

于是县长带着我们在刘大爷可能出现的地方四处寻找，但找了好几天，也没有见到刘大爷的影子。我忍不住问县长，刘大爷真的来北京了？他会不会是逗你们的？

县长说，那还有假？我派人一直盯着他，可他毕竟是老革命，一不小心还是从厕所里跑了！哎呀，这要是闹出什么事来，我们怎么承担得起，怎么向故乡全县七十万人民交代呀！这是给家乡的父老百姓脸上抹黑啊。

县长的秘书说，要不报警？

县长转身高声地训斥他说，那不是自投罗网？你想让人家知道我们的地方官荒唐到向百岁的老人征人头费？你想打自己的耳光是不是！

我说，那当初就不该收他的钱嘛。

县长说，全是下面闹的！一级骗一级，一级糊弄一级，真的成了假的，假的却成了真的呀！我哪里知道！为了体现党和政府对老人们的关心，我去年还去为他祝了寿呢。

看到县长也有难处，于是我就闭口了。大家于是又分头找了好几天，还是没有发现刘大爷。我打电话回老家去，老家的人说，已经走了一个星期了！还没到北京呀？

我听了心里暗暗着急。

县长也非常着急。因为这事，那几天他开会时心里总是很不踏实，生怕主持会议的人会提到他。所幸的是，直到会议结束，他终于屁股一拍，说可以回去传达、学习和贯彻了。

刘大爷却像失踪了似的，始终没有见到人。

又是一个月过去了。我表哥找我办事，话说完后他告诉我说，你们村的那个刘大爷，找到了。

我心里一喜，问，在哪里找到的？

他说，在河南。

我说，怎么跑到河南去了？

他说，他连火车票也买不起，一路靠走，百岁的老人，能走到北京吗？

我说，他现在哪里？

亲戚说，还能在哪里？到来的那个地方去了呗。

表哥说得很漠然。我还没有理解他的意思，又问，到底在哪里呀？

他说，死了！

我大吃一惊，好半天才问，死了？

他说，死了。

我说，怎么死的？

他说：不是冻死的就是饿死的呗，他一直由南向北走，像当初参加革命时打仗那样，可还没有走出河南，小偷就把他那点钱偷走了。夜里没法，他就在山洞里过夜，准备一路讨饭到北京，可有天在一个桥洞里睡着后，就再也没有醒来。几天后才被人发现并报了警，警察当初还以为是凶杀案，可后来查到了他怀里装着的材料，才知道是告状的，于是便火化了送了回来。

表哥还说，真的是一个好老头了，可惜了。

当表哥放下电话的时候，我忽然坐卧不安，觉得自己心虚起来了。那一刻我突然感到，自己好像就是害死了刘大爷的同谋！

这个念头在好多天里一直压得我不宁静。

直到第二年春，国家提出要更多地关注农村、关心农民、支持农业，要把解决好"三农"问题作为全党工作的重中之重，并对增加农民的收入作了具体部署，报上也作了长篇报道。我把那些报纸存了起来，在清明节回故乡扫墓时，连同火纸，一起烧在了刘大爷的坟前。当火光升起来时，对着故乡沉默不语的青山，我不禁泪流满面。虽然以往我从来没有像家乡人那样在祖宗的坟前下跪，可这次，我的双膝却不由自主、毫不费力地在刘大爷的坟前跪了下去。

刘大爷，你安息吧。现在乡下真的不收这些费了。

（发表于《北京文学》2004 年第 11 期，后被多家杂志选载）

午夜的火车穿过村庄

大家都说五父是一个呆子。起初村里一个人这样说，后来大家便都这么说。

大家都这样说有大家的理由。五父是一个呆子自然有他的呆气。这种呆气曾是我们在教科书上提倡的，但有一天忽然村子里也像外面一样变了颜色，于是大家便不按教科书的做了。比如说，村子里只有五父还帮五保户，只有五父看见别人的田里有猪羊吃禾苗还去赶，只有五父跳下水去救一个比他更痴呆的孩子，只有五父在挨饿时还笑哈哈的从不骂娘。

我们叫他五父，其实并没有什么血缘关系，只是按照村里辈分的缘故。五父家里五口人，父母一聋一哑，弟弟却出奇的聪明。只不过聪明的弟弟一结婚便开始和媳妇单过，不管他们两个人了。我们村靠近山口，最初只有一条小道通向外面。后来这里发动群众，修了公路，外面的车便开进来收我们山上的药草了。修公路的人中间便有五父。最后，不知哪一天，外面又来了许多人，说是来修铁路，我们村里的人都没有见过铁路，大家便嚷嚷，反正高兴呗。这修铁路的人中间便也有五父。听说铁路会通到一个花花绿绿的有电影电话的城市里去，五父干起来比谁都有劲。遇上有坚硬的路面，村里的人总是喊，老五，你来这里挖，你的劲大！五父听后乐呵呵地跑过去了，挖得手出了血，可听到村里人表扬他，心里便乐开了花。回到家里，他娘看到他的手肿得像发了酵的馒头，心痛得要命，眼泪直往下掉。可两个人除了哭，也没法阻止他。

再说，就是五父的亲弟弟，也经常把他支使得像个孩子似的，分到他弟弟的路段他弟弟每天便懒洋洋地磨工，然后说，五哥，你来帮一下，我回去给你生个侄儿子，让你每天抱着开心。五父听了脸上堆满了笑，说去吧去吧，要生生胖一点！使劲生，越多越好。这里你放心，我来挖！村子里的老人见了便骂他弟弟没有良心。可五父什么也不说。

后来铁路终于通了。当火车开过来时，村子里的人眼睛都睁得大大的。接着，他们便不睁大眼了，因为在这三五年中，除了五父家还住着毛棚，其他的人家都盖上了房子，腰包里也鼓起来了。城里的电影电话移到村子里来了，五父每次坐在别人家看电视时，一个劲地笑着说，好啊，好啊！有人烦他，就说，好你自家买去！五父也不生气，还坐在那儿看，直到人家关门时，才恋恋不舍地被赶回来。看到五父穿着破烂的衣服，袖着手回家，他父母便一个劲地哭，说啥也不让五父再上人家家里去看电视。五父却还是去，每次去还是乐呵呵的。有人说，五呆，你看懂啥子哟？五父说，电视上的女人比村里的好看。周围的人便笑，有人说，五呆，那你去找一个。五父说，嘿嘿，嘿嘿，只怕人家看不上咱哩……周围的人便笑得更欢了。

两个老人看在眼里，急在心里，一直想给五父说门媳妇，可四邻八里的人，即使是残的伤的，也没有人愿意嫁给他。女人们说，那是个傻子，嫁给他喝西北风去？

两个老人每次心痛五父，只是毫无办法地看着日子一天天地瘦下去。无论外面刮的是西北风还是东南风，村里只有五父家还过着当初那样的日子。日子不咸不淡的，让两位老人吁声叹气。他们只好眼睁睁地看着周围的人像是捡了天上掉下的馅饼似的富了起来。

的确，铁路修到村子以后，我们村子里人发生变化了。村子里开始有人在盖楼房，在修院子，一家赛过一家。弄得家家户户来来往往再也不像往日那样随便了，家家户户也不再像往日那样可以随时见到了，每个人都巴不得把山上长的东西全挖出来往外运，只要赚钱人们就干，因此我们村子里从此有了一个外来词叫经商。大家靠这个过上了比以往更好的日子。日子慢慢悠悠的，像个贪玩的小孩，一眨眼大人们手里便拿着大哥大，开始学会了打麻将；女人们腰里揣着寻呼机（其实信号有时根本收不着），开始学会了抽烟，小孩子们手上也戴着个戒指，在一起玩泥巴时比谁家有钱。

在人们眼里，我们村开始和电视上的人没有啥子大区别了。

五父看到人们用大哥大时，觉得挺好玩，时常把眼光斜过去。村里人逗他说，想玩吧？想玩买一个。五父说，好多钱？村里的人说，你给我干一年，我给你买一个。五父摇了摇头，笑。村里人也笑，便忙生意去了。

五父过去是村里最忙的，现在恰恰相反，却成了村里最闲的一个人了，除了人家让他在夜里守货、押车，然后给他一双破鞋或旧衣服什么的，五父在干完农活没事时便抄着手，看着人家的大院门一个个插得严严的，觉得内心很空，便蹲在墙角不说话。日子一长，他到人家家里去看电视也明显少起来了，因为人家根本不欢迎他，有时会把他推出来。要不就是人家开始根本不看电视，而是有钱后便热爱赌博事业，每次开局时给五父一两元钱，让他爬在门外的大树上望风。如果陌生人来了，他便在树上唱歌传信号。五父的父母开头不让，但五父说，娘，好几块钱呢！可以买盐买药呢！他娘便心软了，眼泪流下来。他爹便说，可怜的儿啊！

儿还没有可怜够，他爹的生命便到头了。这一年，五父他爹双腿一伸，看了他们娘俩一眼便撒手到那边享福去了，从此五父与娘相依为命。

爹死时，五父的弟弟只送来了几套旧衣服，从此再也没登过门。五父跪在他爹的坟前，和他娘一样放声大哭。哭过之后，他就再也不上他弟弟那儿去了。他弟弟让他干活，给多少好处他都不来，气得他弟媳整天骂骂咧咧的。

从那以后，五父脸上的笑容明显少了。他有时呆呆地坐在自家的矮屋前，一上午一下午地默然无语。为了挣那几块钱，他还是爬到村头那棵高树上替抹牌赌博的人望风。冬天是村里最悠闲的季节，村里的人没事便窝在家里抹牌赌博，而且赌的人也越来越多了，因此五父的作用便也越来越大了。派出所的那些人有时天天跑来搜查。尽管外面的天气越来越冷，可村里人还是要五父爬到那棵树上去。五父说，太冷呢！村里的人说，给你加几块钱，成了吧？五父摸了摸头，不语。村里人便说，五呆，你也不为你娘想想？你娘可怜着呢。五父吐了一口痰说，要得。于是他便回家加衣服。他娘知道了，比画着手势，不让他去。五父便说，娘咧，再望几天风你便可以吃上一个冬天的肉咧！

一会儿，五父穿着破旧的棉大衣出来了。那是他爷爷和他爹曾穿过的棉大衣，黑得油光放亮，可以做剃头师傅的磨刀布。五父穿着它又爬上了树。冬天的树上不像夏天那样有很多的蚊子，但在光秃秃的树上呆着经北风一吹，凉风冰冷刺骨。五父打着哆嗦，磨着牙齿，全身不停地发抖，抖得树也摇晃起来。于是他把头缩在大衣领子里，眼睛痴呆地望着铁路和公路的那边。那边的田野和山川无边无际。那边他爹的坟看上去孤零零的。那边是一个村里人常去可五父从来没有去过的城市，传说城市中的好东西可以看得把一个人撑死。五父咂了咂嘴唇，眼里闪过一阵又一阵的惘然。村庄听上去很静，一大片漂亮的房子压在五父家的旧屋上，旧屋看上去还不如人家盖的一个猪圈。五父的鼻子酸了，他有些想哭。因为他的眼突然红了起来。他看到他娘在屋子门边向他这边张望，他想喊，但没有。因为胸中有一种东西压得他喘不过气来。后来天空开始下雪，地面上白白的一层，五父孤零零地抱着树干，用草绳把几个树枝围了起来，自己就坐在中间的一根枝丫上。草绳因为风吹日晒，已有些破烂，五父想，下次再上来，这些绳子就该换了。坐火车从那里路过的人，有人偶尔透过车窗看到了树上的他，便说，那个人坐在树上干啥子呢？马上便有人说，大冬天的，不会是乘凉吧？可能是个稻草人，也可能是个疯子。温暖的车厢里便闪过一阵笑，然后火车的屁股吐出黑烟，飞快地从我们的村庄边溜走了。

时间一分一秒地过去，五父偎在大衣，慢慢地睡着了。快到黎明时分，一列火车过时拉响了长笛，把他从梦中惊醒了过来。此时他的身体已经僵直，他咬了咬牙，终于睁开了眼，吓了一跳，因为他清楚地看到，有一行穿制服的人从铁路和公路那边走来。由于地面上铺满了一层雪，那几个人走在雪地上格外地晃眼。五父想喊，但好像嗓子不灵了，心里便有些急，用牙咬了一下嘴唇，血便流出来了。血很稠很热，带着暖意。五父用力吸了一口，终于嘶哑地喊出声来：

> 嗬嗬，太阳逃走啦，
> 又要打雷又要下雨啦，
> 跑得快的人没事啦，
> 跑得慢的人要倒霉啦……

五父也不知从哪里来的力气，声音很大，村里打牌的人都听见了。他们才想起五父整个晚上都在树上呆着呢，所以听到信号后便一个个钻进被窝里躲起来了。等公安和派出所的人进了村时，一个也没有抓着。

看着警察们在村子中乱转悠，村里的人躲在屋子里捂着嘴笑。可他们没想到的是，五父由于担心，一时着急，不小心从树上摔了下来……

随着五父的一声惨叫，公安和派出所的人围到了他的身边。他们问，你是干什么的？

五父嘿嘿地笑。

他们便又问村长。村长说，他是个疯子，喜欢跑到树上睡觉。

派出所的人信了。一个手里拿着电棒的人对村长说，那你们要好好管教一下他，不能让他惹事，把小康村的名声毁了。村长便点头说是，一边请那些人到村里喝酒，一边让村民们抬五父到医院去。

从医院出来时，五父从此成了残废。他的一条腿摔折了。

折了腿的五父拿到了村里赌户们给他的一笔小钱，在医院里住了一阵，便瘸着腿慢悠悠地荡回来了。他娘见了那副样子，只是一个劲地哭。后来哭得生出一场大病，躺在床上再也起不来。五父没事时整天就守着她，再也不去人家屋里看电视。这时村子里的年轻人坐火车出去打工的一拨又一拨，五父看到他们一次又一次地寄钱回来，一个又一个打扮得花枝招展，五父从此生了一个念头，想出去打工。但他娘在床上躺着，他出去不了。他对娘说，我要打工……他娘便哭开了，五父只好放弃这个想法了。

从此五父去的地方只是在田地里，那时村子里的人不再像以往那样认真地种田种地了，种田种地被村子里的人认为是没有出息的表现。可五父的确干不了其他的，只有这么干下去了。看到五父瘸着腿在地里干活，村子里的小孩们都跟在他屁股后面笑，觉得非常滑稽。五父干完活，便想领着孩子们玩，可孩子们不爱跟他玩，总是躲得远远的，等五父走开了，他们又跟在五父的后面。五父什么也不说，只是一个劲地笑。

这天，五父出工回来，路过铁路线的时候，看到一群孩子在铁路上玩耍，五父喊，喂喂喂，你们这些小子，不能在这里耍呀！快过来，快过来……

孩子们没有人听他的。五父把耳朵贴在铁轨上，脸马上变色了。他听到铁轨轰隆的震动声正在由远传来，他的脸马上变得白了。五父从来没有这样急躁过，上次发现公安人员来抓赌时也没有这么着急，他大声地对孩子们喊：

火车来啦，火车来啦……

可孩子们就是没有人听他的，这时火车就轰轰隆隆地开过来了，孩子们见到火车真的来了，大家开始哭叫着往外跑。五父的脸开始由白变红起来了，他一边往铁路那边跑，一边大喊大叫，由于腿不灵便，五父跌倒了好几次，他看到跑过铁轨的孩子们向他围来，他的眼有些湿润，他觉得这是孩子们信任他的表现，因此五父的心头上闪过了一丝喜悦。孩子们过去一直躲着他呢。于是五父感到腿上更有劲了，他看到孩子们哭着跑过来抱住了他的腿，他的脸上马上便红光闪闪开来。他感觉到自己笑嘻嘻的脸上有一种东西热乎乎的，一抹，是眼泪……

五父搂住了孩子们，向铁轨看去，火车近了，更近了。他的血液在那一刻突然凝固。一个孩子因为着急，竟然摔倒在铁轨中间，他们谁都没有发现。眼看火车就要冲过来，五父在那一刻表现出了惊人的力量，后来那些跑出来的孩子长大时，在自己的作文中回忆起了五父的力量。平素五父在他们的眼里不过只是一个呆子，但五父那一刻推开了他们，摇晃着腿冲上了铁轨，好似从来没有腿折似的，跑得飞快。他一把抱起孩子，由于腿不便，他还打了一个趔趄，但他站了起来，在火车冲过来的那一刻，他把孩子用力一推，然后想往外跃，可是迟了一步，他被火车强大的惯性撞了一下，又重重地摔了出去……

小孩得救了，可五父醒来时，从此好像真的成了呆子。他的头部被重重地撞了一下，从医院回来后，见了人只是一个劲地傻笑。他不能种地，不能下田，只能懒洋洋地呆在自家的屋前晒太阳，而每次有人来时，他站起来，傻笑着说，我要打工挣钱去……

村里人问，五呆，你挣钱干啥子呀？

五父说，想娶媳妇，想盖房子，我娘还想吃肉呢……

五父一边说一边流着口水。村子里的人便都不再笑了，他们给五父脚下摔了一些零钱，走开了。

五父把钱抓在手里，嘿嘿嘿嘿地笑着。他还是见了人张口就说，我要打工，我要打工……

村子里没有一个人在意五父说的这句话。可日子过了好些天，他们才突然发现好久都不见五呆了。倒是五父的娘，天天哭得特别厉害。村里人一问，才知五父真的跑出去打工了。

他能到外面干些什么呢？村里人说。

村里的人突然觉得五父非常可笑。他们都是在外面跑生意的一些人，什么样的事情没有见过？连五父的弟弟也说，要说这样的人，我倒真是没有见过，我怎么摊上了这样的一个哥哥呢？

一个月过去了，两个月过去了，半年过去了，五父一点消息也没有，谁也不知他究竟去了哪里。几个上学的孩子，都说五父沿着铁路走了。

他不会出去讨饭吧？村里有人猜测着说。他们中有人突然发现自己有些想念五呆了，想起五呆在村里时的种种好处来了。就是那些整天抹牌赌博的人，也想起五父当初为他们望风的事来了，五父一走，再也没有人愿意爬到那棵树上去。他们觉得是真的亏了他。

这中间，五父他娘的生命像叶子一般坠落了。在一个秋天的夜里，这个可怜的老妇人，一边叫着五父的名字，一边把一根绳子套上了脖子。然后放了一把火把他们家里唯一的破房子烧着了。那天夜里人们都睡得很熟，等人们醒来时，五父他娘和他们家的房子，已成一片灰烬。村子里的老人们都哭了。

老人们一哭，便特别想念五父。他们教训自己的晚辈说，你们出出力，在外面帮忙把五呆这苦命的孩子找回来吧，造孽呀！

村子里出去做生意的人很多。他们外出很忙，与五父非亲非故，所以没有谁愿费力气去找五父。一年便很快过去了。

到了这年的冬天，村子里的李佑德经理送货到省城去，交完货时天快黑了。在找旅店的时候，李经理突然看到店外的泥泞中坐着一个人，穿着破破烂烂的衣服，蓬头盖面的，像个乞丐，李经理走过去时，突然觉得这人的面孔很熟。便回过头来看了一下，一看不打紧，天哪，这不是五呆么？

五呆！五呆！李经理喊。

五父把头抬起来，望着村子里的人傻笑，把一双手向李佑德伸着。

李佑德看着五父的那种样子，突然心软了。五呆，可怜的五呆啊。李佑德突然有些心酸了。他在那一刹那产生了恻隐之心，准备把五父带回家去。

李佑德经理给五父买了一套像样的衣服，然后把他带到饭馆里吃饭，看到五父用手抓着狼吞虎咽时，李佑德心更软了。

一路上，李佑德陪着五父说话，他悲伤地发现五呆地以前更呆了。他竟然说来说去只是那句话：我要打工，我要打工……

李佑德有些信佛，他发现五父这次是真正的痴呆了，心里很是伤感。于是他便附和着五父说，打工，打工……

李佑德这样说时，五父的眼里涌出了眼泪。

李佑德感到非常奇怪。他把五父带回来后，他的母亲便让他带五父去医院作一下检查，看五呆是不是得了病。

医生的检查结果让大家大吃一惊，五父的肺和肾，还有肝脏，竟然让人各挖走了一半！

医生以肯定的语气说，这是人贩子干的，他们专门瞄准一些智力不全的人，把他们骗到医院，做了手术，把他们的器官割下来卖了！

医生这样一说，全村的人便不寒而栗。他们说，五呆的命啷个这么苦呢？

五父回来后，什么也记不起来了，他连他娘也记不起来。只是每天走在村子里，见了人便乐呵呵地说，我要打工，我要打工……

村子里的人除了小孩，再也没有笑他的了，听了之后便都附和着说，你是要打工，是要打工！

特别是那些上了年纪的妇女，每次说起这些话时，都泪汪汪的。彼此都说，可怜的孩子啊！

她们给他一些吃的，还给他一些破旧的衣服。村里的人让他住在一间废弃的保管屋里。

有一个夏夜，五父住在保管屋里太热，便起来坐在池塘边乘凉，不小心跌到了池塘里，淹死了。第二天早上人们才发现了他，身体鼓胀得像个皮球。

村里人叹息着把他埋在后山上，并在他的坟头上竖了一块石头，石头上写着"李存笑之墓"。大家那时才知道五父原来还有这样的一个名字。

送葬的那天，整个村子里都像冬天一般的静默着，好似一座空城。就是路过的火车，那天也忘记了像过去每日那样拉汽笛，好像是专为五父默哀似的。

（发表于《时代文学》2023 年第 3 期）